2005 · 12

（总第 354-357 期）

合订本

上海文艺出版社

图书在版编目(CIP)数据

《故事会》2005 年合订本.12/《故事会》编辑部编.

上海: 上海文艺出版社，2006

ISBN 7-5321-2966-7

Ⅰ.故...　Ⅱ.故...　Ⅲ.故事-作品集-中国-当代　Ⅳ.Ⅰ247.8

中国版本图书馆 CIP 数据核字(2006)第 003739 号

责任编辑: 鲍　放

封面设计: 李宝强

故事会 2005 年合订本 12

(总第 354-357 期)

《故事会》编辑部　编

上海文艺出版社出版

地址: 上海绍兴路 74 号

电子信箱: gushihui@263.net

网址: www.slcm.com

中国图书进出口上海公司发行

地址: 上海市广中路88号

电话:36357888

字数 280,000

ISBN 7-5321-2966-7/Ⅰ·2276

354 2005 SEMIMONTHLY 上半月版 11月 STORIES

故事会
2005年11月
上半月·红版

主 编：何承伟
常务副主编：吴 伦
副主编：姚自豪（上半月·红版）
副主编：夏一鸣（下半月·绿版）
本期责任编辑：蔓 石
发稿编辑：
姚自豪 周 吟 吕 佳
夏一鸣 鲍 放 梁宁宁
美术编辑：李宝强
电脑制作：郭瑾玮
通 联：归依玲
本社办公室电话：021-64375030
上半月刊编辑部电话：021-64332325
下半月刊编辑部电话：021-64336469
（上海市绍兴路74号 邮编：200020）
主管：上海文艺出版总社
主办：

督印 发行：张 凯
电话：021-64313938
广告总代理：上海文艺广告传播中心
（上海市绍兴路74号 邮编：200020）
广告总监：张 淮
广告业务：021-34010383
广告投诉：021-64333738
广告经营许可证
沪工商广字3100320050022号
发行：中国图书进出口上海公司

手机阅读服务商：北京掌讯远景信息技术
有限公司 客服电话：010-51196627

本刊各栏目欢迎来稿。来稿寄上海市绍兴路74号《故事会》杂志社，邮编：200020。
本期责任编辑E-mail地址：manshi@vip.sohu.com

·笑话·

早知如此

儿子捧着自己的海龟，眼泪汪汪地来找妈妈："妈妈，我的海龟死了。"

妈妈连忙安慰儿子说："别太难过了，我们用纸把它包上，放在盒子里，埋在后院，再给它举行一个葬礼，好吗？葬礼结束后，妈妈带你去吃冰淇淋，再给你买那只你最喜欢的宠物狗……"妈妈正说着，突然发现海龟动了一下，她惊喜地说，"儿子！海龟没有死哎！"

儿子失望地说道："我可以把它杀了吗？"

（钱 军）

（本栏插图：李加史琦）

新型果汁

一位老太太到商场选购食品，售货小姐向她推荐一种新型果汁："太太，它最有益于上了年纪的人，既不含防腐剂，又不加任何人造色素。"

老太太摇摇头，回答道："问题是，到了我这样的年纪，最需要的恰恰就是这两种东西。"

（朱 珊）

警察的电话

格林太太在店里忙到午夜才开车回家，刚准备上床睡觉，却接到一个警察打来的电话。警察在电话里说，格林太太的店门没有锁好，自己正帮她守着，要格林太太赶紧去锁门。

格林太太急忙开车回去，把店门锁好。等她回到家里，天都快亮了，她想：这回总算可以好好睡一觉了！没想到刚上床，电话又响了，格林太太拿起电话一听，还是那位警察。

那警察说："格林太太，对不起，你把我锁在店里面了。"

（蒋宁贤）

辛勤的蜜蜂永没有时间悲哀。——布莱克

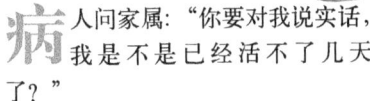

出 去

汤姆初学中文，十分吃力。这天，老师问他："如果我想让别人到这边来，用中文怎么说？"汤姆一字一顿地说："这边请。"

老师满意地点了点头"那么，如果我想让那人出去，用中文怎么说？"汤姆想了半天，说："我先走出去，然后对他说'这边请'！"

（樊 敏）

失 眠

有个歌迷去看医生："医生，我失眠了。"

医生给他开了药方，说"服用这些药丸吧，白色的可以让你梦见张学友，红色的可以让你梦见刘德华，黄色的能使你梦见郭富城！"

病人问："我把这些药丸一次都吃下去行吗？"

医生说："那你就只能见到张国荣了！"　　　（李云贵）

有个球迷即将与老婆离婚。这天，他带着新欢去球场看足球赛，恰巧被他的岳父看见了。他的岳父看着他们走进球场，回过头，气愤地对身边的老友说："我这女婿太过分了，首发队员还没下场，就把替补队员换上去了！"　　　（陈政先）

球迷

连 载

病人问家属："你要对我说实话，我是不是已经活不了几天了？"

家属说："谁说的？你不要胡思乱想了！"

病人说："你别骗我了，我都知道了。"

家属问："你知道啥？"

病人伤心地说："昨天主治医生来查房的时候，我正在看报纸，他莫名其妙地对我说：'哟，还在看连载啊！'呜……"

（李云贵）

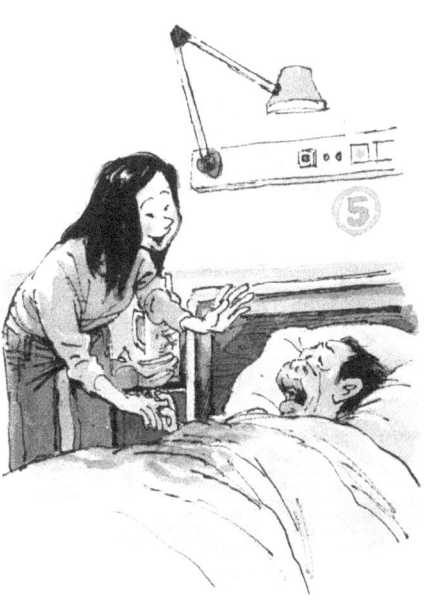

咳嗽的原因

甲 在路上遇到乙，对他说："昨天我在剧院看见了你女友，她咳嗽得很厉害，弄得大家一个劲儿看她。她是不是生病了？"

乙："不是，她只是穿了一件新衣服。"

（温 泉）

酒杯中的女人

汤 米和朋友在酒吧喝酒。

一个朋友问汤米"你知道啤酒里含有雌性激素，喝多了你会变成女人吗？"

汤米吃惊地说："不知道，这是真的吗？"

那个朋友解释道："当然喽，如果你酒喝多了，就会像女人一样喋喋不休地说废话，而且驾车技术也会变得非常可怕！"

（孙季平）

节油高手

阿 文有个哥们儿，酷爱开车却不愿买车，隔三差五地向阿文借车。阿文脸皮薄，总是借他。可这哥们儿脸皮厚，还车时，车脏了不洗，油没了不加。正巧最近油价又涨了，阿文就想趁这机会暗示一下那哥们儿，于是半开玩笑地告诉他："油价涨了，我烧不起钱了。"谁知那哥们儿听了，拍着阿文的肩膀，自豪地说："放心吧大哥，我是老司机，开车很省油的！"（苏 伟）

青春军事

一个朋友问小亮："我们年龄差不多，也几乎同时开始生青春痘，为什么你的脸光滑如初，而我却留下一脸疙瘩？"

小亮回答说："因为青春痘在我们脸上实施的策略不同，在你脸上实施的是阵地战，呆在一处不走，所以战场上会有很多'弹孔'。而它在我脸上实施的是游击战，每次来时，打一两'枪'就走，所以我有足够的时间打扫战场。"

（伍明利）

人生不是一种享乐，而是一桩十分沉重的工作。——托尔斯泰

巧克力

邻居家的小月月非常喜欢吃巧克力，有一次叔叔问她："月月，如果你买彩票中了 5 元钱想买什么呢？"

"巧克力。"

"如果是中了 5 0 元想买什么呢？"

"很多的巧克力。"

叔叔又问："如果是中了特等奖 500 万呢？"

小月月不假思索地回答："把做巧克力的机器也买回来。"

（刘志钢）

悄悄话

小杰向妈妈要钱："妈妈，给我二十块钱。"

妈妈说："没有。"

小杰抱住妈妈，对着她的耳朵说："如果你给我钱，我就告诉你，昨天晚上你不在的时候，爸爸对女佣说了些什么。"

妈妈掏出二十块给小杰，说"好的，给你。宝贝儿，快告诉我他说了什么？"

小杰说："爸爸对女佣说：'麻烦你帮我把这件衬衫熨一下。'"

（温 泉）

孵出来的

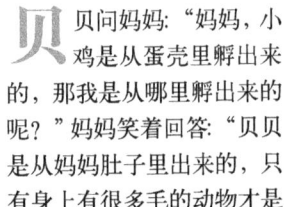

贝贝问妈妈："妈妈，小鸡是从蛋壳里孵出来的，那我是从哪里孵出来的呢？"妈妈笑着回答："贝贝是从妈妈肚子里出来的，只有身上有很多毛的动物才是从蛋壳里孵出来的。"

晚上，爸爸洗完澡从浴室里走出来，贝贝看到爸爸胸前和腿上的汗毛，小心地问："爸爸，是不是奶奶把你从蛋壳里孵出来的？"

（李云贵）

真心无价

□ 林贤安

女友晓晓跟我在同一所大学，我念大四，她读大二，巧的是她的室友欧阳水儿和我们班的郭阳也在谈恋爱。

晓晓和欧阳水儿住在同一个寝室，每天晚上免不了对我和郭阳评头论足一番。她俩的谈话，第二天准会"复制"到我和郭阳的耳朵里。这下可把我俩坑苦了，两人从此暗暗较上了劲，树活一张皮，人争一口气，断不能在女友面前丢脸啊！要是哪个陪女友去肯德基了，另一个就免不了去麦当劳；哪个陪女友看电影，另一个就会约女友去跳舞；哪个送了高档化妆品给女友，另一个若不去服装店"出点血"，就会整整一晚上失眠……

比来比去，爱情指数是节节攀升了，两人的钱包却一天天往下瘪。

郭阳的家境比我优越，他父亲做服装生意，一年下来能赚几十万元。我父母只是工薪阶层，不可能给我钱去谈女朋友。事实上，我也从没跟他们说起交了女朋友。我砸进这场拉锯战里的钱，主要是兼职和做家教所得，加上平时节衣缩食省下来的。即便如此，我还是败给了郭阳。

郭阳一贯出手大方，送女友的必是高档货。前一阵，他花五百元买了一个MP3送给欧阳水儿。没过几天，欧阳水儿发现那款MP3市价其实三百元都不到，是低档产品，商家以次充好蒙人。郭阳得知后，立马去换了个高档MP3不说，为了表示歉意，居然还送了台液晶电脑作为补偿！欧阳水儿乐得嘴巴都咧到耳后根了。我却顿时傻了眼，一台液晶电脑没个六七千元哪拿得下来啊！

刹那间,我和郭阳的"面子战争"被电脑推向了高潮!晓晓一提起那台液晶电脑,眼睛就发亮放光。在她那清澈的眼眸里,我读出了惊羡和神往。想到她的室友们一定会对欧阳水儿的电脑津津乐道,或许还会半开玩笑说:"晓晓,叫你男朋友也送你一台液晶电脑啊。"我就禁不住胆战心惊。

我内心矛盾极了,不知该怎样去挽救自己的颓势。若要买台液晶电脑,对我来说,简直跟蚂蚁想踩死大象那样异想天开。煎熬再三,我终于下定决心给晓晓买一台数码照相机。晓晓读的是美术专业,一直期望能拥有一台数码相机。虽然它比起电脑要逊色得多,却多少能挣回一点面子。即便是这点面子,我起码得扔出去两千五百元。

如何凑齐这笔钱呢?明天就是月底,我可以领到一千元兼职工资和七百元家教费,但还差八百元缺口。我搜索枯肠,最后打定主意要在父母身上打开缺口。正好临近国家公务员报考,我决定谎称要去省城报考公务员,车旅费加上报名费资料费,差不多八百。虽然一想到得骗父母,心头多少不是滋味,可那台液晶电脑和晓晓期盼的神色不时浮在脑海,我就狠一狠心豁出去了。当晚,我给家里挂去电话,父母不在家,没人接,我打算第二天晚上再打。

第二天上午,我上完两节课,便去学生家里拿家教费。临行前,班长说这个星期没见郭阳来上课,手机也停了,他递给我一张登记表让我转交给郭阳。郭阳家就在我那个学生家附近,我去过几次,还见过他母亲。我答应一声,接过登记表,看也没看就收进了包。

从学生家出来后,我径直去了郭阳家。他和他母亲正在吃饭。他母亲看到我,热情地招呼我吃饭,我顺便蹭了顿饭。饭吃到一半,我想起了那张登记表,就取出来交给郭阳。郭阳的母亲在一旁也看到了登记表,只见她陡然脸色一沉,放下碗,叫郭阳跟

她进卧室，有话要说。郭阳脸色倏地煞白，攥着登记表，乖乖跟了进去。我莫名其妙，不知道发生了什么事情。

卧室里，很快传出郭阳母亲的训斥声，那声音越来越响，越来越高，我在门外听得一清二楚，慢慢就知道了事情的大概。原来，那是一张缓交学费登记表，郭阳骗了他母亲，没把她给的七千多元学费上交，而是给女朋友水儿买了电脑。原先我一直以为郭阳家很富有，却听得他母亲边哭边骂，郭阳爸爸近几年做生意亏了几十万，家里现在还欠一屁股债呢，不仅如此，他还在外面找了个姘头，几乎不回家，家里的吃用开销都是靠郭阳母亲一个人支撑着。

我没料到会捅出这么大的娄子，心想不宜久留，起身要溜之大吉。

"妈——妈，你怎么了！……"自从进卧室后就大气不敢出的郭阳突然惊惶失措地大叫，"妈……你醒醒啊……"

我连忙跑进卧室，只见郭阳母亲昏迷在地，郭阳正抱着她失声痛哭呢。我心头一凛，慌忙拨了120急救电话……

事后几天，郭阳一直没来上课。听同学说他母亲已经出院，只是她原来身体就不好，这次又受了刺激，不时会一个人胡言乱语，像说梦话一样，郭阳需要留在家里照顾母亲。我听了，惊出一身冷汗，暗暗后怕。我妈的身体也不好，难道我忍心把她也骗到这般境地？

一番思量之后，我取消了原定的计划，没有打电话回家要钱。后来，我只是买了条漂亮的围巾送给晓晓。晓晓收到围巾，一点没有不满的神情，而是高兴得抱着我又是笑又是叫！

我愣愣地瞧着她那满脸幸福的笑容，心想，其实晓晓需要的是我的真心，世上什么都可以比，唯独真心是比不了的，也根本不必去比……

（本篇月月评短信代码：G210）

（题图、插图：安玉民）

真正的爱情能够鼓舞人，唤醒他内心沉睡着的力量和潜藏着的才能。 ——薄迦丘

摸底

□ 乔全荣

有人说，男人的收入和女人的年龄，都是不能问的。但有些时候又非问不可，比如男人和女人为了恋爱初次见面，要是女人问不清男人的收入，或者男人搞不清女人的年龄，谁都不会贸然往前发展。

有个小伙子叫孙东东，就遇上了这样的麻烦，介绍人也没弄清楚女孩子到底多大年龄，只知道长得还中看，而孙东东又想找对象，就介绍给他了。第一次碰头，孙东东和女孩子刚到，介绍人就借故走了。这下可苦了孙东东，一切都需要他亲自打探。他趁看菜单的工夫偷偷瞄了姑娘好几

眼，速度极快且灯光昏暗，所以总体的印象还是模糊，看不出到底几岁。孙东东本想仔细看姑娘几眼，不料发现她也在快速扫描自己，就赶紧把目光调转到服务小姐身上："给我一份牛排，七成熟。"

孙东东又偷空看了看姑娘浮现在桌面以上的其他部分，但还是对她的年龄没有十足把握，女人如牛排，有的表里如一，有的里嫩外焦，谁又能透过现象看到本质呢？于是，两个人打起了嘴上的"游击战"。

孙东东问："你父母好吗，老人家多大年纪了？"姑娘说："还年轻着呢。"孙东东问："你是哪年参加工作的？"姑娘说"也算不上个正经工作，有合适的时候就跳。"

孙东东一看这么问不行，连忙转换话题，说起自己初中时的趣事，果然，姑娘被他逗得哈哈大笑。孙东东瞅准时机，顺口问："1990年你上几年级？"姑娘说："我从小学到高中都在

狠命学习，压根就没你上学那么有意思。"孙东东锲而不舍地问："那你是哪年毕业的？毕业时就业形势紧张吗？"姑娘说："也不算太紧张，要求只要不太高，就总能找到工作干。"孙东东叹了一口气，问："你的同学现在都谈朋友了吗？"姑娘说："嗨，有的从十五岁就开始谈了呢。"孙东东改用旁敲侧击，问："你最喜欢什么动物呢？我有个朋友卖生肖项链，等我给你挑根去。"可是，姑娘滴水不漏："我只喜欢养花。"

牛排总有吃完的时候，但孙东东脑袋里的问号直到送姑娘回家还没有拉直，只好第二天给介绍人打电话。介绍人在电话里直嚷嚷："你昨天晚上怎么表现的啊，就不会说点有意思的？人家说你是读《十万个为什么》长大的呢。"孙东东连连道歉，说："我不就是想知道她到底多大年纪了嘛。"介绍人说："人家不想说就别问了，感觉还行的话就趁热打铁，今天再约出来好好表现表现。"孙东东一想也是，就约了姑娘在咖啡店碰头。

晚上，姑娘如约前来，她轻轻喝了一小口咖啡，然后用一副很不在意的样子问孙东东："请我喝这么好的咖啡啊，你要工作几个小时才能挣出一杯咖啡的钱来呢？"

瞧瞧，今天轮到姑娘来摸孙东东的底了！

（题图：安玉民）

半只烤鸭

□ 周玉洁

每年八月，吴梅的老同学都要举行一次聚会，今年的聚会地点定在城郊的避暑山庄。照老规矩，一切费用由那几个当了总经理和局级干部的男生承担，女生不准带老公，男生不准带小秘，但是可以带孩子。

聚会这天一大早，吴梅就起床了，把衣柜里稍好一点的衣服试了一遍，最后选中了一条淡绿色低领的连衣裙。她对着镜子左看右看，裙子很合身，唯一美中不足就是脖子空空的，要是再加上一条白金项链就好了。

吴梅翻出首饰盒，盒子里只有一条颜色黯淡的黄金细项链和一枚廉价

的18K金戒指，她想起去年聚会的时候，其他女同学差不多都穿金戴银的，连一克拉的大钻戒都有好几个，不由叹了一口气。唉，谁叫自己命不好，嫁了个不会挣钱的老公呢。

6岁的女儿菲菲在一旁看着吴梅，问："妈妈，你要去聚会了吗？"

吴梅点点头，想起六一儿童节的时候丈夫刘刚给菲菲买了一条漂亮的白纱公主裙，于是说："快去找你的新裙子，你听话妈妈就带你去。"

母女俩穿戴整齐，正要出门，菲菲突然拿出一个长方形的小盒子，神秘地对吴梅说："妈妈，你猜猜这里面是什么？""是什么？"

菲菲一本正经地说："是爸爸为你参加聚会准备的惊喜。"

吴梅打开盒子，愣了：一条闪闪发光的白金项链呈现在她的眼前。菲菲说："我帮你戴上，这是爸爸昨晚去上夜班时交给我的任务。"

丈夫刘刚只是一个普通的技术工人，每月那点有限的工资除去早餐和

加夜班的晚餐费都一分不剩地交给了吴梅，他今年夏天还穿着前年买的那双已满是褶皱的皮凉鞋，哪里来的钱买项链呢？看看时间不早了，吴梅来不及多想，急忙带着菲菲出门，拦车朝避暑山庄奔去。

因为脖子上挂着的白金项链，吴梅在聚会上一改往年的沉默，头也抬高了，话也变多了，显得格外自信和活跃。

待到大家都吃饱喝足，有人提议驱车回市区唱卡拉OK，打保龄球。

吴梅随着大家走出避暑山庄，一扭头，突然发现菲菲不见了。她连忙招呼同学们分头回去找，没走多远，就在大餐厅看见穿着公主裙的菲菲正拿着一个大方便袋，钻在桌子底下捡空易拉罐和塑料瓶。

真丢人！吴梅仿佛看见同学们诧异的目光，她强忍住怒气，一把夺过菲菲手中的方便袋，扔在地上，拉住菲菲的手就往外走。这时，菲菲大声哭叫起来：“妈妈，我说了好一会儿，阿姨才答应给我的，让我带上吧。”

菲菲的哭喊引来了吴梅的同学们，他们上来拉吴梅劝道，孩子喜欢就带着吧。大家还七手八脚帮菲菲装了整整一大袋易拉罐和塑料瓶。

吴梅尴尬地看着菲菲和同学们，觉得很没有面子。大家正要走，菲菲又站住了，她胆怯地看着吴梅，指指桌上吃剩的半只烤鸭，小声问：“妈妈，我可以把这个给爸爸带回去吗？”

吴梅简直无地自容了，她冲着菲菲发作道：“你怎么像个小要饭的？我平时都是怎么教育你的？”

菲菲委屈地哭了起来，在一旁的同学一边劝解吴梅，一边劝说菲菲，可是菲菲说什么也不肯走。

吴梅怕扫了大家的兴，只好蹲下身，搂着菲菲，好言好语地说：“好宝贝，这些东西不卫生，我们不要，回家让爸爸再买好吗？”

菲菲含着眼泪，望着吴梅抽噎着说：“爸爸根本舍不得买烤鸭，他在厂里加夜班的时候只吃两个馒头，他们厂里的叔叔丢的易拉罐和废纸盒都被他带到废品店去卖了，攒了一年的钱，才给你买了项链……”

避暑山庄的大餐厅里安静极了，只有菲菲的声音在回荡着：“这是我和爸爸的秘密，爸爸说明年你参加同学聚会的时候，他要买一个白金戒指，再给你一个惊喜……”

眼泪顺着吴梅的脸颊滑下来，滴落在胸前白金项链心型的坠子上，几个女同学走过来，搂住吴梅的肩膀说：“吴梅，你好幸福，我们好羡慕你。”一位男同学大步走向收款台，对服务小姐说：“我们等会再走，请帮我们再做一只烤鸭。”

（本篇月月评短信代码：G211）

（题图：安玉民）

都是你的错 （文：陆　过；图：包丰一）

1. 小明考试不及格，被爸爸暴打一顿。

2. 妈妈很心疼，想安慰一下小明，让他吸取教训。

3. 妈妈问小明："被爸爸打，你有什么想说的？"

4. 小明想了半天，恨恨地说："当初你为什么要嫁给他！"

私人侦探第一案

本书系《故事会》金栏目"中篇故事"精选，共收9则作品，都是与歹徒、罪犯作斗争的故事。公安人员追捕逃犯，历尽艰险，血洒战场；罪犯遥控杀妻，扑塑迷离；村霸设置黑洞，为非作歹；小偷擒获白色恶魔，仗义可嘉；偷盗贪官财物，枪杀情敌后代……作品内容曲折惊险，具有震撼人心的艺术魅力。

妻子要跳交谊舞

本书系《故事会》金栏目"中篇故事"精选，共收9则作品，皆系情爱故事。虽属情爱，却非都是甜甜蜜蜜，卿卿我我，而是充满了喜怒哀乐，恩怨情仇。看这些年轻的男女主人公，既有历经悲欢离合终成眷属，也有历经磨难依然遗恨终生；既有由爱变恨，愤而断情，也有化恨为爱，喜结良缘……

政府大院养老虎

本书系《故事会》金栏目"中篇故事"精选，共收9则传奇色彩浓郁的精品。大老虎走进政府大院，还被委以"保卫"重任，它果然尽职尽责，抓到了坏人，真叫新奇荒唐。两头公牛一碰面就眼红气粗，斗得天昏地暗，当它俩遭遇群狼围攻时，竟捐弃前嫌，配合默契，脚蹬角挑，杀得饿狼嗥嗥惨叫，可谓奇妙。还有鹰猴各为其主，舍命拼斗；小黄牛为救女主人，居然初生牛犊不怕虎；民兵营长独闯野猪沟，杀死红野猪；汽车班长迷路斗公狼，血战沙尘……

黑色人物在行动

本书系《故事会》金栏目"中篇故事"精选，共收9则该栏目之精品，主要围绕金钱这一主题多侧面地拓展故事情节。其中有因钱而污染灵魂，导致亲情泯灭，好友成仇；有见财起意，不择手段冒领他人钱财；有为钱所逼，做了违心之事；更有为发横财，行骗作恶等。这些作品的特点是故事情节曲折生动，令人回味无穷。

密访曲家屯

本书系《故事会》金栏目"中篇故事"精选，共收9则有关形形色色的"官"故事精品。或是颂扬清官好官心系民众，为民请命，惩治土顽，巧妙拒贿，秉公施政；或是批评某些干部为创政绩大搞形式主义，弄虚作假，蒙骗上级，苦了百姓；更有一部分作品对那些贪官污吏们以权谋私，仗势欺人，坑害民众，甚至为逃避罪责杀人灭口、销毁罪证等不法行为进行了无情的揭露与抨击。

高原守护神

本书系《故事会》金栏目"中篇故事"精选，共收其9则故事精品，说的是怎么做人的故事。作品通过对人物举手投足的精心设计，形象地描绘做人的道德、原则与气质，展示了人与人之间相互关爱、恪守诚信以及见义勇为的精神。面丑心善的火化工关爱弱女，可歌可泣；好邻里关心失足青年，以情动人；男女青年历尽坎坷，体现了大海可以作证的为人美德，等等。

说大事、小事，普通人的身边事
讲闲话、实话，老百姓的心里话

讨还我的钱

　　有句俏皮话说："借钱时桃园结义，还钱时三顾茅庐。"站着放债，跪着讨债，古往今来，历来如此。讨钱难，讨钱苦，讨钱冤，眼见得自己的钱讨不回来，而对方又不是没钱还，更何况自己是火烧眉毛地等着钱用，那个时候，真的是一肚子的难过，一肚子的苦水，一肚子的冤屈啊！

　　今天说的就是这个话题。

第一个故事

不该忘的事情别忘记

　　江杰在单位是个"主任"，可他们的部门很小，又没有多少业务，办公室里除了他只有一个女的，三十出头，叫小梅。这一天，江杰刚刚从外地出差回来，一进机关大门，就有人告诉他：在他出差的时候，单位给每个人发了五百块钱的夏季福利费，让他快去财务室领钱，不料江杰来到财务室，会计却说他的钱已经让他们

室的小梅代领去了。

江杰回到办公室，小梅急忙起身给他泡茶擦桌子，还问这问那地说了半天，可就是只字不提五百块钱的事。江杰想她可能是一时忘记了，所以也没明着说。可是一晃过去了三天，小梅都没提那五百块的事，江杰有些心急了，这事要摊在一般人身上不算啥，开口说句明白话就成，可江杰是那种很重面子的知识分子，他就是再急也不会主动去问小梅的。

想到五百块钱非同小可，江杰实在憋不住了，就旁敲侧击地对小梅说："这个刘会计，跑得人也找不到，

我一大堆的单据等着报销呢，这趟出差可花了我不少的钱，我家里都快揭不开锅了。"

小梅笑笑说："她这个人就是疯，我还想找她呢。"江杰正感到一筹莫展的时候，小梅突然一拍脑袋说："你看看我这个人，事情一忙，差点把个大事给耽误了。"江杰长长地叹了一口气，心里嘀咕着："我的天，你总算想起来了！"心里高兴，可他脸上并没有表现出来，故作镇静地问："能有什么大不了的事？"小梅说："你走了之后电信公司来过好几次电话，说你家的宽带网络费都欠了两个月的钱啦，再不交就给你断线了。"得，还跟五百块钱没关系！

又过了几天，小梅还是没提钱的事，江杰急呀，他心里不住地骂：你个黄鱼脑子！还不快把老子的钱还给我！我真恨不得揍你两下子！可再看看小梅，还是一副稀里糊涂的样子，眼看着要下班了，今天不解决，一天又过去了，看来还得想辙呀，江杰灵机一动，就对小梅说下了班他请客，去"溜香阁"吃一顿肥牛汤，江杰是这样想的 一边喝酒一边聊，有的是时间，气氛又好，总能扯到这个话题上；再说，

两个人最多吃一百多块钱，和五百块比起来，还是划算的。

就这样，两个人在小包间里山吃海喝了一顿，可小梅还是没吐出一个"钱"字，得，看来这饭是白吃了！江杰这个时候真羡慕那些工人大哥、农民兄弟了，要是换了他们，早就一个箭步上去，一把从她口袋里掏出钱来，还要拣世上最难听的话痛痛快快地骂她一顿，哪还用费这个劲转弯子？这下倒好，花了一百块，剩下那四百还不知道能不能要回来呢！

江杰一肚子不痛快，没想到刚进家门，就见老婆瞪着一双圆眼，守在门口等他呢，还没等江杰弄明白东西南北，老婆就嚷开了："深更半夜的还进小包间了啊！你知道那服务员是谁？是我远房侄女！"江杰眼睛一黑，一看再不说清楚不行了，便把事情的头尾一股脑儿地告诉了老婆，老婆一听是这么回事，总算平静了下来，于是夫妻俩谋划了一番，准备第二天请小梅来家里吃顿饭，好好点拨点拨她，准准她真能想起来，要是实在想不起来，再打开天窗说亮话。

第二天，江杰在家里备好了几个小菜，向小梅发出了邀请，说是他老婆学了几道新手艺，想让她来给评判一下，小梅果然来了。这顿饭吃了将近两个小时，江杰夫妻俩天南地北，古往今来，旁征博引，百般诱导，直到最后，小梅总算开了口："我想起来

一件事，就是在主任出差的时候，单位给每个人发了五百块钱夏季福利费，我替你领的了。"江杰两口子一听差点要蹦起来，还没开口，小梅又说道："钱是在我这里了，我就先拿着，这么算下来，您再给我一千五百块就行了。"

江杰一听，险些把鼻子气歪了：什么，你拿了我的钱不给我，还得我再拿一千五给你，这是什么话？心里这么想，可他脸上还是一副君子相，笑眯眯地问道："这是怎么一回事呀？"

小梅说"主任您真是健忘了，我也是仗着喝了您的小酒才这么随便说几句，2月份发工资的时候我不是去省里开会了吗？是你代我领的工资呀，你不是一直替我保管着吗？我工资是两千块，扣了这五百，正好剩下一千五。"

江杰一听傻眼了，想了想确有这么回事，那阵子乱七八糟的事也多，真有点糊涂了，现在想想，还真是领了小梅的工资。事情说到这一步是清楚了，江杰刚点了一下头就"哇"地叫了一嗓子，原来是老婆在他后腰上狠狠地拧了一把！

第二个故事

到病床边讨债去

王胖子是一家公司的经理，他欠

了大李一笔货款，大李多次去讨，王胖子就是不给。

王胖子发财，靠的就是欠账不还，外面的欠账叠起来能装一卡车了，对于大李的这笔款子，王胖子早打定了永远赖下去的主意，尽管大李天天上门要钱，王胖子就是一句话："要钱没有，要命一条！"

俗话说"天有不测风云"，这天王胖子开车去郊外游玩，结果车子走山

路时，一不小心翻进了山沟里，也是他命大，车子摔得稀烂，他竟捡回了一条命。

说是捡回一条命，其实也只是剩下了半条：身上受了三十多处外伤，摔断一条腿，右胳膊也断了，左手折了两根手指，最惊险的是车窗玻璃划破了王胖子的咽喉，幸好不算太深，能喘气，就是不能说话。

这下好了，那些要钱的债主没人来缠王胖子了，因为如今王胖子躺在医院，手脚不能动，嘴巴不能说，上门也是白搭呀！不过，这天大李来了，他对王胖子的老婆翠花说："我想跟王经理单独说几句话，只需要两分钟就行，请你先回避一下可以吗？"翠花心想丈夫现在这个样子了，你还能闹出什么名堂？于是就放心地出了房间。大李关好病房房门，走到王胖子床前，轻轻抬起王胖子的脑袋，一手从兜里掏出一个微型录音机，按动了开关，又掀起王胖子的枕头，然后把微型录音机塞到了枕芯里面，再把王胖子的脑袋放回到枕头上去，然后大李打开门，喊来翠花，告辞走了。

大李走了，可王胖子苦了：他的耳朵刚贴到枕头上，立刻传来了大李的声音："快还我的钱，快还我的钱……"那声音细如苍蝇叫、蚊子哼，声音虽小，却像个锥子似的挡也挡不住，在以后的日子里，白天晚上，每时每刻，大李的声音都会钻进王胖子

要永远不会犯错误，只有一事不做了。 ——罗曼·罗兰

的耳朵里。王胖子身受重伤，本来已经够难受了，再加上这种折磨，精神都快要崩溃了，但他不能说话，不能动弹，没办法跟妻子、医生说，痛苦啊，只能脑袋左右晃动，眼睛一会儿瞪、一会儿眨、一会儿闭。医生看出了王胖子的异常，心里疑惑，就对翠花说："我觉得病人好像比较痛苦……"

"这还用你说嘛！"翠花没好气地说，"换了你，一身是伤，你会舒服吗？"

医生见翠花像个母老虎，不吭声了，只管老老实实地治病。

就这样过了三天，王胖子被大李的声音骚扰了七十多个小时，简直快要被逼疯了。三天后，录音机总算不响了，估计是没电了，王胖子刚松了口气，大李来了。大李对翠花说："我猜王经理通过这几天的深思熟虑，已经想要把钱还我了，不信，咱们可以问问他。"翠花太了解丈夫了，她皮笑肉不笑地说："恐怕未必吧，我想还是等过了年，等他伤好了再说吧！"

大李笑了笑，走到病床前，低下头来对王胖子说："王经理，你如果愿意让你妻子现在代你还钱，那么，请你连眨三下左眼。"王胖子连忙眨了三下左眼，翠花一看奇怪了，伸手摸了摸丈夫的额头，没有发烧呀！

翠花挺疑惑的，她看着王胖子，说："要是你真愿意还大李的钱，对我

连眨三下右边的眼，然后再眨三下左边的眼，然后再双眼闭上三秒钟！"结果，王胖子照着翠花的话全做了，做完后，王胖子露出一脸焦急的神色，看到翠花还在怀疑，王胖子又露出了愤怒的表情。

"好吧！"翠花无奈地说，"你跟我去银行取钱吧！"

大李笑着对翠花说，"你先到外面等我，容我跟王经理表示一下感谢，马上就来。"

翠花出了病房，大李扶起王胖子的脑袋，取出了三天前放在枕头下面的微型录音机，王胖子刚刚松了口气，谁知大李又掏出另外一个微型录音机，打开后，塞进了枕芯，说道"王经理，我半年内不知道跑了多少趟，说了多少好话，好不容易要回了我应得的货款，我很高兴！这只录音机里有几句话，请你听一听，两天后我来取走我的录音机，再见！"

王胖子傻眼了，眼睁睁地看着大李跟妻子去取钱，而这时，王胖子的枕头下面，又开始传出了大李的声音："我很感谢你，我很感谢你……"

第三个故事

无赖碰上了泼皮爷

欠账不还，要是遇上老实的债主，那是欠钱的狠，可要是遇上个又横又愣的主，结果就不好说了。张克

俭是个生意人，可他有个毛病，就是欠债不还。用他的话说：全中国我每人欠一毛钱，这辈子的生活费就够用了！你看看，活脱脱一个无赖！可俗话说得好：天外有天，人外有人，可巧就被张克俭碰见一位，这人叫吴建，张克俭欠了他30万，吴建找人要了好几次，都没有要过来，这一次吴建发狠了，派人把张克俭捆得像木乃伊似的，推进了吴建的办公室。

张克俭见过世面，吴建知道对他来硬的压根儿没用，于是就说道："老弟，我今天请你来，一不要你身上的什么零件，二不要你的命，我们打个赌怎么样？"

张克俭一听，觉得新鲜，说："怎么个赌法？"

吴建说："赌你在我这能呆多久，你呆一天，我就从我欠我的钱里扣去一万，呆够一个月，我们就算两清，怎么样？"

张克俭一听，立刻毫不犹豫地答应了，他心里在说：我连死都不怕，这点还算事吗？

可他把吴建想简单了，吴建爷爷的爷爷当初就是要饭的，那时要饭分"文""武"两种，"文"的，就是手里拿两块羊肩胛骨，挨家挨户唱数来宝，吴建的先人是"武"要饭，家伙也不特别，就是一块砖，有时找不到整的就用半块。当街站着瞅，看谁像

有钱的就跟在后面，也不说话，直接用砖拍自己的脑袋，"啪"的一声响，一下就是个满脸花。不给钱？继续拍；给得少？接着拍！一般没有人敢不给的，你想，后面总跟着个满脸是血的，谁不怕得慌啊？

而今天的吴建，比他的祖宗还厉害着呢！

张克俭被带到了一所大房子里，看管他的是吴建手下的两个人，一个胖子一个瘦子。

第一天，整整一白天，胖子和瘦子既没有打也没有骂，好吃好喝地供着张克俭，到了晚上，两人把张克俭带到了另一个大房间里，只见屋子的中央摆着一张大床，除了床什么都没有，张克俭正在疑惑，又见瘦子牵进来四条狗，那可不是一般的狗呀，那是藏獒！听说过藏獒吗？那可是非同一般的猛犬呀！瘦子手脚利索，一会儿就把四只藏獒分别拴在屋子的四个角上，绳子的长度刚好能让藏獒够到床的边沿。瘦子绑好狗后，说："张老板您见多识广，肯定知道这藏獒除了主人的话谁的话也不会听，还有，也怪我懒，什么狂犬病、疯牛病、禽流感、口蹄疫疫苗，这四个畜生全都没打，但张老板只要小心点，不被它们咬到就该没事。顺便告诉你一声，你千万别下床，这四条畜生都饿几天了。"说完，胖子和瘦子就走了。

藏獒恶狠狠地看着张克俭，眼睛

里野性毕露，鲜红的舌头翻卷着，张克俭别说立刻从床上下来，就是手搭在床沿上，那四条畜生就立刻像疯了一样扑上来。张克俭虽说是出了名的不怕死，可他从来没想过要喂藏獒啊！就这样，他在床上蹲了整整一宿，不过，想到一天一万，吃这么点苦，值！

天亮以后，胖子和瘦子进来了，胖子笑嘻嘻地问："张老板，这一夜这四个保镖还敬业吧？"张克俭也装得很轻松的样子说："还可以吧，和你一样敬业呀！"

吃过早点，胖子和瘦子又玩起了新花样：他们把张克俭捆在一块门板上，又连人带门板在墙上固定好了，接着两个人就开始飞镖，就是小孩经常玩的那种：一根小木条，一头固定一根针，另一头刻出十字槽，插上些纸，用来保证飞镖掷出去后能够平衡。这种飞镖有一个最大的特点，就是扔出去没什么准头。两人一口气做了几十个，接着就开始拿张克俭当靶子，整整一天，胖子和瘦子没干别的，就是玩飞镖，扎完了再做，做好了再扎，扎在肉里的也不取，就那么挂在身上，还打赌看谁在张克俭的身上挂住的飞镖多，张克俭恨哇，心里把吴建的祖宗十八代都骂遍了！

到了晚上，胖子和瘦子又把张克俭放进了狗屋里，自然又是一宿睡不成。

终于到了第三天，张克俭明显地憔悴了下来，这两万块钱挣得不易呀！早上，胖子和瘦子把张克俭带出了狗屋，一出门，就看到了吴建，吴建今天显得特别精神，看到张克俭后笑眯眯地问："这两天过得怎么样啊？"

"姓吴的，算你狠！不过还是小意思，狗咬飞镖扎，这点玩意老子还扛得住！"

吴建听了，冷笑着说："好，冲你这么有种，今天我让人好好伺候你！"说完，他冲着胖子和瘦子嘀咕了几句后就走了，一胖一瘦两个家伙很快备好了一顿丰盛的早餐，还是西餐。张克俭心里琢磨着：该不会是在菜里下毒吧？想想不会，于是就吃，吃完后，胖子和瘦子把张克俭绑了起来，又把刚刚用过的盘子和刀叉摆在张克俭对面，随后各自从兜里掏出一副耳塞，戴好，又互相大叫几声，确认听不见后，瘦子说："张老板，吃饱喝足，我们再给你演奏一段音乐让你消消食。"

什么音乐？其实就是用刀叉使劲地刮瓷盘子，这种刺耳的声音，就好像有人用一根钢针在使劲地搅你的脑浆一样，刚开始，张克俭的身体有点摇晃，到了后来，他的身体就抽搐了起来，他渐渐失去了理智，变得狂躁起来，他大声地咒骂吴建，后来，他连骂也骂不起来了，嘴唇开始痉挛。仅仅过了半个小时，张克俭便开始求

饶了。说实话，他宁可立刻去死，也不愿再听到这种来自地狱的声音。可胖子和瘦子戴着耳塞，没听见他在求饶，还是咬着牙使劲地用刀叉刮着瓷盘子，一个小时后，张克俭晕了过去，当他醒来的时候，吴建已经回来了。

张克俭终于还了钱，可半个月后，吴建也被抓进了派出所，非法拘禁，那是犯法。瞧瞧，这两个人，一个是无赖，欠债不还，吃了三天苦头；一个是泼皮，讨债不当，进了班房。再怎么着，总该有点法制观念吧！

第四个故事

要点工资不容易

陈小东高中毕业后没考上大学，就跑到了南方，在一个建筑工地上打工。工地老板叫韩大欢，他见陈小东一米八几的个头，长得虎背熊腰，就让陈小东做他的马仔，跟他跑跑腿，有时候还兼做保镖。韩大欢给陈小东开了个很诱人的条件：每月工资按时发。陈小东同意了，虽然工资不高，但可以马上拿到手，多好呀！要知道，工地上的工友们，他们的工资都欠一年多了，天知道什么时候能领到手！

陈小东虽说整天跟着韩大欢，可他一有空就钻进工棚里，跟工友们说说笑笑的。

这天中午，韩大欢和他新招的女秘书出去鬼混了，陈小东就来到工地找工友聊天，就在这时，忽听到一声惨叫："啊——"扭头一看，是一个工友从高处摔了下来。他们慌忙跑了过去，一看，摔下来的这人是四川的，名叫张建国。张建国躺在地上，脸上苍白得没有一点血色，工友们乱作一团，手足无措。

陈小东正准备打电话喊救护车，却见张建国捧着伤腿，艰难地挤出了一句话："不，不去医院……"张建国不愿去医院是有道理的：前年盖海丰大厦时，张建国摔过一回，断了腿，回家养了大半年，可老板只是把医疗费出了，其他什么补偿金都没有，这条断过的腿这次又断了，看来更是凶多吉少，想到伤心处，张建国放声大哭起来："我这条腿断了，一年不能干重活哇！孩子正上学，老父亲又多病……"陈小东鼻子一酸，心里也不是滋味，可不去医院又能怎么呢？

这时有人出了一个主意，但这样做需要陈小东帮忙，陈小东开始还犹豫，最后经不住张建国的苦苦哀求，终于答应帮忙，他拿出手机，给韩大欢打电话，说是工地上有人在罢工闹事，为的是要老板还清拖欠的工资，他要韩大欢赶紧赶来工地处理。

不多一会儿，韩大欢的轿车就开进了工地，一看，只见八九个工友有的蹲着，有的站着，干活的家伙都扔

有两件事使心灵充满敬畏：一为天上星辰，一为人心之道德。　——康德

在地上。张建国身子靠在一个搅拌机上，一条右腿抬起来，搭在前面的一个手拖车上，苍白的脸上装出一副满不在乎的样子。

韩大欢上前大声训斥，张建国愤愤不平地说："今天要是不把欠我们的工资清了，这盖了一半的楼就得停工！当然，工资不清也可以，你从我裤裆下钻过去咱们两清！"韩大欢一听气得满面通红，说不出话来。陈小东知道该自己出场了，他大喝一声："你反了是不是？马上向老板赔礼道歉，不然砸断你的狗腿！"说完，他顺手捡起地上一把铁锹，装出一副凶神恶煞的样子。张建国不理陈小东，继续对韩大欢挑衅道："姓韩的，你是不是人养的？老子的话没听清吗？要

么你还了欠我的工资，要么从我裤裆下钻过去！"

所有的工友都瞅着韩大欢，那个女秘书也瞅着，韩大欢真的动怒了，脸红得发紫，手一指，喝道："小东，给我砸了他的狗腿！""好！"陈小东拎着铁锹，咬着牙，做出一副凶狠的样子，向张建国大步走过去，接着，他举起了铁锹，对准了张建国搭在手拖车上的腿……

是的，大伙商定的计划是这样的：激怒韩大欢，再由陈小东替韩大欢出手，给张建国这么一铁锹，腿本来就已断了，再来一铁锹无非也只是断，但陈小东这么一铁锹下去，情况就大不一样了，张建国的断腿就不是工伤，而是韩大欢派人打了的了，要是

韩大欢不肯赔张建国钱，就威胁要把他送派出所，这是一条血淋淋的苦肉计哇！

陈小东扬起铁锹，却怎么也不忍心砸向张建国的伤腿，他看到工友们有几人已经闭上了眼睛，有几人眼眶里晃动着泪珠，陈小东的脑袋"嗡嗡"响：不砸，这条计策就毁在他手里了，张建国得不到赔偿金，他孩子上学怎么办，老父亲看病怎么办？砸下去，用这硬邦邦、凉冰冰的铁锹去砸工友的血肉之躯，自己哪有那么硬的心肠哇！

终于，"砰"的一声，铁锹落了下来，没有砸在张建国的腿上，而是落在了地上，这时，张建国脸色苍白，他瞪大了眼，对着发呆的陈小东大怒道："怎么不砸？砸啊，有种砸死我！"

陈小东低着头，不敢看他。

张建国喊道："你们不敢砸，我敢砸！"只见张建国从地上捡起铁锹，高高扬起，对准了自己的右腿，吼道："我砸断这条腿，你就把欠我一年的工资给清了，行不行？"

韩大欢这次真是吓住了，他一时间变了脸色，紧张得说不出话来："别……别……"这时候，倒是韩大欢身边的女秘书反应过来了，她赶紧拉开韩老板挎着的腰包，拿出一扎钞票，走过去，哆嗦着身子把钱放在张建国的脚边。

张建国的眼光死死地盯在钞票上，他的身子慢慢弯下来，伸手想去捡钞票，就在这时，他突然栽倒在地，陈小东离他最近，最先上前把他抱在怀里，其他人也纷纷跑过来，韩大欢让工友把张建国抬上他的车，叫司机马上送医院。

这时，韩大欢看出了事情不对劲儿：张建国没用铁锹砸自己，怎么突然栽倒了？他疑惑地问陈小东："这到底是怎么回事？"陈小东再也忍不住了，蹲在地上号啕大哭，一五一十地讲出了实情。韩大欢知道真相后赶紧赶到医院，医生说，张建国的腿只是轻微骨裂，养上一两个月就好了。幸好当初那把铁锹没有砸下去，要不张建国这条腿真保不住了。

韩大欢来到病房，他让张建国安心养伤，他会承担全部医疗费，还会补偿一笔事故赔偿金。看着张建国满脸感激的神情，韩大欢的眼眶里滚动着泪珠，很久很久才迸出了一句话："谁欠农民工的钱，真他妈的黑了心肠！"

"不该忘的事情别忘记"作者：徐　洋；"到病床边讨债去"作者：芦宏伟；"无赖碰上了泼皮爷"作者：王书心；"要点工资不容易"作者：芦宏伟。

下期话题：发生在夜里的故事

（题图、插图：刘斌昆）

□ 蔡缜华

彩票是个万花筒

老王是一家工厂的机修师傅，闲时喜欢玩玩彩票，喝喝小酒。

这天，老王一家三口吃晚饭的时候，电视上正在直播彩票开奖。老王照例停下筷子，目不转睛地盯着电视机看。

摇奖机每摇出一个号码，老王的眼眉都要跳一下。很快，七个号码开完，齐齐整整地排在一起。

这时，老王的额头沁出豆大的汗水，他从口袋里摸出一张彩票，递给身边的儿子说："你看看，是不是中了6个数？"

老王的儿子正念高中，他接过彩票，对了对电视上的几个数字，顿时激动地叫了起来："爸，你这张彩票真中了6个数，是2等奖，有8万元奖金哪！"说着，他小心翼翼地把彩票交回老王，好像生怕会被自己弄坏一样。

老王的妻子也十分兴奋，8万元对于他们这个工薪家庭来说，是一笔天上掉下来的巨款了。

可是，老王脸上一点高兴的表情也没有，他看看妻子，又看看儿子，然后长叹一声，将手上的彩票一把撕碎了。妻子和儿子都惊呼起来，老王摆摆手，痛心疾首地说："这张彩票是上

一期的，我期期都在买这组号码，足足买了二十多期啊！真邪门了，偏偏今天忘记去买，它就中了奖！"

老王的话令妻子和儿子都愣住了，儿子望着一地纸屑，失望地说："唉，原来空欢喜一场啊！"

老王的妻子安慰道："不是咱的财，不进咱的袋。算了，咱吃饭吧。"说完，她给老王挟了几根菜。

老王哪还有心思吃饭，把碗筷一推，长吁短叹道："我没有中奖，也就算了，可这组号码也有小张的份，这下咋办呀？"

原来，半年前老王和工友小张开始合伙买彩票。他们采取"守株待兔"的方法，精心挑了几组号码，一直追下去。两人轮流买，一人负责一个星期，中了奖就平分。这个星期轮到老王去买彩票，可这天中午老王走到半路上遇着一个老同学，被拉去一间小酒馆叙旧。老王一时高兴就多喝了几杯，等他想起买彩票的事，截止时间已经过了。天下真有这么巧的事，偏偏是这一期，这组号码就中了大奖！你说，这事叫老王怎么向小张交待啊！

老王的妻子见老王一脸沮丧，便说："事情到了这个地步，也没有办法了，难道还叫咱拿出4万元赔给小张啊？咱就是想赔也没那么多钱呀。要不咱明天到小张的家赔个礼、道个

歉？"

老王想了半天，说："也只有这样了！"

第二天一早，老王和妻子买了好几包礼物，来到小张家。当老王内疚地把昨天忘记买彩票的事和小张一说，小张的脸上顿时不自然了，他怔了一下，就笑不像笑、哭不像哭地安慰老王道："没事、没事，没买到是天意，咱们接着买，下次一定能中个500万大奖。"

老王见小张没怪自己，感动得直点头："对、对，咱们接着买，下次一定中个500万。要是中了，你拿大头，我绝不食言！"

小张强颜欢笑地说："好、好。"

话是这么说，可经过这件事之后，小张和老王之间还是有了隔膜。两人又合伙买了几期彩票之后，小张就找个借口不和老王合伙了，平常看见老王，也像看见瘟神一样，远远地躲开。

老王明白，小张还是在怪自己。这也难怪，假如不是自己大意，每人就可以分到整整4万元哪！小张正在筹备结婚，这4万元对他可不是个小数目。因此，老王始终觉得欠了小张4万元。

小张不肯合伙，老王只好自己去买彩票，他铁定了心，一定要中次大奖，把钱还给小张。

以前老王买彩票一直保持着平常

心，玩玩而已，花费也不大。但现在他急于想中一次大奖，出手越来越重，下注越来越狠，从以往的几元发展到几十元、几百元的下注。可惜老王的财运不佳，每次都是竹篮打水——一场空。妻子和儿子见老王玩彩票入了魔，劝他又不听，心里都是酸溜溜的。

这天，老王经过一个星期的"精心研究"，算出一串号码，感觉很有机会博中大奖，于是狠下心，打算孤注一掷，包个"大复式"。妻子上班后，老王取出家里的存折去了银行。这个存折上的钱可是老王一家省吃俭用，好不容易积攒下来的。

老王从银行取出了1万元，便直奔投注站。他怕用这么大笔钱买彩票会引起熟人的注意，就没有去平常买彩票的那间投注站，故意多走两条马路，想找一个比较偏僻的投注站下注。

当老王揣着1万元穿过一条僻静的胡同时，背后突然闪出一个蒙面人，不待老王反应过来，便左手搂着他的颈，右手往他怀里一摸，飞快地把那1万元抢走了。接着，蒙面人转身狂跑。

"天啊！你抢的是500万啊！我的500万啊！"老王一边嚎着，一边脚步踉跄地朝蒙面人的背影追去。

正巧有一个骑摩托的小伙子经过这里，他听到老王的呼唤，立即加大油门朝蒙面人追去，眼看就要追上蒙面人时，不料，摩托车突然陷入一个凹坑，连人带车翻了下来，小伙子满头是血，立刻昏了过去。

幸好，老王的喊声惊动了附近的巡警，巡警及时赶来，把蒙面人截了个正着。巡警一把撕下那人脸上的破布，又从他身上搜出了1万元钱，人赃俱获。

老王也气喘吁吁地跑过来了，抬

头一看,他惊呆了:被巡警扭住的蒙面人不是别人,竟然是他的儿子!

老王冲上前去,狠狠抽了儿子两巴掌,浑身气得直哆嗦:"你、你为什么要这么做?"

老王的儿子低着头,一声不吭。很快,他们父子被巡警带到附近的派出所,而那个受伤的小伙子则被送往医院。

在派出所,老王的儿子对办案民警说:"我爸买彩票走火入魔了,辛辛苦苦挣来的工资全打了水漂,我和妈妈怎么劝他都不听。我真不想他再这样下去,前两天他说要包个'大复式',我就留了个心眼,今日他上银行取钱时,我一直跟着他,看到他拿了那么多钱出来,知道准是去买彩票。我情急之下,才想出这么个法子,想把钱抢回去,还给妈妈……"说到这里,老王的儿子泪花闪闪,哽咽住了。听了儿子的话,老王傻了,半天才拉住民警问:"民警同志,我的儿子会、会坐牢吗?"民警叹着气,摇摇头说:"你这个老同志,怎么比你儿子还糊涂呢?"

公安部门根据这个案情的特殊性,对老王儿子进行批评教育后就把他放了。可是,那个为了追老王儿子而从摩托车上摔下来的年轻人伤得不轻,他的医药费、误工费都要老王赔付,足足花了一万多元才完事。

老王受了这么一个打击,一下子像是老了十几岁,彩票也不买了,每天晚上都坐在家里发呆。

这天晚上,有人敲门,老王的妻子开门一看,来的竟然是小张。他浑身酒气地来到了老王面前,愧疚万分地说:"王师傅,你家的事我都知道了,我对不起你!我……我中了8万元的事情没有告诉你。"说着,小张从口袋摸出一包钱,塞到老王的手上,说,"那天我看见你被人拉进酒馆,放心不下,就按照那组号码,自己去买了一张彩票……我们一直是合伙人,这8万元奖金应该有你的一半。"

老王一时没反应过来,愣愣地盯着手上的钱。小张怕老王不相信,又从口袋里摸出一张中奖彩票的复印件,递给老王看。

老王总算明白了,他的心里涌起一股莫名的滋味,说不上是甜,是苦,还是酸,他也不知道自己该笑,还是该哭……

(本篇月月评短信代码: G212)

(题图、插图:谭海彦)

把身心交给一个你甚至不尊重的人,这是可怕的。 ——陀思妥耶夫斯基

找个笨蛋帮忙

□ 方冠晴

许冬进城半年多，在一个建筑工地当临时工，他人挺聪明，做梦都想着能发一笔大财。

这天早晨，许冬在工棚附近一家早点铺吃早饭，正吃着呢，就听身旁有人在打手机，说："丽丽，下午三点，我让小王送你去银行，你给我取15万块钱回来。"哇，这么多钱呀！许冬忍不住回过头来，一看，打电话那人他认识，是一家建材公司的老板。许冬

在那家公司应聘过，但人家嫌他不勤快，才干了两天就把他给开了。老板打电话时提到的两个人他都知道，丽丽是建材公司的出纳，小王是公司的司机。

吃完早点，许冬走在回工地的路上，心里还念念不忘那15万，15万哪！要是自己有了15万，哪还用当什么临时工啊。这么一想，这个念头就像毒蛇一样缠着他，再也甩不脱了。

许冬越想越觉得，将那15万弄到手并不是难事。他对那家建材公司周围的地理环境比较熟悉，只要骑一辆摩托车等在建材公司的门口，丽丽拿着钱下车时，冲上去抢了就跑，离公司不远，就是一条小巷子，因为要改造旧区，里面的居民都动迁走了，很少有行人，巷子七弯八拐，自己只要骑着摩托车冲进巷子，人家是很难追得到的。即使报警，等警察赶到时，自

己早骑着摩托车出了巷子，那里是城乡结合部，只要将摩托车一扔，包管谁都找不到自己。

这样一计划，许冬觉得可行，于是决定铤而走险，便去一家修理摩托车的小店，花800块钱买了一辆旧得不能再旧的无证摩托车，又买了一顶头盔，往头上一罩，谁都认不出他来。

为了做到万无一失，许冬专程去实地进行演练。他先到建材公司门口，然后骑着摩托车拐进小巷子，巷子里真的一个人也没有，七拐八绕就到了城乡结合部，一看表，五分钟也不用，这么说，警察是抓不到自己了！他正得意，猛地想到一个问题，心头不由一紧：警察是追不上自己，可是，如果司机小王开着车在后面追呢？巷子虽然窄，但小车还是可以通过的，要是被盯上就麻烦了。看来，还得找个人帮忙，拦住小王！

找谁来帮忙呢？许冬眼珠一转，就想到了柱子。

柱子和许冬在同一个建筑工地干活，因为他小时候患过脑膜炎，留下了后遗症，有点傻呆呆的，是全工地最笨的一个人，很好糊弄。柱子两个月前被一辆小车撞了，医药费花了一大堆，肇事司机却没能找到，他正为这事生气呢。

许冬便去工地，找到柱子，故作神秘地告诉他："柱子，我找到撞你的

那个司机了。"

"在哪儿？"柱子立即跳起来，"我去要他赔医药费！"

许冬心里偷着乐，表面上却故作镇静："别忙别忙，我好不容易才帮你找到的，你也不用谢我，不过，咱得谨慎点儿，要是让那司机又跑了，你的医药费可就要不回来了！"柱子听了连连点头，说"那你说怎么干？我听你的！"许冬装模作样地想了半天，算计着时间差不多了，便将柱子带到自己准备逃跑的巷子拐角处，告诉他："撞你的那家伙每天下午都会开着小车经过这条巷子，你就守在这里，等一会儿只要看到小车过来，你就跳出去，拦住车，找他要钱就是了！"柱子点点头。许冬又郑重地告诉柱子："他撞过你，万一发现了你，他就不敢过来，所以你得先躲在拐角里，等车子来到面前，再跳出来，这样才拦得住他。"

许冬这样说，是有目的的。他盘算，柱子突然跳出来，车与人近在咫尺，巷子又这么窄，司机小王再有本事也避不开，柱子不被撞死也得昏迷上几天，他脑子本来不好，再这么一撞，哪里还讲得清是谁指使他干的。许冬是个临时工，抢了钱一走了之，工地上的人恐怕连他的名字也说不上来，这事要多保险有多保险。

柱子虽然傻，可危险还是懂的，他担心地问："我要是拦不住他咋

办？他不会再用车撞我吧？"

"他敢？"许冬一眼看到沿着墙根堆着很多砖块，那是人家拆房子还没来得及运走的。他指着砖块对柱子说："他要是敢不停车，你就拿砖砸他！"柱子听了，立即捡起一块砖，在手上掂着，狠狠地点头。

一切布置妥当，许冬放心了，他转身就往外走。

柱子在后面喊："你去哪？"

许冬糊弄他："我去巷子的那头，等他进了巷子，你在这边拦着，我在后面堵着，他就逃不掉了。"

柱子信了，乐得直拍手。许冬立即去骑了摩托车，戴上头盔，等在建材公司门口。

三点过一刻，小王果然开着车回来了，车子就在许冬的旁边停下，接着，身材娇小的丽丽拎着个袋子从车里下来，不用说，那袋子里就是15万块钱了。

许冬稳了稳神，"轰"的一声，将摩托车发动，猛地冲了过去。就在与丽丽擦身而过时，他一伸手，一把将袋子拽了过来，摩托车毫不减速，往巷子冲去。他听到丽丽在身后惊慌地大叫："抢劫了！抢劫了！"许冬冷笑一声，心说：你叫吧，叫破喉咙也没人听见的。

就在许冬驾着摩托车快要拐进巷子时，他从后视镜里看到，小王果然发动汽车追了上来。许冬在心里佩服自己想得周到：柱子在前面等着你呢，看你能追得上我？

他骑着摩托车在巷子里七拐八拐，不到三分钟，就到了柱子守候的地方，只要拐过这个弯，自己就安全了，剩下的事都交给柱子。想到这里，他一拧油门，猛地拐过弯去，但他一下子就愣住了，前面的路呢？怎么凭空多出一截半人高的墙来，将路封死了？

许冬想刹车，已经来不及了，只听"咚"的一声，他连人带车撞上了那堵墙，人从墙上飞到了那边，重重地摔在地上，他听到自己骨头断裂的声音。

他想爬起来，挣扎了几次，都没能办到。这时他才看到，柱子躲在墙边，正惊恐地看着他。许冬气坏了，使尽吃奶的力气冲柱子嚷："你干吗呢？这堵墙是怎么回事？"

柱子听出了他的声音，慌张地说："我怕他又开车撞我，我、我不敢拦，所以、所以，我想了个好办法，垒了一堵墙，他、他的车……跑不过来了。"

唉，笨人的笨办法！千错万错，就错在自己找了这么笨的人来帮忙啊！许冬觉得浑身钻心的痛。这时，小王的车已经追上来了，远处，还传来了警笛声……

（本篇月月评短信代码：G213）

（题图：黄全昌）

最后一张
王牌

□ 美 桦

今天是乌木村选村主任的日子，选村主任不是什么新鲜事，可这一次跟过去不一样，乌木村是全县第一个要用电脑来统计投票结果的村子，整个选举过程还要借助学校教学的多媒体，用电脑现场直播，就是没来参加选举的老爷爷老奶奶，在家里照样可以从有线电视里看到，你说新鲜不新鲜？

事情新鲜，来的人自然就多，一大早，村民们就把选举的场地——乌木小学操场挤了个满满当当，上头派来的领导把主席台都坐满了。看着台上台下这么多人，当主持人的村支书心里直打鼓：这名声是闹出去了，可千万别出什么差错啊！

上午11时整，村支书宣布选举大会正式开始，参加竞选的两个候选人一个是老村主任丁大锁，另一个是村里的个体大户李小乐。两边投影大屏幕上，清晰地显示出两个候选人的详细资料，以及他们的一些日常生活画面。选民们大开眼界，在下面叽叽喳喳地议论着，不时传来一阵阵开心的笑声。

不过和村民们的兴奋劲儿相比，两个候选人倒是冷静得很，坐在位子上神情自若。老村主任丁大锁脑不热，眼不跳，心不慌，他相信，就凭自己这些年来给群众做的好事实事，这个时候就是什么也不说，他们也会投自己一票；个体大户李小乐更是一点不紧张，本来他就没想到要来参加竞选，还是村里几个年轻人赶鸭子上架把他推出来的，何况他的竞争对手老村主任对他有恩，要不是当初老村主任丁大锁的资助，他就不可能完成学业，也不可能在村里办起了两个养殖场、开发了三片果园，年纪轻轻就成了当地的首富。

"下面请两位候选人上台竞讲！"村支书一宣布，操场上嘤嘤嗡嗡的声音一下安静下来。就在这关键时候，只听啪的一声，屏幕上的图像消失了，音箱里没有了声音，原来是跳闸停电了。

几个人七手八脚拉上保险合上电，可是电脑重新一启动，刚才的程序不知跑哪儿去了，负责点鼠标控制整个程序的村支书急得手忙脚乱，可屏幕上要么显示其他内容，要么赖在那儿一动不动。

这真是越怕遇上鬼，饿鬼偏偏找上门。主席台上的领导们面面相觑，下面的选民先是一愣，接着就骚动起来，有人开始骂骂咧咧直嚷嚷："搞什么洋玩意呀，别耽搁我们的时间了！"

这下村支书可抓瞎了，整个程序是小学刘老师设计的，每一个步骤只需轻轻点一下鼠标，事前演练过无数遍都没出过任何差错，不巧的是，刘老师的母亲得了急病，他陪着进城看病去了。

看到村支书急成这样，老村主任丁大锁顾不得自己是候选人的身份，也赶紧上去跟着鼓捣。可是，老村主任更不懂电脑，急得抓耳挠腮，出了一通毛毛汗，那电脑还是不听使唤。

唉，真是急死人了！早知道是这样，还要这个洋玩意儿干啥？村支书那张脸气成了紫猪肝。就在这时，李小乐走了过来，说："让我看看，应该没多大问题。"台上台下都屏声静气，生怕弄出丁点响动让李小乐分心。众目睽睽下，李小乐三两下工夫，那显示屏幕就在选民的掌声中恢复了正常。

经过这一小段插曲，选举照常进行。丁大锁第一个上台发表演讲，他说："如果大家继续选我当村主任，我一定做到这三句话：第一，公道；第二，务实；第三，勤政……"老村主任的一番话，博得了下面一阵阵热烈的掌声。

李小乐接着上台，说"我也只有三句话，如果我当村主任：第一，我怎么干，我就带着大家怎么干；第二，外面怎么干，我就带大家学着怎么干；第三，巧干苦干，决不蛮干……"李小乐的演说，同样博得了阵阵掌

声。

选举开始了，一张张选票发下来，整个会场又沸腾起来。两个候选人坐在了一起，也各自拿到了一张选票。丁大锁偷偷瞅了李小乐一眼，心想：别看你小伙说得好听，就是我不投自己的票，你看谁当选！

在悠扬的乐声中，选民把自己的票投进了票箱，就等着电脑最后计票了。可就在这要命的时候，电脑又出了问题：电压太高，稳压器自动断电，

投影屏幕上又是一片空白。下面的选民又躁动起来，有几个小青年还吹起了口哨，村支书这回有了经验，赶紧过来请李小乐去帮忙。

李小乐过去一阵摆弄，电脑果然又开始工作了，不大一会儿，电脑计票结束，显示的结果却让在场的人都吃了一惊 老村主任丁大锁598票，李小乐也是598票！

这怎么可能？老村主任丁大锁傻了眼，他看了看电脑显示屏，再看看在一旁高兴得合不拢嘴的李小乐，心里突然冒出这么一个念头：这小子……会不会在那玩意儿上做了手脚？果然，台下的选民也有这样的疑问，有人开始交头接耳，嘀咕起来。

李小乐注意到了，他站起来对村支书说："刚才电脑出了两次小故障，为了真正体现选举的公正性，我建议用人工操作再将选票复核一次！"

李小乐这一合理化的建议立刻得到了大家的赞同。于是村支书找来五六个村民帮忙，忙活了半个多小时，人工唱票的结果出来了，跟电脑统计的完全一致：598对598！

这个结果让村支书犯难了：从统计数字来看，发出去的选票还有一张没收回来，要是这张票作废，热热闹闹搞了这么半天却还得重选！

村支书清清嗓子，说"从刚才投票的结果来看，还有一位选民没有投票。我们这场选举成不成功，谁能当

生活的道路一旦选定，就要勇敢地走到底，决不回头。 ——左拉

选村主任，就看这张王牌了！当然，这张选票怎么投，是选民的权利，这可是一票重千斤啊！"

出现这种情况，是老村主任丁大锁万万没有预料到的。只见他涨红了脸，黝黑的国字脸上渗出了一层细细的汗珠，一支接一支地抽着烟。

这时，村支书宣布："如果没人投票，今天的选举到此结束，什么时候重新选举，我们另行通知！"

"慢！"只听老村主任一声大喝，站了起来。为啥？最后那张王牌就在他手里捏着哩！

下面的村民顿时炸了锅，纷纷议论道："姜还是老的辣，关键时候留一手！""那还用问，这村主任他当定了！"只见老村主任填好选票，快步走到投票箱前，投下了这张选票。主持人笑眯眯地打开选票，刚要念"丁……"却一下愣住了，他定定神，仔细看了看，才重新念道："李小

乐！"老村主任竟然把这最后一票投给了自己的竞争对手李小乐！

人们愣住了，随即，整个会场沸腾起来。这时，老村主任走上主席台，用手示意大家安静下来，说："作为一个马上退下来的村主任，我最后一次站在这个地方说两句：时代进步了，我为有知识有文化的年轻人感到高兴，也为我们这些跟不上时代需要的老粗感到羞愧。不服老不行，不服输不行，我真心投李小乐一票，让他带着咱们共同发家致富！"

这时，村支书接过话筒，问台下的村民："大家同意算上老村主任投的这一票吗？"

台下沉默片刻，传来村民们整齐响亮的回答："同——意——"接着，爆发出雷鸣般的掌声！

（本篇月月评短信代码：G214）

（题图、插图：魏忠善）

· 本刊信息传真 ·

郑重声明

为严肃出版纪律，编辑部再次郑重声明：

1.本刊拒绝重发稿、抄袭稿。一经发现，编辑部将视情节轻重，对其作出相应的处理，如通报有关部门、在刊物上公开曝光等，并保留向司法部门起诉、追究法律责任的权利。

2.所有来稿务请注明：原创、翻译、改编、推荐、搜集整理以及需要说明的事项（包括该作品是否已投寄其他刊物）。

3.来稿三个月内未接到任何通知，作者可另投他处，编辑部不再退稿。

越闹越大

□ 崔叶松

董小军今年16岁，在一所管理严格的寄宿制学校读书，不知从哪一天起，他忽然觉得身体像气球一样开始充气：喉结突起，嗓音变粗，脸蛋上的"痘痘"们此起彼伏。他隐约知道，这叫青春期来临。更具标志性的是，他白天有意疏远女生，不和她们说话交往，而在夜里，女生们却常常跑到他的梦里来。

跑得最勤的是余晓露，她是董小军班的生活委员，个子比董小军还高，肥大的校服遮挡不住她丰满挺拔的曲线，白皙的脸蛋上有一些似有似无的绒毛，董小军总有一种想抚摸一下那些绒毛的冲动，但他知道，如果真干了那样的事，大流氓的帽子就会扣在自己的头上。

一天清晨，董小军在梦里，余晓露也在他的梦里，记不清是什么情节了，反正是被余晓露握住手的时候，董小军的下身一热……

董小军从梦里惊醒，身下热乎乎湿漉漉的，他明白自己干了什么，在心里一遍遍地骂着自己：董小军啊董小军，你才16岁，怎么就干了这么见不得人的事？要是让同学们知道了这件丑事，去死吧你！

起床铃响了，室友们陆续起床，可董小军却一直赖在床上，不敢起床——雪白的床单上有一览无余的铁证，如果自己的"丑行"大白于天下，就等着做大家的笑柄吧。董小军想好了主意，假装生病，等室友们都到教室上课了，再把床单洗干净，人不知鬼不觉地把证据销毁。

董小军叫寝室长沈亮代他向老师请假，沈亮一听他病了，就要带他到校医那里看看，吓得董小军差点尿裤子，好说歹说，才把大家都打发走了。

就在他准备起床洗床单的时候，寝室的门"吱呀"开了，走进一个人来。董小军定睛一看，差点没叫出声来——来者不是别人，正是余晓露！

董小军赶紧装出一副病恢恢的样子，问："生活委员，你怎么来了？"余晓露浅浅一笑，说："老师听说你病了，让我来看看你。怎么啦，哪里不舒服啊？"

董小军只有将戏演到底了，他龇牙咧嘴地说"发高烧，浑身没劲。"余晓露说："那我陪你到校医那里看看吧。"董小军哪里敢离开床单半步，紧张地说："不，我不要去！"

余晓露误解了董小军的意思，她笑了笑，斜坐在床沿上，安慰董小军说："你还是个男子汉呢，怎么那么怕医生啊？"说着，余晓露伸出右手，把手放在董小军的额头上，疑惑地说："额头凉冰冰的，没有发烧啊！"

余晓露的手一碰到董小军的额头，董小军就像被电流击中了，浑身紧绷着、战栗着，傻傻地盯着余晓露。刹那间，他的脑海里浮现出头天晚上的梦境，顿时呼吸急促，浑身燥热，仿佛有什么力量牵引着，不知不觉间，一把抓住了余晓露的手。

余晓露一愣，眼睛里满是惊慌，她下意识地挣脱着董小军，而董小军已经被自己吓傻了，没了理智和意识，双手紧紧地钳着余晓露的双手。

两个人就那么僵持着。

忽然，外面传来沈亮的大呼小叫："余晓露，董小军怎么样了？没牺牲吧？老师让我来看看情况呢。"

沈亮走进屋，看见钳在一起的两双手，他愣在那里，寝室里死一般寂静，三个人可以听见彼此的心跳声。

董小军还是没有意识把手撤回来，一个恐怖的声音在他的心里"轰轰"地响：董小军，你被抓了现行，你完蛋了，彻底完蛋了！

余晓露忽然俯下身来，用鼓励的口气说："董小军，抓紧我的手，快起来，到校医那里去，有病不治，会坏了大事的。"说着，她抓紧董小军的双手，用力一拉，拉着他坐了起来。

董小军出了一身冷汗，但也长舒了一口粗气。

沈亮好像大梦初醒，油嘴滑舌地调侃道："老天，把我吓了一大跳，我还以为看到了什么少儿不宜的镜头呢，原来是这样啊！我说董小军，你也太娘们了吧，医生有什么可怕的，不就是往屁股上扎针吗？"沈亮自觉失口，一吐舌头，说，"哟，说粗话了，该打！"余晓露的脸上飞过一丝绯红。沈亮不好意思地挠着后脑勺，说："委员长同志，何须你亲自动手，我背他到校医那儿去。"

董小军连忙又躺下来，把屁股定在床单上，装模作样地说："我浑身发软，不想动。"

余晓露清亮的眼睛望着他，董小军羞愧地闭上双眼，恨不得找条地缝钻进去。过了一会儿，余晓露忽然说："对了，我想起来了，我的寝室里有一支温度计，我先拿来给你量量体温吧。"说完，她走出了寝室。

没多久，余晓露回来了，带回了一支温度计，让董小军把温度计夹在腋下。董小军的心"扑通扑通"直跳，他身体冰凉，发的哪门子热啊！眼看装病就要露馅了，这可怎么办？

煎熬了大约五分钟，余晓露要董小军拿出温度计，他不情愿地递了过去。余晓露仔细地看着温度计，说："还好，不怎么烧，我刚才去问了校医，他说这几天气候变化大，不舒服的人很多，不要紧张，多喝点开水就好了。沈亮，董小军没有什么事情，我们走吧，让他好好休息。"

风云突变，这越闹越大的事态就这么偃旗息鼓了。

余晓露和沈亮走了，董小军赶紧起床，飞快地将被单洗干净。

虽然事情算是风平浪静了，但董小军一直不敢正视余晓露，因为他的那次冲动，因为余晓露机智地给了他那个"台阶"，他更害怕看见她热情善良而清纯的目光。

过了几天，一个专家来到董小军班里，给他们作讲座，主题是怎样安全地度过青春期。专家有一段话好像是专门对董小军说的："青春期来临了，小伙子们会对异性有朦胧的情感，这不是什么见不得人的事，相反，我要恭喜小伙子们，这说明你们的生理和心理都是正常的……"听到这里，董小军偷眼看了看余晓露，发现她也在看着自己，还调皮地朝他努了努嘴。

讲座结束后，余晓露跑到专家身边，一把抱住他，亲了他一口说"爸，本小姐交给你的光荣任务，完成得不错。"

董小军一吐舌头："乖乖！原来是专家的女儿，怪不得把我演的把戏看得那么透彻呢！"

（本篇月月评短信代码：G215）

（题图、插图：谢　颖）

礼貌是儿童与青年所应该特别小心地养成习惯的第一件大事。——约翰·洛克

老子教你开窗户

□ 徐　洋

刘东亮有两个孩子，一个是他和第一个妻子生的男孩，叫小刚，今年9岁；另一个是他和第二个妻子生的女孩，叫小妮，今年4岁。刘东亮的第一个妻子和他结婚后的第二年就因病去世了，几年之后，他又认识了现在的妻子，结婚前单位要分给他一套大一点的房子，可妻子给他出主意说："小刚又不听我的话，和咱们住在一起你就不怕把我气死？干脆你和单位商量一下，能不能给我们分两套小房子，让他离我们远一点。"

刘东亮向单位提出这个要求，得到了单位领导的同意，给他在同一个单元里分了两套小房子，一套稍大点儿的在二楼，一套小的在六楼。刘东亮对小刚说："你是个男子汉，要从小培养自己独立生活的能力，你一个人住六楼吧。"刚上小学的小刚默默地接受了这个安排。

从此小刚除了吃饭时来二楼，别的时候都在六楼。二楼的这个家装修得金碧辉煌，而楼上小刚的家里只有几件旧家具和一些用不着的杂物。

最近几天，刘东亮和妻子都得了感冒，刘东亮的妻子说："让小妮白天上楼去和小刚在一起吧，免得把她也传染上。"刘东亮觉得有道理，就把小刚叫下来，对他说："爸爸和妈妈都感冒了，怕传染上妹妹，让她这几天和你在楼上玩吧。"小刚正在放寒假，他答应一声，拉起小妮的手就要上楼去，刘东亮叫住他："等等，上去以后把窗户先打开，给家里通通风，要不你们

也会感冒的。"小刚点点头，就拉着妹妹上楼去了。

这天吃晚饭的时候，小刚和小妮下来了，刘东亮问小刚："你上去开窗户了没有？"小刚没有说话，小妮在一旁说："他没有开。"刘东亮瞪起眼睛骂了小刚一顿，才让他吃了饭。

第二天小刚下来领小妮时，刘东亮的妻子又吩咐他说："小刚，听你爸爸的话，屋子里空气流通了才不得病，你上去后要先把窗户打开吹一会儿啊，听见没有？"刘东亮也说了几句，两个孩子就又上去了。

又到了吃晚饭的时候，小妮一个人先下来，正好碰上下班回来的刘东亮，他一边脱外套一边问小妮"你哥今天开窗户了没有？"小妮使劲摇着头说："没有！"刘东亮的妻子在一旁说："我说什么来着？你这个儿子是越来越不听你的话了，你要是再不好好管管他，他将来还不定怎么样呢！"刘东亮的脸一下子就涨红了，脖子上的青筋一跳一跳的。他找来一根铁尺子，握在手里，等着小刚下楼来。

小刚一进门，刘东亮就问："小刚，爸爸问你，你今天开窗户了没有？"小刚抬起头眨了半天眼，说："没开……"刘东亮一把将他拖进里屋，摁在床上，让妻子过来帮他把小刚的裤子脱下来，一只手压住，另一只手挥起铁尺狠命抽了起来。一下、二下、三下……小刚也不出声，就见他的小屁股由黄变红，由红变紫，最后渗出了鲜血。刘东亮实在是打累了，就停下手，大喊："走！现在上去开窗户，老子就不信教不会你！"

小刚眼里噙着泪水，提着裤子一瘸一拐地在前面走，刘东亮手拿铁尺在后面跟着，一直来到了六楼。屋门打开了，里面一片漆黑，小刚径直往里走，刘东亮伸手去开灯，灯没有亮，可能是灯泡坏了，刘东亮这才意识到自己已经好长时间没有上来过了，他拿出打火机点燃，对小刚喊着："去，我看你究竟会不会开窗户！"小刚站着没动，刘东亮更火了，一脚踢过去说："你不会开老子开给你看！"说罢走到窗台前就要开窗户，这时他手里的打火机火苗闪了几下灭了，他又一次打着火，伸手去开窗户，可他的手停在半空中不动了，他愣愣地看着，窗户没有开，哪来的风呢？他终于看清楚了，原来那窗户上没有玻璃。

刘东亮想起来了，几个月前，小刚和自己说过，妻子有一次上来朝他发火，把玻璃打碎了。当时刘东亮还说会给他安上的，可后来不知怎么就忘记了。

风从破窗口吹进来，把刘东亮的头发吹得飘了起来，他抱住头，蹲了下来，发出了低沉的抽泣声……

（本篇月月评短信代码：G216）

（题图：魏忠善）

□民子

阿里的任务

故事发生在非洲一个小国。多克大叔住在乡下，一天，他的儿子巴德从城里捎来口信，说急需2万先令，让他赶紧派人送去。

多克大叔犯了愁，他岁数大了，腿脚不灵便，让谁去送这笔钱？要知道2万先令可不是个小数目，它可以换600只羊或100匹马呢。

想来想去，多克大叔想到了阿里，阿里是个热心肠的小伙子，虽然家里穷，但是人正直，讲义气，而且体格强健，把这件事托付给他，一定不会有什么问题。

于是多克大叔把阿里请来，试探地问他愿不愿意替自己带点钱给城里的儿子。阿里二话没说，爽快地答应了。

多克大叔犹豫了一下，决定告诉阿里这笔钱的数目，如果他不贪，一座金山也不会让他动心，如果他想据为己有，那一分钱也不会嫌少的。多克大叔小心翼翼地说："这笔钱有2万先令，路上千万不能大意呀。"

听说有这么多钱，阿里也吓了一跳，他见多克大叔用期待的眼神望着自己，便拍着胸脯说："大叔，您既然信得过我，我一定会分文不少地把它交到巴德兄弟的手里！"

第二天一早，阿里接过多克大叔交给他的那个装钱的小包裹，紧紧地缠在腰上出发了。

到城里需要翻两座大山，如果顺利的话，早晨出发，晚上太阳落山前就可以赶到城里了。

阿里大踏步向前走，临近傍晚，已经远远看到城里高楼的尖顶了，就在这时，远处传来急促的马蹄声，不一会儿，十几匹快马就到了跟前，马上全都是穿蓝制服的士兵。

一个上尉上下打量了一下阿里，用马鞭指着他说："你，现在是我的手下了！"

阿里忙说："很抱歉，先生，我不能当您的手下，我要赶到城里去完成一项很重要的任务。"

上尉哈哈大笑起来，喊道："任务？我告诉你小子，我们刚刚推翻了国王的独裁统治，一个新的国家就要诞生了，你现在的任务就是跟我们一起革命！否则，你就是老国王的支持者，我马上把你枪毙！"

在士兵们的逼迫下，阿里只得参加了叛军，他心急如焚，多克大叔托付给自己的事儿还没办成呢！万一自己被乱枪打死，岂不是辜负了他的期望？不行，一定要活下去，一定要想办法逃走！

这天，部队来到一处原始森林附近扎营。晚上，阿里趁守卫不备，悄悄溜出了营房，直奔原始森林而去。

阿里跑出没多久，后面就传来了枪声，显然被人发现了。他一头扎进森林，拼了命地往前跑，只求能躲过追兵。不知跑了多长时间，后面什么声音也没有了，这时，他才觉得累极了，就爬到一棵高大的树上，用腰带把钱和身体都捆在树干上，然后呼呼地睡了一觉。

阿里醒来时，森林里仍是黑漆漆的，只有透过树叶漏下来的几点光告诉他天已亮了。阿里估计部队已经走远了，便决定走出森林，这时他才发现：自己迷路了。

要想从原始森林里走出去，可不是一件容易的事。阿里成了森林里的"野人"，他吃野果，睡草叶，钻木取火，有时逮一两只小动物充饥，还要千方百计躲开野兽的袭击。身上的衣服被挂得一缕一缕的，他干脆把它们扔了，用藤条和树叶把身子围起来，只有那个装钱的小包还保存得好好的，阿里总是想："这是多克大叔的2万先令，我得把它送给城里的巴德，上帝保佑，别让我把它弄丢了。"

阿里没有手表，也不知道过去了几天，他认为只要照直走，总有一天能走出森林，所以除了睡觉和吃东西，其他时间他都沿着一个固定的方向走，用匕首割断拦路的荆棘，每走一段距离都要做个记号。谁知，他在长途跋涉了几天几夜后，竟然看到了以前做过的记号，也就是说，他在森林里兜圈子! 阿里不信邪, 又往前走, 可是几天以后, 他再次回到了原地。

这样反复几次后, 阿里明白自己在做无用功, 难道自己一辈子都走不出去了吗?

他低下头, 伤心地哭了起来。他一边哭, 一边看着自己的脚, 看着看着, 突然发现了问题! 他一直以为自己是在走直线, 可是他的脚并没有走直线, 因为体格的原因, 右脚总比左脚迈出的步伐大那么一点儿, 虽然差距小得几乎看不出来, 但这些差距一点一点积累起来, 会越来越大, 越走越向左偏, 最后就会兜一个大大的圈子回到起点。

阿里想明白原因以后, 禁不住哈哈大笑, 笑声震得树叶哗哗地落了下来。他用树枝仔细测量了一下, 量出右脚跟左脚迈出的步伐间那个微小的差距, 估计自己每走100步, 会向左偏离一步, 于是他重新出发了, 每走100步, 就向右横跨出一步。

靠这种笨方法, 阿里不在森林里转圈了, 他发觉

树木一天天稀疏起来, 终于有一天, 他走出了原始森林, 真是千辛万苦哪! 这时, 他身上裹着树叶, 脸上的胡子和头发已经连在一起, 当他走进一个小村子时, 小孩子吓得四散奔逃, 大人们赶紧拿来棍棒和锄头准备自卫, 大家都把他成真正的野人了。阿里费了好大劲才让人家明白是怎么回事, 村民们告诉他, 从他逃跑时算起, 已经整整过去了两年, 战争在几个月前就结束了, 叛军被打败了, 国家又恢复了秩序。

阿里很高兴, 再也不会有恶狠狠的军官要处决他了, 他可以大大方方地去城里, 把钱交给巴德。

他问清了道路, 发现这里离目的地不算远, 大概只有200公里, 三四

天就可以赶到那里。阿里剃了胡子，理了发，穿上了村民送给他的一套旧衣服，带上一些干粮，一天也不耽搁，直奔城里。

路上，阿里饿了啃几口干粮，渴了讨杯水喝，也不乘坐任何交通工具，因为他兜里一分钱也没有——那2万先令是多克大叔给儿子巴德的，自己一分钱也不能动。

上帝保佑，巴德还住在原来的地方，当他听说阿里来交给他2万先令时，惊讶得张大了嘴，他当时还跟爸爸打过赌，说阿里肯定是拿着钱跑了，后来多克大叔不得不认了输。不料两年后，阿里竟然会送钱来！

巴德把阿里迎进客厅，然后听他结结巴巴地讲述了这两年来的遭遇，忍不住眼圈就红了，他为阿里倒了一杯酒，递给他，满怀感情地说："兄弟，我真不知道该怎样谢你！你可能不清楚，我现在是多么迫切地需要这笔钱！"

阿里高兴地笑了，他骄傲地接过酒杯，一饮而尽，说道："这就好，没有耽误您的正事，既然任务已经完成，我得告辞了，我已经两年没有回家了。"

巴德忙说："等等！我得给你点什么作为酬劳……请把我的马牵走吧，如果你不喜欢，尽管把它卖掉，我知道这点酬劳跟你所付出的代价相比实在算不了什么，但我只能做这么多了。"

阿里激动得有些手足无措，他以为巴德至多会给他几先令小费，没想到却是一匹价值200先令的马！他叫道："巴德先生，这个酬劳已经够贵重的啦！我真不知道该如何谢您！"

于是阿里牵着那匹毛色油光发亮的马走出了巴德的家，他决定把马卖掉，先好好地吃上一顿，然后再给自己买一身新衣服。

阿里把马牵到市场上，一个马贩子仔细看过了他的马后，开价道："20万先令。"

阿里大吃一惊，这匹马值20万先令？天哪，自己给巴德捎过去2万先令，他竟然送给自己一匹价值20万先令的好马？什么马能值这么多钱呢？

"先生，你能否跟我解释一下，"阿里急切地问，"这匹马有什么特别，为什么会值这么多钱？"

那马贩子像看个外星怪物似的盯着阿里说："不，它只是一匹普通的马，我给的这个价也很合理，不多不少。"

阿里越发糊涂起来，他问："如果一匹普通的马就值20万先令，那2万先令可以买些什么呢？"

马贩子吃惊地叫起来："先生，您不会是刚从沙漠深处跑出来的吧？自从战争结束后，钱就贬值了，现在，2万先令只能买到一顶帽子啦。"

（题图、插图：箭 中）

换一换门票 □路 程

罗林是县文工团的团长，如今文工团的日子可不好捱，职工的工资、奖金都得靠自己到演出市场去挣，可是文工团的演出没人看，票都卖不出去。为这事，罗林都快愁死了。

星期六上午，罗林正在家发愁，有人敲响了他的屋门。罗林打开门，进来的是他高中时的同学薛建宇。他俩在学校里铁哥们，所以罗林一见薛建宇，郁闷的心情即刻消去了许多，高兴地招呼薛建宇坐下，掏出香烟要给他递上。

"算了吧，抽我的。"薛建宇摆摆手，从衣袋里掏出一盒烟，调侃地说，

"你堂堂一个文工团的团长，怎么还抽这三块钱一盒的烟呐？"

罗林苦笑道："唉，我哪能和你大老板比呢？你做一趟生意，就能赚上万块钱，我们辛辛苦苦准备三四个月，全团才得几千块，你就说上星期的演出吧……"

"噢，我听说了。"薛建宇打断他的话，摇摇头道，"两场演出的门票还不到3000块，是不是？我早就说过，你干脆跟我去搞生意算了。"

"搞生意？说起来倒容易。我没有本钱，而且除了会演点戏外，其他都一窍不通，怎么搞？"

"活人哪能让尿憋死呢，"薛建宇吸进一口烟，然后缓缓地将烟雾呼出，接着说，"眼下我有一宗生意，一不要你出本钱，二不要你跳出你的本行，就看你愿不愿做。"

罗林一脸的不相信"哦，有这样的好事？我看你是给我胸口挂钥匙——想找我开心吧？"

"嗨，老同学，我什么时候蒙过你？你带上人马跟我到村子里去演出，不过人别多带，包括你在内至多5个人，演出时间一个半小时以上。演出结束后我给你们500元，门票收入归我。怎么样？"

罗林哈哈笑道"老同学，别开玩笑了！我们在县城演出两个小时，人均门票收入才80来元，你要我们到村子里去演出，给每人100元，没搞错吧？"

"没搞错！今天晚饭后6点钟我开车来接你们，去高岭村。"

罗林一听高岭村，脑袋更是晃得跟拨浪鼓一样"高岭村我去过，那里的农民穷得房屋都上漏下破的，你在那里能卖出门票？"

"这你就不用操心了，我自有办法。"

罗林看着薛建宇肯定的神色，半信半疑地答应了。

晚饭后，薛建宇准时开着面包车来接罗林他们了。汽车在山路上走了

一个半小时后，到达了高岭村，在一间大大的厂棚前停下，那里用木材搭了一个临时舞台。薛建宇搬出随车带来的音响设备播放歌曲，没多久，村民便三三两两携带着凳子，来到了厂棚前。

罗林发现，薛建宇并不卖门票，村民们每人只要递给薛建宇几个罗汉果，便能进场，到开演时，厂棚内已经坐了二百多人。

一个半小时的演出，有歌舞、乐器演奏、三句半和魔术表演，村民们的喝彩声和掌声不断。演出结束后，不少村民还围着罗林他们不肯散去。一位中年人挤过人圈走到罗林面前，说："我是邻村的，你们能不能找个时间到我们那去演一场？我们那里也有罗汉果，过一段时间还有沙田柚呢！"罗林高兴地说："好啊好啊，我们一定安排时间去，一定去！"

回到面包车上，薛建宇从口袋里点出5张100元，"刷"地递给罗林。罗林接过钱，感觉还是像在做梦一样，这钱来得可比在县城演出容易多了！他忍不住提出了疑问："老同学，你别是看我日子难过来献爱心吧？我看你没有卖门票，收的是罗汉果，你不是亏了吗？"

薛建宇嘿嘿一乐，边发动汽车边说："千做万做，吃亏的生意不做，罗汉果有什么不好？你知道吗，现在市场上，一个罗汉果最低要卖一块八毛

大学里那些爆笑的人名

◇ 音乐老师叫管风琴，健美老师叫陈亚玲，锅炉热处理专业老师叫吴嬉梅。

◇ 偶然看见一个名字，秦寿生，不知道他父母是怎么想的。

◇ 吴安全——是学校的司机。

◇ 大二期末考试，有一门课是《马克思主义哲学原理》，全系只有一个学生没及格，他的名字叫——马哲。

◇ 宋秋波——是个结实粗壮的男生。

◇ 大学基础部有两个老师，很严厉，很多同学考试都栽在他们手里，一个叫李复周(同学们叫他"李翻船")，一个叫史定一(同学们叫他"一定死")。

◇ 有个学生，哥哥叫"陈剑桥"，弟弟叫"陈复旦"，但是两人高中都没有念上。

◇ 有个男生叫吴礼坚，偏偏来了个湖南的老师，"吴""胡"发音不清，结果变成"狐狸精"。

◇ 有个孩子叫子腾，本来挺文雅的名字，偏偏老爹姓杜，郁闷了好久，就忍了。

◇ 有个同学叫费彦，开学点名笑翻了一片；经过1个月军训，他改名叫: 费红忠，原来没笑翻的这回都翻了。

(推荐人: 林少华)

钱，就是给收购商每个也得一块钱。今晚这场演出，我收到了一千多个罗汉果，给了你们500元，我还有赚的咧。"

经他这么一说，不仅罗林，其他演员也都对薛建宇佩服得不得了。罗林问："老同学，你怎么想到用罗汉果当门票这一招的呢？"

薛建宇笑了笑说："前天有位在市里开茶馆的朋友告诉我，说如今城里流行用罗汉果泡茶喝，要我帮他买一两千个。我打听到高岭村一带今年刚开始试种罗汉果，因为害怕种不成，每家种得都不多，收获的就那么几十个，这儿交通不方便，所以都没拿去卖，留在家里。另外，这个村的村民们因为穷，连电视都买不起，更别说看文艺演出了。你想，让他们用罗汉果换演出看，不是瞌睡碰着枕头吗？"

罗林听了，恍然大悟道："你这一招我们得学一学，今后下乡也要换一换门票。"

薛建宇指指自己的脑袋，说"不仅仅是换门票，现在是市场经济了，我们的思维也该换一换才行！"

罗林不再吭声，他和车上的其他演员都陷入了沉思。

(本篇月月评短信代码: G217)

(题图: 黄全昌)

三绝壶

□ 肖建国

民国年间，羊城西门有家如意茶庄，经营茶叶和茶具。茶庄里有两个伙计，一老一少。老的叫黄师傅，有五十多岁，负责店里的买卖。少的叫阿康，是个杂工。

老东家在世时很倚重黄师傅，黄师傅看茶从不问客商，更不用品，只需抓起一撮茶叶放在掌心，然后双手合拢，猛地呵上一口气，捂紧。少顷，放到鼻端，眯着双眼，用力一嗅，便能报出：武夷头水岩茶、安溪明前铁观音、福州香片六月白、杭州龙井……一席话说得供货商大眼瞪小眼，服服帖帖地按黄师傅报的价结账。

现在老东家下世了，少东家做主，就有点嫌黄师傅碍眼。这也难怪，黄师傅背驼了，头发也白了，除了眼睛，身子骨一年不如一年，站在店里怎么看都有损门面。

阿康看出了少东家的心思，一日，趁黄师傅不在，阿康就向少东家提出：他想跟黄师傅换位子，而工钱只拿黄师傅的一半就行。少东家起

初有些犹豫，怕阿康不懂行情。阿康说："做买卖这活，全靠眼睛灵活，俩钱买三钱卖，薄利多销，胜似利高。"少东家见阿康说得头头是道，才慷慨应允。黄师傅一回来，看阿康脱了粗布短褂，穿上长衫在店里招呼客人，心里马上就明白了是怎么回事，长叹一声，拿起扫帚走向了后房。

这一换，黄师傅还真有点吃不消。毕竟是上了年纪的人，遇到挑水劈柴搬煤球的重活，常累得汗流浃背，气喘吁吁。少东家像没看到似的，有时还一个劲地催他快些。黄师傅心里明白，这少东家是变着法儿在撵自己走呢，算算日期，离过年还有近三

个月的时间，就想咬牙坚持干到年尾再走。不想半个月下来，黄师傅就病倒了。这下可吓坏了少东家，黄师傅万一有个三长两短，自己不但贴钱贴物，而且还会沾上一门子的晦气，那才叫偷鸡不成蚀把米。直到请来的郎中说这是急火攻心，休养一段时间就会好的，少东家这才放心。

等黄师傅病愈后一结账，不但几个月的工钱被扣完，而且欠下少东家20个大洋。少东家显得挺仁义，说："看在你跟我们家几十年的份上，这些欠的钱就不要还了，病好后，你早日返乡养老吧。"

黄师傅很平静地看着少东家说："欠钱是要还的，否则我就是到了阴间也不会安宁。这样，三天后你的店再让我打理一天，我若能比平时多卖出钱来，就算还债和路费如何？"

少东家一听，心里立刻盘算开来：三天后是什么节日？冬至过了，阳历年没到，跟平日没什么两样呀。不如做个顺水人情，也好让黄师傅死心塌地地走，于是就点头同意。

到了第三天，少东家怀着好奇的心情也早早起了床，在大街一溜达，就看见许多洋行门口贴了一个戴红帽的老人像，一打听才知道，原来是西方的圣诞节了，据说这一天洋人买东西都很大方的。少东家暗道：好险，差点被黄师傅占了便宜！他回到店里，就见黄师傅已换上一身干净的衣衫，精神抖擞地和阿康站到了一起。你还别说，这天来的外国客人确实比以往要多，但一个个都被阿康抢在前头拦住了生意，有时忙不过来，少东家亲自出马，故意不让黄师傅接待客人。黄师傅只有一脸的苦笑。

到了下午，来了一个鹰钩鼻子蓝眼睛的洋买办。少东家认识，这个洋人叫吉姆逊，是个有名的中国通。吉姆逊先闻茶叶，再看茶具，看完一圈，摇摇头，嘴里直叫No，显然是没有看到中意的东西。跟在他屁股后面的阿康忙把吉姆逊领到了精品小柜前，那里面摆放着几件清朝年间的朱泥小壶。吉姆逊挨个拿起，敲敲，闻闻，又用手背在壶底来回摩擦几遍，然后大大咧咧地说："这些都是赝品，声杂、味腥、有毛刺，我要真正的宜兴陶器。"几句话，全说到点子上了。阿康蔫了，少东家也无语。吉姆逊一耸肩，就要跨出门去。正在这时，黄师傅说了一声："吉先生请留步。"吉姆逊转过头来，很纳闷地看着黄师傅。黄师傅笑着问："吉先生，要是好壶，你可出得起价钱？"吉姆逊指指外面的洋车，得意地说："钱是不成问题的。"

黄师傅点点头，转身进屋，不一会儿，拿出一把壶来。看到这把壶，差点没把少东家和阿康笑掉大牙。原来，这把壶是几年前宜兴一个供货商送给老东家六十大寿的贺礼，壶送来

·传闻逸事·

后，老东家已经过世了。这壶表面好看，但壶底有一条裂纹，虽不漏水，也没人会买。少东家准备扔掉，黄师傅却收了起来，当了自己晚上备用的痰盂缸。没想到经过几年唾液的浸润，这裂纹竟自动愈合了，现在这把洗得乌黑锃亮的小壶就放在吉姆逊的面前。

吉姆逊一看，眼里顿时放出两道蓝光。这是一把紫砂小壶，形同鼓肚，耳把浑圆，壶身上面刻有二十四行草，壶底篆刻五个小字："平生一片心"。吉姆逊用中指的戒指轻叩壶身，发出清脆之音。他又用手背轻拂壶口，除了有平滑如玉的感觉外，而且还带有一丝凉气沁人肌肤。再看看那些诗

文，如鬼斧神工，笔笔流畅有力。吉姆逊看完，沉吟良久才说："这是一把'三绝壶'啊。"

吉姆逊这么一说，少东家和阿康都感到莫名其妙。黄师傅却微微一笑，问道："不知吉先生能否说出是哪三绝呢？"吉姆逊不假思索地说："第一绝就是这壶式，为乾隆年间的宰相陈鸿寿所绘，经宰相之手，土木野草都要贵上三分；其二绝就是壶身上的诗是唐朝诗人卢仝所做的'七碗茶诗'，这些字可谓铁画银钩，力道逼人；其三，这把壶是宜兴制陶大师叶时春所制。这把壶集了陈鸿寿的款、卢仝的诗、叶时春的手才得以问世，故称'三绝壶'。"

一席话，少东家和阿康听得如同天书，不知是真是假。黄师傅却竖起大拇指道："吉姆逊先生果然是个中国通啊，对中国的茶文化了解之深，让人钦佩！"

吉姆逊又要求用茶一试，这是检验好壶最有效的办法。

黄师傅挽起袖子，随便舀出一勺茶叶，放在壶内，加水烹煮。不一会儿，热气升腾，蟹眼过后鱼眼，茶味从壶嘴喷出，刹那间满室飘香。黄师傅倒了一盅递给吉姆逊，吉姆逊慢慢品尝了一下，只觉一道热浪过后，腹腔甘甜，口舌生津，不禁连声赞道："好茶，好壶！"

吉姆逊问黄师傅这把壶卖多少

钱,黄师傅不说话,只伸出一个指头。少东家一看,心里连叫乖乖,一把破壶竟想收人家100个大洋,真是异想天开。不料,吉姆逊点点头:"我买下了。"说着,一下子就掏出1000块袁大头,放到了柜台上!这下把少东家和阿康都喜得头脑发晕了。

黄师傅倒不见得怎么高兴,朗声道:"这把壶确实不错,不过吉先生你看清了,这是把赝品壶,由后人仿制的,并非真正的'三绝壶',你出这么多钱,不怕被我骗了?"少东家听了这话,好像三伏天被兜头浇了一瓢冰水,差点昏过去,这天下生意人哪有主动承认自己卖假货的啊!

吉姆逊直视了黄师傅一会,哈哈大笑道:"黄师傅这样磊落的人,真是难得一见啊!这把壶若是真正的'三绝壶',那就是国宝了,以黄师傅的为人,也断然不会轻易出卖。我早就看

出来,这把壶是赝品,但它仿造的工艺绝对值这个价钱。更主要的是,这把壶让我找到了了解中国茶文化的钥匙,这才是无价之宝。黄师傅,冲你这份坦诚,我决定了,以后洋行所有的茶叶都到你的店里来买!"

吉姆逊说完,收起茶壶,驾车走了。黄师傅也提起早已准备好的包裹,朝少东家作了一个揖,只从柜台上拿了10个大洋,就大踏步出门而去。

好半天,少东家才醒悟过来,叫阿康赶紧去追。

阿康撇撇嘴,说"洋人的汽车跑得那么快,怎么追得上?"少东家跺脚道:"你真是个笨蛋!我让你去追黄师傅,他才是真正的无价之宝啊。"

可门外早已不见了黄师傅的踪影。

(题图、插图:俞跃庭)

猫腻

□ 周浩

豆子最近要装修新房，他听说现在装修行业的猫腻特别多，一不留神就会挨宰被坑，于是提高警惕，全程监督，生怕装修队在材料和价格里面做手脚。

装修了个把月，该铺地板了，豆子对地板一窍不通，于是拉上施工队长老石头去给他把把关。但是豆子又担心老石头认识建材店老板，合起伙来骗他，于是特地打的带着老石头来到市郊的一个建材市场。豆子想，就算老石头神通广大，也不会在这么远的市场认识人吧。

在市场里，他们一家一家地挑起了地板。豆子暗中观察老石头，没发现他有什么异样，看来是玩不成猫腻

啦，豆子的心情放松下来。

两个人挑选了半天，最终豆子看中了一家店的地板，颜色、花纹都合他的意，老石头也说这个地板的质量不错。经过一番讨价还价后，双方约定了每平方米 200 元的价格，豆子就准备付钱。说来也巧，这家店的隔壁是一家厨卫用品店，墙上挂满了大镜子，豆子无意中朝那边瞥了一眼，这不看不要紧，一看吓一跳。原来他从镜子里看到，站在自己背后的老石头朝木材行的老板眨了两下眼睛，而老板也朝老石头回了个眼色。

这里面一定有猫腻！好玄哪！豆子想到这里，便找了个借口，打道回府了。回去的路上，他发现老石头无

精打采的，更确信了自己的怀疑。

　　只是，豆子一直都在现场，老石头和素不相识的建材店老板是怎么秘密商量的呢？这个谜，豆子一直没想明白。

　　豆子费了一番周折，终于找到一个了解内幕的"专业人士"，从他那里知道了其中的蹊跷。原来建材市场上都有通行的暗号，施工队长和老板根本不用事先认识，也不用说话，而是通过眨眼睛来传递信号。施工队长朝老板眨一下眼睛，就表示成交后向老板要一成回扣，眨两下，就是要两成；如果老板也眨一下就表示同意，眨两下则表示不行。这些都是"潜规则"，像豆子这样的外行当然是不会知道的。

　　豆子算了一下，就他那套100平方米的房子，老石头眨了两下眼睛，就能赚他三千多元！豆子恨得咬牙切齿，在心里把老石头骂了个狗血喷头。

　　骂归骂，但是地板还得买，豆子眼珠子一转便计上心来。

　　第二天，豆子拉着他的舅舅来到了另一家建材市场。这次舅舅扮演业主，豆子扮演"施工队长"。豆子和舅舅配合得很默契，可是逛了半天也没买成地板，豆子已经记不清到底向多少老板眨了多少回眼睛，使了多少眼色，可是每到最后关头，老板们总是以断货为由，忽然对他们冷眼相待。无奈，豆子又只能无功而返。

　　出了建材市场，豆子直奔那个"专业人士"家，愤愤不平地对专业人士说道："什么潜规则，根本就不是那么回事。"专业人士不慌不忙地听豆子把白天的事说了一遍后……

　　请问，专业人士问了什么？

　　A. 你去的是哪家建材市场呀？（短信代码：GA）　B.你是怎么眨的眼睛？（短信代码：GB）　C.你眨了几下眼睛？（短信代码：GC）　　**（题图：谭海彦）**

猜情节，赢大奖

　　开动脑筋，猜想正确的情节！请选择你认为正确的情节发展，将其短信代码发送到200056（中国移动）或900056（中国联通）。我们将在本月下半月的刊物上刊登这个故事的结尾，并从竞猜正确的读者中抽取优胜奖20名，赠送价值100元的纪念品；从参加竞猜的全部读者中抽取参与奖500名，赠送价值10元的纪念品。

　　参加全年情节ABC活动的3名读者更将获得特等奖彩信手机一部！本期活动截止日期为11月5日。

　　得奖读者在评选结果揭晓后将得到短信通知。本活动每条短信收取0.50元。

害群之马

□原作：莱奥纳德·科普
□改编：刘　瑞

有两个年轻人，一个叫布鲁斯，另一个叫杰克，他们都没有啥正经职业，整天在街上瞎混。这天，两个人又商量着去搞点钱来。布鲁斯喝了两杯酒，瞪着通红的眼睛，问杰克："你有没有胆子跟我去做笔大买卖？"

杰克凑上前，好奇地问："什么大买卖？"布鲁斯说："我听人说，哥伦比亚的毒品可便宜了，我们去那里弄点货回来卖怎么样？"

杰克听了，一吐舌头，他知道贩卖毒品万一被抓获意味着什么。可是，花花绿绿的钞票对他来说诱惑更大，最后，杰克答应和布鲁斯一起干。他们从银行里拿出了全部的积蓄，当作买毒品的本钱，虽然钱不是很多，但也能赚上一笔。偷运毒品可不是简单的事，最困难的一关莫过于通过机场的海关检查，为此，两个人制订了周密的计划。

第二天，他们买了机票，登上飞机，到了哥伦比亚的首都波哥大。在波哥大一切都很顺利，他们很快找到了卖家，谈妥价钱，用一捆美元换回一只装着白色粉末的袋子，杰克还装出很专业的样子闻了闻，尝了尝——其实他俩对毒品一无所知。然后，他们带着毒品，迅速回到了旅馆房间。

在房间里，两个人开始了细致的"手工作业"，他们拿出事先准备好的两条过滤嘴香烟，小心地把烟卷里的烟丝抠出去，填进毒品，再用烟丝把烟头部分伪装好，然后把香烟放回烟盒，按原样封起来。最后，他们把香烟装进两只机场免税商店的塑料袋，上飞机的时候，把塑料袋拎在手里，

择友宜慎，弃之更宜慎。——富兰格林

就好像是刚从免税商店买的一样。

准备停当，布鲁斯和杰克胆战心惊地踏上了回国的旅程，成败在此一举啊！在波哥大机场，他们顺利地登上了飞机。可是，这只是成功了一半，对他们来说，还有一道关要过，那就是飞机在到达目的地之前，要在一个叫奥斯汀的地方停一下，乘客们转乘另一架飞机。布鲁斯和杰克都有些紧张，因为在转机的过程中，他们随时可能遇到海关人员的检查。

飞机在奥斯汀平稳着陆了，布鲁斯和杰克一前一后地通过了检查护照的关卡，还好，检查人员对他们手里拎的袋子没有丝毫怀疑。布鲁斯和杰克不由暗自庆幸，谁知，他们往前走了不到20米，突然被两个穿海关制服的官员拦住了。一个官员面无表情地把他俩请进了一间小屋子，指着他俩手里的塑料袋说："把袋子打开，我们要检查一下。"

布鲁斯强装镇静，挤出满脸笑容说："这是我俩刚在免税商店里买的，每人只买了一条，不用再交钱的，难道还有什么问题吗？"那个官员冷冷地说："对，免税商店买的东西是不用交钱，但这两个袋子没有按规定封住口，这有点令人怀疑，按照我们的规定，必须仔细检查一下这些香烟，说不定里面藏着毒品或者别的什么东西呢……此外，你们还要付一笔罚金。"

杰克结结巴巴地说："先、先生，我们的飞机就要起飞了，没有时间了……"

另一个官员听了，用理解的口气说："哦，如果你们有急事的话，也可以把香烟留在这里，我们就当没发生过这事……"

杰克和布鲁斯对视一眼，从对方的眼神里，他们都看出了同样的意思：丢钱总比丢命强！于是，他俩装出一副很着急的样子，说："哦，好吧，那就算了……两条烟也值不了几个钱，我们还是去赶飞机吧。"

说完，两个人丢下烟，逃命似的跑出了那间小屋子。

烟没了，两个人的发财梦破灭了，而且连老本都输得干干净净，好在人没事。他俩商量接下来怎么办，布鲁斯说："我们还是按原计划转机回家吧，要是现在从机场逃出去，反而会引起别人的怀疑。"杰克哭丧着脸，说："老天爷保佑，但愿在我们上飞机以前，他们没有发现香烟里的秘密！"

于是，他们坐在候机口，焦急地等待登机，可越是急，时间越是过得慢。两个人活像热锅上的蚂蚁，急得满头大汗。

等啊等啊，眼看登机的时间快要到了，突然，布鲁斯用胳膊捅了杰克一下，杰克一回头，脑袋"嗡"了一下，只见一名机场官员手里提着他们的两袋烟，带着两名警察正朝他们走

来。完了，彻底完了！杰克和布鲁斯张口结舌地看着几个人走到他们面前。

出乎他们意料的是，那名机场官员笑容满面地对杰克和布鲁斯说："二位，真不好意思，我是机场的经理，这是你们的香烟吧？很抱歉，我是来还烟的。"

杰克和布鲁斯一下子被弄愣了，谁也不敢伸手去接。经理解释说："是这样，刚才两个官员扣下了你们的烟，我们早就怀疑这两个人利用职务之便，骗取乘客的物品，今天通过监视录像，发现他们拿了你们的香烟，人赃俱获，我已经把这两个害群之马

开除了！请你们原谅……"说着，经理把两袋烟递给杰克。

杰克像做梦一样接过了烟，瞥了一眼，发现烟盒完好无损，他简直乐坏了，语无伦次地说："真是太谢谢您了！这、这两个害群之马，可把我们给害苦了。"

经理从口袋里掏出一盒烟，抽出两支递给杰克和布鲁斯，说："这事真是太抱歉了，请抽支烟吧。"

杰克和布鲁斯也不客气，接过烟，经理亲自为他们点上，又给自己也点了一支，然后说："其实，这盒烟就是从你们的袋子里拿出来的，刚才我去找这两个家伙的时候，发现他们已经拆开了一盒，所以我特地新买了一盒没有开封的烟，把这盒烟换了出来，请抽吧。"说着，他夹着烟，深深吸了一口……

"啊——咳咳咳！"突然，经理被呛得猛烈咳嗽起来，他把烟举到眼前，愤怒地说道，"这是什么味道！你们的烟里藏了什么东西？对不起，我必须把你们和你们的烟一起留下，好好检查一下。"说着，他收起了脸上的笑容，冲身边的两个警察一摆手。

两个警察大步上前，不费吹灰之力，就把已经吓得呆若木鸡的杰克和布鲁斯制服了。

这时，登机口打开，乘客们开始登机了……

（题图、插图：佐　夫）

不好的书也像不好的朋友一样，可能会把你戕害。——菲尔丁

临时决定

□ 顾文显

于县长最近要调到市里当副市长了。临走前，他谢绝了不少同事、下属的欢送会，可是，今天是他在县里工作的最后一天，市委组织部长专门开车来接他，明早要陪他到新岗位就任，县委、县政府设宴给于县长送行，看来，今晚上这顿酒是非喝不可了。

宴会开始十分钟，于县长正向当地的领导、同事依依惜别呢，突然，从门外走进来一个中年汉子。于县长一看，认得呀，这不是十八道沟的李乡长吗？十八道沟是全县最偏远的山区，于县长一个月前去过那里。他立即站起身迎过去和李乡长握手。

李乡长不好意思地说："我今天来县里送材料，听说您明天就要离开咱们这儿了。这么多领导都在，我是不该到场的。可是，于县长是去过我们那儿的最高领导，大家时刻惦记着呢。所以，我代表乡亲们来跟您告个别，一是祝贺高升，二是请于县长，不，于市长别忘记十八道沟……"

于县长让李乡长挨着自己坐下，一边说："怎么会呢，你们那地方山路真够险的，去的时候，我坐在车里，望着车窗外的万丈深渊，这颗心都提到

嗓子眼儿啦，那里的老乡多不容易……对了，孙家沟的孙大爷还健在吧？"于县长想起，他去孙家沟时，见到过一位九十岁的孙大爷，自己主动拉着老汉在柴垛边照了一张像，把老人家激动得浑身发抖。谁知道，回县城的路上，秘书随手摆弄相机，不小心把胶卷曝了光，可怜老汉一生中只照过那一回相，还没照成……

于县长把这事说了一遍，然后说："李乡长，你代我向孙大爷道个歉，我真是失误了，说不定老人家一直在盼呢。"

"道什么歉！"李乡长大大咧咧地说，"您别往心里去，孙老汉压根儿也没当回事。"

啊？于县长有些吃惊：他堂堂一个县长，总在县电视上露面的角色，跟一个老农照相，他会不当回事？

"于县长误会了，不是他不尊重您，他是不相信您当真肯跟他照相。您一走，我亲耳听老爷子说，于县长那么大的官儿，跟我这糟老头子照相？笑话！瞅我这身穿戴，丢死他的人啦。那机器肯定是假的，县长是哄我开心呢。"

于县长听到这里，脸色刷地变了。他沉思片刻，站起身来，对市里来的组织部长和当地领导说："部长，各位领导，真是对不起了，我想请个假……现在离天亮还有十几个小时，我想连夜去趟十八道沟，给那位孙大爷补照一张相。"

为了一个普通老头儿，竟拂了这么多领导、同事的盛情？一旁的县委书记狠狠瞪了李乡长一眼，意思是——就你多事。

市委来的组织部长也说："这……改日再补不成吗？"

"没有改日啦，部长。"于县长摇着头说，"老人家那年龄……这个事说明我当了这么多年县长，还是不懂得老百姓啊。我不能让老百姓以为共产党的干部都是吹牛玩虚的！我必须去对老人家说明白，这次带上个一次性成像的机器，让大爷当场就看到照片。"

县委书记还想劝阻："外面下着大雨，那条山路多危险……"

"那里的村民们成年累月地走，险不险？难道因为我是个官儿，就比他们值钱？连一位老人家都不能信任我，明天，几十万老百姓怎么能信任我这个副市长？"于县长表情沉重地说，"这是我的失误，今晚，我不坐公家的车，自己打出租去……"

市委组织部长一愣，随即重重地点了下头，把手一挥"好，老于！来，咱俩共同敬当地领导一杯酒，然后，我陪你去跟老人家照相。打车的钱，也算我一份！"

（本篇月月评短信代码：G218）

（题图：谢 颖）

立志欲坚不欲锐，成功在久不在速。——张孝祥

超级游戏

□ 荣 才

3月1日上午，陈秋秋正在家睡觉呢，听见有人敲门。他打开门，一个穿着和仪表都很神气的年轻人站在门口，说："您好，我是电脑软件公司的……"

陈秋秋见到推销的就烦，于是打断他的话："你走吧，我什么都不要。"

可那人继续笑容满面地说："先生，我们公司最近研制了一款新的游戏软件，我想给您介绍一下。"他一边说，一边不慌不忙地打开他的手提包。陈秋秋是个游戏迷，听说推销的是游戏软件，眼睛一亮，一下子来了兴趣。

那人很诚恳地说："先生，这款游戏软件市场价值三百元，现在公司决定免费送给您。"

陈秋秋一愣，问："真的，一分钱也不要？你们保证以后也不会来向我收钱？"

"绝对不会，我说了，这套游戏是免费送给您的。你叫我小王好了，以后有什么事尽管找我。"

陈秋秋心想，以后要是来收钱的话，大不了就把软件还给他好了，于是说："好吧，那我就收下吧。"

4月1日，小王又来了："先生，我们公司一心为顾客着想，实行一条龙跟踪服务，每个月回访一次，请问您觉得这款游戏怎样？"

陈秋秋皱着眉头说："开始还可以，玩了一段时间，觉得挺有趣，但最近经常死机。"

"让我看看。"小王把电脑摆弄了几下，然后笑容可掬地说，"是这样的，您的电脑配置达不到游戏要求，让我给您换上现在市面上最新的电脑配件吧。您放心，我们一分钱也不收。"说完，他立即打电话到公司，叫人把配件送过来，陈秋秋甚至都来不及阻止。小王把电脑配件装上以后，很有礼貌地对陈秋秋说："现在您的电脑完全可以胜任这个游戏了，祝您玩得愉快！"

5月1日，小王又来了："先生，游戏玩得怎样？"

"好啊，我心满意足。"

小王走到电脑前，说："我来看看。"他仔细玩了两分钟，然后说，"是这样的，您的电脑配置虽然达到了游戏的要求，但若戴上我们公司专门为这款游戏生产的立体眼镜，画面效果会更好。"说着，他拿出一副怪模怪样的眼镜。

陈秋秋戴上一看，禁不住叫起来："啊，真是太神奇了，简直是身临其境！这副眼镜多少钱？"

小王微笑着说："您放心好了，这副眼镜完全免费，我们不收您一分钱。我下个月再来。"

6月1日，小王又来了："先生，您觉得怎么样？"

陈秋秋说："很好，真过瘾。"小王摇摇头，说："不，我是问您的身体怎么样？"一听这话，陈秋秋还真感到有点累了，肚子在咕咕叫。

小王问："您一定是因为玩游戏而没时间做饭吧？"陈秋秋点点头。

小王脸上洋溢着笑容，拿出一个纸箱："我们公司针对您这一种玩家的实际需要，开发出了一种具有超强效果的'游戏迷魔法面条'。只要吃一

碗，一整天都不会饿，而且，本品口味特别好，我们免费提供给您。"陈秋秋高兴得几乎跳起来："太好了！这真是解决了我的大问题呀。"

7月1日，小王来了，这次他一见到陈秋秋就吃惊地问："先生，我敢肯定您这几天一直在熬夜。您看您眼窝深陷，两眼无神，面黄肌瘦，跟动物园的猴子差不多啦！"说完，他把早已准备好的镜子给陈秋秋。

陈秋秋一照镜子，也大惊失色："哎呀，我怎么成这样啊？"

小王说："不用担心，我这次带来了我们公司专为您这类顾客生产的'魔法睡眠药'，这种药可以将您的睡眠时间缩为一小时。一天只要睡一小时啊，看它为您节省了多少时间？您放心，我们免费送给您……"

8月1日，小王又像魔鬼一样出现了："先生，您觉得怎样？啊，先生，您病了？"

陈秋秋躺在床上有气无力地说："给我滚，我不想再看到你了，我再也不玩游戏了。"

小王依然笑容满面："这次我并不是来让您玩游戏的。我们公司为了照顾像您这样顾客的身体健康，决定把这些东西全部拿回，再给您一小笔补偿金。您看如何？"

陈秋秋哼哼唧唧地说："你们、你们想得倒周到，统统拿走，统统拿走！"

"掌上灵通杯"《故事会》优秀作品月月评

1. 本期初评委推荐以下10篇故事为候选作品,读者可挑选出你最喜欢的一篇,将其月月评短信代码(如G210,没有短信代码的作品不参加评选)发送到200056(移动用户)或900056(联通用户)。每次限选一篇,可多次投票。

篇名与短信代码

代码	篇名	代码	篇名
G210	真心无价 (P8)	G215	越闹越大 (P38)
G211	半只烤鸭 (P13)	G216	老子教你开窗户 (P41)
G212	彩票是个万花筒 (P27)	G217	换一换门票 (P47)
G213	找个笨蛋帮忙 (P31)	G218	临时决定 (P59)
G214	最后一张王牌 (P34)	G219	超级游戏 (P61)

2. 作者奖:每期设"最受欢迎的故事"三篇,由得票最高的前三名作品获得。这三篇作品均将列入本刊今年举办的"中国最有影响力的故事"征文大赛候选名单。第一名的作者还将获赠上海文艺出版总社出版的大型历史图书《话说中国》一套(价值1100元)。

3. 读者奖:参加评选并选出当期"最受欢迎的故事"的读者均有机会获得现金奖,每期20人,各获现金500元;所有参加评选的读者均有机会获得参与奖,每期200人,各获精美礼品一份;参加全年20期以上评选的读者更有机会获得年终大奖,共12人,各获价值5000元的数码摄像机一台。

4. 本期活动截止期为:11月5日。得奖读者在评选结果揭晓后将得到短信通知,用户接收每条短信收费0.50元。

"掌上灵通杯优秀作品月月评"2005年9月(上)评选揭晓

2005年9月(上)获得选票前三名的作品分别为:《父亲啊父亲》(7219票)、《热线电话》(4520票)、《你过不去这座山》(4138票)。

可是,小王把这些东西全拿走以后,陈秋秋就觉得坐立不安,浑身难受,度日如年,心里仿佛有一万只蚂蚁在爬。

9月1日,小王来了,他看着陈秋秋抓耳挠腮的样子,微笑着说:"不出我所料,先生,您真的患病了。我们公司的顾客百分之九十八都患上了这种病,这叫游戏综合征,生理上表现为神经衰落,视力下降等等,心理上的危害更可怕,要是不玩游戏的话,就会百无聊赖,甚至会发疯。"

陈秋秋惊恐地叫起来:"这……"

小王安慰陈秋秋道:"不要紧张,先生,我们公司用户至上,全力为顾客着想,开办了一个'戒游所',效果很好,无论是生理上还是心理上都能使您变回以前的自我,只是费用有点高……"

听了这话,陈秋秋迫不及待地叫起来:"我去,我去,无论花多少钱,我也要去这该死的'戒游所'!"

(本篇月月评短信代码:G219)

(题图:张 恢)

为保证干部队伍的纯洁性，干部提拔任用之前要进行公示。一位准备提拔的干部在被公示之后，群众反映强烈，临河市委组织部干部科的苏科长奉命考察调研，却目睹了诸多奇闻怪事，他能完成自己的使命吗？

勇士无畏

□ 刘金涛

1. 镇口遭劫

这天午后，一辆黑色轿车在临河市通往平川县的公路上飞驰着。车内坐着三个人，一位瘦高身材的中年人，叫苏文亮，是临河市委组织部干部科科长，另两个年轻人是他的助手，女的叫小赵，是刚来组织部不久的大学生，那个壮实英气的小伙子叫小曹，是刚从市公安局刑警队调来组织部的。你别看此时三个人闭目养神，悠然自得，他们此行却是在执行市委领导交办的一项重要任务。

原来，这年春天，临河市委通过报纸、电视，对打算提拔的干部进行

公示，人民群众如果对拟提拔的干部有意见，可以在规定时间内向组织部门反映。

临河市管辖的平川县人民代表大会，两个月后就要举行政府换届选举，平川县委推荐了盘龙镇镇长李茂林为副县长候选人，不料，公示之后，组织部接到电话和人民来信，对推荐李茂林为副县长候选人有很大意见，还反映他的一些问题。这可是临河市实行干部任前公示制度后第一个受群众反弹的干部，为了慎重起见，市委领导指示组织部深入基层，对群众反映的问题做一次调研。就这样，调研

正视疾病，勇于忍受的人，将变得更坚强、壮大。 ——希尔泰

重任落到了苏文亮的身上。

随着飞速行驶的汽车微微颠簸，苏文亮张目瞅了一眼两个年轻的部下，又望了望公路两旁的山丘田野，猛地想起临出发前，接到一位消息灵通的老朋友的电话，老友对他说："伙计，告诉你一个秘密，你去平川县考察别人，上级也开始派人考察你，因为在你和另一位同志之间，只能有一位被提拔为组织部副部长。节骨眼上，千万不要得罪人！"

想到这个电话，苏文亮淡然一笑，但同时，他似乎预感到这次调研非比寻常，必须慎之又慎。于是，当车子还没进平川县城，苏文亮就让司机停车，三人下车后，苏文亮对司机说："你回单位吧，下面的路程我们坐出租车。"

等司机开车走后，小曹不解地问道："科长，咱们又不是破案搞侦察，干吗要换一辆车子？"苏文亮微微一笑，说："你不愧是刑警出身，三句话不离本行。不过，我可以告诉你，只要咱们组织部的车子进了平川县，用不了多长时间，就会传到被考察对象耳朵里！"

第一次跟科长下基层的小赵一听这话，惊讶地"啊"了一声，问："科长，谁吃饱饭没事干，专门记人家车牌号？"

没等苏文亮回答，小曹抢先说道："苏科长的话有道理，我以前当警察，局长就要求我们把市领导的车牌号牢牢记住。咱们组织部是管干部的，我想，肯定有好多人对我们的车牌号感兴趣，还是听科长的，换车！"

这时，刚好一辆红色"夏利"出租车路过，三人急忙招手，上了车，对司机说："去盘龙镇。"

盘龙镇离平川县有三十多公里的路程，是个仅次于平川县城的大镇，全镇人口六万多，管辖着周围二十多个村庄。这个镇濒临一条省际公路，是咽喉要道，来往的车辆很多，镇里的马路和大广场比市区还要气派。半个小时后，出租车顺利抵达盘龙镇，小曹对开车的年轻司机称赞说："你的技术不错呀，一点不比刑警队那帮弟兄的手艺差！"

小司机不好意思地咧嘴一笑，说："在部队当了几年汽车兵，退伍之后，没找到好工作，就承包了这辆出租车。"

苏文亮一看手表，已经是下午四点半，就吩咐司机在镇上兜兜，先找一家合适的小旅馆住下来。

不料，就在小司机准备启动车子时，突然冲过来五六个身穿城管制服的彪形大汉，拦住了车子去路，还有一个小青年举着摄像机朝车子拍摄。

开车的小司机见状，急忙摇下车窗，跟拦路的城管队员交涉，只见一个留着小胡子的黑汉，瞥了小司机一

眼，从衣袋里掏出一本收据，"啪"撕下一张扔给小司机，粗声大喝："罚款，二百！"小司机问了一句："你们凭什么罚我二百？"小胡子瞟了他一眼，"啪"，又撕下一张罚款单："不服从管理，妨碍执法，罚款加倍，四百！"

小司机正要争辩，路边走来一个穿便服的中年男子，先是笑嘻嘻地把小胡子等人拉到一旁，又转回身，对小司机说："小伙子，镇上有文件，为了创建全国文明卫生城镇，凡是进入盘龙镇的运输车辆，都必须清洗干净，否则就要罚款。你瞧你的车子尘土那么厚，他们当然要罚你。你还是别再争了，再争，他们敢把你的车子扣到城管队，扣上你一个月，损失就更大了！"中年男子见小司机不吭声，以为被他说服了，就凑到小司机面前，说："这样吧，前面有一家洗车中心，每月交一百块钱，领一张洗车卡，只要有了这张卡，不管你洗不洗车，保证你的车子在盘龙镇畅通无阻，怎么样？"说着，中年男子掏出一张粉红色的卡片。

小曹一听这话，"腾"地来了火，正要发作，苏文亮一按他的手，低声制止道："别动，沉住气！"

小司机不但不领中年男子的情，还气愤地说："哦，原来你们是唱双簧的，告诉你，该给国家缴的钱，我一分不少。要我不明不白给这洗车费，

我一分不给，看谁敢扣我的车！"

中年男子见小司机不给面子，就向小胡子一使眼色，几个城管人员扑上来，死拖硬拽，把小司机拖下出租车。小胡子随即一屁股坐到驾驶员的位子上，一边握住方向盘，一边对车上的人喝道："你们快下车，这辆车子被我们暂扣了！"

小司机哪肯罢休，他奋力挣扎，居然从几个城管队员手中挣脱，扑进车厢与小胡子争夺起方向盘。小曹实在看不下去，开门下车，过去想把两个人拉开。哪知没等他走过去，就被几个城管队员截住，把他的脑袋死死按在车盖上，使他一时动弹不得，那个举摄像机的小青年便趁机对着现场一通猛拍。

这么一闹腾，围观的群众越聚越多，苏文亮一看事情要闹大，急忙在车上用手机打了报警电话，接着下车，跟城管队员好说歹说了一番，这些人才把小曹松开。小曹哪里受过这份窝囊气，正要找城管队员理论，苏文亮一把拉住他的手，轻声说："快走，警察马上就要来了，为了工作，我们现在还不能卷入这场冲突！"

话音刚落，远处传来了呼啸的警笛声，苏文亮把五十块钱塞进小司机的衣袋里，拉起小曹、小赵，飞快地消失在人群里了。

三个人一路步行，好不容易找到一家不太起眼的旅馆。

这家旅馆名叫"盘龙镇中学招待所",这是镇中学为了创收,发动老员工集资在临街的一片空地上盖了一座三层小楼,开办旅馆。三人觉得,招待所的设施虽然简单,但干净卫生,环境也很清净,比较满意。

服务台值班的是一个胖大嫂,她一边登记,一边问:"看你们的穿戴打扮,不像是生意人,是出差路过的吧?"

小赵"扑哧"一笑说:"大嫂,你怎么看出我们不是生意人?我们是市里一家书店的,来盘龙镇找几家学校推销复习资料,可能卖书的生意人有点文化味,可也是生意人啊!"

苏文亮对小赵的回答很满意,认为滴水不漏、天衣无缝。

不料,胖大嫂一听,脸色大变,警惕地瞅了瞅招待所大门,登记完毕,匆匆忙忙地领着三人上楼开房间。

2.奇闻怪事

三个人的房间是相邻的,小赵住中间,小曹开玩笑说两个大男人可以充分保护一个女同志。

入住之后,三人洗漱一番,苏文亮就召集小曹、小赵开会。他们刚具体研究好考察方案,服务台的胖大嫂就敲门进来了。

胖大嫂进了房间,紧张而神秘地对苏文亮说:"大哥,我看你像是书店的领导,想求你一件事,你们千万不要把住在这里的事告诉镇上的人!"

三人同时一愣,小曹纳闷地问:"这是为什么?"胖大嫂见三个人的确不了解情况,就往床上一坐,小声说:"实话告诉你们吧,我是为招待所和你们的安全担心。"接着,她就打开了话匣子。

五年前,一个名叫马海的人在盘龙镇开了一家个体书店,取名"四海书店",专门经营中小学教辅读物。不久,马海摇身一变,当上了镇"扫黄打非"工作队的副队长,这么一来,镇上其他个体书店可倒霉了,被马海整

治得关门的关门，停业的停业，最后只剩下两家，一家是国家开的新华书店，另一家就是马海开的"四海书店"。为了牢牢控制全镇市场，马海经常到学校检查学生使用的教辅读物，如果发现是老师帮助学生从其他渠道购进的，就给这老师扣上"非法经营盗版图书"罪名，带到"扫黄打非"工作队接受处理。

三年前，盘龙镇中学有一位姓常的老师到市里办事，在新华书店发现一种辅导教材不错，就自己掏钱买了二十本，发给经济条件差的学生使用。不料这事被马海知道了，不知他用什么手段，悄悄把二十本图书从学生手中收回，然后把常老师带到"扫黄打非"工作队，硬说常老师非法倒卖"盗版"图书，要罚款一千元。偏巧常老师把购书发票给丢了，他据理力争，可马海竟然拿出二十本家长签了字的盗版书，气得常老师大骂马海使用"掉包计"诬陷好人。

马海大为恼火，就把常老师倒卖"盗版"图书的情况添油加醋，向镇政府和县教育局汇报。恰好当时县教育局正在抓向学生推销复习资料、加重学生课业负担的反面典型，于是就把常老师的行为在全县通报批评。盘龙镇也召开全镇教师工作作风整顿大会，镇长李茂林亲自到会，公开指责常老师身为镇党委主要领导的家属，

竟在干丢领导脸面的丑事。

大会刚结束，含冤负屈的常老师气恼之下，就从三层高的教学楼上跳了下去，所幸抢救及时，保住了性命，但落了个终身残疾。从此，全镇教师再不敢让学生从其他渠道买书。常老师的妻子——镇党委书记宋春霞也因此被上级调出了盘龙镇，安排到偏远的酸枣乡去了。

事情平息后，县里从文联调了一个即将退休的副主席担任盘龙镇党委书记，这位副主席是个喜欢书法的老病号，上任之后，不是躺在医院养病，就是呆在家里练字，实际上镇长李茂林成了盘龙镇的一把手。

听完胖大嫂的讲述，小曹、小赵两人十分惊愕，不约而同地发问："马海究竟有多大神通，连镇党委书记的丈夫也敢欺负？"

胖大嫂眨眨眼，压低声音道："难道你们连这都不知道？马海可是镇长李茂林的小舅子呀！"

"啊？"苏文竟闻言，心里"咯噔"一下，问道，"那个跳楼的常老师现在怎么样？"

"唉——"胖大嫂长叹一声说，"那件事情过后，李镇长也很后悔，不但承担了常老师所有的医药费，还专门为常老师盖了一套宿舍，说是要养活他一辈子。如今，常老师仍在我们中学工作，干点抄抄写写的杂活。可惜，一个课讲得很好的老师，再也不

能登讲台了——"

胖大嫂走后，三个人总算明白：怪不得胖大嫂听说三人是书商时，神情那么紧张，原来是"一朝被蛇咬，十年怕井绳"啊！

三个人沉默片刻之后，苏文亮平静地说："社会是复杂的，我们要学会通过表象看实质，不能一叶障目，偏听偏信。事情到底怎样，还是要等调查清楚以后再下结论。"

此时，天色已暗淡下来，三人在附近的小餐馆里简单填饱了肚子，就回到招待所休息。可是，小赵刚进入房间打开电视机，就惊得差点跳起来，风风火火地把苏文亮和小曹拉进房间，指着屏幕说："你们快看电视新闻，我们上电视了！"

原来，盘龙镇有一家电视台，有一档节目叫《盘龙新闻》，小赵刚打开电视机，就见屏幕上一个女播音员在预报主要内容，其中有一条《本镇严厉查处一辆影响镇容镇貌的出租车》。

苏文亮和小曹急忙坐在床沿上，目不转睛地盯着电视屏幕。

先是两条会议新闻，他们在电视上看到了镇长李茂林的形象，见他长相精明干练，讲话时慷慨激昂的神态和手势，倒真像个有魄力、有干劲的干部。

接着，画面一闪，电视屏幕上出现了他们白天乘坐的那辆红色夏利车，只听播音员说："今天下午，我镇城管队严厉查处一起违反城管规定、影响镇容镇貌的案件。出租车司机宋某，拒不执行有关规定，对运营车辆不采取保洁措施，野蛮抗拒城管人员的管理。城管队研究决定，对出租车司机宋某罚款三千元。据悉，鉴于其煽动乘客闹事的行为触犯《治安处罚条例》，公安机关将对其实施行政拘留……"

随着解说，画面上出现了小司机与小胡子争夺方向盘以及小曹被管理人员制服的特写镜头，甚至连苏文亮和小赵坐在车厢里的镜头也频频出现。

小曹气得怒火中烧，"噌"地跳起来大叫："我、我——我怎么成了闹事的乘客了？这是什么执法？简直无法无天！"

"小曹！"苏文亮摆了摆手，继续盯着电视屏幕沉思着。

小曹实在咽不下这口气，又往钢丝床上一坐，说："那好，我们是干部，讲党性、讲纪律，这个委屈可以忍受。可那个开出租车的小伙子是平头百姓，凭什么要人家受冤枉？"

见小曹情绪很大，苏文亮拍拍他的肩膀说："消消气，大丈夫顶天立地，能屈能伸。走，来了一趟盘龙镇，我们不能躺在旅馆睡大觉，咱们出去逛逛，欣赏一下小镇的夜色。或许，我们在喧嚣的城市里享受不到这样的闲情逸致啊！"

三人出了旅馆，在空旷的街道上缓缓散步，望望头上的满天星斗，看看镇上闪烁的万家灯火，小曹的心情逐渐恢复平静。回旅馆的路上，苏文亮说："我看这样，咱们临时调整一下方案，就从洗车中心和'四海书店'入手，听一下群众意见。"

3. 胆大妄为

第二天上午，小曹来到盘龙镇洗车中心摸情况。

洗车中心位于一排空荡荡的两层营业房，这排房子原本是用来开办市场的，但由于没有商户进驻，镇上就把它改成了洗车中心，而"盘龙镇城管队"的招牌就挂在洗车中心隔壁。

洗车中心对面，有一个小烟摊，摊主是个六十多岁的老汉，小曹走过去买了包烟，跟老汉攀谈起来："大爷，自从开了洗车中心，你这里的生意一定不错吧？"老汉气呼呼地说："还不如以前呢，那些开车的被逼到这儿洗车，都憋了一肚子闷气，洗完车，恨不得插翅飞出盘龙镇，哪有心情来买烟！"

正说着，老汉突然闭上口，只见一辆黑色轿车开进停车场，车子里走出一个中年男子，小曹一眼认出，正是昨晚出现在《盘龙新闻》里的镇长李茂林。

盘龙镇政府所在地叫盘龙村，十年前，这里有一千多口人，两千多亩良田，由于交通方便，村民种起了蔬菜，成了远近闻名的蔬菜基地，经济效益好，村民收入高。可是自从李茂林当上镇长后，说要大力开展城镇建设，拆了蔬菜大棚，一片片良田被圈起来要建工厂，可是，圈了两年，土地却被当作宅基地对外出售，镇、村的干部和有钱人在这些地上建了大院，造起了小楼。

盘龙镇拓宽了马路，建造楼房，开辟了市场，还花巨资修建了一座十分招眼的农民文化宫，气派堪称全市第一。

然而，盘龙镇的市场并未繁荣，经济也没有发展，农民失去了土地，如同没了饭碗，劳动力外流，偷鸡摸狗的事情开始增多。为了这些，盘龙村的老支书跟李茂林闹僵了。李茂林索性把老支书晾到一边，扶持老支书的小儿子胡二强当了村主任，还让胡二强当上了镇城管队队长。胡二强从小就蛮横逞强，在得到李茂林的赏识后，更加不可一世，留起了小胡子，把一些游手好闲的村民拉到镇城管队，整天拦车洗车，罚款扣车，吆五喝六，神气活现，除了镇长李茂林，谁也不放眼里。为这，老支书气得住女儿家去了。这么一来，胡二强成了村上的土皇帝，更加为所欲为了。

李茂林这么做，受到了镇党委书记宋春霞的强烈反对。李茂林怀恨在心，早就想赶走这个碍手碍脚的女书记，于是指使自己的小舅子马海抓住宋春霞的丈夫常老师买书的事，栽赃陷害，大做文章，"跳楼事件"后，他如愿以偿地让县里把宋春霞调离了盘龙镇。

半年前，平川县调来一位姓郑的新县委书记，一上任就接到不少反映信。可是，没等郑书记着手处理，有人就提出要推荐李茂林当副县长候选人，县委常委开会研究，赞成票过半，只得上报市委组织部。

公示之后，李茂林很快从市里得到一些风声，立刻着手排除障碍，为人代会上顺利当选铺平道路。为此，他几乎每天都要拜访一些人大代表，今天已经约好几名人大代表在县城见面，他打算洗完车直奔县城。

胡二强正在洗车场对一帮手下训话，见镇长亲自来洗车，急忙笑脸相迎。李茂林对胡二强说："你们听着，我马上就要参加副县长选举了，节骨眼上，不许给我捅娄子，对领导干部的车辆，一律不准拦截！"

下完指示，李茂林开着亮闪闪的车子往县城而去。

小曹一直坐在老汉的烟摊旁看着停车场的动静，见李茂林走了，刚想再与老汉聊聊，只见那个小胡子胡二强朝烟摊走来，小曹不想让他认出自己，惹来麻烦，急忙背过身。

胡二强走到烟摊前，从怀里掏出

一条香烟"啪"地扔给老汉，说："把这条烟给我卖掉！记住，加上这条，我这个月已经给你整整二十条了，月底结账你不要装糊涂！"说罢，转身扬长而去。

胡二强走后，小曹又和老汉聊了一会，不知不觉到了中午，他想起小赵不知调查得怎样，就先辞别老汉，返回招待所。然而，他做梦也想不到，此时此刻的小赵却遇到了大麻烦，甚至失去了人身自由。

话再说回小赵这边。早上，她按照胖大嫂的指点，来到"四海书店"，径直走了进去，见货架上摆满了教辅图书，小赵翻了翻，觉得质量不错，都是正版。正看着，一个年轻女子走过来问她："你要哪本书啊？要得多可以给回扣的！"

小赵指着一本英语教辅书说："就要这个吧！"女子一听，立刻转身到货架后面的库房内拿出一本，小赵接过一看，一下子愣住了，手中图书的质量跟摆在货架上的根本不一样，印刷粗糙，一看就是盗版图书。

她正要询问，突然闪出一个念头：不如多买一些作为证据，向有关部门举报，打掉这个经营盗版图书的窝点，于是说："我要20本，不过，能不能给我开张收据？我担心马队长去学校检查，说我是从其他地方买的。"

女子立刻警惕地问："你是哪个学校的？"小赵随口回答："镇中学

的，刚调来没多长时间。"

女子这才放松警惕，一笑说："一看你就是新来的老师，老教师我们都面熟。看在你是第一次来，就破例给你开个收据。放心吧，我们马哥肯定不会找你的麻烦。"

小赵拿了收据，提着打好包的20本盗版书，出了四海书店。她想：马海是书店老板，又是镇"扫黄打非"工作队的副队长，如果没有人庇护，不会在盘龙镇猖狂这么多年。想到这里，她决定立刻回旅馆向苏文亮汇报，看下一步怎么行动。

也是事有凑巧，小赵前脚刚离开"四海书店"，马海就后脚来到店里。他听营业员说镇中学新来的老师买了20本教辅书，还开了收据，立刻警觉起来，打电话一问，学校说没有新来

的老师。马海马上意识到来者不善，急忙驾车追赶。

小赵怎么也没想到有人追她，她正往前走着，突然一辆白色面包车"嘎"地在她身边停下，车上一个女子指着小赵大声喊"马哥，冒充镇中学老师的就是她！"

胳膊上刺着一条青龙的马海和两个小青年跳下车，不由分说夺过小赵手中的盗版书，然后把她拉进车厢，面包车随即飞驰而去。车厢里，两个小青年夺过小赵肩上的挎包，从里面翻出手机、身份证和一叠钞票。马海看了看小赵的手机和身份证，立即关了手机，"嘿嘿"一笑说："市里来的小姐就是有气质，等咱们谈完话，手机再完璧归赵！"

车子在盘龙镇七转八拐，驶进一处气派不凡的农家大院。大院门口挂着两只红灯笼，这里是马海开的一家农家大院式的大酒店，里面有洗浴桑拿、跳舞按摩，应有尽有，美其名曰"文化休闲大院"。好笑的是，门口还挂着一块大牌子："盘龙镇扫黄打非工作队"。

马海把小赵带到这里的目的是 如果她是上头派来查盗版的干部，就在大酒店请上

一桌，赔礼道歉，花点钞票结识一个朋友；如果是冒充老师来书店讹诈，那就以那20本盗版书为"赃物"，反咬一口，给她扣上"贩卖盗版图书"的罪名，狠狠罚她一笔。

小赵被推进一个房间里，两个小青年守候在门外，马海拿出纸和笔，做出一副问笔录的模样喝问："你是干什么的？为什么要冒充镇中学的老师？"

小赵心想：不能暴露真实身分，但必须设法让苏科长知道自己的下落，于是说："我也是开书店的，来盘龙镇推销教材，并没冒充镇中学老师，而是说我住在镇中学招待所，可能你们的人听错了，不信你派人去招待所问问。"

马海一听，立刻打电话到招待所，接电话的是那个胖大嫂，她当即证实有个开书店的女的住在这儿。

马海挂上电话，相信了小赵的"身份"，便咧开大嘴，冲小赵哈哈大笑说："赵小姐，我想，你买我的书，是因为来这里推销图书碰了钉子，一气之下就到本店买几本'水货'，想以此要挟我，让我给你让出一块市场对吧？"

小赵没有正面回答，就说"既然弄清楚了，该放我回去了吧？"

"哈哈哈——"马海一边大笑，一边盯着小赵的脸蛋说，"都是生意人，有钱大家赚，就凭赵小姐这气质，这

模样，不用来那一套，我马某就愿意跟你合作。只要你今天晚上留这里陪我一夜，从今后，大哥的地盘就是你的地盘，这个条件怎么样？"

"你——你！"小赵真没料到马海色胆包天，竟然提出这个无耻要求，一时不知道怎么应付。

4. 访问春霞

小赵想让科长知道她的下落，可此刻苏文亮不在盘龙镇，他正在二十公里外的酸枣乡跟宋春霞谈话。

临来平川县前，组织部领导交给苏文亮一份材料，说是一个名叫宋春霞的基层乡党委书记写的，材料上说，李茂林虽然工作有魄力，却热衷于捞政绩，搞形象工程，上马了许多劳民伤财的工程，使盘龙镇欠下了巨额债务。材料还说他排斥异己，打击报复对他提意见的干部和群众，任人唯亲，拉拢包庇一些违法乱纪的人员，但是，他好大喜功的做法不但没有受到上级的批评，反倒得到提拔重用，实在令人难以理解。

苏文亮看到这份材料，心里沉甸甸的，他决定到平川后，一定要见见宋春霞。

昨天在招待所，胖大嫂讲述的宋春霞丈夫"跳楼事件"更引起了苏文亮的注意，他感觉到宋春霞被调走必有隐情。今天，等小曹、小赵出去后，

他就坐出租车直奔酸枣乡。

苏文亮来到酸枣乡政府，一个看门老汉告诉他，乡里除了两个值班的干部，其余都到乡属各村驻点去了，宋书记在水湾村，只有到那里才能找到她。

出租车司机不知道水湾村怎么走，苏文亮问路时，刚好碰上一个要回水湾村的小伙子，于是苏文亮请他上车带路。在路上，苏文亮提起宋春霞，小伙子嘿嘿一笑，就眉飞色舞地说开了。

他告诉苏文亮，宋春霞上任以后，利用酸枣乡土地资源丰富的条件，大力推广各种经济作物和蔬菜种

植。如今，每个村都有乡干部和科技人员驻点，农民收入大幅增加。去年，乡里群众担心上级把宋春霞调走，自发集资盖了一座小楼送给宋春霞，可宋春霞却把小楼改成了科技图书馆，敞开大门为全乡农民服务。

小伙子说到这儿，突然话锋一转说："不过，宋书记刚遇到了一桩麻烦事。我今天早上听说，她弟弟出事了，说是开出租车在盘龙镇煽动乘客闹事，要被拘留了——"

"什么？"苏文亮的心"咯噔"一下，那个小司机竟然是宋春霞的弟弟！

小伙子哪里知道苏文亮就是出租车上的乘客，又说："宋书记的弟弟我认识，他在部队当的汽车兵，退伍之后，找到姐姐，说想到乡里开小轿车。宋书记一听，没几天就把乡里的那台小轿车给卖了，听说卖车款给乡中学的老师补发了工资。她弟弟很生气，就去县城应聘当了出租车司机。"

听到这里，苏文亮的心禁不住阵阵发热，耳闻目睹使他感慨万千，真想早点见到宋春霞。在小伙子引导下，车子在村外一片塑料大棚的旁边停下来，小伙子跳下车，找了几座大棚，总算找到了宋春霞。

苏文亮快步迎上前去，只见宋春霞中等身材，面容清瘦，皮肤黝黑，加上一身粗布衣着，不认识她的人，无论如何想不到她会是一位乡党委书

记。苏文亮向宋春霞伸出手，微笑道:"春霞同志，你辛苦了!"

听苏文亮介绍了身份，宋春霞一下子愣住了。苏文亮说:"今天找你来，先不谈工作。有一件事情想告诉你，你的弟弟是被冤枉的，因为我和另外两位同志就是他车上的乘客，你的弟弟是个好小伙子，事情一定会查个水落石出!"

不知是震惊还是听到弟弟的消息，宋春霞的眼角有点湿润。

苏文亮接着说:"春霞同志，我今天想请你去一趟盘龙镇，通过你找一下你材料涉及的人员，特别是盘龙村的老支书。"

宋春霞点头同意，说:"好吧，我正想回盘龙镇看看我丈夫老常呢。"自从丈夫跳楼致残后，宋春霞曾几次想把丈夫调来酸枣乡，方便照顾，可李茂林就是不同意，还煞有介事地对宋春霞说:"大妹子，我实在不该惹你家那口子生气，祸是我闯下的，你就把他留在盘龙镇吧，他的后半生由我照顾，只有这样，我的心才会好受一些!"其实，李茂林的真正目的是想利用常老师牵制宋春霞，使她有所顾忌，免得两口子四处告状。

两人正说着话，苏文亮身上的手机突然急促地响起来。

电话是小曹打来的。原来，小曹从洗车中心回到招待所，一直没见小赵回来，就到"四海书店"寻找，也不见人影，拨打小赵的手机，发现关了机。当过警察的职业敏感使小曹警觉起来，急忙向科长汇报。

苏文亮听完电话，神情顿时紧张起来，他立刻向宋春霞告辞。

宋春霞急忙雇了一辆农用机动三轮车，跟随苏文亮匆匆赶往盘龙镇。

5. 惊心较量

小赵仍被困在"文化休闲大院"里脱不得身。马海让人摆上了一桌丰盛的美酒佳肴，下决心要把眼前这个年轻漂亮的女"书商"搞到手。

马海见她不动声色，就又抛出一招，道:"赵小姐，不瞒你说，我姐夫李镇长马上要当副县长，他只要一上去，我的地盘马上就会大大地扩张，难道这大把大把的钞票你就不想去赚?"

小赵心里一阵厌恶，她知道，在这里多呆一分钟就多一分危险，思考着如何尽快离开此地。马海见小赵始终没有反应，就猛地喝了几杯酒，借着酒劲，开始对小赵动手动脚，企图来个"霸王硬上弓"，逼小赵就范，撕扯之间，竟然把小赵的衬衣撕破了一大块。

屋子里开着音乐，叫喊是没有用的，也不会有人进来。小赵决定来个破釜沉舟，她"噌"地站起身，拿了一只大碗，倒上满满一碗白酒，对马海说:"马队长,请你别急,咱们初次见面,我对你还不太了解。不过,能大碗喝酒的男人才值得女人信任,你只要敢喝下这碗酒,我愿意陪你喝一碗,咱们从此合作,怎么样?"

马海一听,高兴了,心想:喝下一大碗酒,得到一个美人,简直是天上掉下了馅饼,这样的好事上哪里去找?再说,就她那身子骨,一碗白酒下去不成"软面条"才怪呢!到时候,自己想怎么干还不就怎么干……这么一想,他端起大碗"咕咚咕咚"倒进大嘴,接着,他也倒上一碗酒说:"赵小姐,你说话要算数,请!"

只见小赵端起白酒,站起身,装着要喝的样子,突然一抬手,猛地朝马海脸上一泼,随即迅速拉开房门逃了出去。

马海刚喝下一碗白酒,已经脸红腿软,双眼迷糊,又被一碗白酒泼了一头一脸,差点透不过气来。他一边用手抹脸上的酒,一边摇晃着身子高喊:"拦、拦住这个小辣椒——"两个小青年以为马海早已摆平了女"书商",他俩识相地正躲在另外一个房间唱歌、喝酒,等到闻讯追出来,小赵已经逃到大院门前的马路中央。

眼看两个家伙就要追上来,这时,只见一辆农用机动三轮车开了过来,车上坐的正是苏文亮和宋春霞。小赵兴奋得眼泪夺眶而出,急忙跳上

真理的旅行,是不用入境证的。 ——约里奥·居里

车，气喘吁吁地说："快、快去派出所报案！"

接着，小赵向苏文亮说了自己的遭遇，苏文亮简直不相信自己的耳朵，他怎么也没想到盘龙镇居然有人这么胆大妄为。他强压胸中怒火，嘱咐小赵说："坏人一定不能放过，我支持你报案。不过，你尽量不要暴露身份，因为我们的工作刚刚开始。"

机动三轮车开进盘龙派出所，小赵下车，冲进值班室说："同志，快、快去抓坏人！"

值班的警察认识宋春霞，他见一个青年女子跟她一起来报案，不敢怠慢，连忙向所长汇报。所长赶紧把小赵带到另一个房间做笔录，小赵就把到"四海书店"买书以后的遭遇说了一遍，控告马海非法拘禁、侮辱妇女。

所长对着笔录，倒吸了一口凉气，他一边安排民警传唤马海，一边悄悄到另一间屋子给镇长李茂林打电话。

李茂林正在县城陪几位县人大代表吃饭，听完所长的电话，说："等十分钟，我给你回话。"说着，他走出房间，拨通马海的电话，听马海讲了经过。马海还没讲完，李茂林就把他痛骂一顿，接着指示说："你马上去找胡二强帮忙，既然她是买书的，你就一口咬定她非法倒卖盗版图书，被你抓住，因此，她怀恨在心，故意报复陷害！记住，一定不要松口，否则，谁

也帮不了你！"

交代完毕，李茂林又给派出所长回电话："这是诬告陷害，你先把报案人扣起来，一定要查清谁是她的幕后主使！"

所长为难地说："李镇长，这是酸枣乡的宋春霞书记亲自带人报的案，我们如果把人家扣下，恐怕不太合适吧？"

一听宋春霞搅在其中，李茂林的火气更大。他铁青着脸，走进餐厅对几个人大代表说："各位，有人在我将被提拔的关键时刻，故意来败坏我的声誉，今天，我想请大家到盘龙镇看一出好戏！"接着，他恶人先告状，说宋春霞带人闯派出所，企图通过诬告他内弟马海来败坏他的名声。

几个人大代表不明情况，听了非常气愤，纷纷表示要去盘龙镇看看情况，如果确实有人借机诽谤、诬陷李茂林，他们会联名上书县委、县政府和司法机关给李茂林作证。

于是，在李茂林带领下，几辆小轿车箭一般地向盘龙镇驶来。

这时，苏文亮已经通知了小曹，让他快来派出所，自己则坐在值班室静观事态发展。突然，派出所门口一片喧哗，只见醉醺醺的马海，带领十几个狐朋狗友冲进了派出所大院，紧接着，胡二强也带着二十多个穿城管制服的汉子冲进派出所大院，两帮人马把派出所的小楼团团围住。

只见马海喷着酒气，摇晃着身体，语无伦次地说："今天上午，有一个非法倒卖盗版书的小——小娘儿们被我逮住，可她反咬一口，到派出所告我，分明是诬——诬告嘛，陷害呀！你们派出所快把那个报案的小娘儿们交——交出来，我要带、带、带走严肃处理！"

胡二强也挽袖子伸胳膊地说："诬告马海队长就是诽谤李镇长，就是跟我过不去，我这个盘龙村的一村之长坚决不答应！"

苏文亮见这帮人竟敢在光天化日之下围攻派出所，阻挠受害人报案，他再也无法抑制心中的愤怒，大步走出值班室，喝道："这里是共产党领导下的公安派出所，哪里容得下你们撒野！现在，我希望你们立刻退出去，否则，引起的一切后果由你们承担！"

这句话真的把几十号人给镇住了，一时间，院子里一时鸦雀无声。

这时，小曹风风火火闯进派出所大院，他见苏文亮面对了几十号人，连忙上前护住科长。胡二强瞟瞟小曹，眨巴着眼睛，挠着头皮一想，突然哈哈大笑起来："哈哈哈，我还当是哪里来的大人物，这不是昨天那辆出租车上闹事的乘客？你们真是胆大包天，竟敢在我的地盘上充好汉，来人，把这小子带回队里，老子要杀杀他的威风，让他知道我胡二强是盘龙镇上的一条龙！"

"哗——"一群汉子要往上冲，就在这关键时刻，突然响起一声断喝："住手！"

众人定睛一看，只见一个挂着拐杖的老人走到胡二强跟前，抄起拐杖就是一阵猛敲，边敲边骂："你个逆子！把我这个老党员的脸都丢尽了，我要当着宋春霞书记的面教训你！""哎哟、哎哟——"胡二强被老人打得连蹦带跳，大声叫喊，"爹呀，你怎么真往我身上打呀，哎哟、哎哟——"

"老支书！"一边的宋春霞急忙上前拦住老人，说："您怎么来了？快停手，不要打了！"

老支书老泪纵横地握住宋春霞的手说："宋书记，我是个有四十多年党龄的老党员啦，心里有数，你是咱们共产党的好干部，自从你离开盘龙镇，咱镇上的老百姓从心里想你呀！我今天刚从闺女家回来，村民们听说你被坏人围困在派出所，就自发救你来了！"宋春霞和苏文亮朝外面一看，天啊，只见几百名手拿锄头、木棍的村民，一个个对马海、胡二强怒目而视！

看到这壮观的场面，宋春霞的眼泪夺眶而出，哽咽着说："盘龙镇的乡亲们，我也想你们啊！"

这时，马海借着酒力，不管三七二十一就往值班室冲，派出所长被这

只要你追求真理，真理就会在你胸中燃烧。 ——河原崎长十郎

群情激奋的场面感染了，他掏出手枪，子弹上膛，一脚把马海踹翻在地，往天空"砰"地鸣枪警告，厉声说"马海和胡二强的人都给我听着，我这个警察以前干得太窝囊，今天我要让你们看看警察的骨气！来人，先把马海给我铐起来，谁要敢反抗，我打死你们，你们是歹徒；你们打死我，我是烈士！"

马海手下的几十号人被所长的威严震慑得纷纷后退。派出所只剩下两名民警，上前就要铐上马海。

"不像话，太不像话！"突然，李茂林带着几个人大代表走进了派出所院子，刚刚平静的局面又开始骚动。

6. 怒斥败类

李茂林的出现让胡二强如同见了大救星，顿时精神大振，马海的狐朋狗友也立刻摩拳擦掌，嗷嗷大叫，试图卷土重来。

李茂林气咻咻地质问派出所长："马海为镇上的'扫黄打非'做了很多工作，你们怎么能随便抓盘龙镇的有功之臣？你知不知道，你手中的枪是保护盘龙镇人民政府的，不是保护那些别有用心的人！"

马海从警察手里挣脱出来，来到李茂林面前，痛哭流涕地说："姐夫，镇长！刚才，我被所长王八蛋踹了一脚，我受伤了，哎呀，好疼啊——"

李茂林立刻吼道："好啊，执法人员竟敢打人！还有没有王法啊？来人，把马海送到县医院治病，医药费全部由派出所承担！"

"这、这——"派出所长委屈地望着宋春霞。李茂林一见，更加恼火，张狂地说："哼，我料你这个小小派出所长也拿不出这笔钱，如果你真的拿不出，我就去找你们公安局长，请他下令让你从盘龙镇的地盘上滚开！"

派出所长闻言，气得一时说不出话来，马海和胡二强的手下则在一旁拍手叫好，哄堂大笑。

亲眼目睹李茂林的表演，极少冲动的苏文亮也忍不住怒火中烧，一双喷射着火焰的眼睛死死地盯住李茂

林，不由冲口而出："李茂林，你也太猖狂、太无耻了！"

李茂林见一个陌生人竟敢公然呵斥他这位堂堂的镇长，不由恼羞成怒，上前一步，手指着苏文亮的鼻尖："说，你是谁？你究竟是宋春霞的什么人？"苏文亮盯着李茂林的眼睛，一阵冷笑，道："我是一个共产党员，今天，我要教训你这个给党旗抹黑的败类！"

"你、你……"李茂林不由连连后退，惊恐地望着苏文亮那双喷火的眼睛，歇斯底里地对派出所长叫喊，"你、你们派出所干什么啦？还不快把这个侮辱镇领导的人抓起来——"

所长和两个警察好像没听见一样，站在那儿一动不动。

胡二强和马海听镇长叫抓人，立刻带领手下冲了上来。三名警察、宋春霞、小曹、小赵和年迈的老支书奋力构筑一道人墙保护着苏文亮。

就在双方对峙之时，突然，派出所外面警车呼啸，警灯闪烁，大批警察冲进院子，平川县委的郑书记在公安局长陪同下出现在派出所。郑书记一见苏文亮，就大声说："老苏，接到你的电话，公安局和文化局的同志已经把'四海书店'库存盗版图书全部查封了，你要见的那个出租车司机我也给你带来了，行动得有点晚，让你和同志们受惊了！"说着，他拨开人群，大步走到苏文亮面前，两双大手紧紧握在一起。小曹这才意识到：怪不得苏科长那么自信，原来一直与平川县委保持着密切联系呀！其实，苏文亮和郑书记何止到平川一直保持密切联系，在部队，他们是老战友，来平川前，苏文亮就向老战友打了招呼，只是他请老战友千万保密。

宋春霞见到弟弟，禁不住流出了热泪。而那几个人大代表见县委书记突然出现，个个如坠五里雾中，惊诧万分。

李茂林望着郑书记，郑书记鄙夷地望了一眼脸色灰白的李茂林，一句话也没有说。

两天后，平川县委做出决定：免去李茂林盘龙镇党委副书记职务，并建议人大依法罢免其镇长职务，其他问题交由司法机关立案调查。

苏文亮三人很快回到临河市委组织部，因为，平川县委的决定已经使市委的调研没有必要了。

可是，一封封诬告苏文亮在考察干部过程中"徇私舞弊"、"滥用职权"、"侮辱干部"的匿名信飞向了临河市各主要领导案头。这消息传到苏文亮耳里，他仍是淡然一笑，并正式向组织递交了《关于提拔任用宋春霞同志的建议》。

新的一天开始了，苏文亮迈着矫健的步伐走进市委组织部……

（题图、插图：杨宏富）

当代传奇故事

优秀的传奇故事能给人以悲喜、惊恐、神秘等强烈而多变的阅读快感。本书每则故事无不以"奇"作为情节的核心，让人读来欲罢不能。作为"故事会爱好者丛书"中的一种，本集子相当具有代表性，故事的特点，《故事会》的风格，从此书可窥一斑。

发财故事

发财，自古以来人皆往之，因此发财故事也就在民间绵延不绝。本集36则发财故事分六大类：因财起祸、生财之道、天落横财、发财恶梦、飘忽财运、钱难通神等。故事生动，通俗可读。

旅途故事

46则旅途故事，让人在应接不暇的情节、人物中体验生活、体验社会、体验人生，从而拥抱生活，拥抱明天。作品充分运用了故事艺术的诸种表现手法：悬念、对比、误会、包袱……情节跌宕起伏，引人入胜。

喝酒故事

酒这东西，自古以来人们就对它褒贬不一，毁誉参半。本集古今中外64则喝酒故事，或喜或悲，或辛或酸，或啼笑皆非，按内容分为"因酒生事、借酒陈言、醉酒出丑、酒水糊涂、酗酒丧身、荒唐赛酒"等六类。

外国悬念故事

　　该书汇集的是《故事会》"外国文学故事鉴赏"专栏中的35则精品,其中包括美、英、法、意、俄、日等国的当代有影响的作家的作品,尤以美、日居多,按内容分为"机智过人、如此情爱、自食其果、历尽惊险、光怪陆离、荒唐滑稽"等六类。

历险故事

　　36则历险故事场面刺激,气氛紧张,情节惊心动魄,人物性格鲜明,叙述过程常常给人以身临其境的感觉。作品通过对主人公聪明才智的展示和坚韧不拔精神的刻划,形象地展现了历险故事特有的魅力。

荒诞故事

　　50余则故事用啼笑皆非的荒诞手法来鞭挞生活中的假恶丑,用荒诞不经的人物形象来呼唤人世间的真善美,在荒诞的外衣下,包藏着极为深刻的社会内容,长久以来一直活跃在人们中间,口耳相传,历久不衰。

诙谐故事

　　本书汇集外国诙谐故事精品100则,按内容分为"莫名其妙、洋相百出、针锋相对、随机应变、难言之隐、弄巧成拙、井底之蛙、强词夺理"等八大类,每大类前均有短小幽默引言,从不同角度折射社会面貌。

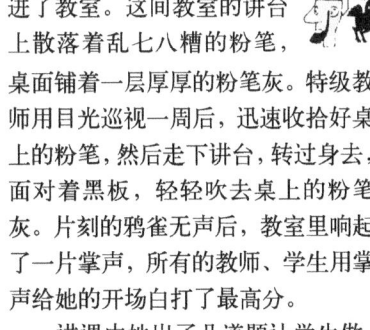

特级教师

一所乡村小学好不容易邀请了一位省特级教师来讲一节公开课。

学校里的老师都没有见识过特级教师。有的对特级教师不以为然，有的认为特级教师是凭关系混的，是靠年龄熬的……

特级教师来了，谁也没有想到竟然是一位十分年轻美丽的女性。特级教师说，上课时她将随便走进一间教室。谁也没想到她进了一个全校闻名的后进班。

上课铃响了，所有的听课教师都进了教室。这间教室的讲台上散落着乱七八糟的粉笔，桌面铺着一层厚厚的粉笔灰。特级教师用目光巡视一周后，迅速收拾好桌上的粉笔，然后走下讲台，转过身去，面对着黑板，轻轻吹去桌上的粉笔灰。片刻的鸦雀无声后，教室里响起了一片掌声，所有的教师、学生用掌声给她的开场白打了最高分。

讲课中她出了几道题让学生做，然后她讲解了这几道题的做法。讲完之后，她说了一句："请做对的同学扬一扬眉毛，暂时没做对的同学笑一笑。"

所有的教师都知道了什么样的教师是特级教师。

（推荐者：葛丽萍）

恭喜你长高了

有个火车站，经常发生和乘客的纠纷。为什么呢？原来，铁路部门规定，身高在1.2米以下的孩子可以买半票，但很多家长带着超过1.2米的孩子也只买半票，这个火车站就派专人查票，可是，效果不明显，还常常引来乘客的大吵大闹。站长为此很伤脑筋，于是向全站职工征集好点子。

最后，他采纳了一个检票员的办法，在检票大厅贴

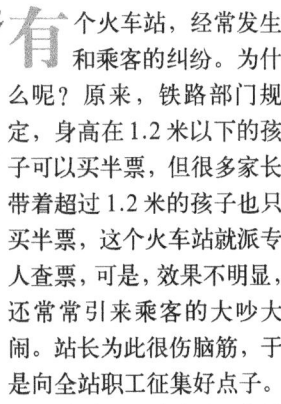

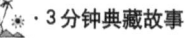

了一幅醒目的标语,上面写着:"恭喜你,长高了!"标语牌下是一个补票窗口,旁边有1.2米高的刻度线。于是,那些出站的孩子都会主动站到刻度线旁去比比身高,超过刻度线的孩子就会摇着爸爸妈妈的手,说:"快去补票吧,我已经长高了,该买大人票了!"而爸爸妈妈也会高兴地说"好,好,你长高了,该买全票了!"然后,很爽快地掏钱补票。

孩子长高了,当然是件好事!面对长大的孩子,父母又怎么会吝惜那点钱呢?

叫一声爸爸

有个女孩子叫小玉,母亲体弱多病,父亲也已经六十多岁了,下岗后在街边摆了个修鞋摊。小玉很争气,学习很好,考上了重点高中,只是她从来不把同学们带回家中,因为父亲很显老,以至于有的同学会傻乎乎地叫声"爷爷";小玉也从不在同学们面前提起父亲的职业。

高二那年,小玉被评为市三好学生,去参加表彰大会。散会后,她和几个同学走在路上,恰巧经过父亲的修鞋摊。小玉忽然发现,父亲的头上多了许多白发,便忍不住轻轻地叫了一声"爸……"父亲抬起头,惊讶地望着女儿,随后很快地朝她摆了摆手。

一个同学吃惊地叫道:"这是你爸?"小玉点点头,脸上不由得有些发烫,心里也有点后悔。

那天晚上,父亲回家时心情特别好,还破天荒地喝了点酒……后来,母亲告诉小玉,父亲那天真的很自豪、很高兴,因为闺女居然当着一大群市里最优秀的孩子的面,叫了自己一声"爸"!

直到这时,小玉才明白,自己轻轻的一声呼唤,对父亲来说有多么重要!以后,她每次走过父亲的修鞋摊时,都会走上去,响亮地叫一声:"爸爸!"

跳上月球

有一个小男孩独自在洒满月光的后院里玩耍。年轻的妈妈在厨房里洗碗,不断听到儿子蹦蹦跳跳的声音,觉得很奇怪,便大声问他在做什么。

儿子天真地回答:"妈妈,我想跳到月球上去!"年轻的妈妈没有像别的父母那样责怪儿子不好好学习,或者整天胡思乱想,而是微笑着说:"好啊!不过一定要记得回来哦,不然我会想你的!"

这个小男孩长大以后真的"跳"

到月球上去了，他就是人类历史上第一个登上月球的人——美国宇航员尼尔·阿姆斯特朗，他登上月球的时间是 1969 年 7 月 16 日。

（以上三则选自《告诉世界，我能行！》作者：卢 勤；推荐者：木棉）

主妇和马铃薯

一天，一位家庭主妇去市场上买菜，见到一个摊贩卖的马铃薯比其他人的便宜，就一下子称了三十斤。回到家后，丈夫觉得奇怪，问她："你买这么多马铃薯做什么？"主妇回答说："这个马铃薯便宜呀，才五毛钱一斤。"

丈夫对主妇说："如果你认为便宜的话，那就大错特错了，其实你买的马铃薯很贵。"

主妇不服地说："怎么会贵呢？其他摊贩的马铃薯要卖到九毛钱一斤呢。"

"几天后你自然会知道的。"丈夫回答说。

就这样，主妇每天都做马铃薯吃，两天以后，丈夫和儿子吃腻了马铃薯，三天以后连主妇自己也不愿再吃了。剩下的马铃薯慢慢地开始发芽了，发芽的马铃薯有毒不能吃，主妇不得不把它们都倒进垃圾桶，结果，三十斤的马铃薯只吃了十斤左右。

这时候丈夫就对妻子说："你花了十五元钱买了三十斤的马铃薯，而实际上我们才吃了十斤，这样折算下来，不就合到一元五角钱一斤的马铃薯了吗？难道不比市场上九毛钱一斤的还贵吗？"

主妇这才恍然大悟：再便宜的东西，不切合实际地买得太多，结果一样是贵的。

（作者：邓 发）

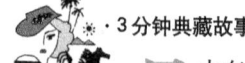

仅仅是张车票吗

日本东京有家刚成立的小贸易公司，有一位小姐专门负责为客人订票。客人中有一位德国大公司的总裁，因为业务需要常常往返于东京和大阪之间。这位总裁不久就发现了一个有趣的现象：每次他去大阪时，座位总在车厢右边的窗口，返回东京时，又总在车厢左面的窗口。

那位总裁便问订票小姐其中的缘由。小姐微笑着答道："车去大阪的时候，富士山在您的右边。我想，外国朋友一定喜欢富士山的景色，所以每次总是特意为您准备了可以一览富士山的位子。"

听完这番话，这位德国总裁十分感动，而且有些震惊。他把与这家日本公司的贸易额由400万马克一下子提高到1200万马克。德国总裁对他的助理道："就这样一件小事情，这家公司的职员都想得如此周到，跟他们做生意还有什么不放心的呢？"

后来，这家小贸易公司成长为日本五百强企业之一。

（原作：张凤祥；**推荐者**：陈丽平）

伟大的宽容

十七世纪，丹麦和瑞典发生战争。一场激烈的战役下来，丹麦打了胜仗，一个丹麦士兵坐下来，正准备取出壶中的水解渴，突然听到哀叫的声音。原来在不远处躺着一个受了重伤的瑞典人，正双眼看着他的水壶。

丹麦士兵走过去，说"你更需要这壶水。"说着，他将水壶送到伤者的口中。但是瑞典人竟然伸出长矛猛刺向他，幸好丹麦士兵躲得快，长矛只伤到他的手臂。

丹麦士兵说："嗨！你竟然这样回报我？我原来要把整壶水给你喝，现在只能给你一半了。"

在别人忘恩负义之后，仍有饶恕的心，这是第二次的饶恕，也是一种更伟大的情。

（**推荐者**：李云飞）

不会宽容人的人，是不配受到别人的宽容的。 ——贝尔奈

·阿P系列幽默故事·

局长 当了一回

□宋利民

这天，阿P下班回家，走过一个十字路口，看见一对夫妻在卖甜瓜。阿P本想买点，可一想到最近囊中有些羞涩，脚步不自觉地加快了。可没想到瓜把式朝他走来，大声喊道："张局长，你好吗？"阿P回头一看，前前后后就他一个，明白卖瓜的一定是认错人了，就把头一低，想从他身旁走过去。谁知卖瓜人伸出双手把他拉住了，非常热情地说道："张局长，你不是当了局长把兄弟给忘了吧？来，给你捡几个瓜尝尝！"边说边用身子挡着阿P，一只手忙不迭地往塑料袋里装瓜。

阿P忙推辞："不，不，我不是什么局长，怎么能要你的瓜？"卖瓜人听了这话，把脸一沉"你当了局长怕我攀高枝啊？你放心，我不是那种人！"一边说，一边继续往袋里装瓜。

阿P见卖瓜人误会了，也不便再解释，心里琢磨，自己白吃是不好意思的，不拿又拂了人家的盛情，于是一咬牙一跺脚，从兜里掏出张50元的票子，递给卖瓜的："大哥，这瓜我拿着，不过，我照价付钱。"阿P知道这些瓜有20元钱足够了，以为他会把剩下的钱找给自己，谁知道卖瓜人没伸手接钱，却把眼珠子瞪得像鸡蛋"兄弟，你要还拿我这个哥哥当朋友，就把钱揣起来。"这时又来了几个买瓜的，他撂下阿P去帮他们挑瓜。阿P想此时不走还等什么时候，就把50元钱往摊上一放，转身走了。虽说损失了点钱，但被卖瓜的叫了半天"局长"，阿P心里也有点甜丝丝的。

回到家，妻子小兰正在厨房做晚饭，见阿P进来，一指屋中央的茶几："喏，我买了几个甜瓜，挺好吃的，快

让自己完全受财富支配的人是永远不能合乎公正的。——德谟克利特

尝尝吧！本来我没想买，可那个瓜把式认错了，一口咬定我是什么县剧团的杨团长，非要送我几个瓜尝尝。这咋好意思，我给他扔下了20元钱。"

原来如此！阿P把手里拎的袋子一举，恨恨地说："你才花20元钱买了个团长和一袋甜瓜，我这一声局长和一兜甜瓜可是花了50元买来的！"

阿P坐在沙发上越想越来气，没想到被个卖瓜的涮了。不行，今天这口恶气一定要吐出来。阿P翻出当年在工厂文艺演出用的道具乔装一番，又换了件外套，走回那个路口。卖瓜人果然没认出他，老远就迎了上来："哟！黄导演，从卖瓜那天俺两口子就睁大眼睛瞅，好歹把你盼来了，来，捡点瓜拿回去……"

阿P假装推辞："别别，这怎么好意思？""哈哈，当上了大导演，就摆起了架子，不认识俺们了。告诉你，不拿也得拿，又不是给你的，是给弟妹和孩子吃的。"卖瓜人说着，开始往编织袋里装香瓜。阿P暗自高兴，嘴上说："够了够了！"心里却想，装吧，越多越好，咋也得对得起俺两口子拿出来的70元钱哪！

卖瓜人装了满满一编织袋，足有六十多斤。阿P也没客气，扛起袋子就走，走了不到50米远，卖瓜人气喘吁吁追上来，把瓜袋子夺了过去，一脸苦笑地说："我被你嫂子好顿训，说我没诚意，你这么个大导演哪有力气

扛它，让我给你送家去！"阿P琢磨，我就让他送到家，看你能怎么样？

两个人轮换着把一袋香瓜扛到了阿P家门口，阿P累得气喘吁吁，他用钥匙打开门，卖瓜人刚要往里进，却又退了回来，用疑惑的口吻说："不对呀，你家我来过，怎么家具都变了？"见阿P没吭声，他又说，"我记得电视台的老吴住你对门，我去他家串个门。"说着就要去敲阿P家的对门。

"你别……"阿P想，对门和自己的关系有点紧张，万一听了卖瓜人的话，以为自己为了几个香瓜冒充导演，自己的脸就丢大了。想到这里，阿P忙上前拉住卖瓜人。谁知，阿P越拉，卖瓜人越起劲，声音也提高了许多："黄导，你不用拽，我去老吴家串完门就到你家！"阿P听到楼上楼下都有开门的声音，忙从兜里掏出50元钱，哭丧着脸说："行了，你快饶了我吧，我认栽！"

卖瓜人没伸手，冷冷地说道："这袋瓜有60多斤，我卖1块5一斤，还给你送货上门呢，少100块，免谈！"阿P听见邻居的脚步声越来越近，只得又掏出张50元钞票。

卖瓜人接过钱，边朝楼下走边嘟哝："哼，想和我过招，嫩点！治你们这些既想占小便宜又要顾脸面的城里人，还用费什么力？"

（题图：李加史琦）

宝石蓝女裙

□ 申爱军

这天，阿雯在商场看中了一条宝石蓝的进口女裙，她试了试，正合身，只是有点暴露，价钱也高了些。售货员一个劲儿地怂恿她买下来，说这种款式的裙子只有一条。阿雯为难地说："这条裙子是不错，可我用的是私房钱，一直背着老公，再说又这么暴露，实在没法跟他说呀！"

售货员马上大包大揽地说："只要你喜欢，我倒有个办法——这办法我们已经用过多次了。"她拿出一张奖券交给阿雯，"你付了钱，把裙子留在这里，回去就对你老公说：这儿搞有奖销售，你摸到一张奖券，让他帮你瞧瞧中奖没有。等他来的时候，我就把这条裙子给他，说是你中的奖，他就不会说什么了。"阿雯觉得这招高明，马上付了钱，喜滋滋地回家了。

晚上，阿雯的老公拿着奖券去商场"兑奖"了。阿雯在家里等啊等，一直等到商场都关门了，老公才回来。阿雯连忙问老公："中奖了么？"

老公说："中了中了，售货员说你运气不错呢。"一边拿出一条裙子递给阿雯。阿雯兴高采烈地接过一看，傻眼了：原来，老公取回家的"奖品"根本不是那条宝石蓝的女裙，而是一条廉价的饭裙！

阿雯气坏了，可她不敢声张，只得气鼓鼓地过了一夜。第二天中午，阿雯抽空从公司跑出来，直奔商场，去找售货员理论。谁知售货员一口咬定，她给阿雯老公的就是那条宝石蓝裙子，不信可以找她老公来当面对质。阿雯半信半疑地走出来，打算去老公的单位问个究竟。

才到半路，阿雯看见自己的老公和他的女秘书迎面走来。阿雯朝老公的女秘书身上一瞧，咦，怎么那么眼熟？她再定睛一看，嗨，原来那条宝石蓝女裙穿在女秘书身上了！

一个人到处分心，就一处也得不到美满的结果。 ——乔叟

寻猪启事

□ 蓝 月

这天，向发下班回家，老远就看见小区大门上贴着一张启事，走近一看，向发差点笑起来，原来，那是一张寻猪启事，说是要找一头丢失的宠物猪，旁边还有小猪的照片。向发心想，现在的人真是无聊，养猫养狗还不过瘾，还养起猪来了。可是看到后面，向发就笑不出了，只见启事上写着：拾到小猪者，酬金一万元。向发瞅瞅四周，趁着没人一把撕下启事放进口袋，然后若无其事地哼着小曲回到家里。

一进屋，向发就给老婆说起了刚才的事，还拿出启事给老婆看。老婆一看，说："哎呀，这几天我看见隔壁楼的李大妈牵着一头小猪在小区里溜达呢，好像和照片上这猪挺像的！"向发顿时激动起来，一迭声地问："真的吗？你再仔细看看，是不是这头？"老婆看了半天，点点头，又摇摇头，最后说："要不你明天早上自己去看看？"

第二天一大早，向发就等在小区门口，果然，不大一会儿，李大妈还真牵着一头小猪出来了。向发一看，咦，这头小猪淡黄色，耳朵上有两个对称的小黑圆点，可不就是启事上那头吗？向发忙热情地迎上去打招呼："哟，李大妈，这么早就出来遛狗……哦，不是狗，是猪吧。"说完，还弯下腰爱怜地摸着小猪。

李大妈不好意思地笑笑："哎，一个人在家无聊，儿子为了让我有个伴，想买条狗来给我养养的，可到宠物市场一打听，说现在流行养猪，这不就给买了条回来，可这家伙还真难伺候，扔了可惜，卖又没人要，烦死人了。"

违章停车

□ 陈伟斌

杰瑞从商场出来，看见警察正在抄车子的罚单，便气势汹汹地说："你牛什么啊？不就在这儿多停了会儿车嘛！"

警察看他一眼，没说话，继续抄单子。

杰瑞的嗓门更大了："你要真牛，甭贴条儿，直接把车拖走！看看谁怕谁！"

警察打算教训一下这个不知天高地厚的家伙，便真的打电话叫来了拖车。

杰瑞看到拖车来了，暴跳如雷地叫道："好，有种你就拖！借你俩胆儿，看你敢不敢！"

警察一摆手，真的把车拖走了。

警察看了杰瑞两眼，想劝劝他，往后别这么跟警察说话。

谁知杰瑞一翻白眼儿："算你狠！好吧，一会儿这车的车主来了，你自己跟他说吧！我去骑我的自行车回家了！"

向发"噌"地站起来，说道："我觉得它蛮可爱的嘛，不如你卖给我吧。"李大妈有点吃惊，犹犹豫豫地说："这条猪可值价呢，我儿子花2000块才买回来的。""哎，没事，我特喜欢猪，我给您3000块，卖给我吧。"说完，向发掏出早就准备好的钱，递到李大妈的手里，趁李大妈还没回过神来，他抱起猪就跑，生怕李大妈反悔。

回到家，向发就向老婆报喜"老婆大人，咱这下可发了！"向发说着，喜滋滋地拿出那张寻猪启事，照着上面的电话拨了过去，谁知电话里传出一个声音："您拨打的是空号……"这下两口子都傻眼了。

怎么办呢？向发老婆当时就哭开了："3000块哪！能吃多少斤猪肉呀！"向发被老婆哭得心烦，满屋子乱转，突然，他灵光一闪，计上心头。他跑到打印处，照猫画虎地把寻猪启事的内容打印下来，只是把原来的一万元酬劳改成了两万元。晚上，他摸黑把寻猪启事贴到了菜市场的大门上。第二天，向发的老婆就牵着小猪开始到处转悠。没半天工夫，她就被一个人拦住，那人说自己特别喜爱这只小猪，愿意花6000元买下来。向发老婆于是很"舍不得"地把猪卖了。

小猪卖出去不到两天，那张熟悉的寻猪启事又被贴到了菜市门口，不过这次的酬劳又涨了，涨成了三万。

（本栏题图：李 加 史 琦）

355

2005
SEMIMONTHLY
下半月刊

11月
STORIES

搜狐读书
book.sohu.com

故事会

2005年11月
下半月刊·绿版

主　编：何承伟
常务副主编：吴　伦
副主编：姚自豪（上半月·红版）
副主编：夏一鸣（下半月·绿版）
本期责任编辑：夏一鸣
发稿编辑：
姚自豪　蔓石　周吟
吕佳　鲍放　梁宁宁
美术编辑：李宝强
电脑制作：郭瑾玮
通　联：归依玲
本社办公室电话：021-64375030
上半月刊编辑部电话：021-64332325
下半月刊编辑部电话：021-64336469
（上海市绍兴路74号　邮编：200020）

主管：　上海文艺出版总社
主办：

督印发行：张　凯
电话：021-64313938
广告总代理：上海文艺广告传播中心
（上海市绍兴路74号　邮编：200020）
广告总监：张　淮
广告业务：021-34010383
广告投诉：021-64333738
广告经营许可证
沪工商字第3101034000029号
发行：中国图书进出口上海公司

手机阅读器服务商：北京掌讯远景信息技术
有限公司　客服电话：010-51196627

本刊各栏目欢迎来稿。来稿寄上海市绍兴路74号《故事会》杂志社，邮编：200020；请在信封上注明"××栏目"收；本期责任编辑E-mail地址：xiayiming@vip.sohu.net

说明书

小玉和丈夫大吵一场后，便决定不理丈夫。一个星期过去了，不管丈夫怎么道歉，小玉就是不说一句话，脸还绷得紧紧的。

这天，小玉起床后发现床头放了一张《产品说明书》，上面写道：

品名：小玉；产地：中国广东；规格：25岁×48公斤×1.65米；特性：易燃易爆；注意事项：小心轻放……

小玉看完，不禁扑哧一笑，脸上终于露出了笑容。

（辛　斌）

（本栏插图：李加 史琦）

失　眠

两个经常失眠的人到医院看病，医生分别询问了他们一些情况后，给他们开了一些药，并叮嘱道："如果吃了药仍然不见效的话，你们可以尝试从一数到一千，我相信数不到五百你们就会睡着了！"

第一个人摇摇头，很沮丧地说："医生，看来我做不到，因为我是拳击裁判，我只能从一数到十。"

"那么你呢？"医生问另一个人。

"我更糟糕，我只能数到七！"那人抱着头痛苦地叫道，"因为我是个音乐家！"（陈建明）

中了一枪

小华平时喜欢睡懒觉，可自打住校后，懒觉就睡不成了。这天她回到家里，向妈妈抱怨早上起床时的痛苦："每天早上一听到闹铃响起，我就像中了一枪……"

"那你一定是'砰'的跳起来！"

"不，我像死人一样躺着！"

（杨东杰）

笑是一种没有副作用的镇静剂。——格拉塞

询问食谱

在医生办公室，年轻的实习医生向医生请教："老师，为什么诊断时，您总忘不了问病人经常吃什么？"

医生四下看看，见没有其他人，这才笑道："年轻人，这是极其重要的！根据病人的食谱，我可以判断能够收到多少医疗费。""为什么？""你想想，如果病人吃得好，那他的经济条件还会差吗？"

（田洪海）

实在跌怕了

老王炒股票，没想到股市一路下跌，跌得他心痛不已，有段时间，他都不忍心到电脑上去看行情。可他又不死心，于是就让老伴儿替他看一下，再把行情转告给他。

这天上午股市开盘不久，老伴打开电脑刚想看看盘面，老王就忙问："怎么样，跌没跌呀？"老伴正要回答，女儿正巧推门进来，冲着老爹的背影喊了一声"爹"，老王吓得一屁股坐在地上。

老伴扶起老王，朝女儿瞪了一眼"你这黄毛丫头，叫'爹'也叫得不是时候，要是把你爹吓个好歹，我找你算账！"

（王学海）

·笑口常开 轻松一刻·

吸引警察

这天，有位警察潜伏在酒吧外面，准备随时逮住那些酒后驾车的小混混。过了好一会儿，他才发现有个年轻人从酒吧里走出来，走路摇摇晃晃，费了不少劲才找到自己的车，然后钻了进去。

警察从潜伏地跑出来，监视着他的一举一动，可能是喝得太多了，停车场上的汽车几乎全都走完了，那个年轻人还没能把车发动起来。警察实在忍无可忍，一把将那个年轻人揪了出来，对他进行酒精测试。测试结果令人震惊，酒精含量居然是"0"！

警察诧异道："不可能吧，你不可能没喝多！"那年轻人笑了，说："怎么不可能？今天我的任务是负责吸引警察。"

（袁艺慧）

有此爱好

小赵今年是第三次参加高考。录取分数线公布后，收藏家爸爸打电话问他"这次考得怎样？"

小赵无奈地说"爸爸，你不知道，收集历年高考准考证是我的一大爱好，现在我已经收集二个了。我现在正为收集明年的准考证做准备。"

（文　华）

随便省略

这天老师在课堂上讲解"量词的用法"，同学们听得津津有味。

老师问："量词有时不能随便省略，哪位同学能举个例子？"

有个同学站起来，说："比如'他给我一支枪'，如果省略掉量词'支'，那我的命运就大不一样了！"

（杨东杰）

教授的回答

文学课上，一位年轻的女大学生问教授"教授，您看过《哈利·波特》吗？这书现在市面上非常流行！"

教授承认没有看过。女学生显得惊讶不已："哟，这书都发行三个月了，您怎么还没有看过？"

教授说："这位同学，你读过但丁的《神曲》吗？"

女大学生答："没有，没读过。"

教授劝道："那你可要抓紧啊，它问世都好几百年了！"

（传　生）

心理攻势

一天，外面下着很大的雪，彼得想天气这样糟糕，汽车销售商一定认为不会有顾客上门，如果前去买车的话，可杀出个"跳楼价"。

果然，彼得进入汽车展厅时，发现自己是唯一一名顾客，于是便信心十足地准备杀价。他对热情迎上前来的销售商说："今天天气很不好哇。"销售商点点头，说："是呀，小伙子，你肯定想新车想坏了，所以，就连这么糟的天气都跑出来买车！"

（杨永光）

玩游戏

约翰有三个非常活泼好动的儿子。这天吃过晚饭后，他和孩子们在一起玩警察抓小偷的游戏。三个儿子拿着玩具枪一起朝他"射击"，嘴里大叫道，"砰！爸爸中弹死了！"

约翰"啊"的一声跌倒在地。这时，正好有个邻居来他家串门，看到约翰跌倒在地好半天没爬起来，就赶紧跑过来，问他是不是跌倒时受了伤。约翰闭着眼，小声说："嘘——没受伤，你让我躺一会儿，这是我一天中唯一一次有机会休息。"

（李荷卿 译）

交警的训话

幼儿园上表演课，小强扮演"交警"，其他孩子则扮演违规的"市民"。一个孩子"开车"过来，小强训斥道："兔子，看你眼睛红的，还酒后驾车？"

就在这时，一个男孩跑过来，小强拦住他说："螃蟹，又横穿马路啦？"接着又指一个女同学，说："袋鼠，以后不许骑车带小孩！"

这时，许多同学都笑了。

"不准笑！"小强板着脸继续说，"乌龟，谁让你上快车道的？"

（秦皇岛）

千万别客气

局长到一个偏僻山乡了解畜牧业发展情况，不巧，乡里领导有事外出，只留一个秘书在家值班。时近中午，局长要返回县城，乡秘书知道了，非挽留他吃饭不可，并说要杀一只羊好好招待。局长就说："乡领导都不在家，羊也都放到野外去了，今天就免了吧。"

乡秘书拉着局长向后窗的小树林里指了指，说"局长您千万别客气，我们屋后还拴着一只值班羊呢！"

（东　北）

爱情 □王奉国
不可以打印

我是一个文学青年，业余时间喜欢写点东西，为了方便，我买了台激光打印机。朋友张三是个"狗鼻子"，不知从哪嗅到了这个信息，高兴坏了，第一时间赶到我家，说要用一用我的打印机。

原来，这小子最近在追一个女孩子，情书一天一封，兴奋了三四封，然而张三有个致命的缺点，就是字写得像鬼画符，那女孩拿到信，匆匆扫了几眼就退给张三，说："你写的是天书，本小姐是凡人，看不明白，去给我找个翻译家来。"

我接过张三的情书一看，不禁"扑哧"一笑："看来你真是'对牛弹琴'了！"接着就把张三带来的A盘放入驱动器中，随着一阵清脆的打印声响过，一张散发着油墨清香的情书诞生了！张三拿在手里，像不认识似

的，好半天才说："哥们，谢谢你！谢谢你！"

从此，张三就天天来打印。当然为了避嫌起见，在张三用我的电脑和打印机时，我总能找到借口离开书房。因此，每一次张三都是笑着进门，然后又乐着出去。

谁知道，有一天张三脸色阴沉，气冲冲地找到我，没等我开口说话，这小子"刷"的就给我一个拳头，打得我眼冒金星，我气极了，说："你他妈疯了，我是招你还是惹你了，你怎么像条疯狗一样？"

张三说："我今天就是一条疯

爱情是个无穷无尽的奥妙，因为连它自己也说不明白。——泰戈尔

狗！你对不起我！"

"我怎么对不起你了？"

"你做了对不起我的事情！"

"你脑子进水了，我哪里做了对不起你的事情？"

张三说："你少给我装傻，我问你，你认识清月吗？"

"不认识，谁叫清月？"

张三说："就是我追的那个女孩。"

我斜了他一眼说："你不要搞错了，这跟我有什么关系？"

张三有点嫉妒地说："她今天向我提到你了。"

我说："怎么会呢？我又不认识她，谁知道她是高还是矮，是胖还是瘦？"

张三说："你竟然这样说？好吧，我们之间到此拉倒。"说完，气呼呼甩门而去……

说真的，当时我也很生张三的气，心想，你张三搞不掂女朋友，凭什么到我这里来撒野啊？我又不是你的出气筒！

然而，事实证明我的估计是错的。

这天我正在家写东西，一个女孩来找我，我吓了一跳，因为这女孩是很漂亮、很时尚的那一种。女孩来了就问："你是王老师吧？"我一听激动坏了，有人称呼我老师，这还是第一次听到别人喊我老师，而且出自靓

女之口，当然高兴了也不能流露在脸上，要不我这老师就太不稳重、太不成熟了，我稳了稳神，说："不敢当，不敢当。"

女孩说："我叫清月，平时喜欢写写画画，不过就是写得不好，画得也没水平，我久闻王老师的大名，今天是特地来请教的。"

清月？我一听觉得这个名字有点耳熟，猛地，想起来了，张三的女朋友不也叫清月吗？就问："你认识张三吗？"

女孩生气地说："别提他！我们谈文学吧。"

我问女孩子："你以前认识我吗？"

"不认识。"

"那你是通过什么渠道找到我的？"

女孩被我问得有点生气了，说："你以后会知道的。"说罢，就从包里拿出几篇稿子来。我仔细看了起来，越看越惊叹不已。这女孩太有才气了，文笔也好。我说："清月，你写得真是太好了，我也要向你学习呢！"

"王老师，你笑话我了。"

"不是不是，你写得真不错，我给你推荐推荐吧。"

女孩说："那谢谢王老师了！"

送走女孩，当天我就把稿件推荐给在报社当编辑的朋友。

没多久，稿子真就发表了。女孩

拿到报纸后，兴高采烈地来找我，表示要请我吃饭。我说："还是我请你吧，你们女孩挣点钱都不容易。你的文章能发表，说明大家对你写作能力的认可，我也向你祝贺一下。"

就这样，我和清月成了朋友，女孩也不客气，就常常拿她的稿件来找我修改，我也乐此不疲，能为这么漂亮的女孩服务，也算是我的福气。

渐渐地，我和她就坠入了情网。刚开始的时候，我感觉有点对不起张三，但一想到这小子给了我一拳，心理就平衡了。再说了，人家女孩也有喜欢不喜欢的权利呀！

这样一想，我就鼓足了勇气，向女孩表达了我的爱慕之情。我担心清月会拒绝我，没想到她竟说："你是大作家，能看上我？"我一听有戏，就顺势把她搂在了怀中……

我和清月发展得很快，三个月后，清月做了我的新娘。新婚之夜，清月拿了一摞情书，并抽出一封给我看，说："这是你写的吗？"

我很纳闷，我从来没给她写过情书啊！这是怎么回事？仔细一看，这不是张三打印的情书吗？我说："这不是我写的。"清月说："你看看这封情书的后面。"我翻过来一看着实吃了一惊，后面是我打印的诗歌，上面还有我的个人简历和地址。

这个张三真是马大哈，打印情书时也不看看后面有没有字。

清月说："我看到了你后面的诗，才明白张三是找你写的情书，我想张三这人真的不可交，写个情书也找人代写，我就不睬他了！"说着，她又解释道，"不过，看了你的作品我觉得有一种被燃烧的感觉，于是就顺你稿件上的地址找到了你。"

（本篇月月评短信代码：G220）

（题图：安玉民）

想要停车
不容易

□谢元清

阿P买了一辆新车，就兴冲冲带妻子小兰进城兜风。路过一家商店，妻子说要进去买件内衣，阿P不敢违令，忙把车停下，让妻子先下去，这时，一个大盖帽冲过来："喂，谁让你在这儿停车，罚款！"阿P吓破了胆，也顾不上与小兰打招呼，油门一轰把车开走了，跑了好长一段路，发现背后没了动静，阿P得意地笑了起来：嘿嘿，就你那两下，还想罚我阿P的款？

哪知，没过一分钟阿P就得意不起来了，为啥？没处停车呀！街道两旁给各种车子塞得满满当当的，阿P伸长脖子左看看、右瞧瞧，急得脑门渗出汗来。

阿P开车兜了一圈，忽然眼睛一亮，看到一家银行门前停着一辆"广本"，于是放慢车速开了过去。他从车窗探出脑袋一瞧，高兴得咧开嘴笑了，原来街边黄线内豁然写着"停车"两个大字。真是得来全不费工夫啊！阿P麻利地将车开进停车位停下，钻出车来就要去找小兰，哪知他还没走两步路，背后就有人喊："喂！谁在这儿乱停车，罚款100元！"

"开什么玩笑，吓唬老百姓啊！"阿P以为说话的是保安人员，可扭过头一瞧，不禁愣了：一名穿戴齐全的胖子交警正怒目圆瞪站在背后。

阿P这就弄不明白了，眨巴着眼睛问道："警察同志，有没有搞错？这儿不是明明写着'停车'吗，怎么还要罚款？"

胖子把脸一拉，往停着的那辆"广本"车肚子底下指了指，说："老兄，请你看清楚喽！"

阿P忙蹲下身子，一瞧，禁不住

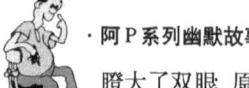

瞪大了双眼 原来那辆车底下路面还写着"严禁"两个字呢。胖子走过来拍了拍他的肩膀,说:"看清楚没有,这儿是'严禁停车'啦!你还有什么话说,快交罚款吧!"

阿P傻了眼,心想:我阿P好歹也有头有脸的,第一次上路就给罚了款,传出去还怎么混呀?就狡辩道:"人家能停,我为什么不能停?"

胖子不高兴了,把脸一板,说:"你这人,怎么这样说话?昨晚城南村还杀人呢,你也去杀人?实话告诉你吧,今天就这位子已罚了五辆车,你算是第六辆了……怎么,不服气啊?好,把驾照拿来!"

阿P一听要拿驾照,又软了,赶忙掏出烟来:"同志,有事好商量嘛,您看现在挣两个钱不容易,嘿嘿……

能不能高抬贵手,通融通融,原谅我这一回,改日我请您喝酒!"

"这才像人话嘛!"胖子扫了阿P一眼,看了看手表,对阿P说,"看你认错态度还好,又念你是初犯,这样吧,今天不罚你的款,只作扣车处理,你的车必须在这里停两个小时。这是给你一个教训,记住,下一次不敢乱停车!"

阿P眉头一皱"这儿不是不能停车吗?刚才还没停10秒钟你就要罚我100元,现在要停两个小时,到时你累加起来罚我,我哪受得了哇!"

胖子笑了笑,说"这一条街归我管,我说了算。你要是愿意,就把车子停下,想干啥就干啥,11点半我交班时你过来取;要是不愿意,就别怪我不留情面,我这罚单一撕可就算数了,迟交了还要滞纳金的!"

这时,人行道那头走过来一位年轻人,那人指了指腕上的手表,对胖子说:"你看,我已经超时了,你让我开走吧,我真的有急事。"胖子瞥了那人一眼,从兜里摸出一串车钥匙交给他。等车子一开走,就朝那空位努努嘴,对阿P说:"把车子开过去吧!"

阿P这下明白了:原来是要他顶替那辆"广本"把路面上"严禁"两个字遮住,露出"停车"两个字,好引诱别的车上钩呀。

阿P想了想,觉得这事挺有趣的,就爽快地说:"好,好!"说着把车子

开到"严禁"处停稳。胖子满意地点点头，哼着小曲，一摇三摆地走进街边一个小茶馆喝茶去了。

阿P望着胖子的背影，长长叹了一口气。这当儿，一个漂亮妹妹开着辆"甲壳虫"打着转向灯开过来，想在"停车"处停车。眼看猎物就要上钩，阿P忽然改变了主意，朝那辆车一边挥手一边喊道："喂，这儿严禁停车，要罚款的！"那漂亮妹妹听到警告，探出头看了一会，若有所悟，就朝阿P恬然一笑，方向盘一打走了。

胖子透着茶馆玻璃门看到眼前这一幕，哪里还坐得住，怒气冲冲地跑出来，瞪着阿P嚷道："干什么，干什么？你不去逛街啦？"

阿P做了一件好事，又接受了人家的一个微笑，仿佛自己就是专打抱不平的侠客，把胸脯一挺，说："没干啥，今天出门忘了带钱，上街也没啥意思。反正闲着也是闲着，就义务帮你们维持交通秩序吧！"

一见阿P怪模怪样的，胖子心里一惊，知道今天碰上对手了，就缓下口气说："算了，算了，你别狗咬耗子了。走，我请你到那边喝茶去。"

阿P一听这话，心里更得意了，摇摇头，沉默不语……胖子摆摆手："得了，你把车子开走吧！"

可阿P并不领情，说："开走？开哪去？我不是说了嘛，今天出门没带钱，你让我上哪儿停车呀！今天我哪里也不去了，专门在这儿呆着！"说着，往屁股下垫了张餐巾纸坐了下来。

胖子一看阿P这架势，脸都气青了，但过了一会，脸上又堆着笑意，对阿P说："好了，好了，给你10元钱，你开到对面停车场去停吧。"

哪知阿P一点也不领情"不行！咱们有言在先，说话可要算数，现在不是讲诚信吗？今天没等到11点半，我是不会走的！"

这阿P软硬不吃，把胖子搞得火冒三丈："你……你……你到底想干什么？"

"嘿嘿，不干什么，今天我只想管一管闲事！"

这时，又有一辆工具车冒冒失失地开过来，要在"停车"处停车，阿P发现了，二话不说，站起来挥挥手将车赶跑了。

胖子忍无可忍，从腰间掏出手机"好，你有种！哼，有你车牌号在，我就不信查不出你是哪一路神仙！"说着背过身去，对着手机叽里咕噜说了一通话。不一会儿工夫，开来一车大盖帽，为首的一位跳下车冲这边嚷道："哪一个敢在这里撒野，把证收了，带回去处理！"

阿P被这突如其来的一着弄得措手不及，顿时心有点发虚，然而，阿P毕竟是见过世面的，惊慌片刻，他又镇静起来，从兜里掏出一架手机晃

打赌的故事（文：李荷卿；图：包丰一）

1. 建筑工地上，有个青年人瞧不起老工人，要和他打个赌。

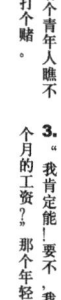

2. 老工人想了想说："我能用手推车把某物送到前面那幢大楼，而你却不能把它给送回来。"

3. "我肯定能！要不，我跟你赌一个月的工资？"那个年轻的家伙说。

4. 老工人伸手抓起身边的手推车，对年轻人说："那好，你上来吧。"

了晃，说："你们乱罚款、乱收费，我可是抓到了把柄，这儿全程录音了。"

为首的那位一听这话，脸色陡变，马上转变态度说："误会，误会，有事好商量，好商量！"

阿P一看抓到对方的软肋，又来劲了，像个大英雄似的，站到银行门口的台阶上，跟领导做报告似的，提高嗓门说："你们的做法是不对的，现在提倡以人为本，文明执法……"哪知，他话说一半，忽然像话筒断了电，戛然而止，没了声音。

你道为啥？原来，他远远地就看见妻子小兰像斗牛场刚出场的野牛，气势汹汹地朝这边走来。这才想起忘了陪她逛街了，顿时像泄了气的皮球，不知如何收场。

然而，妻子小兰却不管他这些，冲上前来一把揪住他的耳朵，一边往车上拖一边骂道："死鬼，到处找你，你却在这里耍猴戏啊！打你手机为什么不接？"阿P捂着耳朵："哎哟，哎哟，松松手，我手机没……没……"他想说没电，又怕说漏了嘴，忙趁势坐上小车，溜之大吉。

离开这是非之地，阿P长长吁了一口气，可一看妻子脸上乌云密布，知道回去一场局部战争是免不了的了，但一想到刚才教训大盖帽的镜头，忍不住吹起口哨来……

（本篇月月评短信代码：G221）

（题图、插图：李 加 史 琦）

我的故事

　　《故事会》自1995年开辟"我的故事"栏目以来，日益受到广大读者的认可和欢迎，如今成为保留栏目。它的特点是"真情流露"，作品多是作者的亲历或见闻，并以第一人称叙述故事。本书汇集了该栏目的41则作品，读来备感自然亲切。

外国幽默故事

　　此书选取了《故事会》"幽默世界"中的近百则外国幽默故事，并按内容分为"奇闻趣事、巧言妙计、戏谑嘲笑、鞭挞讽刺、荒诞不经、意味深长"等六类。

武侠故事

　　39则武侠故事，形象地描述了侠义之士扶弱抑强、除暴安良、布善施德、匡扶正义的豪情生活，作品情节设计跌宕起伏，人物形象栩栩如生，每一则故事都是一首武林豪杰的正气歌!

男子汉故事

　　本书共收10则中篇故事，刻画了一群性格各异的青年男子，作品情节性强，极富文学色彩，不仅显示了男性的健壮刚强美，更突出他们面对权势、金钱、爱情以及生与死所表现出来的气质、智慧和英勇。

美德故事

本书汇集的是《故事会》相关故事之精品，所选45则作品分类为"见义勇为、扶危济困、真诚待人、洁身自律、亲情似金、夫妇同心、师生谊重、知过悔改"等八大类，生动形象地讴歌了中华民族传统美德。

生意经故事

故事形象地描述了生意人的思维方式和经商才能。他们或巧做广告而振兴企业，或施展其经营绝招而"妙笔生金"，或审时度势掌握顾客心理而销售产品，或运用《孙子兵法》中的战术而出奇制胜。

16岁故事

在人生漫长的旅途中，16岁是一个最展辉煌、最富朝气、最显青春的花季。本集收入的36则故事，是为16岁少年编织的一支支动人的歌谣，一个个扑朔迷离的美梦，一首首催人泪下的诗篇。

口才故事

口才即说话的才能，当今社会人们演讲、论辩、访谈、讲解、教学以至主持节目、说相声、讲故事等等，都十分讲究口才，口才好与不好，其效果大相径庭。此书收入103则故事，集中表现了千百年来中华民族一些帝王贤臣、文人名士和民间机智人物的智慧、幽默以及其思维的敏捷和即兴论辩的才能。

"快来人呀，抓贼啊——"小波的声音又尖又长，像刀子一样划破了寂静的夜空。昏暗的湖面，顿时亮起了星星点点的渔火……

湖里有贼

□ 魏柏林

鄂南湖区有一种很小的渔船，比家用的洗澡盆子大不了多少，渔村的人把它叫做划盆。这种划盆只需一个人操作，在湖里下网起钓，倒也灵便。老韩就是靠这种划盆在湖里打鱼摸虾，维持家庭的基本生活，还供儿子小波读完了高中呢！

你别说，他儿子还真争气，一下考上了国家重点大学。得知小波上了头榜，老韩偏偏乐不起来，他一个劲儿埋怨儿子说："波儿呀，我早就对你说过，随便考所学校算了，你硬要考那么有名的学校干啥？我听人说，学校越好学费越贵，咱念不起啊！"小波知道家里的难处，自从母亲去世后，家里的担子全压在老爸身上，就安慰老爸说："您别着急，离上学报名还有好些日子呢，我可以外出打工，一来挣点学费，二来也正好锻炼锻炼自己。"老韩心痛儿子年少骨头嫩，哪会同意呢！他瞪了儿子一眼，说："你给我老实在家呆着，既然考取了，这书就得读啊！老爸我再没能耐，也要给你凑齐这笔学费！"

从此以后，老韩可是没日没夜地泡在湖里啦，打的鱼虽然比以往多了些，人却瘦了不少。

这天晚上，老韩正准备下湖，见儿子小波跟在屁股后面，就问："你跟

着干啥？"小波说："邻家驼子叔说，湖里这些天闹贼，他家网箱养的鱼被人偷过，听说我晚上挺警醒的，就叫我跟他一起守夜，其实，也就是在湖边哨棚里睡睡觉，有啥动静及时叫醒他。"

老韩站住了，说："你别听驼子叔疑神疑鬼的，哪来那么多贼？我天天在湖里打鱼，咋没看见呢？"小波说："老爸，你别不信，驼子叔是老实人，从不撒谎的，要不是真有这回事，他犯得着每晚多出两块钱吗？"

"他多出两块钱干啥？"

"给我发夜班补助啊！"

"嘿，还真有他的！"老韩顿了顿，不由骂道，"如今这些个贼也真混账，偏拣老实人欺侮，将来肯定不得好死！我要是遇着了，决不轻饶他们！"又对小波说，"你小孩子就别掺和这些事，要是真有贼，你也抓不着，倒不如让我下完了网到驼子叔哨棚里去睡，一来帮他放个哨，二来也好看守自己的渔网。"

小波说："老爸，您别太累了，下完了网您还是回家休息去吧，我答应了帮驼子叔守夜，咋能让您来顶替呢？就算我抓不着贼，帮忙叫一叫，吓唬吓唬小偷也好啊！再说，您不让我外出打工，在家乡做这点事练练胆子咋不行呢？"小波到底是"准大学生"，老韩还真辩不过他，便说："你

去了也是白去，没听人说'贼去不回头'？哪有那样傻的贼，偷了一次还会再去偷呢？"

果不其然，小波守了几晚，还真的没见到贼的踪影。老爸嘲笑小波说："咋样，贼毛儿也没见着吧？依我看啦，八成是你驼子叔胆小怕鬼，愣要把你拖去做伴！没听说有部电影叫《天下无贼》吗？再说，就是有贼，也偷不到咱这穷山穷水的地方来啊！"小波说："没贼不是更好吗？反正啦，驼子叔愿意出那两块钱，我呢，也落得在那空气新鲜的河边睡个安稳觉，这叫周瑜打黄盖，一个愿打，一个愿挨，老爸您就甭操这份心啦！"老韩想想也是，便懒得管他了。

转眼又过去了好几天，这晚，天色特暗，夜空只有几粒微弱的星星，小波又要去哨棚守夜，临走，老韩特地沏了一大杯姜茶，递给他说："湖边水冷风凉，记着晚上喝几口姜茶，御御寒暖暖胃。"小波紧了一下杯盖，他想留到夜深的时候喝几口，让自己提提精神，因为他听驼子叔说，偷鱼贼最喜欢深更半夜出动。

驼子叔见小波带来一大杯姜茶，乐呵呵地一把夺了过去："你小子咋知道我晚上吃多了咸鱼？我正口渴得紧，这下可好，有你这杯姜茶，咱就渴不着了！"说着，不管三七二十一，拧开茶盖，仰起脖子直咕噜，一口气干掉了多半。小波也不好说啥，索性

把剩余的姜茶也全留给他了。

过了会儿，驼子叔便呼呼睡去。小波就着半枝蜡烛看了一阵书，蜡烛灭了，人却睡不着，眼睁睁地看着灰蒙蒙的湖面。突然，他听到一阵鱼儿拍水的声音，那声音听起来特别响，不像鱼儿平时的拨剌声，直觉告诉他：有人偷鱼！

他一激灵，正准备喊叫，又怕惊跑了偷鱼贼，你别说，他还真想亲手抓一回贼呢！可是，仅凭自己的力量行吗？

于是，他轻轻地推了推躺在身边的驼子叔："驼叔，驼叔，快醒醒，有贼呢！"可是叫了半天，驼叔一点反应都没有，倒是鼾声依旧。小波心想，难怪要我来帮他当看守，原来瞌睡这么沉啊！看来再要喊下去非把贼给惊跑不可！小波当机立断，决定来个孤身擒贼！他记得岸边有只备用的小划盆，于是，便蹑手蹑脚蹭过去，蒙胧中，果然有个黑影正在网箱里往外捞鱼呢！见此情景，小波心都快蹦出来了，屏住呼吸，轻轻地坐进划盆里，操起两片划水的桡子，急速

划动起来。黑影听见水边传来了声响，立即停止了动作，掉头便逃。

小波打小在水边长大，早就学会了荡划盆的技术，这回正好对着点儿，他随后便追。看来那贼的划盆技术也不赖，眼瞅着相隔不过几丈远，却怎么也拉不近距离。小波一急，不由高声喊了起来："快来人呀，抓贼啊——"小波的声音又尖又长，像刀子一样划破了寂静的夜空。昏暗的湖面，顿时亮起了星星点点的渔火，好些网箱养鱼户闻声而动，他们荡起渔船顺着喊声迅速划了过来。不一会儿，四下里喊声一片："抓住强盗，别让贼跑了！"

偷鱼贼眼见众人围拢来了，一慌神，打翻了划盆，只听"扑通"一声，落入了水中。大家围着水面，搜索了

好一阵，也没有看见小偷的影子。

正准备散去，小波说："大家等等，让我下水去看看！"说完，竟一个猛子扎进水里，过了好一会才露出头来。

大伙儿都笑小波："小子呢，你别逞能了，这贼脑子可没进水，哪有蹲在水下让你去抓活的？人家早潜跑啦！"

小波倚着船帮直喘气儿说："不、不是我逞能，我、我是怕他不会水，淹死了可不得了！"

"嘿，你别看戏掉眼泪，替古人担忧了，没有浪里白条的功夫，谁敢在水里做贼？再说，这样的人淹死十个，少了五双，活该！"不知谁这样说了一句，大家齐声附和："要真的淹死了，那才叫报应呢！"

"可不，最好让他烂在湖里喂鱼！"

"哈哈哈……"大伙儿笑骂着，不让小波再去打捞，硬是把他从水里拽了上来，随后纷纷散去。小波拗不过众人，也只好快快地返回哨棚，一看，驼子叔还在打鼾呢！小波真是哭笑不得，心说：这样的人养鱼，咋不让贼惦记？直到第二天早上，驼子叔还是睡眼惺忪，当小波告诉他昨晚发生的那一幕，驼子叔也不肯相信，一个劲儿地说："你小子别编故事蒙我，我才不信呢？"见小波并无玩笑的意思，不由拍拍脑袋说："也真是的，我咋就睡得这么沉呢，好像喝了蒙汗药似的？"

这次守夜归来，小波破例无心看书，因为明天他就要离家上大学了，也不知老爸给自己筹备的学费够没够？另外，让他不能释怀的还有昨晚那件事，他一直在琢磨：这个小偷会是谁呢？他掉进水里是死是活？还有，就算人可以潜水逃走，那划盆可是木头做的，按理说会浮在水面，咋也没影儿呢？

眼瞅着太阳爬上了屋顶，小波开

父亲的智慧是对儿童最有效的诫命。——德谟克利特始准备午餐。这些天来，每天清早，老爸都要上街去卖鱼，中午一点多钟就会回来。可是，这一次老爸却没有如期而归。他问了所有上街卖鱼的乡亲，大家都说没见着他爸。小波这下可慌了，他连忙跑到老爸天天拴划盆的地方，一瞅，啥也没有！顿时，小波犹如冷剑穿心，脊背都凉了！突然，他心里掠过一阵不祥的预感：老爸没了！

此刻，在他脑海里不断出现了这样的疑团：近来老爸打的鱼为啥那么多？他为啥几次阻止自己下河帮人看守网箱？驼子叔饮了那杯姜茶后，为啥沉睡不醒？那可是老爸为自己准备的茶水呀，难道真的掺了安眠药？还有那与人一起沉没的划盆……对，尤其是划盆，全村只有老爸的划盆是铁皮做的，那还是在他读初三的时候，老爸因为买不起木制的划盆，便从废品店里买来旧铁皮，请电焊店的亲戚照木划盆的样子做的，也只有这只铁皮做的划盆才会翻沉水底啊……

小波越想越后怕，再也沉不住气了，他撕心裂肺地大叫一声："老爸，你不该呀——"

小波冲出家门，一路狂奔到驼子叔的哨棚前，解开他家那只备用的划盆，拼命地划向湖心，一边喊着爸，一边不停地扎着水猛子，疯了似的在湖水里蹿上跳下……

小波的举动立刻惊动了村里的人，大伙儿不约而同地划着渔船，来到湖心，几位年轻力壮的后生费了好大的劲，终于将小波扯住，人们一个劲儿地劝他说："小波，你咋这糊涂！昨晚是你最先发现的小偷，追赶的时候又是你离他最近，咋会是你爸呢？"

小波哭着说"当时天黑，我压根儿没看清是谁，只是见着个人影儿才发狠追他。可是，到现在，谁也没见到我爸，而且，我家那只铁皮划盆也不见了……"虽然小波越说越像，可大家还是不愿相信这是真的，依然安慰他说："小波呀，你别瞎猜，没准是那个贼偷用你家的划盆，你何苦赖你爸？又何苦这样拼命去打捞呢？"

"不，他是我爸，一定是我爸！爸呀，你好糊涂哇……"

正在不可开交的时候，驼子叔荡着渔船，和村长一起过来了，村长一把搂住小波的肩膀说："孩子，你别犯傻，实话告诉你吧，你爸进省城了！昨晚省城的一个亲戚打来电话，说他弄到一笔无息贷款，帮你解决学费呢！电话是我亲口传的，你爸性急，顾不上跟你说，走的时候还特地叮嘱我，要我明天陪你到省城去，他在大学门口等你呢！"

小波这才将信将疑，抽抽搭搭上了岸。这晚，村长一直陪着他，直到第二天早上，村长才回村委会，和其他几位村干部碰头。大家交给村长一

"掌上灵通杯"《故事会》优秀作品月月评

1. 本期由初评委推荐以下10篇故事为候选作品，读者可挑选出自己最喜欢的一篇，将其月月评短信代码（如G220，没有短信代码的作品不参加评选）发送到200056（移动用户）或900056（联通用户）。每次限选一篇，可多次投票。

2. 作者奖：每期设"最受欢迎的故事"3篇，由得票最高的前三名作品获得。这三篇作品均将列入本刊今年举办的《中国最有影响力的故事》征文大赛候选名单。第一名的作者还将获赠上海文艺出版社出版的大型历史图书《话说中国》一套（价值1100元）。

篇名与短信代码

代码	篇名	代码	篇名
G220	爱情不可以打印 (P8)	G225	爱心密码 (P29)
G221	想要停车不容易 (P11)	G226	编顺口溜的小女孩 (P34)
G222	湖里有贼 (P17)	G227	那个地方能养老 (P38)
G223	有奖调查 (P23)	G228	我是想害你 (P42)
G224	处分 (P25)	G229	打不开的防盗门 (P50)

3. 读者奖：参加评选并选对当期"最受欢迎的故事"的读者均有机会获得现金奖，每期20人，各获现金500元；所有参加评选的读者均有机会获得参与奖，每期200人，各获精美礼品一份；参加全年24期评选的读者更有机会获得年终大奖，共12人，各获价值5000元的数码摄像机一台。

4. 本期活动截止期为：11月20日。得奖读者在评选结果揭晓后将得到短信通知，用户接收每条短信收费0.50元。

"掌上灵通杯优秀作品月月评" 2005年9月下半月刊评选揭晓

2005年9月下半月刊获得评选票前三名的作品分别为：《一道金牌菜》（6441票）、《恨娘》（3380票）、《与狼周旋》（3086票）。

只鼓囊囊的提包，他拎着这只包，和小波一起匆匆踏上了北上的列车。

送走了村长和小波，大伙儿立即荡起船只，直奔前晚出事的地方，几位水性好的后生扎了好些个猛子，终于从湖底捞起了沉没的划盆和死者，他不是别人，正是老韩。

令众人惊讶的是，老韩居然将自己的一只手牢牢地绞在划盆的铁环上，看样子是铁了心要和自己的划盆同归于尽！谁都知道，老韩可是全村有名的水猫子，要不是系在划盆上，想淹死都难啊！

乡亲们啥也没说，只是不住地唏嘘着，将老韩盛殓在他那只铁皮划盆里，埋在湖边的山丘上……

（本篇月月评短信代码：G222）

（题图、插图：黄全昌）

只有以自己的一生为榜样，方才能够教育好子女。 ——果戈理

可以说，每个人都接到过几个莫名其妙的电话，这里既有打错了的，也有说你的号码中大奖的……大多数时候，人们都会挂了电话一笑置之。然而有时候，事情却并非你想象的那样简单……

有奖调查

□ 周华诚

大牛是个光荣的人民警察，前年刚从警校毕业参加工作。这天中午，他正在办公室里看一份材料，忽然，袋中的手机响了，拿起来一听，是一个好听的女声。

"请问你是朱年先生吗？"朱年是大牛的本名。

大牛有点疑惑，一直很少有人这么郑重地称呼他："是啊，就是我。"

"您好，我是移动电话服务公司的，我们在做一个有奖抽样调查，耽误您几分钟，可以吗？"

电话中的声音确实很好听，大牛就答应了。调查开始了。

"您一直用我们公司的号码吗？""您这个号码用了几年了？有没有改号的打算？""您对我们的服务感觉满意吗？"……

大牛一一如实地回答。对方问得相当仔细，大牛也回答得仔细。正好手边不太忙，他也乐意有人说说话。

"第二部分是我们客户资料调查，如果您不方便透露的话，可以不用回答，谢谢……"

"请问您结婚了吗？"对方又问道。

大牛有点疑惑，对客户的调查还包括私人生活方面吗？但大牛还是如实地回答了："没有！"

"那么有没有女朋友？"

"大学时谈过一个，现在没有。"说实话，大牛又英俊又高大，追他的女孩也有好几个，可他目前尚未确定目标。

"您选择女朋友有什么具体条件吗？"

大牛忍不住发笑了，说："您不是婚姻介绍所的吧？民意调查要这么细致吗？"

对方也忍不住笑了，她笑的声音听上去十分悦耳。笑完后，她说"不，不好意思，我们这次调查是设有奖项的，获奖者有神秘礼物，所以调查就细致一些。"

就这么一问一答，大约用了十多分钟。最后对方对大牛的认真配合再一次表示了感谢，挂断了电话。

这个电话，大牛很快就忘了。三天后，相同的号码又拨进了他的手机。这一次，对方高兴地告诉大牛，上次的民意调查中，大牛获得了"幸运奖"。当天可以去西安路营业厅9号台领取一份神秘礼物。

挂了电话，大牛高兴不已。长这么大，抽奖之类的事碰到过不少，得奖还是第一次。

下午他就兴冲冲地直奔西安路营业厅。在9号台前，一位女营业员接待了他，大牛说了有奖调查的事，营业员笑吟吟地从柜台下取出一个礼盒，交给了大牛。

大牛记得，似乎半个月前，他初次办手机号码时，也是在9号台办理的，也是这位营业员接待他。

营业员的服务很到位，微笑也特别甜。这种类型的女孩子，正是大牛喜欢的。大牛特地和她多聊了几句。

临走，营业员还交待，神秘礼物一定要等回到家再拆开看。

回到家，大牛拆开一层又一层的包装，最后在礼盒的最内层发现一封信，信上是娟秀的笔迹："还记得吗？两年前的一个冬天，在5路公交车上，有个小偷偷了我的手机，被穿警服的小伙子抓个正着，当时我忘了要那小伙子的手机号码……"

大牛使劲地回忆，在公交车上抓小偷，是确实有过的事，但那姑娘的面孔，他却真的不记得了。

"那天你来办号码，我一见到你就记起了那件事，这么巧，又遇见你了……"女孩在信上写道，"于是我偷偷记下了你的手机号码……"

今年10月，大牛和美丽的营业员小姐结婚了。婚礼上谜底揭开，所有宾客才知道，那次"有奖调查"的"神秘礼物"，就是一份纯洁的爱情。

新娘说，那次私设"有奖调查"，是她唯一一次借工作之便"谋私"，而大牛是她此生唯一的获奖者。

（本篇月月评短信代码：G223）

（题图：谭海彦）

世界上只有两个元素，美和真；美在情人的心中，真在耕者的臂里。——纪伯伦

处分

□ 胡忠军

受处分，对于一名政府机关干部来说，是一件倒霉的事，没有哪个人希望自己得到处分。

然而，任何事情都有例外。有一个叫黑占银的机关干部就与众不同，他想方设法，让自己得到一个纪律处分。

黑占银今年34岁，在县政府机关事务局工作。半月前，他去深圳出差，与一个大学同学见了面。几年不见，那同学已混得有头有脸了，同学鼓动他说："你辞了职跟我干吧，先给你月薪一万二，等有了机会，你自己再开一个公司。"

回到家后，黑占银把辞职的事跟妻子一说，妻子不同意，他见说不动妻子，就半开玩笑地说："我要是哪一天受了处分，你能同意我辞职吗？"妻子说："假如你受到处分，在机关混不下去，我会同意你辞职的。"说者无意，听者有心，黑占银决定，要为自己争取到一个处分。

要想受处分，就得犯错误。可是犯什么错误呢！黑占银想，自己犯的错误一不能给单位造成损失，二不能损害自己的人格。黑占银想来想去，只有一个最理想的方案：在计划生育问题上做文章。

原来黑占银第一胎是个女孩，本来他不想再要第二个，可经不住父母的强烈要求，便让妻子以外地学习进修的名义，躲到乡下的娘家生了第二胎，后来又非常幸运地通过了县里的清查关。黑占银想，现在只要把超生二胎的事暴露出来，就百分之百能受到处分。

于是，黑占银就偷偷写了一封匿

名信，揭发自己超生第二胎。他把信投进了县计生委的举报箱里，只等处分决定早日下来。

然而，两天以后，一件意想不到的事发生了。黑占银有一位初中的同学，在县计生委办公室当副主任。他们关系并不密切，平时很少来往。这一天，老同学突然给黑占银打来电话，一开口就说："占银呀，你啥时请客呀？"

黑占银说："开玩笑，我没有值得请客的好事呀。"

老同学说："实话告诉你吧，你超生二胎的事被人举报了。幸亏我在稽查队发现了那封举报信，我和稽查队几个人关系都不错，他们一听说你是我的老同学，就立即大开绿灯。那封举报信已经在我手上，没有人去追究了。不过，我已经答应了稽查队的几个朋友，今天晚上我请客，你最好出面给人家敬几杯酒，表示谢意。"

听了老同学的话，黑占银哭笑不得。碍于老同学的面子，他只好花了600元钱，在饭店备了一桌酒席，"摆平"了这事……

第一次举报失败，黑占银并不甘心。他接着又写了一封举报信。这次，他为了摆脱老同学的干扰，直接把信寄给了县计生委刘主任。他想，只要刘主任知道了这件事，下面的工作人员谁还敢包庇？

果然两天后，机关事务局王局长通知黑占银，叫他马上到他的办公室，有要紧事和他谈。黑占银想，看来这回刘主任是动真格的了。

他急忙来到王局长的办公室，只见王局长一脸的倦色，半躺在椅子上，好像没睡醒似的，见了黑占银，开口就说："你这个老黑呀，可把我给害惨了。"

黑占银说："王局长，你这是——"

王局长说："实话告诉你吧，你超生二胎的事，不知被谁举报到计生委刘主任那里。幸亏计生委和咱们局是关系单位，刘主任及时把这事告诉了我，说是不再追究了。要不，今年咱局先进单位的评比就给一票否决了。"接着，他又说，"昨天就为你的事，咱局花了两千多块钱请了刘主任，那个刘主任真是海量，有名的'刘斤半'，我哪是他的对手，咱局去的几个人都喝晕了，我到现在还难受着呢。"

黑占银尽管心里不快，也只得装着高兴的样子，给局长赔笑脸，说这事都怪自己，给单位惹了麻烦。

王局长最后说出了叫黑占银来的用意。他说："你这事计生委那边已经摆平了。不过昨天去陪刘主任的除了我，还有办公室的几个同志，人多嘴杂，万一他们几个不小心把你这事给说出去，对你对单位都不好。你最好私下里把他们几个约到一块，到饭店里坐坐，表示一下心意。"

局长把话说到这份儿上，黑占银只好照办。第二天他花了800元，到饭店里对几个知情人表示了一番。

两次举报失败，黑占银心里感到很窝囊。他想，县里的关系网这么厉害，自己无论怎么举报，看来在本县是难以受处分了。于是，他又写了第三封举报信。为了摆脱县里的关系网，这回他把举报信直接寄给了市计生委。

黑占银盼望的事情终于发生了。五天以后，市计生委派出两个人到他的乡下老岳母家里进行调查，并和黑占银进行了谈话。黑占银爽快地承认了超生二胎的事实。

黑占银暗自得意，可局长却着急了，找到黑占银说："这回是市计生委办的案件，况且已经落实了材料，我们局可是没办法摆平了。现在要想挽回局面，只能通过私人关系打通市计生委蔡主任这个关节了。"

黑占银嘴里说谢谢局长的提醒，但心里巴不得处分决定赶快下来。

没过几天，局长把黑占银叫到办公室里。黑占银以为是处分决定下来了，可是一进门，却发现王局长满脸笑容，见了黑占银，笑嘻嘻地拍了一下他的肩膀，说道："你小子行啊，关键时候露真相啊！"没等黑占银说话，就递给黑占银一张纸。黑占银接过来一看，只见上面写着"关于我本人计划生育情况的说明"，内容也是写好了的。大意是调查人员在乡下岳母家发现的孩子不是黑占银的妻子生的，举报人举报失实。王局长说，你只要签上字，一切问题都解决了。

黑占银一时摸不着头脑，问道："我不是已经承认了吗，怎么能翻供呢？"

局长笑着说"你就放心吧，你的超生问题，原来调查的材料已经作废，重新调查，我听说这可是市计生委蔡主任的旨意。"

黑占银奇怪地问："我跟蔡主任非亲非故的，他怎么能为我说话呢？"

局长说道"你这家伙，不要和我打哑谜了，我知道你有后台。"

黑占银更糊涂了，说："我真的不知道这是怎么回事。"

局长说，"这事你也不要再瞒我了。我已经通过县计生委的刘主任打听过了，你能躲过这一劫，是有贵人相助。老实告诉我，省委组织部有个叫'黑占金'的，和你是什么关系？"

经局长这么一提，黑占银这才想起来，自己家乡确实有一个叫"黑占金"的，在省委组织部工作。不过，两人只是相互认识，平时并没有什么来往。他怎么也想不明白，这事怎么能和他扯上呢？

没过两天，黑占银接到省委组织

部黑占金的电话，黑占银终于明白了事情的原由。

原来，市计生委稽查人员已经把黑占银超生的材料整理好，准备报到市纪检会、监察局。就在市计生委蔡主任最后把关的时候，蔡主任突然发现了"黑占银"的名字，立即引起了他的注意。一看他的籍贯，正好和省委组织部的黑占金是一个村，便断定两个人的关系一定不远。蔡主任年富力强，是副市长的后备人选。几天前，省委组织部来考察干部，考察组成员里就有黑占金。蔡主任知道他的老家就在本市，想和他套近乎，正愁没机会呢，看到超生人员的名单上有黑占银的名字，知道这是一个接近黑占金的好机会，便马上就给黑占金打了个电话，问黑占银是他什么人。黑占金说，他是我的弟弟，有事多照顾就是了。于是，他就把材料压了下来，吩咐稽查队长重新调查黑占银的案子。稽查队队长心领神会，果然把事情做得天衣无缝。

黑占金向黑占银说明了事情的原委以后，又嘱咐道："蔡主任为你办事，是想让我为他办事。说实话，提拔干部的事，我帮不了他。你最好到主任家里去一趟，带点礼物表示一下谢意，这样咱俩都不欠人家什么了。"

这时，黑占银的妻子也知道了这事，对蔡主任和黑占金更是感激万分。不等黑占银说话，就主动到超市，花了1200元买了两瓶"五粮液"，逼着丈夫给主任送了过去；又花了800元买了一件皮衣，让黑占银送给了黑占金老家的父亲。

费了一番周折，花了三千多块钱，也没有达到目的，黑占银彻底打消了争取受处分的念头。他决心顺从妻子的意愿，在仕途上干出点名堂。

从此，黑占银工作积极主动，处处发挥出他的聪明才智。他所分管的工作样样出色。一时间，无论领导还是同事，对他都有了刮目相看的感觉。

不到两年，果然机遇来了！机关事务局的王局长由于年龄到了，退居二线，县里在全县公开选聘机关事务局长，黑占银自然不放过这个机会，便积极报名参加应聘。结果，在笔试、面试、群众测评中，成绩遥遥领先，只等组织部门下发任职文件。

然而，意想不到的事情发生了：上级有关部门连续收到十几封举报信，反映黑占银超生二胎的事实，这一次黑占银想捂也捂不住了。

很快，纪检会和监察局分别下发文件，对黑占银给予党内严重警告和行政记大过双重处分！

（本篇月月评短信代码：G224）

（题图：谭海彦）

（本栏目欢迎来稿。来稿可从邮局寄发，也可从网上传递。如为电子邮件，请发以下信箱：xiayiming@vip.sohu.net）

爱心密码

□ 邓耀华

些钱留给你——"

就在这时，小力的手机响了，原来是单位要他立即回去处理一桩突发事件，于是他就匆匆辞别了乡亲们。

李小力回到城里后，才想起忘记问王老伯银行卡密码了。不过，他想，王老伯既然没告诉自己，可能这密码就很简单，比如六个"1"或六个"8"等。然而，他在银行里把"1"或"8"分别输入好几次，号码都对不上。接着，他又把家里的电话号码、门牌号试了又试，结果都让他大失所望。

李小力这下又气又恼，决定给王老伯打个电话："我父亲也真是乱弹琴，要设什么密码呢！直接设成六个'1'或六个'8'不就得了？也不知道人家现在有多忙！"

"有多忙，比总理还忙？"王老伯不乐意了，说"小力，因你走得匆忙，我也没来得及跟你说，你父亲把这密码叫做'爱心密码'，我本来是可以告诉你的，但我现在倒要考考你，不告

这天一大早，李小力在家里就接到电话，说他在乡下的父亲过世了。他闻言大惊，忙带着妻子、儿子赶到了乡下。

忙完丧事后，李小力一家三口向乡亲们道了谢，准备回城的时候，父亲生前的好友王老伯拦住李小力说："小力，你父亲临终前有个口头遗嘱，要我一定转告你。"李小力听说父亲有遗嘱，就停下来问："王老伯，您说吧，我父亲有啥遗嘱？"

王老伯说"小力，当着这些父老乡亲的面，我告诉你吧，你父亲生前省吃俭用，存下了4000块钱。"说着，从口袋里拿出银行卡，"你父亲这

诉你了！你父亲还叮嘱我，如果你真的太忙，一个月内不取走的话，这钱就由我经手捐给村里的养老院了。"说完，"啪"的重重地挂了电话。

"爱心密码"？难道密码是父亲的生日？或是父母亲的结婚日期？说到这些，李小力还真的不知道。他大学毕业后在城里有了工作，安了家，除母亲去世时回过一趟老家外，以后再也没回去与父亲团聚过了，父亲的出生日他早忘得一干二净了。于是，就先去了趟派出所，查出了父母的生日，还顺带查了一下父母亲的结婚日期。然而，一一试过，全都不是父亲设的密码……

时间过得很快，一晃一个月的期限到了，李小力回到农村老家，找到王老伯说："王老伯，我把父亲所有可能设密码的数字都试过了，结果没有一个是对的，我实在是解不了，您老人家就直接告诉我吧！"

王老伯摆摆手，说："对不起，小力，你解不了密码，这钱你就没法得到了，你父亲的遗嘱说得很清楚，捐给村里的养老院。"

李小力垂头丧气地说："4000块钱要不到算了，不过我要对王老伯和乡亲们说，我父亲设的什么狗屁爱心密码，纯粹是不想把遗产留给我，他这样做太不近人情了。"

王老伯闻听，勃然大怒："混账！

你有什么资格说你父亲不近人情？你父亲在世时，拼死拼活地挣钱，他五十多岁时还外出打工，什么样的重活、脏活、苦活你父亲没干过？有一段时间因为找不到活干，挣不到你的学费，你父亲就去卖血，把换来的钱寄给你，供你念完了大学。可是你，大学毕业进了城，就把你父母忘了，再也不愿回乡下了。他一个人在乡下好孤单你知道吗？多少次捎口信、打电话叫你回来，陪他说说话，或者吃顿饭，可你总是说工作太忙，走不开，一次也不愿回来。你知道你父亲心里有多苦吗？他常常一个人站在村口，向城里方向望呀，望呀，还低低念叨着你的名字呀！"

李小力听了王老伯的话，如雷轰顶，半天没有说出话来……

王老伯叹了口气，走上前，拍了拍李小力的肩膀说："后悔了吧？可是你醒悟得太晚了。现在我告诉你吧，你父亲设的爱心密码是324361！"李小力听了似有不解，露出满脸的困惑。

王老伯说："3月2日是你的生日，4月3日是你爱人的生日，6月1日是你宝贝儿子的生日呀！"

突然，李小力"扑通"一声跪了下来，边哭边说："父亲，儿子愧对你呀！"

（本篇月月评短信代码：G225）

（**题图：安玉民**）

石磨自己会转动

□ 江一犁

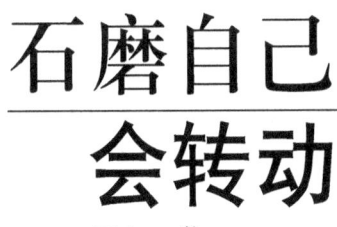

七里渡有个叫郝二的中年人，以卖豆腐为生，每天天蒙蒙亮，就担着豆腐挑子去镇上叫卖，卖完豆腐，然后雷打不动去胡生记酒店喝酒。

这一天，郝二在酒店里见喝得差不多，便准备离店，一抬头看到秦三来了。秦三是谁？胡生记酒店的老酒客，因比郝二年长五岁，郝二就喊他"秦大哥"。秦三今天刚挣了一笔钱，兴致正高，进酒店来看见郝二要走，一把拽住他的胳膊说："别走，别走，陪我再喝几碗，我请客。"郝二看看天色还早，就又坐下了。秦三招呼店主烫了两碗黄酒，又要了两碟卤豆，一盘肚片，两个人便喝开了。

秦三喝酒不像郝二那样不温不火的，三口两口，一碗酒就落肚了，喝完又叫店主再添。喝着喝着，秦三就来劲了，说："郝二兄弟，早就听说你酒量过人，从来没有人见你醉过。今天大哥要和你比试比试！"

众人一听齐声说好，店主在一旁也推波助澜，道："郝二是真人不露相，秦三哥也是好酒量，你们俩一决高下，谁先醉倒为输，今天的酒钱全算我的啦！"郝二本来就是好酒之人，平时因口袋比较紧，才强按着不敢放开酒量，经店主人和一帮正在喝酒的熟人鼓动，便也跃跃欲试。

郝二说："既是赌酒，总得有个输赢！这样吧，倘若我输了，秦大哥，你一年的豆腐我全包了，你想吃多少就拿多少，兄弟我分文不取。"

"好，爽快！"店主转向秦三，"秦三呀，你赌什么呢？"

秦三抓着酒碗，一时愣住了。这

秦三在运河码头上扛大包，今天有活就有钱挣，明天没活就两手空空。家徒四壁，吃饭也是有一顿没一顿的，拿什么赌酒呢？正当大家面面相觑之时，秦三说："有了！我别的没有，一身力气是用不完的，如果我输了，我每天给郝二兄弟推磨磨豆子！"

此话一出，众人都喊："好！好！"郝二心想，我住的地方离镇上有七里地，半夜就要磨豆子，等你来给我磨，我这生意非砸了不可。不过，这赌酒也就是说说而已，不要难为了秦大哥，也就没有再说什么。

在众人的一片喝彩声中，郝二就和秦三干了起来。先是黄酒，再是白酒，然后是黄酒兑白酒，一杯接一杯，一碗对一碗……

秦三的酒量终究还是差些，喝到最后就趴在桌子上不省人事了。郝二此时也有了七八分醉，强打点精神，跟跟跄跄上路回家。

郝二那一日喝得有点儿多了，回家的路上又着了风凉，头疼发烧，只好在家躺着，豆腐生意自然就停了。

这一晚正睡着，老婆把他推醒了，郝二说："我头还有点疼。"老婆却说："当家的，你听，磨房好像有声音。"郝二仔细听了听，果然有声音，是磨扇与磨扇摩擦的响声。郝二心中暗想：是谁在磨房里呢？家里也没人推得动磨呀！是邻居？不像，这石磨

邻居们有时候会借用一下，但都是预先说好的，更不会半夜三更来私下用磨啊！

郝二想了想便披衣起床，来到磨房一看，不禁大吃一惊：只见磨房里空无一人，但磨盘却在转动，一圈一圈，转得又快又平稳。不仅如此，那把舀豆子的瓢也自个儿移动，不时把豆子和水注入磨孔中，豆浆就从两片磨扇间流了出来，流进磨盘，汇成一条细细的乳白色的水流，流入下面的一只木桶中。

"石磨自己在动！石磨自己在动！"郝二的老婆也起来了，在他身后惊叫着。

夫妻俩看了好一会儿，也没有弄明白石磨为什么自己会转动。郝二对着石磨大叫道："快停下来！快停下来！"可石磨哪里肯听他的话，还是自个儿转着，一直到把豆子磨完才慢慢停住。郝二也没法，豆子都磨好了，只好点卤做豆腐。

郝二的身子还没有好利索，老婆不让他到镇上去卖，就叫来自家的侄儿代劳。如此一连数日，每天半夜石磨都自己转动，将豆子磨好，郝二夫妇也习惯了，半夜醒来先听磨房里有没有响声，听见磨扇声就安心再睡一会儿，然后起来做豆腐。

约莫半个月后，郝二感觉自己已经完全恢复了，做好豆腐就自己担着去镇上卖。然后照例去胡生记喝酒，

一个人必须遵守自己的诺言，甚至对魔鬼的诺言。——西·温塞特

店主一见他来，先问了一下怎么多日没见他来店中，郝二便说自己得了一场小病，店主紧接着说："你知道吗，秦三死了！"郝二猛地一惊，心想，和他赌酒也就十几天前的事吧，怎么会说死就死了呢？就问："秦大哥是怎么死的？"

店主告诉郝二，也就十天前，秦三在一次抬大包过跳板时，脚下打绊掉到水里了，本来在码头上干活这也是常有的事，偏偏那大包砸在他身上，等到大家把他从水中拉起来，就已经没气了。

店主叹口气说："他死的前一天还在我这儿喝过酒，哦，对了，他还说起输了酒，要去给你磨豆子呢！"

郝二一听，立刻想起家中磨房里的怪事，这下恍然大悟，秦大哥人虽死了，却还惦记着赌酒的事，是他的灵魂在给自己磨豆子呀！

此后一年的时间，郝二家的石磨都是自己在转动。到了一周年的这天晚上，郝二备了些酒菜，搬到磨房，满满斟上一碗酒，举过头顶，望着空中喃喃说道："秦大哥，这一年辛苦你了！有你帮衬着，我的生意好了许多。今天，我敬你一碗，喝完之后，你就放心地走吧，去做你自己的事情。"

郝二这么说着，就觉得有人在扳他的手腕，好像迫不及待地要抢他手中东西似的，手中的酒碗慢慢倾斜过来，酒从碗中流了出来。郝二看看桌上、地上，竟无一滴酒滴落下来，再回头看看酒碗，却是空空如也。

接着，就听见开门的响声。郝二对着茫茫夜色，怆然喊道：

"秦大哥，你走吧，一路走好！"

(本篇月月评短信代码：1005)

(题图：安玉民)

· 本刊信息传真 ·

欢迎投稿：为了我们的故事更精彩

您手中有没有得意之作？新的，奇的，巧的，趣的，险的，情感的，悬念的，智慧的……欢迎您投寄本刊。本刊辟有二十多个原创性栏目，如中国新传说、中篇故事、悬念故事、我的故事、幽默世界、16岁故事等，可谓丰富多彩，必有一款适合您。

读到或听到什么有趣事可以和大家一起分享？3分钟典藏故事、情节聚焦、外国文学故事鉴赏、快乐辞典等，是本刊的推荐性栏目，一旦采用，您将获得相应的"推荐费"。如果您有何心得体会或建议，也不妨写下来寄给本刊，我们将择优选登。

来稿可从邮局寄发，也可从网上传递，但必须注明您的真实姓名、固定地址及一般联系方式（如电话、手机等）。若没有采用，恕不奉还。

邮寄地址：上海绍兴路74号《故事会》杂志社，邮编：200020；请在信封上注明"××"栏目收。本期责任编辑电子信箱为：xiayiming@vip.sohu.net。

编顺口溜的
小女孩

□ 华国琴

瑶 瑶上四年级了，别看她是个小女孩，可跟男孩子一样淘气，一张小嘴像百灵鸟，唧唧喳喳的能说会道，遇上了什么有意思的事，她眼睛一眨巴，就能随口编出几句来。

瑶瑶有个叫牛牛的小朋友，脑子不大灵光，今年四岁了，可连"一二三四五"都不会数，瑶瑶教他说什么，他总是学歪了，瑶瑶常常点着牛牛的额头，说："老鸡骂小鸡，你是个笨东西，我叫你唱咕咕咕，你偏要唱叽叽叽。"

牛牛就住在瑶瑶家的楼下。听大人讲，牛牛小时候又聪明又可爱，后来他爸爸生病死了，妈妈给他找了个继父，这继父是酒鬼，脾气很凶，一次，喝醉了酒竟抓住牛牛的脑袋往墙上撞，牛牛"呃"了一声，整个儿就瘫在地上，一直昏睡了两天，醒来后就目光呆滞，成了现在这个样子……

看着牛牛说话吃力的样子，瑶瑶心里很着急。这天她偶然听到学唱歌治结巴的故事，心中一动，从此放学后一有空就教牛牛学顺口溜："一二三四五，上山打老虎；老虎没打着，就打小松鼠；松鼠有几只，让我数一数；数来又数去，一二三四五。"

牛牛开始也学不会几句，有时勉强学会了，第二天又忘了。但瑶瑶不泄气，忘了就从头再教他念。几个星期以后，牛牛终于可以跟在瑶瑶后面鹦鹉学舌了。又过了些日子，居然也会念了。

牛牛也喜欢上了瑶瑶，见了她就"嘿嘿"傻笑，还叫"姐姐……"但只要离开了瑶瑶，仍然目光僵硬，木木讷讷的。

这天，瑶瑶正在阳台上做功课，忽然听到楼下牛牛奶奶一声惨叫，心里一激灵，预感到准是牛牛出事了，飞一样奔下楼去。

牛牛奶奶一见瑶瑶，就拉着她的手泣不成声地说，早晨牛牛尿了床，垫被湿漉漉的，屋里有一股浓烈的尿臊味。脾气暴躁的继父扇了牛牛几个耳光，牛牛的鼻子流出了血。可他没有哭，早饭也没吃，不知什么时候开门走了，一出去就没回来……

瑶瑶脑子"轰"的一声，不得了，牛牛丢了！瑶瑶挽着牛牛奶奶的手说："奶奶，我陪你去报案！"于是一老一少便去了派出所……

可是三天过去了，牛牛还是没有回来。

牛牛奶奶伤心欲绝，那苍白的脸颊上整天淌着眼泪，见人就问："你看到我的孙子牛牛吗？他可是个漂亮宝宝，还会念顺口溜哩……"瑶瑶呢，每天一放学就冲到牛牛家里。她多么希望看到牛牛从房间里扑出来，喊一声"姐姐"啊，可每次都是失望而归。

眼睛一眨就到了双休日，瑶瑶来到一百多里外的江城外婆家度假，那里的滨江森林公园很有名。吃过中饭，她一个人进了公园。公园很大，到处都是又高又大的古树，老半天才能见到一个游人，越往深处去，越显得

幽暗深邃。瑶瑶却不怕，她天生就有一种探险精神。

来到一座古炮台，她爬了上去，又钻进藏兵洞，踮起脚尖，抓住瞭望孔的铁栅栏向外望去，就在这时，栅栏外走来一对中年男女，男的是个黑脸汉子，边走路边打手机；女的穿得很时髦，紧紧抱着一团大红绒线衣，绒线衣里突然传出几声异样的叫声。瑶瑶这才知道，那里面是个孩子，裹得严严实实的，只剩下两只眼睛，外面风很大，女人怕孩子着凉哩。

她觉得那眼睛似乎有点熟悉，圆圆的，大大的……会不会是牛牛呢？瑶瑶心中一激灵："一二三四五……"，轻轻地念了一声顺口溜。然而，那孩子没有反应。她稍稍提高了嗓门："一二三四五……"

这时奇迹发生了，那女人怀里探出个男孩脑袋来，喃喃道："一二三四五，上山打老虎……"

是牛牛，是牛牛的声音！

却说那女人听了牛牛说话，有点莫名其妙，就对黑脸汉说："别打手机了，刚才我好像听到有人说话，你听到了吗？"黑脸汉关掉手机，说："没听到。"女人说："天开眼了，木头也会说话了。"

牛牛怎么会在这里？瑶瑶突然想起妈妈经常嘱咐的话，不好，那一男一女准是人贩子……嗨，不能让人贩子就这么溜了！瑶瑶把牙齿咬得嘎嘣

嘎嘣直响,四下里看看,附近没有人,她想,不能惊动人贩子,如把他们逼急了,牛牛肯定凶多吉少!

想到此,她躲了起来,过一会,轻手轻脚下了炮台,悄悄跟在那对男女后面。他们爬坡她也爬坡,他们过桥她也过桥,但就是不让他们发现。

眼看出了公园门口,能看见游人的身影了。

"啊……呀呀……"瑶瑶突然冲上前,双手死死抱住那女人的一条大腿,号啕大哭起来,"妈妈,你不能跟着这个男人私奔啊,我找你找得好苦

啊,咱们回家吧,爸爸在家天天盼望着你哪!"

这是咋回事?那女人一时间被搞懵了,又是踢腿又是掰手,想挣脱一走了事。可瑶瑶力气好大啊,两只手像铁箍一样越抱越紧。

这时那个黑大汉恼了,上前就狠狠地打了瑶瑶一个耳光,瑶瑶嘴里出血了,可一双手还是不肯放松。黑大汉觉得不妙,从女人手里抓过小男孩,招招手,一辆出租车停了下来,抱着小男孩就往出租车里钻。瑶瑶放开手,又扑上去抱住黑大汉的一条腿,张口就咬。黑大汉痛得惨叫一声,跨上车的一条腿也滑到了地上……

公园门口人本来就不少,见此情景,"呼啦啦"拥了过来,里三层外三层,说什么的都有,黑大汉和时髦女人也不敢放肆。就在这时候,只见一辆警车飞驰而来,停在人群外,一高一矮两个民警从车上跳下来。原来刚才吵闹间,公园售票处的小姐打"110"报警了。人们一见,立刻让出了一条路。

民警把几个人带到了公安局。

小男孩的红绒线衣脱下来了,啊,一点不错,正是牛牛!几天不见,人瘦了一圈,眼睛大了,眼皮耷了,人更木了。瑶瑶喊了声:"牛牛!"

牛牛傻傻地拖哭腔哇哇叫着:"呜,呜,姐……姐!"

时髦女人愣了一下,开口便说:

"这个小孩子凭空诬陷人，说我是她妈，还说我和别的男人私奔，我俩可是堂堂正正的夫妻。民警同志，这是我们的结婚证。"说着，把大红证件掏出来，交给民警。

黑大汉气势汹汹地说："小兔崽子，诬告可是要吃官司、进少教所的！"

高个民警瞪了他一下，接着翻开结婚证，看了看，感到有点蹊跷，就问瑶瑶到底是怎么回事。瑶瑶就说："民警叔叔，我纠正一下：他们是人贩子，这个弟弟叫牛牛，我是他的姐姐！"

时髦女人听到"人贩子"三个字，着急起来"别听这孩子胡说，民警同志，我们这孩子叫亮亮，是个傻子，见了小姑娘都要叫姐姐的。"

那黑大汉拍拍木头木脑的牛牛，更加显得理直气壮"是呀，这个傻不拉叽的小孩，我们贩卖他，有谁要啊？"

矮个民警拉着牛牛的手，问起话来，可牛牛的眼睛呆滞滞的，什么话也不说。

高个民警对同伴说："这小孩，脑子是有点问题。"

矮个民警点点头："怎么让他说话呢？"一时间束手无策……

突然，瑶瑶站了出来，对两个民警说："叔叔，让我试试吧！"

说完，她点点牛牛的额头，说：

"老鸡骂小鸡，你是个笨东西，我叫你唱咕咕咕，你偏要唱叽叽叽。"接着，她眼含热泪，又亲了亲牛牛的额头说："牛牛，我们开始学习吧。"然后，她清了清喉咙念道："一二三四五……"

牛牛两眼顿时放出异样的光彩，挺了挺胸，拿腔拿调地念起来："一二三四五，上山打老虎……"

两个民警被逗乐了，为牛牛的表演鼓起了掌。

高个民警对瑶瑶来了兴趣，盯住了问她，她在哪个学校读书啦，读几年级了，班主任叫啥名字啦。听完瑶瑶的回答，不禁相视大笑起来!

这下，那两个人贩子却失去了神气，变得语无伦次起来："这个……那个……"最后只好老老实实坦白了自己的罪行。

原来，那次牛牛逃出家后在马路上乱走，被这对男女注意上了，他们心想：真是得来全不费功夫啊，这男孩长得不赖，肯定能卖好价钱！于是，就特地买了块奶油蛋糕给牛牛吃，然后趁其不备，把他抱走了。后来，这对人贩子发现牛牛是个低能儿，卖了几次都没能出手，正在公园里商量着怎么处置，却被瑶瑶发现了……

牛牛得救了，人贩子落入了法网。

（本篇月月评短信代码：G226）

（题图、插图：安玉民）

那个地方能养老

□ 胡秀欣

袁小军是小学二年级学生。这天放学，天下起了小雨，一出校门，小军就把书包往头上一顶，撒腿往家里跑，当他跑到一个小胡同的拐角处，一个人突然拦住了他，小军抬头一看，这人长相很凶，脸上有一条长长的刀疤，只见"刀疤脸"蹲下身子，盯着他看了老半天，嘴角动了动，说道："你叫袁小军吗？爸爸是不是叫袁三？不过，那都是假的，我才是你的亲爸爸，好不容易找到你啊……"

什么，刀疤脸是自己的亲爸爸？这怎么可能？小军狠狠地瞪了刀疤脸一眼，转身就走。可还没等迈步，他的一只手就被刀疤脸揪住了。刀疤脸咬着牙，恼羞成怒道："怎么，不认我这个爸爸？小子，乖乖跟我走，惹恼了老子，小心把你卖了！"

"放开我……"袁小军哭叫着拼命挣脱。见他挣扎，刀疤脸伸出另一只手，就势抓住袁小军前胸衣襟，袁小军顿时觉得喘不过气来。正在这个时候，爸爸袁三手拿雨伞出现在胡同口，袁小军知道，爸爸是来接他的，于是他用力喘了口气，哭着叫道："爸爸，快来救我……"

袁三一见儿子被劫，眼珠子都红了。他猛冲了上来，朝着刀疤脸就扑了过去。然而，长得又瘦又小的袁三哪里是刀疤脸的对手。刀疤脸一甩手，把袁小军扔了出去。然后猛地转身，抬起腿，照着迎面扑来的袁三就是狠狠的一脚。袁三惨叫一声，双手捂着裤裆，仰面倒在了地上，抽动了几下，便昏死过去……

"爸爸！"袁小军哭着扑在了他的身上。

袁小军的哭叫声惊动了不少过路人，纷纷围了过来。刀疤脸一看，闹不好要出人命，也害怕了，拔腿就跑，转眼没了踪影！

袁三被送进了医院，经过医生全力抢救才保住了一条命。

在医院里，袁小军终于明白了自己的身世。原来，袁小军二岁的时候，亲爸爸就因流氓械斗进了监狱，他就跟着母亲上街乞讨。母亲是个瘾君子，直到有一天，她因吸毒引起全身器官衰竭，死在了街头，是袁三把他抱回了家。那时，袁三不到三十岁，靠捡废品为生，恰在这时，有个好心人劝袁三找个老婆，说日后也好养儿防老，可袁三寻思了半天，最终还是拒绝了，因为他想到小军眼瞅着长大了，还是留着钱让他进学校吧！

听到此，小军热泪盈眶地说："你就是我的亲爸爸，你放心，我会赡养你一辈子的！"

袁三一把搂过小军，也落了泪："好孩子！"突然，他像是想起了什么似的担忧道，"小军，那刀疤脸肯定还会来找麻烦，城里我们恐怕呆不住了，你还是跟我回乡下吧！"

出院后，他们简单地收拾了一下东西，匆匆逃回了袁三乡下的老家。

从此，父子俩相依为命，袁三靠种地供袁小军念完了师范学校。毕业后，袁小军回乡里当了一名小学教师，袁三开始张罗着给他娶媳妇了。

袁小军的媳妇月琴是当地数一数二的美女。一年后，他们又添了个白白胖胖的儿子。月琴看不起袁三，打心眼里嫌弃他，脸上常常流露出厌恶的神情。她有意无意地在袁小军面前数落袁三的一些不是，久而久之，袁小军也觉得袁三身上的毛病也越来越多了。他训斥袁三的手洗得不干净，牙刷得不及时等；月琴说袁三身上有怪味，不愿和他同桌吃饭。每每这时，袁三总是显得很茫然，一副不知所措的样子。

时间一久，矛盾就越发突出了。每天下班回家，袁小军听得最多的是月琴的唠叨声，弄得他心里烦烦的，对袁三说话也没个好态度，袁三总是唯唯诺诺的，眼里充满了失望。

这天早上，月琴说头疼没起床。袁小军起来的时候袁三已经把饭做好了。一看时间不早了，他匆匆吃了几口，便急急地去了学校。刚上完两节课，有一邻居来找他，让他快点回家，说他家出大事了！

袁小军急三火四地赶回家中，老远就看见有辆警车停在了他家门前，门口站着不少看热闹的人。他急忙挤进屋里，见月琴披头散发地坐在床

上，正鼻涕一把泪一把地和警察哭诉着什么。袁三蹲在屋子的一角，把头深深地埋在两腿间。

袁小军忙问出了什么事，月琴说他走后自己迷迷糊糊地又睡着了，睡梦中袁三就压在了她的身上，强奸了她！一气之下，她打电话报了警。

袁小军先是震惊，继而是无比的愤怒。他猛地像抓小鸡一样，一把拎起袁三，痛心地问道："这是真的吗？你为什么要这么做？"袁三的脸上有几道深深的血痕，不用问是月琴抓破

的。他恐慌地点点头，用很微小的声音说道："我也想尝尝女人的滋味。"

见袁三承认了，袁小军气得几乎失去了理智，疯狂地推搡着他那瘦弱的身子，吼叫道："你想要女人，我可以给你钱，可月琴是你的儿媳妇呀！你这么做，让我们一家人的脸往哪搁？"

袁三被警察带走了，被法院以强奸罪判了10年刑。袁小军恨死了他，竟一次也没有去监狱看过他。

四年后的一天，袁小军突然接到监狱打来的电话，说袁三病重，住进了医院。四年来，袁小军常常想起小时候和爸爸度过的日日夜夜，想起对自己的疼爱，心里就充满了感激。但一想到他强奸自己老婆，袁小军就恨得要命。看来，爸爸这回一定病得很重，要不监狱不会打电话来。念爸爸抚养自己一场，袁小军决定去医院看他。

来到医院，袁小军先去了医生办公室，想询问一下爸爸的病情。可他发现医生瞅他的眼神和气氛都有点不对劲。见他细问，有一个老大夫告诉说，经检查袁三早已失去了性功能，最少也有二十多年了，说这样的人是强奸犯，鬼才会相信呢！

听了医生的话，袁小军眼前瞬间又浮现出袁三被那刀疤脸猛踹一脚、捂着裤裆倒下去的情景，莫非他那次就……袁小军顿时一阵揪心的刺痛，什么也顾不得了，直奔袁三的病房。

40 羞耻心是所有品德的源泉。 ——托·卡莱尔

躺在病床上的袁三，瘦得皮包骨，整个人都脱形了。袁小军哭着跪在床前，攥着他的手，哽咽着问他为什么要承认强奸的事。

袁三嘴唇嚅动了好半天，才断断续续地和袁小军说了事情的真相。他说那天袁小军上班走后，听月琴躺在床上喊饿，他就端了碗饭走进了里屋。可刚到床边，月琴就猛地坐了起来，朝着他连抓带打，并扯破自己的内衣，报警说袁三强奸他。袁三当时就明白了，月琴要用这种方法把他撵出家门。

"可你当时为什么不跟我说清楚？你不该承认呀！"

袁三喘了几口粗气，咧了咧嘴唇，露出一丝凄惨的笑容。

"当时想，进监狱也好，有饭吃，是个能养老的地方。"袁三说着，两行泪水从他那浑浊的眼里滚出。

"爸爸，我对不起你！"袁小军心里充满了悔恨，流着泪用手抹去爸爸眼角的泪水。袁三艰难地抬起手，抚摸着袁小军的脸，喃喃地说："我总想小时候的你……"话没说完，他手猛地一垂，咽下了最后一口气。

"爸爸，是我害了你！"袁小军放声大哭……

（本篇月月评短信代码：G227）

（题图、插图：魏忠善）

世上还有一种更可怕的病，那就是仇恨，因为它最容易使人迷失本性……

我是想害你

□式 森

张斌今年26岁，是一家公司的职员。这天晚上，他又独自一人来到一个酒吧里，选择了一个角落坐下来。没多久，一个女服务员朝这边走来。那是一个身着旗袍的女子，瓜子脸，大眼睛，肤色很白，但神情却显得有些忧郁。

服务员彬彬有礼地问道："先生，请问您想喝什么酒？"

张斌打量着她，说："你是新来的？"女服务员微笑地答道："是的，今天是我第一天上班。"张斌又盯了她一会，突然说："我喜欢你脸上那种忧郁的气质。"女服务员一愣："你说什么？"张斌说："我说你很忧郁，我也很忧郁。"女服务员冷笑道："你是不是常常用这种方式来勾引女孩子？"

张斌摇头说："不，这是第一次，你相信这世界上有一见钟情的事吗？"女服务员奇怪地看他一眼："相信，但肯定不会发生在我身上。"说完，转身就走了。

张斌看着她的背影，若有所思道："哼，你等着瞧，用不了多久，我就会让你领教到我的厉害的！"

很快，张斌打听到那女子叫晓月，是个从外地来的打工妹。从此，每到夜幕降临的时候，张斌就会准时出现在酒吧门前，而且每次来都不忘带一束鲜花来献给晓月。然而，面对张斌频频发起的求爱攻势，晓月却从未给他一次好脸色看，有一回她甚至在大庭广众之下将张斌奚落了一番。

一天夜里，张斌刚迈进酒吧大门，发现一个顾客正瞪着眼睛训斥晓月，一问，才知道是晓月不小心将一杯咖啡溅到他身上，惹得他勃然大怒，非要晓月赔一套新衣服给他不可。晓月一边哭泣，一边不停地向对方道歉，可那人还是不依不饶，而且话骂得越来越难听。

张斌忍不住走了过去，指责对方不该出口伤人。谁知两人刚争吵了没几句，竟动手打了起来，等众人把他们拉开后，张斌不但衣服扯破了，嘴角还淌出鲜血。晓月连忙扶住他，不料，张斌却猛地推开她的手，粗暴地说："走开！你们这些女人没一个是好东西！"说完，气鼓鼓地走了。晓月呆呆地望着他，心想这个人真怪，怎么说变脸就变脸了……

那以后张斌没再露过面。晓月一直在等他，希望能当面向他表示谢意。一天夜里，晓月下完班，刚走到她住的出租屋前，冷不防听见有人叫了她一声，晓月吓了一大跳，定神一瞧，原来是张斌不知何时找到这里来了，正站在暗处冲她咧嘴傻笑，晓月又惊又喜，问怎么会找到这里来了？张斌说："我去酒吧找过你，他们说你刚走，所以我问了你的住址，就坐出租车赶来了。"

两人在门外聊了几句后，张斌问晓月为什么不请他进去坐坐，晓月犹豫了一下，最后还是打开房门让张斌进屋了。之后，晓月出去弄了些夜宵回来，两人边吃边聊了起来。

一开始的气氛倒也融洽，可随着时间一点点流逝，晓月就有些不安起来了，她暗示张斌：夜深了，她明天还要上班，但张斌就好像没反应一样，仍没有走的意思。又过了一会儿，房里突然停电，晓月终于松了一口气，以为张斌这下再没理由不走了，她立刻站起身，正要送张斌出门，突然，张斌从背后紧紧地抱住她，接着又疯狂地吻她。

晓月惊恐不已，说："张大哥，你不能这样！不然我要生气了。"张斌这时非但没停下手，反而把她抱得更紧。晓月一边挣扎，一边哀求道："张大哥，求求你，千万别干出傻事来，不然你会后悔的。"

张斌嘴里喘着粗气，嚷道："不，我不会后悔的。我喜欢你，我想得到你。"

晓月厉声说，"我警告你 你要是再不住手，我可要喊人了！"张斌此时完全丧失了理智，他猛地把晓月推倒在床上，又粗暴地撕扯她的衣服。晓月像疯了一样拼命抵抗，不顾一切地大喊道："救命啊，有人强奸……"

张斌被晓月尖厉的叫声给吓坏

了，刚拉开房门要逃出去，就被几个巡夜的保安给堵住了，张斌先是一愣，接着出其不意，一拳打倒一个保安，然后拔腿就逃。

不过张斌并没跑多远，就被紧追上来的保安给逮住了。很快，被押送到附近一个派出所里。张斌一踏进派出所的大门，心想这回完蛋了。

然而，晓月被人带到派出所时，却出人意料地说，张斌没有对她做出什么不轨的行为。警察困惑地说"那

你为什么喊有人强暴你？"晓月痛苦地摇着头说："我那样喊，是、是为了救他。"

警察越听越糊涂，说"你是不是害怕他报复你，才不敢说出真话来？"晓月哭泣地说："不，我说的全是真话，求你们饶了他吧！"警察说："要我们饶了他也可以，除非你把真相说出来。不然的话，就算你什么都不说，我们也有办法让他老实交代的。"

晓月听警察这么一说，沉默许久，才缓缓抬起头，道："我本来是不打算说出这个秘密的，但现在我也顾不得那么多了。事实上，我是个艾滋病感染者，是害怕把这个病传染给无辜的人。"警察呆呆地看着她，好一会儿才说："你不会是在骗我们吧？"晓月从身上掏出一个小本子，说："这是医院出示的证明，你最好亲自看看吧。"警察看完后，十分感动地说"晓月，你是个善良的姑娘。我们相信你的话。"

第二天中午，张斌被释放出来。出来之前，警察把晓月的事告诉了他。张斌听后，感到无比震惊，当场就抱头痛哭起来了。警察说：晓月得的这个病，是她的男朋友传染给她的，她恨死那个不负责的男人了，如果昨晚她抱着报复男人的念头，那他张斌就没有现在这么幸运了。本来，就昨晚上发生的事，晓月完全可以告

一时的失误不会毁掉一个性格坚强的人。——车尔尼雪夫斯基

猫 腻 (结尾部分)

（11月号上半月刊中说到，专业人士听豆子讲完，问道……）

"你是怎么眨的眼睛？"

"就是这么眨的呀。"豆子一边说，一边眨了两下眼睛，"我要求不过分，和老石头一样，我也只要两成。"

专业人士看后，大笑着回答道："错了错了，我的哥们儿，眨一只眼睛表示你要几成，两只眼睛一起眨，表示今天买主只是来了解行情，没有购买意愿。你想，老板会怎么对你们俩？"专业人士看着豆子目瞪口呆的样子，撇了撇嘴，又说，"装潢这里面的猫腻还多着哪，就你这道行，嫩了去了！"

所以，答案是 B.你是怎么眨的眼睛？

他个强奸未遂，但她没有这样做，目的是想给张斌一个悔过自新的机会。

张斌不知道自己是怎样离开派出所的，他先去了一趟晓月住的出租屋，但没找到人，转而又找到酒吧，可那里的服务员却告诉他，老板不知从哪儿听说晓月的事，今天一早就把她给辞退了……

从那之后，张斌一直在苦苦寻找晓月的下落，为此他甚至去过晓月的家乡，但都一无所获。有道是工夫不负有心人，一年后，张斌偶然遇见一个晓月的同乡，并在他的帮助下，在郊外一间破旧的民房里，找到了已处于发病期的晓月。

晓月躺在床上，人非常消瘦，脸上一丝血色都没有。当她认出张斌时，她神情凄然地说："你不该来找我，我真的不希望你看到我现在的样子。"

张斌跪在床头旁，哽咽着说："如果我见不上你一面，那我这辈子都会感到良心不安！"

晓月说"其实，你心里也不必为那件事自责。我相信，不管是谁处在那种情况下，都一定会做出和我同样的选择。"

张斌痛苦地摇着头"不，至少我就不是你所说的那种人。你知道吗？当初我想方设法接近你，并不是我喜欢上你，而是我想害你。"

晓月不解地问："你为什么要害我？"张斌低下头说："事实上，我跟你一样，也是个艾滋病感染者。把这个病传染给我的，是一个在酒吧上班的女人。我本来是想找她算账的，可她却偷偷跑了，所以，我就将复仇的黑手伸向了你……"

（本篇月月评短信代码：G228）

（题图、插图：魏忠善）

风中的木桶

一个黑人小孩在他父亲的葡萄酒厂看守橡木桶。每天早上，他用抹布将一个个木桶擦拭干净，然后一排排整齐地摆放好。

令他生气的是：往往一夜之间，风就把他排列整齐的木桶吹得东倒西歪。

小男孩很委屈地哭了。父亲摸着男孩的头说："孩子，别伤心，我知道你会想办法去征服风的。"

于是小男孩擦干了眼泪，坐在木桶旁边，想啊想啊，想了半天，他终于想出了一个办法，他去井里挑来一桶一桶的清水，然后把它们倒进空空的橡木桶里，然后他就忐忑不安地回家睡觉了。

第二天天刚蒙蒙亮，小男孩就匆匆爬了起来，他跑到放桶的地方一看，那些木桶一个一个排放得整整齐齐，没有一个被风吹倒，也没有一个被吹歪的。

小男孩高兴地笑了，他对父亲说"我知道道理了：木桶想要不被风吹倒，就要加重木桶自己的重量。"父亲赞许地笑了。

是的，我们改变不了风，改变不了这个世界的许多东西，但是我们可以改变自己，改变我们自身的重量和我们心灵的重量。

给自我加重，这是一个人不被打翻的唯一方法。

（作者：李雪峰；推荐者：邓伟明）

分配

有一回，狮子、狼和狐狸一块打猎。它们打到了牛、羊和兔子。

狮子叫狼分配捕获物。

狼说"牛体壮膘厚，这一份归您君王；羊中等个儿，给我正合适；兔子小小的，分给狐狸吧，因为它比咱俩都小。"

最容易犯错误的，是那些仅仅根据自己的想法去行动的人。——沃夫纳格

狮子大发雷霆，一扬爪子，把狼的两颗眼珠子挖了出来。

"现在由你分配吧。"狮子吩咐狐狸。

狐狸连连磕头，表示对狮子的恭顺，然后说："哦，伟大的君王，这是明摆着的事情哪！牛是您的午餐，羊是您的晚餐，兔子就给光芒万丈的君王您当早点吧。"

狮子满意地大声说："你太能干啦！分配得这么妥当，你是从哪里学来的？"

狐狸毕恭毕敬地回答："是那两只在地上滚动的狼眼，给我递了眼色，我才明白的。"

（推荐者：付秀玲）

请你小心

有一个人在外国旅游，在经过隧道入口的时候，以为这个地方交通警察管不到，于是便大着胆子穿过去。这个时候，他发现一个警察在不远处慢慢地跟随着，却没有上前来制止他。他心想：这样穿过去没什么大不了的，你看警察都不在意呢！于是，他自在而悠闲地走了过去。

然而，就当他走到对面时，警察迅速上前对他说："先生，对不起，你违反了交通规则，请接受处罚。"

他很奇怪，就问警察"既然你都

看到了，为什么刚才不制止我？"

警察温和地说"那是因为，我怕大声制止你，你会惊慌失措而快速穿行隧道。可你知道，列车随时会开过来，那是非常危险的。所以，以后请你一定要小心啊！"

游客吓出一身冷汗，却对警察万分感激，从此他再也不敢违反规则。

关键时候，一定要保持镇静。镇静是一种可贵的品质，它有时直接影响一个人的生命。

（推荐者：邓 明）

迷路飞虫

暑假，小王陪朋友一家三口去爬山，爬到半山腰的时候，一只飞虫钻进了他的左耳，弄得整个耳道奇痒无比，而且还有点痛。

小王的钥匙串上正好挂着一根银质掏耳小勺，于是决定用它"深入虎穴"，立即置"闯入者"于死地。朋友拦住了他，说："你这样做是把飞虫往耳朵深处逼，一旦它钻透你那薄薄的耳膜，那就麻烦了。"

朋友的话似乎有道理。该怎么办？朋友的爱人是做医生的，她建议道："你往左耳道里倒进去一两滴食油，这样就可以把飞虫粘住或憋死。等耳朵里没有动静了，再用少量温水冲洗耳朵，最后要用棉签吸干耳道里的残余水，这样既安全又卫生。"

可朋友读小班的女儿琳达不高兴了，她对她妈妈说："小飞虫不是存心让叔叔痛的，它一定是在叔叔的耳朵里迷路了。"一会儿，小姑娘又扭头对小王说，"叔叔，我有办法了！"

说着，她让小王叔叔把头低下来，右耳朵贴到石桌上，她自己则站到了石凳上，用她的小电筒对着叔叔的左耳朵照。小王一时找不到食油、棉签和温水，也就听任小姑娘摆布。

很快，小王的耳朵就不痛了。琳达和他的父母惊喜地看到一只小飞虫从小王的耳孔里飞出，飞到了手电筒的亮光里。

对待飞虫，其实人们不必太心急，更不必只想着惩罚和消灭，只要设法给它一个光明的方向，给它一个投奔光明的机会就好了——对待每一个有缺点错误的人都应如此。

（作者：钟丽红；推荐者：林嘉文）

更多的谷子在屋后

兄弟俩大了，到了谈婚论嫁的时候。但是父亲并不感到欣慰，因为家庭不那么富裕，兄弟俩时常为一些小利益产生龃龉，一旦到分家产那天，还真不知道会发生怎样的争执。

有一天，父亲病了，躺在床上发烧。这时，老大过来问安。父亲说："把你弟弟叫过来，我有话说。"

老二到了。父亲挣扎着坐起身来，兄弟俩劝父亲别担心，父亲深思道："其实这病我也不担心，我想自己能应付过去；但，如果你们兄弟俩将来反目，那就是我们家庭的'病'了，谁都难应付。"兄弟俩很惭愧。

父亲下了床，指着院子里的几只鸡说："看看它们，蹲在那里相安无事，这不是很好吗？"然后父亲到屋子里端出了一盆谷子，悄悄走到屋后，将大部分谷撒在地上，仅留了几粒回到院子里，扔向那些鸡。几只鸡看见来了谷子，腾地跳起身，一齐上前争夺，翅膀挥舞，嘎嘎乱叫，原本清静的世界，因为这几粒谷子而"硝烟弥漫"。兄弟俩笑了，他们明白父亲的意思。父亲又说："你们都看见了，更多的谷子在屋后……"

其实，人生中的许多麻烦，又何尝不是因为上帝在我们眼前撒了几粒谷子呢？

（推荐者：俞彩花）

舍不得的两巴掌

妻子怀孕了。随着胎儿的生长，丈夫也越来越休息不好，因为睡觉时妻子总是把他挤到一边。他不敢翻身动弹，生怕伤及胎儿，所以很多时候，他的半个身子都是悬空的，有一次睡到半夜，他甚至掉到了床底下。更为痛苦的是，妻子几乎整夜都难以入眠，她要几百次地翻身，却怎么也找不到舒适的姿势。

有一天深夜，丈夫抚摸着妻子的肚子说："等这个小家伙出世了，一定要狠狠地给他两巴掌——你打一巴掌，我打一巴掌！"

终于，儿子出世了。夫妻俩看着这个鲜嫩的小

生命，疼都疼不过来，怎么狠得下心来打呢？他们决定，等儿子长大了，再打不迟。

后来，儿子结婚了。再后来媳妇也怀孕了。当父亲知道儿媳妇怀孕后，便兴冲冲叫来儿子，说"你跪下，我要打你两巴掌。"儿子不解，父亲就把那天夜里的约定告诉了儿子，儿子感到很可笑。当父亲神情郑重地高高举起巴掌，轻轻地落在儿子的屁股上时，儿子忍不住笑了起来。

儿子回去后，把这件事告诉了媳妇，媳妇听了也觉得好笑。后来，有一个深夜，儿子突然发现自己掉在了床底下，不由得失声痛哭，因为他突然想起了父亲的话和父亲永远舍不得的两巴掌。

（推荐者：付秀玲）
（本栏题图、插图：佐 夫）

打不开的
防盗门

□ 吴吉烛

天华广告公司的总经理林之洋，最近一直在琢磨一桩事情：他所在的古道小区，几乎家家都被小偷光顾过，损失惨重，可有一户却秋毫无犯，论经济，论气派，在小区里也是数一数二的，可为啥小偷就不偷他家呢？难道他有什么独特的防盗术，还是和小偷另有一手？

这户人家姓方，单名一个棕字，是一家产品创意公司的老总，因此，人们习惯喊他"方总"。

事情搁在心里，搅得他饭吃不香，觉睡不安，他决定探个究竟。

这天晚上，林之洋身着黑衣黑裤，悄无声息地溜到了方总家。他竖起耳朵，四处听听，未见异常，便拿出一把小撬棍，往院门铁锁上轻轻一别，锁应声而开，接着他又小心拉开横闩，让门半掩着……

你猜对了，林之洋是小偷。不过，

他金盆洗手已有很长时间了，这一回，他是实在抵制不住诱惑才冒风险重新做贼的。

林之洋显然是个惯偷，换了几次工具后，就顺利打开了方总家的防盗门，一下子出现在方总的家里。林之洋心想：这么轻松地就让我进来了，小偷可不是傻子，为什么偏偏不上他家？看来方总这小子有什么不可告人的秘密。

就在这时，只听"咔嗒"一声，林之洋吓了一跳，他听得出来，这是防盗门自动关上的声音。他稍稍安了下心，轻手轻脚地走过客厅，进入房间。他此行并非是捞点什么钱财，而是想弄清楚悬念，最后全身而退——然而令他始料不及的是，就在刚踏进房间的那一刹那，突然从房门后伸出一条腿，绊他一下，把他摔了个狗啃泥，还没等他有第二反应，一个人就重重骑到了身上，把他双手反剪了，林之洋一时动弹不得。

"完了，上当了，想不到今天要栽在这里。"林之洋心里暗暗叫苦。

那人低声警告道："要命的话，就别出声，否则……"

林之洋听了，有点摸不着头脑：抓贼的人从来都是大喊大叫的，而这人却叫不要声张，这是怎么回事？

没多久，他就听出来骑在自己背上的人不是方总，而是和自己一样，是"三只手"。而那人搞清林之洋身份后，也放开了林之洋。

林之洋揉着酸痛的胳臂低声说："兄弟，咱们真是有缘呀！""唉，"那贼叹了口气说，"老兄，咱俩这回是同命相怜啊！你不知道，我呆在这里都已经三天了。"

"什么，三天？你也太嚣张了！"

"不是我太嚣张，而是我走不了。"原来这个贼是被锁在家里出不去，问题就出在那扇防盗门上，别

看它与别的防盗门没两样，其实厉害得很，从外面打开好像不费吹灰之力，但进去后再想打开，却比登天还难。

"真有这么厉害？""为开这个门，我都折腾了好久了。"那贼哭丧着脸说，"唉，只好再等两天后进看守所了。"林之洋一愣，就问："你怎么知道两天后这家人会回来？"

那贼在黑暗中摸索了一阵，递给林之洋一张便条，林之洋凑在手电筒光下，看到上面写着："敝人有事外出，未能尽地主之谊，请您原谅。不过我在冰箱里已备下粗茶淡饭，足够你五天的生活。哦，对了，这里提醒阁下，不必在门上浪费力气，这扇门是我公司刚研制出来的新产品，性能不错，没有主人的密码和钥匙是没有人能打得开的。"林之洋哪里肯信，便来到防盗门前，使尽自己平生所学，

然而，大半天过去了，防盗门还是纹丝不动，这下林之洋真正慌了，自己现在是一个大公司的总经理，要是出事了，以后还怎么做生意？还怎么见人？

怎么办？忽然，林之洋一拍脑袋，急忙跑进房间，准备从窗户下去，他知道这是二楼，跳下去不会死人的。然而，很快他失望了，因为方总家的每一扇窗户，都是用铝合金焊接的，简直就是铜墙铁壁，牢不可破。

却说那贼坐在沙发上，看到林之洋跑进跑出的，挖苦道："唉，看来我们真是难兄难弟了，等着做瓮中之鳖吧！"说着，走进厨房，打开冰箱拿出一些食物，又从柜子里取出一瓶酒，对林之洋说："兄弟，好久没喝酒了，咱们今天就喝个一醉方休吧！"

林之洋叹了口气，接过酒杯，与那贼你一口我一口借酒消愁，不知不觉两人就晕乎乎地睡下了……

一觉醒来，林之洋发现方总不知什么时候已坐在对面的沙发上，正笑眯眯地看着自己。只见他轻轻吐着烟圈，嘲讽道："想不到啊，堂堂总经理也做鸡鸣狗盗的勾当。"

林之洋又羞又愧，无话可说，重重叹了口气，慢慢坐起来，浑身像抽了筋似的只觉得软绵绵的。

方总看着他说："身上没劲是不是？为了留你们多住几天，我在酒里下了点药，谁知你们两个都是不要

命的，竟喝掉我两瓶洋酒，这酒钱可得你出呀！"林之洋这才明白，怪不得自己睡得那么沉，那么死。他不明白，方总既然捉住了他，为什么不报警把他送进派出所？

方总似乎看懂了他在想什么，就说："那贼我已经送进局里了，至于你，"方总诡秘地一笑，"我不想把你往火坑里推！当然，我要是一声张，你也就全完了，可我不忍心呀。再说我也不相信你这堂堂的老总，还会干这个营生，这其中定有蹊跷，因此，我很想搞清楚原因何在。"

林之洋眼睛顿时湿润了，紧紧握住方总的手，接着一五一十把心里话掏了出来。

"哦，原来你是贼性不改呀！"

林之洋羞愧地低下了头："这回我是无论如何也得改改贼性了。不过，方总你放心，那酒钱我肯定会付给你的！"

几天后，本市的晚报上打出了一整页广告，广告是以故事文体写作的，说：有一小偷在古道小区入室盗窃，不料，进得去，出不来，被关在屋里五天，结果束手就擒。秘密就在这家房主装了某公司最新研制的"玉猫牌"防盗门。

据厂家称，这种防盗门有个特性……

（本篇月月评短信代码：G229）

（题图、插图：谭海彦）

与心作斗争是很困难的，因为每个愿望都是以灵魂为代价换来的。——肖伯纳

□ 林 涛 改编

计中计

珍妮在家是个全职太太，丈夫约翰是个身手不凡的高级警探。夫妻俩住在城郊的一所小公寓里。虽不富裕，倒也过得平淡自在。

可就在最近，珍妮平日开朗的脸上布满了愁云，变得寡言少语起来。细心的约翰察觉了妻子的变化，担心不已。

这一日，已是深夜了，珍妮正要睡去，约翰一只手搂住了她："亲爱的，告诉我你的心事好吗？要知道，看着你不快乐的样子，对我真是一种折磨。"

珍妮沉默着，忽然呜呜地哭了起来。

约翰情知不妙，一再追问，珍妮终于哽咽着说邻居彼得骚扰她，有几次甚至趁约翰外出之机企图侵犯她。

"这个老畜生！"约翰一拳砸在墙上，双手暴起条条青筋，"你等着，我这就去收拾他！"说着，他一个翻身，披上长大衣，推门冲了出去。

一个多小时过后，约翰心满意足地回来了。他宽衣躺下，抚摸着被窝里不安的珍妮，说："宝贝，我已经狠狠地教训了他，以后他再也不会在你眼前出现了，放心吧。"珍妮终于放下心来，两人很快甜甜地睡去。

"砰！砰！砰！"一大清早，两人被重重的敲门声惊醒了。约翰下床一开门，只见老同事托尼和两个警员站在门口。

约翰诧异地问道"伙计，今天我放假你们忘了？是不是又出了什么棘手的案子？"

只见托尼扬了扬手中的一张纸："约翰先生，你被捕了，我们有足够证据怀疑你谋杀了你的邻居彼得，你可以不说话……"

"什么？"珍妮颤抖着问约翰，"你……你把他杀啦？""没有！我没有杀他！我只是教训了他一顿而已！"约翰也是一脸的惊慌失措，"托尼，你不是在开玩笑吧？"

托尼一脸严肃："彼得真的死了，今天一早给他送牛奶的人来报的案。经过现场勘察：我们发现了许多地方都有你的指纹和脚印，甚至死者的腮下、脸颊上还有你的皮肤纤维；此外已验出，死者所中的子弹，和你的佩枪相符；更重要的是，有目击证人证明，你在彼得的死亡时间范围内，也就是凌晨1点到3点这段时间内出现在他的别墅门外。"

"我没有杀人！托尼，相信我，我只是打了他几拳！"约翰情绪失控，紧紧抓住托尼的衣领。

"冷静点，伙计，我相信你又有什么用呢？你是警察，你应该明白现在所有的证据都对你非常不利。"托尼无奈地摇着头，"先跟我们回警局再说吧。"随即一挥手，身后的警员拎着手铐走上前来。

"不！"约翰一声大吼，猛地挥出两拳，又是一个扫堂腿，托尼和两名警员应声倒地。约翰一把拉起珍妮夺门而出。跑了好一段路，珍妮喘着粗气停了下来："我跑不动了。约翰，还是去警局吧，我不想以后都过着东躲西藏的日子。"

"我不能回去！"约翰疯狂地抓着自己的头发，像只无助的困兽，"他们铁证如山，我会坐牢的！"

珍妮的眼里淌出了泪水："自首吧，亲爱的，不管十年、二十年，我会一直等你的……"

"我没有杀人！我不能坐冤狱啊，你明不明白？"约翰使劲摇着珍妮的肩膀。这时，周围忽然警笛大作，一眨眼的工夫，数辆警车已经将他们团团围住，托尼带着十多名荷枪实弹的警员赶到了。

"约翰，你已经被包围了！不要再做无谓的抵抗。"托尼指挥着警员，十几把枪齐刷刷指向了约翰。

约翰猛地从怀里掏出手枪，一只手箍住了珍妮的脖子，另一只手用枪指着她的太阳穴："你们都别过来！"

托尼大吼"约翰，疯了？她是你老婆！"

约翰的心抽搐了一下，低头一看，珍妮早已泪流满面："约翰，你是不是连我也想杀？"

"对不起，珍妮。"约翰痛苦地闭上了双眼，缓缓地扣动扳机——就在这一瞬间，托尼的枪响了，子弹准确地从约翰的眉心穿过，珍妮仰天发出了一声撕心裂肺的尖叫……

约翰的丧事过去几个月了，珍妮的心情亦渐渐平复。这天傍晚，珍妮正在准备晚饭，又是一阵急促的敲门声传来。开门一看，又是托尼，不过这次只是他独自一人而来。

托尼一进门，就神神秘秘地问："钱到手了吧？"

珍妮一愣："钱？什么钱？"

托尼嘿嘿一笑："记得以前约翰跟我说过，干我们这行是提着脑袋过日子，说不定哪天就一命呜呼了。所以，他早早就给自己上了重金保险，只要他一出事，他的妻子就可以得到一大笔赔偿。"

珍妮这才明白过来，尴尬地笑笑："保险公司前天已经把钱送过来了，谢谢你的关心。"

"不错，约翰的保险金是应该由妻子获得。但是……"托尼沉吟了片刻，说出了一句石破天惊的话，"如果约翰是被他的妻子亲手害死的呢？"

珍妮心中猛地一惊"托尼，你说什么呢？我不明白。"

"太太，在我面前就不用演戏了。"托尼紧紧盯着珍妮的双眼，"约翰正是掉进了你精心布置的陷阱里。"

犀利的眼神使得珍妮的脊背直发凉，但她很快镇定下来："托尼，如果你再乱说话，我这里可不欢迎你了。"

"乱说话是吗？那我重复一遍你的计划好了。"托尼冷笑着，"你哄骗约翰去打彼得，让他在现场留下指纹

和脚印。等他回来睡下之后，你换上他的大衣、皮帽和皮鞋，还戴上了手套，用他的枪去杀死老彼得。你还没忘记故意在离开时让人'目击'你的出现，好让他帮你'指证'约翰，对吧？"

"你胡说！"珍妮急了，气急败坏地嚷道，"难道你认为我会为了保险金害死自己的丈夫吗？"

"当然不只保险金，还有老彼得的一大笔遗产。"托尼一字一句地说，"你撒了谎，并不是彼得调戏你。你根

本就是彼得的情妇，他在这个世界上唯一亲近的人。你知道彼得是个腰缠万贯且孤身一人的老富商之后，就主动投怀送抱。但在不久后发现他只是个一毛不拔的吝啬鬼，他只许诺在死后让你做他的遗产继承人，于是你便设下阴谋利用约翰除掉彼得。这样既能得到约翰的一大笔保险金，还可以提前得到彼得的遗产。真是一举两得！"

珍妮浑身颤栗，脸刷地变得惨白："你……你是怎么知道我们的事的？"

"老彼得在挨了约翰一顿打之后，担心再遭不测，立刻立下了一份遗嘱作为遗产的交代。在遗嘱中他说明，已经委托律师在他死后将遗产全部转入他的至爱珍妮的名下。但是……"

"哈哈哈……"珍妮猛然发出一串狂笑，打断了托尼，"佩服，佩服。不愧是神探托尼，比起约翰那个头脑简单的家伙强多了。我的一切都被你看透了，但是，就算我承认了又怎么样？这一切都只是你的推论而已，那份遗嘱充其量只能证明我对约翰的不忠。至于我阴谋杀人，你根本一点证据都没有！"

"我的话还没说完呢，今天我给你带来了份礼物。"托尼说着，掏出一盘录音带，插入客厅的录音机，按下播放键，只听老彼得的声音传了出来："啊！珍妮，是你！你拿着枪想干

什么？"接着是珍妮恶狠狠的声音："老东西，跟了你这么久，我却仍然一无所得！是该你松手的时候了，让我来终结你吧！顺便终结了我那无能的丈夫！"又听见"嗖"的一声消音手枪的闷响，老彼得发出一声低沉的哀号……

"你一定没有想到吧？"托尼望着目瞪口呆的珍妮，得意地说，"老彼得是用录音的方式留下遗嘱，可当他刚刚完成，还没来得及关上录音机的时候，乔装的你就'迫不及待'地'登场'了。"

珍妮终于低下了头，双手无力地垂了下来："我输了，我输得一败涂地。但我不明白的是，为什么你不把这盘录音带公开出来？"

"因为约翰必须死！"托尼狞笑着道，"约翰平时在公事上就一直和我作对，他还掌握了我大量贪污、舞弊和受贿的证据，我正苦恼着没有办法解决他。上帝对我太好了，居然有人帮我设下这么完美的陷阱，让我可以名正言顺地杀人灭口。现在，你别无选择，马上把约翰的保险金，还有你不久后可以拿到的彼得的遗产一分不少地交到我手上，否则，你只能坐上电椅去见你的约翰和彼得了！"

珍妮感觉自己好像一片秋天的落叶，天旋地转，软绵绵地瘫在了地上……

（题图、插图：佐　夫）

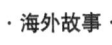

□ 青 闰 编译

卖雨伞的人

这天下午，妈妈带汤姆去看牙医，离开诊所时，天已下起了小雨。他们站在雨中的人行道上，准备坐出租车回家。然而，令他们感到沮丧的是，虽然来来往往的出租车很多，但上面都有乘客。

就在他们四处张望之际，一个矮个子老人撑着雨伞朝他们走来，礼貌地举了举帽子，对妈妈说："请原谅，太太，能否帮个忙？"

妈妈冷漠地问："有事吗？"

妈妈这副冷若冰霜的样子，大多数人看见了会知趣地走开的，但眼前这位小老头愣是眼睛眨都没眨，宽厚地笑了笑，说："请相信我，我还从来

没有在街上拦住女士诉苦，我忘记带皮夹了。"

"是要钱吗？"妈妈说，"要钱的话就快说，我们在这儿都成快落汤鸡了。"

"我知道，"他说，"我想把这把伞主动让给你们避雨，只要……只要……"

"只要什么？"

"只要您能给一英镑，我就好打车回家。"

"一英镑？"妈妈依旧疑心重重，"你说你口袋里没钱，那你怎么来到这里？"

"我是步行过来的，我每天都要

步行一段长长的路，然后就招个出租车回家。一年来我天天如此。"

"你现在为什么不走回家呢？"

"今天太累了，我老了，走不动了。"

妈妈站在那里，轻轻地咬着下嘴唇。汤姆能看得出来，妈妈开始有点心动，这把雨伞确有不小的诱惑力。

小老头似乎也看出苗头，说："这把伞蛮好看，是丝绸的，还不多见。""的确如此。""那你还不拿去，太太，我向您发誓，我是花20英镑买的。但现在对我一点没用，我只想回家歇歇这双老腿。"

妈妈侧视了汤姆一眼，接着，她从钱包里掏出了一英镑递给小老头。小老头一边接过钱，一边将伞也递给

了妈妈。然后将钱装进口袋，弯了弯腰，施礼道："谢谢您，太太，谢谢您！"说完，就走了。

见小老头渐走渐远，妈妈对汤姆说："咱们今天真走运，我还从没用过丝绸伞呢！""妈咪，那你为什么开头对他那么凶？""那是我想验证一下他是不是骗子，现在我清楚了，他不但不是个骗子，而且还是一个富翁。孩子，这件事说明：干什么事都别太急，始终要沉住气。"

"妈咪，我觉得有些不对劲，你看，那个老人好像并不累，"汤姆说话时眼睛一直没有离开过那个小老头，只见老人左闪右躲，灵巧地避开来往的车辆。

妈妈没有回答，但眉毛似乎皱了起来。

汤姆又说："他的样子也不像要乘出租车。"

妈妈一动不动，僵立在那里，直盯盯地注视着街道对面那个越走越远的小老头的背影。忽然，妈妈拉住汤姆的手，说："跟我来，我们今天一定要弄个水落石出。"说完，两个人一起穿

过街道，跟踪了上去。

小老头距离他们大约有二十米远，行动十分敏捷。此时，雨也下得更大了。

"妈咪，如果他转身看见我们怎么办？"

"不要说话！快跟上去！"

到了下一个交叉路口时，小老头右拐，然后又左拐、右拐，进了一家"红狮子"小酒馆。

"我们进去吗，妈咪？"

"不，我们不要进去，可以从外边观察。"

这家小酒馆有一扇很大的平面玻璃窗，虽然里面有点雾蒙蒙的，但走近一点看，仍能把里面看得八九不离十。汤姆紧紧攥着妈妈的胳膊，向里面看去。

酒馆里满是人和烟，这时，小老头已脱掉了帽子、外套，正穿过拥挤的人群向吧台挤去。到了吧台前，他将两手放到吧台上，跟吧台服务员交谈着。不一会儿，另一个服务员端来一只玻璃杯，淡棕色的液体溢出了杯沿。小老头将一英镑搁在了吧台上。

看到这里，妈妈气愤地说"那是我的一英镑，天啊，他可真慷慨！"

"酒杯里是什么？"

"威士忌，别说话，看他在干什么！"

这时，小老头端起酒杯，用鼻子闻了闻味道，然后高高举起，放下来送到唇边，很快，所有的威士忌就"咕咙"全下了他的喉咙。

妈妈一声尖叫："难以置信！一英镑买来的东西一下子就吞下肚了！"

汤姆纠正说："他花的不止一英镑，是20英镑的丝绸伞。"

"他一定是疯了！"

小老头手里端着空玻璃杯站在吧台前。此刻，他正微笑着，一种愉快的金色光芒正从他那红润的圆脸上荡漾开来。汤姆看见他把舌头伸出来舔舐着白胡须。

接着他缓缓地离开吧台，挤过拥挤的人群，来到他挂帽子和外套的地方。戴上帽子、穿上外套，然后漫不经心地从衣架上拎起悬挂在那儿的一把雨伞，扬长而去。

汤姆失声叫了起来"小偷，真可怕！"

妈妈警告道："嘘！他要出来了！"他们放低雨伞、遮住脸，然后从伞底下窥视过去：小老头出来了，但他根本没朝汤姆这边看，而是撑开刚得手的雨伞，顺着他来时的路匆匆离去。

没多久，小老头在当初遇到汤姆母子的那个主街道，把新伞递给了一个瘦高个男人，然后轻快地顺着街道走开，消失在了人群之中。但这次，是朝相反的方向走去……

（题图、插图：箭　中）

天外天

□ 徐芬芬

早年间，京城里有一家名为"天外天"的酒楼，生意非常红火，每天从早到晚，车水马龙，进进出出的都是些达官贵人，就连靖王爷也是这里的常客。

酒楼的店主是一对夫妇，丈夫叫张贵，长得一表人才，夫人名叫翠仙，人送外号"半边仙"，为什么得此古怪的名称？原来，翠仙右脸疤痕累累，左脸却是人面桃花，那"半边仙"指的就是她的左脸。尽管她长得如此诡异，但张贵对她却是疼爱有加。

张贵现在也算是家财万贯，却不赌不嫖，只爱坐在戏园子里，听个戏儿，沏上一壶好茶，半天也就过去了。

他最爱看那个专扮小生的男子，不但人长得俊朗，演艺也十分出众，挥挥衣袖，就赢得满堂喝彩，张贵最爱结交朋友，便让戏院老板帮忙约他出来小聚，小生欣然应约，一来二去，便引为知己。

一次小生约张贵来自己家中，把酒言欢，张贵本不胜酒力，半醉半醒间，便问小生："你我相交甚久，还不知贤弟尊姓大名？"小生道："我叫如花。"张贵听了大笑："贤弟怎么取了个女儿名字？"也当是小生在开玩笑，一阵酒意袭来，便在榻上沉沉睡去……

醒来后，张贵不禁大惊失色，发现自己搂着的，竟是一个风华绝代的女子，缕缕青丝，散落枕间，再定睛一看，这个女子不是别人，正是自称"如花"的小生！最让他害怕的是，床上竟然落红点点。

对骄傲的人不要谦逊，对谦逊的人不要骄傲。 ——杰弗逊

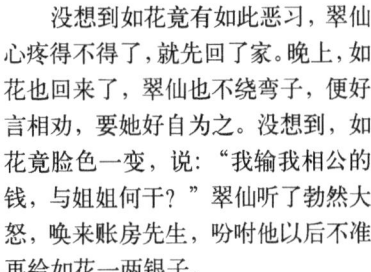

张贵后悔不已，但他是个重情义之人，不敢始乱终弃，于是回家和翠仙商量，讨小生为二夫人。翠仙闻言，如雷轰顶，但木已成舟，只好含泪答应了下来。

却说如花进门后，人也很乖巧，对翠仙一口一声"姐姐"，两人倒也相安无事。张贵看在眼里，喜在心头。

闲话少说。却说每一年，张贵都要去外地采购土特产，这一年也不例外，临行前，便把"天外天"的账目交给翠仙管理。

这天，翠仙在柜头上盘账，发现账本上的银两数目和实际银两出入太大，于是便叫来账房先生，问是怎么回事，账房先生只好如实回答："是二夫人经常到这取走银两，我不敢多言。"

翠仙不由暗自思量：如花妹妹开销如此之大，莫非碰到什么急难之事？于是，她嘱咐账房先生："你先回去吧，以后二夫人取钱，可以给她，但事后必须立即告诉我！"

没过多久，账房先生匆匆跑上楼，心急火燎地对翠仙说："大夫人，不好了！"翠仙忙问："怎么啦？"账房先生抹了一把汗，说："刚才二夫人又取走了三百两银子！""人呢？""刚刚出门！"翠仙一听急了，便叫上账房先生追出门去，不远处便看到如花的背影，只见她七拐八弯，进了京城最大的赌馆。翠仙派账房先生进去打探，过了很久，才出来汇报说，二夫人在里面赌钱，而且快输光了。

没想到如花竟有如此恶习，翠仙心疼得不得了，就先回了家。晚上，如花也回来了，翠仙也不绕弯子，便好言相劝，要她好自为之。没想到，如花竟脸色一变，说："我输我相公的钱，与姐姐何干？"翠仙听了勃然大怒，唤来账房先生，吩咐他以后不准再给如花一两银子。

次日，如花又想去赌场，便来到酒楼拿钱，没拿到，恼羞成怒回到了房中。

也道是祸不单行，正在这时，有个叫阿水的厨子进来禀报，说他要辞职不干了。这个阿水，是"天外天"酒楼的主厨，会做店里最拿手的招牌菜，他这一走，这"天外天"恐怕要塌半边了，如花心里这个气啊。

突然，她心里一动，一咬牙把手上的翡翠镯子退下，递给阿水，阿水慌了，哪里敢接？如花对他说："拿着吧，我还有件事要你帮忙。"说完，就低低地对他说了一番……

过了几天，张贵差人送信到家，说下午即可到家。如花听到后，就自告奋勇要去码头上接相公，翠仙没有拦她，就让她去了。

却说如花打扮得花枝招展，接到张贵后，却不直接回家，而是拉着他去茶楼喝茶，还说等会儿要带他去戏院里看出好戏。张贵本是个戏迷，自然是言听计从，这顿茶直喝到月上西楼，如花拉着张贵穿街走巷，最后，如花指着前面一户人家说："到了！"张贵不禁哑然失笑："开什么玩笑，这不是阿水家吗？"

这时，只见一个女子翩然而至，在阿水门口停了一下，左顾右盼，张贵也看清楚了，差点儿喊出声来：翠仙！只见翠仙轻叩门环，门开了，阿水笑嘻嘻地把翠仙迎进屋，然后"通"的一声就要关门。

张贵不由怒火中烧，大喝一声"慢"，冲上去就是一脚把门踹开，不由分说，给阿水、翠仙一人一记耳光，阿水跪在地上，吓得浑身瑟瑟发抖，翠仙却是满脸惊愕。

张贵抡起拳头就要痛打阿水，却被翠仙一把拉住："相公，你听我说好吗？"阿贵喝道："你这贱人，长得三分像人，七分像鬼，居然做出这等不知羞耻的事，休了你，也罢！"说着，他又转向阿水，"你这个忘恩负义的家伙，我要把你送到官府治罪！"

阿水磕头不止："不关小人的事，是夫人主动的，小人一时受了诱惑，请老爷饶命。"翠仙闻言，大叫道"你不是说要辞职了，白天人多眼杂，怕泄露秘密，相约晚上教我几个招牌菜吗？"

这时如花在身后冷冷一笑，说："姐姐，这地方，你不是天天晚上都来吗？"张贵大怒："贱人，我看你还狡辩！"话音未落，抬脚就朝翠仙心口

端去，翠仙惨叫一声，昏了过去，阿水趁机夺门而逃。

当翠仙醒来时，身边只剩下一纸冷冰冰的休书，地上是一摊鲜血，她摸摸肚子："我苦命的孩子啊！"顿时心如刀绞，从地上爬起来，踉踉跄跄地向外走去……

赶走了翠仙，张贵把所有的账目交给如花看管，这下如花可是老鼠掉进米缸里，想怎么花就怎么花，账房先生是敢怒不敢言。

前面说到，"天外天"酒楼的来客非同寻常，其中最显赫的人莫过于靖王爷，这个靖王爷可不是别人，他是皇上的亲弟弟，年轻时干过不少荒唐事，名声不太好，后来不知为何事竟大彻大悟，弃恶从善，像换了个人似的。更让人觉得奇怪的是，他每次来"天外天"酒楼，都只点一碗"白玉翡翠汤"，独自细品品尝。

这一天，靖王爷身着便服，来到"天外天"酒楼，点了一碗"白玉翡翠汤"，往日都是翠仙亲手端给王爷的，今天张贵特意嘱托二夫人端上去，二夫人还是第一次看见王爷，想不到他竟然长得如此风流倜傥，忍不住多看了几眼。

靖王爷看见眼前的女子走起路来，风吹杨柳，眉目含春，不由皱皱眉头："翠仙呢？""她呀，因与厨子私通，被我相公休掉了。""什么？"靖王爷听了一愣，勺子"啪"的落在

地上，摔得粉碎。他沉着脸问："张贵呢？""刚刚出去。"王爷怒气冲冲地说："叫张贵明天来见我。"说完，拂袖而去。

第二天，张贵来到王府，参见靖王爷，只见此时靖王爷一脸怒容："张贵，你说本王比你如何？"张贵"通"的跪倒在地："小人不敢与王爷比较！"

"可是就有人觉得我不如你！你还记得本王曾是个游戏风尘的京城恶少吗？"张贵的确听说过，但不敢吱声。"那时我终日沉迷于烟花巷中寻欢作乐。有一次，我来到"天外天"喝酒，看上了翠仙，那时的她美若天仙，我是真心喜欢她的，只要她点头，我愿意娶了她，与她厮守一生。

"翠仙却毫不动心，反而劝我以国事为重。一天你有事外出，我一怒之下，说等你回来，就将赐你一死。这时她转怒为笑，说要亲手为我做一碗'白玉翡翠汤'。

"她进厨房片刻，便端着一碗'白玉翡翠汤'，进门突然摔倒，整个半边脸被热汤、碎瓷片扎得鲜血淋漓，我心疼不已，上前扶她，她连忙闪避说'我已经破了相，求王爷放了我和相公，请王爷做个万民爱戴的王爷。'我刹那间明白了，她这一跤是故意摔的。"

说到此，王爷眼中落下两行清泪"这么一个三贞九烈的女子，会和

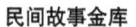

一个厨子私通吗？"张贵伏在地上，不敢抬头面对王爷。

王爷说："昨晚，我派人抓来阿水等几个人，阿水都交代了，这一切都是如花所设的陷阱——""是如花干的？""确实是如花所为！我审过赌馆老板，他给我看过一张文书，是你们"天外天"的房契，上面写的是：如花赌输了，这契就押给赌馆老板。"

张贵这下总算清醒了，他恳请王爷降罪，靖王爷叹了口气："依我本意，真想惩罚你这个不明事理的混账，可想起翠仙当年舍家舍命为了你，我想也就算了，你快去找回翠仙吧！"

张贵叩别王爷，踏上了漫漫寻妻之路。

张贵想，翠仙离开"天外天"酒楼后，最大可能是回了杭州府娘家。于是，他一路上风餐露宿，好不容易来到杭州城外，见路口有一个面馆，牌子上写着"翠仙面馆"，不由心头一酸，他想起，当初他和翠仙开的面馆，起的也是这个名字。

他进去叫了一碗面，先尝了一口汤，不由泪如雨下，没错，这味道只有翠仙才能煮得出来，她在汤料里加了荷叶，所以面特别的爽口。张贵把筷子一放，一个箭步冲进厨房，看见一个纤细的背影，他"扑通"一声跪了下来："翠仙，我给你赔罪了！"

那人缓缓转过身子，他定睛一看，不是翠仙，而是翠仙娘家的贴身丫环杏儿，杏儿见是张贵来了，满面泪痕："你来晚了，小姐已经走了！"张贵忙问："她去哪儿了？"杏儿哽咽着说："已是阴阳相隔了。"

原来杏儿那天替知府夫人出来买东西，看见翠仙昏倒在大门口，忙把她背进府内。

这翠仙本是杭州知府之女，和张贵是私订终身，因家人反对，便毅然放弃荣华富贵，私奔到京城，先是开了个面馆，赚了钱以后，又顶了个小酒馆，直到生意越做越大，买了一块地皮，盖起了"天外天"酒楼。

父母大人虽然生翠仙的气，但毕竟是骨肉之情，难以割舍，忙请来当地最好的医生给翠仙治病，可惜此番却是回天乏术道。

张贵惊问道："为什么会这样？翠仙一向身体不是很好吗？"杏儿显然被这句话激怒了，指着张贵的鼻子说："为什么会这样，就是你那一脚给踢的，母子双亡啊！"

"翠仙怀了孩子？""是的。她在临死之前，把一切都告诉了我，还教给我一种煮面的方法，让我开了这间面馆，在这里等你……"说完，泣不成声。

张贵从地上木然站起，仰天长啸："翠仙，我的好夫人，我来陪你了！"然后一头往墙上撞去……

（题图、插图：黄全昌）

逆境可以使人变得聪明，尽管不能使人变得富有。 ——托·富勒

□ 陈焕瑞

上山开饭店

不住要尝尝味道，吃完了竟咂咂嘴道："真香啊，想不到大黄牛还真有一手！"

说者无意，听者有心，这时，一个念头突然跳了出来：何不在此开一家饭店呢？大黄牛想到，虽然现在自己是挑夫的"状元"，但终究不是长久之计，年纪上去了就不能当挑夫了。

回到家中，他把这一想法说给妻子听，妻子觉得不可思议，不同意上山开饭店。可丈夫的脾气她是知道的，一旦认定的事就是十八头牛都拉不回来。但她仍是有些不放心，决定亲自上山考察一番。

第二天，她随丈夫来到九曲山的山顶，过往挑夫和行人果然不少，大黄牛特意多做了点饭，炒了不少菜，说好了一碗饭菜卖多少钱。饭菜香味传开后，许多人就围了过来，争饭的时候差点打起来，有的人交了钱还没吃到饭。这天果然赚了不少钱，比当

黄三是山里的挑夫，不但长得人高马大，而且特别能吃苦，一次总比别人多挑四五十斤，于是人们就送给他"大黄牛"的称呼。

这天，天刚蒙蒙亮，大黄牛就挑着香菇、木耳、茶油等山货出发了。由于走得快，未到晌午就率先来到了九曲山的山顶。

九曲山顶刚好是行程的一半，那里的环境不错，路边有几棵大树，一个泉水坑，旁边还有一个天然崖洞。大黄牛放下担子，从里面拿出一口小锅，到坑边洗好青菜、淘好米，然后生火造饭。等后面的挑夫们赶到时，他已做好了饭菜，有人闻见饭香，忍

挑夫强多了，这下妻子心里有了底。

说干就干，大黄牛和妻子把柴米油盐全都搬上了山，在崖洞里安营扎寨，还请了一个木匠师傅做了几把桌椅，最后"噼里啪啦"放了一通爆竹就算开了张，取了个名字叫"九曲山饭店"。开张那天生意特火爆，无论是吃素的，还是吃荤的，吃了饭的人都交口称赞："好吃！好吃！"

"九曲山饭店"很快就一传十，十传百，四下里传开了……

却说山城有个叫张贵的年轻人，开了多年的饭店，可生意一直冷冷清清，当他听到这一消息时，心里活动开了，决定到九曲山去取取经。

来到九曲山饭店，张贵吃了那里的饭菜，果然名不虚传，他顾不得抹嘴巴，就"扑通"一声跪到大黄牛面前，诚恳地说："师傅，请受弟子张贵一拜。"

大黄牛吃了一惊，未等他反应过来，张贵又从身上取出一个布包包呈给大黄牛，说是拜师礼，一定要他收下。大黄牛忙推辞说："快起来，我没什么本事，哪敢称师收徒？"

可张贵铁了心，死缠硬磨，最后大黄牛只好答应了。从做饭到炒菜，大黄牛手把手教张贵学习厨艺。

一星期之后，张贵就说学得差不多了，支支吾吾地要回去，大黄牛问他是否学会了，张贵满口答应："学会了，学会了。"然后就把师傅所讲的倒背如流，背了一遍。大黄牛听了很满意，但还有些不放心，就嘱咐张贵要多多实践，最后目送张贵下了山。

张贵回到山城后，立即请了书法协会的朋友，写了块"九曲山饭店绝招真传"的招牌，挂在饭店的正中央，然后也"噼里啪啦"放了一通爆竹。消息传开后，引来了不少围观者，都说要尝尝这真传的口味。开张那天，不断有顾客进店，不一会，店堂里就全部满座。

张贵高兴坏了，心想：出去镀了金就是不一样。

正当他打着如意算盘的时候，餐厅里忽然传来一阵喧哗声："不吃了，不吃了！"张贵赶紧过去看出了什么事，有个顾客指着他的鼻子说："这么差的手艺，还说得到九曲山师傅的真传，你哄谁呀，呸！""我，我真是大黄牛师傅的徒弟，不信你们可以去问！""大黄牛徒弟？我看你是吹牛吧！"说完，纷纷离席而走，张贵一见腿肚子发软，人差点儿瘫了下来。

难道师傅真的藏了一手？不能这样啊，收了拜师礼，竟不传授真技术，张贵想想肺都气炸了。他立即托人带信到九曲山，要大黄牛赶紧下山，不然的话跟他没完。大黄牛接到信之后开始不相信，后来接二连三接到口信，才觉得事态严重。他是个守信之人，最不愿意听到别人说三道四，于是交代妻子几句自己就下山了。

听说九曲山饭店的老板下了山，小山城沸腾了，人们从四面八方赶来，涌到张贵的饭店，都说要亲口尝尝大黄牛师傅的手艺。大黄牛也不敢掉以轻心，不但刀功、火功要自己掌控，就连淘米、兑水、放盐等一些小事都亲自动手。

大黄牛动作娴熟，很快厨房里便一盘一盘的端出菜来。

然而，饭厅里一开始还窃窃私语，到后来像煮开了饺子似的议论开了，客人们尝尝，摇摇头，再尝尝，又摇摇头，最后都放下了筷子……

"你这个骗子！"张贵不知从哪跳了出来，指着大黄牛骂起来，刚才还师傅长、师傅短的，一会儿工夫就反目为仇了。

"哈哈……"这时一位长者站出来，一手拦住张贵，一手招呼大家静一静，"你们冤枉大黄牛师傅了，我吃过他山上炒的菜，也吃了他在这里炒的菜，我觉得口味完全一样，至于你们吃得没味道，那是另有原因的。"

"什么原因？"顾客们惊讶地问道。长者说："因为你们到达九曲山山顶时，都走了几十里的山路，胃都淘空了，非常饥饿，所以，吃什么都会觉得香甜可口。而现在呢？你们一天大吃小吃十几顿，哪里还有什么胃口啊！你们想一想，是不是这个理？"

哲学先生评曰：这故事让我想起了经济学中的一条重要规律——"幸福递减律"，其主要内容是说，一个人的幸福感并不随其所占有的财富增加而增多，相反，他拥有的物质越丰厚，从物质中所得到的幸福感会逐渐减少。正因为此，在山上吃饭的人，很容易得到满足；而城里人的口味却相对比较"刁"。而中国传统哲学中所说的"过犹不及"、适度为美，说的也是这个道理。

（题图：安玉民）

《小方寸大财富——珍邮奇闻录》

方昭海 方 晓著

讲述集邮故事——曲曲折折，悲悲喜喜，扣人心弦，令人扼腕。介绍珍邮知识——历史跨度大，涉及品类多，使人开眼界。传授投资秘诀——细分邮品收藏价值，指点迷津，操作性强。内有五十余枚珍邮彩图，附最新各类邮品参考价。邮票是小市民的股票，上世纪八九十年代，邮市上曾产生过不少快速致富的神话。今天只要你掌握了这方面的知识和信息，拿出眼光和胆略，照样能在邮票一小方寸中觅得大财富。

几天前，他在老房子里惊喜地看到墙上有儿子的自画像，房主也笑容可掬，可几天后，对方竟说不认识他，更矢口否认墙上有画，而且不让他进屋……

儿子的自画像

□ 钱 岩

1. 睹画思亲人

董汉光今年四十五岁，是城里送煤的师傅。他整天和煤打交道，蹬了个三轮车，走东家，去西家，长年累月，风吹日晒，人显得又老又黑，于是无论老少，都喊他"老董"。虽说如今城里液化气、天然气越来越普及，但烧煤的人家还是有的。老董为人忠厚，从不卖劣质煤，价钱公道，服务周到，客户越来越多。老董为了方便客户，专门配了个小灵通，客户一没煤了就打电话来，老董几乎是随叫随送。

这天不知怎的，到了傍晚，老董的一车蜂窝煤还没卖完。正愁着呢，

小灵通叫了，有人要他送煤到老城区裤子巷5号。老董听了这地址，心别的一跳：裤子巷5号，这可是他原来的家啊！

三年前，老董的儿子得病，为了筹钱给儿子治病，他把自家的房子卖了，一家就在郊区租了一间小屋。可是卖了房子，儿子最终还是走了。儿子走了，妻子因悲伤过度也病倒了，从此裤子巷5号就成了他的一块伤心地。老董本来是不想去的，可是望着车上这么多还没卖掉的煤，他一咬牙，蹬着车子上路了。

来到老城区裤子巷5号，望着那

熟悉的门楼，老董的心就酸了。给老董打电话的是一位姓金的年近古稀的老伯。金老伯说，他是听人说老董人好煤好价钱公道，才要来电话号码让他送煤的。

老董按金老伯要求把煤搬进厨房。一踏进屋，老董十分惊愕，屋子竟然还保持着他原来住时的模样。金老伯告诉他，房子是他为儿子买的，儿子三十好几了，还没结婚。他是倾其所有，买了这二手旧房。可他儿子竟不屑一顾，梦想赚大钱，买大房新房，所以这房子买下后就没装修。

老董当时急着筹钱给儿子治病，房子是卖给房产公司的，至于最后谁住进来，他一点也不知道。老董听了金老伯的话，感叹道："可怜天下父母心啊，老人家，你儿子敢想买大房新房的，肯定是做大生意的吧？"

金老伯苦笑道："狗屁大生意！"他说他儿子原来在一家汽车厂上班，好好的工作硬是辞了。现在他也不知道儿子在外面鼓捣什么，十天半月不回家是常有的事。老伯靠退休金生活，他所以不烧液化气要烧煤，也是为儿子攒点钱，因为烧煤比烧液化气每月至少要省二三十块！

金老伯把老董剩下的煤都要了。在经过儿子原来住的房间门口时，老董忍不住把头伸进去看了一下，谁知这一看，老董就迈不动步了。他望着贴在墙上的一幅画，眼泪禁不住"哗"流了下来。

这是他儿子董平在世时画的一幅自画像！儿子生前爱好美术，去世前，他哭着闹着逼着父母把他的照片、写的字、画的画全烧掉。老董流着泪满足病中儿子的要求，他明白儿子的心思，儿子是怕在自己"走"后，父母睹物思人，伤心过度，烧了照片、字画，父母就能更快地忘了他。可是儿子哪里懂得：子女是父母心头的肉呀！你烧了照片、字画，就能烧去父母的悲伤和牵挂？

老董做梦没想到，老房子卖掉三年了，儿子贴在墙上的自画像还保留着，你说，他能不激动得热泪盈眶？

金老伯见老董站在画像前，抚摸着画，泪流满面，不禁感到惊奇，忙问："董师傅，董师傅，你这是怎么了？"

老董这才发觉自己失态了，他抹干眼泪，然后对金老伯说了他就是这房子原来的主人，这墙上贴的是他死去的儿子的自画像，刚才太激动了，一下就没能控制住自己的情绪。他一再感谢金老伯把他儿子的画保存了下来……说到这儿，老董哽咽得说不下去了。

金老伯听了，感慨地说："我住进来的时候，见到墙上贴着一张旧报纸，揭开一看，里面有张画，我蛮喜欢这画中的孩子，所以就把它保存了下来，没事看看，心里就感到喜悦、舒

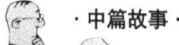

坦！"

老董泪眼汪汪地看着金老伯，求道："老伯，你能不能让我把这幅画取下来带回家？这样，我们夫妻俩就能天天和儿子在一起了！"说着就要从口袋里往外掏钱，作为对金老伯的酬谢。

金老伯一把推开老董的手，生气道："这本来就是你儿子的画像！你取下带回家吧，也算是物归原主了。你给我酬金，这不是打我耳光吗？"

老董听了，流着泪一个劲说"谢谢"。可是等他上前揭画，傻眼了，那幅画牢牢黏在墙上揭不下，如果硬揭，准会把画揭碎。

金老伯见了，一拍自己的脑袋，自责道："这都怪我，这都怪我！当初我怕画被风吹掉，特意用胶水把它牢牢黏在墙上。看来你要揭肯定是揭不下来了。"

老董急得嘴里一个劲地嘟哝："这可怎么办呀？"

金老伯道："没办法，那就让它贴在墙上，硬揭会让它撕坏的。你放心，我一定会帮你把画保存好，你什么时候想来看看就来看看。要不你就改日带个相机来把画拍下？"

老董当然舍不得把儿子的画撕碎。他觉得带相机把儿子的画拍下来不失是个好办法。于是，他走上前，紧紧拉着金老伯的手，千叮咛万嘱托道："老伯，你可一定要帮我好好保管好我儿子的画像呀！"

2. 失画落魂魄

老董的妻子本来就体弱多病，儿子的去世，几乎把她击垮，直到现在，精神还经常恍恍惚惚的，不能受刺激。老董回家后，没敢把他今天的事告诉妻子，他怕妻子知道了，会天天往人家家里跑，哭哭啼啼地打扰了人家。老董也没用相机把儿子的画拍下来，他怕妻子看了会追根究底。几天来，这事一直在他脑子里萦绕，弄得他吃不好睡不好，一想到儿子的画像还贴在人家墙上，一看到妻子那失神的眼睛，老董心里就酸酸的，想哭。

这天夜里，老董做了一个梦，梦见儿子的画像自己跑回来了。老董吃惊不小："咦，儿子，你不是贴在人家墙上，怎么自己跑下来了？"儿子一下就扑到老董怀里，号啕大哭："爸爸，我不想呆在别人家里，我好想你们。于是我就拼命地挣呀挣，最后把墙皮挣脱了，终于跑了下来。"老董一看儿子背后，果然挂着墙皮。儿子从老董怀里抬起头，流着泪问："爸爸，你们不会不要我了吧？你们不会再把我送回去了吧？"老董听了，就紧紧搂住儿子，老泪纵横："傻儿子，爸爸怎么可能不要你呢？爸爸怎么可能把你再送回去？从此我们一家人永不分离……"

梦醒后，老董发觉自己脸颊上挂满泪水。梦中的事不是真的，其实老

董多么希望这梦就是真的。不过，这个梦倒提醒了老董：儿子的画像黏在墙上揭不下来，那就把儿子的画连同墙皮都剥下来，然后再把损坏的墙壁修补好就成了。老董觉得这个办法行，他觉得金老伯是个很和善、富有同情心的老人，只要自己开口，他肯定会同意的。于是，这天傍晚，他拎了一兜水果，来到金老伯家。

可是，让老董万万没料到的是，当他敲开门，笑嘻嘻地向金老伯问好，并说明来意时，金老伯竟惊慌失措地说他不认识老董，更矢口否认他家房间的墙壁上贴着老董儿子的画像，而且不让老董进屋。

金老伯态度大变，让老董吃惊不小，他不明白，才几天，老伯怎么什么都忘记了？老董不顾金老伯的阻挡，硬挤进屋，冲进儿子原来住的房间，只见原来贴儿子画像的墙上贴了一张报纸。老董心顿时一沉，上去一把扯去了报纸，天哪，儿子的画像不见了！贴儿子画像那地方的墙皮也都给剥了！

老董手里攥着报纸，脸上青筋暴起，冲着金老伯嚷道："我儿子的画像呢！我儿子的画像呢！"

金老伯站在一旁紧张得两腿直打哆嗦，结结巴巴地嘟哝着："这儿、这儿没有你、你儿子的画像，这、这墙原来就是破的，我贴张报纸是、是为了遮丑……"

听金老伯这么说，老董急得一把拉住他，几乎是带着哭腔哀求道："老伯，这是怎么回事？请你告诉我呀！那天我送煤到你家，亲眼看到我儿子画像就贴在这儿！我想把它撕下来，当时你也同意了，只是黏得紧，揭不下……老伯，你说过你会把我儿子的画像好好保存的，什么时候我想来看就来看，还要我带相机把画像拍下来。这些、这些你都不记得了……"

金老伯脸色苍白，嘴哆嗦着，两

眼闭着，任凭老董摇晃，就是不说话。

老董见老伯不开口，就"扑通"一声，跪在了他的面前，泪流满面地说："老伯，这可是我儿子留在世上唯一的一张画像啊。自从儿子没了，我妻子想儿子快想疯了，她常常抱着儿子的衣服和鞋子，喊着哭着，成天不吃不喝，如果有了儿子这画像，那就好比儿子在身边，那我妻子就不会天天捧着儿子的衣服鞋子了……老伯，你告诉我，我儿子的画像到底被谁揭走了？他为什么要揭走我儿子的画像啊……"

两行浊泪终于从金老伯脸上流了下来，他用手抹去泪水，然后就弯腰来拉老董："董师傅，别哭了，起来，快起来……"

老董道："老伯，你今天不告诉我，我就不起来！你老人家一定知道我儿子的画像怎么不见了，你告诉我呀，你不告诉我，我死不瞑目！"

"唉，"金老伯叹道："董师傅啊，这事儿不知道真相痛苦，知道了真相其实更痛苦！好，董师傅，你起来，我告诉你，你儿子的画像，夜里让人偷了！"

老董惊得嘴巴张得老大："什么！我儿子的画像让人偷了？"

金老伯说："我不骗你，真的让人偷了。昨天画像还好好的呢，早上起来就不见了。人上了年纪，记性不好，肯定是我昨晚睡觉前忘了插门。只是没想到，这小偷进屋来怎么把墙上你儿子的画像也偷了？我吓坏了，知道你肯定要来，来找我要儿子的画像，所以刚才我不承认，是怕承担赔偿责任。唉，可这事怕也不行。这样吧，你说个价，我赔……"

老董还是一脸疑惑："小偷偷了我儿子的画像？这是一个孩子的画像，又不是值钱的名画！为什么呀？为什么……"

3. 赎画难筹钱

很快老董就知道为什么了。第二天，老董接到一个陌生男人的电话，他告诉老董，他儿子的画像在他手中。

老董听了，既兴奋又紧张，忙对着电话喊道："这位大哥，你叫什么名字？你现在在哪儿？求你做做好事，把我儿子的画像还给我……"

那男人口气阴冷地说："你问我叫什么名字、住在哪儿干什么？你儿子的画像当然是要还给你的，我留着它有个屁用！只是，就这么还你？"

老董听了，忙答道："你把我儿子的画像还给我，我给你报酬，我给你报酬！"

那男人得意地说："这还差不多。你准备给我多少？"

老董一咬牙，说："你把我儿子的画像还给我，我给你——两百块，两百块！"

那男人听了，"嘿嘿"怪笑起来："两百块？亏你说得出口！你在打发叫花子是吧？"

老董急得大叫道："什么？两百块钱还嫌少？你有没有搞错？小孩子的一幅画，又不是什么值钱的名画！"

那男人继续不紧不慢、阴阳怪气地说："我当然不会搞错了。的确，你儿子这画，在别人眼里一文不值，擦屁股都嫌纸脏呢！可在你眼中，它可比什么名画都值钱啊！你说是不是……"

老董听了，肺都要气炸了："那你说，你想要多少钱？"

见老董发火，那男人反而乐了："兄弟，别沉不住气好不好！好，我也不多说，你给两万吧。我会把你儿子的画重新裱一下，再装一个框。你别心疼，你儿子的画就值这么多！"

老董惊得手中的小灵通差点儿掉到地上。两万块，这对老董来说，可是个天文数字啊！

见老董长时间不说话，那男人显然是生气了："你想不想要你儿子的画？不想要你就哼一声，我立马就把它扔到粪坑里去！"

老董急忙哀求道："我要，我要！你千万不能把画扔到粪坑里。只是、只是两万块钱我是实在拿不出啊！大

哥，你能不能行行好，少要一点？"

"唉，碰到个穷鬼，真是不爽！好吧，那就少要一点，不过最少也得一万。给你一段时间准备准备，到时我再给你打电话！"说完那男人就挂了电话……

一个星期很快就过去了，老董再也没接到那男人的电话。老董在等待中显得既着急又紧张。他是真的没钱，如果有钱，为了要回儿子的画像，他是不在乎的。

老董清楚：那男人会再给他打电话的，但他一来电话就会要钱，看来，要得到儿子的画像，只有想法子筹钱了，可到哪里筹钱去呢？老董急啊！这几天，他每天送完煤，不管多累多晚，他带上几只蛇皮袋，坚持再捡些废品，这多少都能卖些钱。

这天，天都黑了，老董吃力地蹬着三轮车往回走。每遇到一个垃圾箱，他就停车去翻一翻，捡些纸盒、饮料瓶之类的废品。当他来到城东镜湖边，在一棵歪脖子垂柳下的垃圾箱捡废品时，掏出了一个黑塑料袋，打开袋子，里面有一只纸盒。借着昏暗的路灯亮光，他打开了纸盒，一看，顿时惊得目瞪口呆：纸盒里捆着五扎百元大钞。一扎一万元，五扎就是五万元！

老董紧张得双手哆嗦，心儿"怦怦"乱跳。他稍稍镇定一下，悄悄地

用手捻了捻钞票，凭感觉，他知道这些钞票都是真钞。老董想起几天前在晚报上看到的一则消息，说黑龙江大庆市一位清洁女工，在垃圾箱里捡到五千美金的事。这时老董没去想这垃圾箱里哪来这么多钞票，也没去想报警，他只想有了钱，他就能收回儿子的画像了。他高兴得想哭。这钱，说不定就是老天爷可怜他，送给他的礼物！

老董匆匆忙忙把装有钱的纸盒放进一只蛇皮袋里，他不敢把它放到车上，就抓在手中，搁在车把上，蹬着车往回赶……

4. 得画喜上眉

老董飞快地蹬着车，一会儿脑门上就渗出了汗水，眼看再有几分钟，就要到家了。突然身后传来"呜呜"一阵摩托车声，他下意识地转过头，就在这时，骑车人加大油门冲上前来一把夺下老董手中装有五万块钱的蛇皮袋，飞驰而去。事儿来得突然，老董毫无防备，人差点儿从车上摔下来。他惊恐地喊道："不得了啦，抓……"可"强盗"两个字还没喊出，他就闭了口，抓什么强盗？这钱本来就不是他的呀！这下，老董想喊又不敢喊，想追又追不上，只好眼睁睁地看着那人抢了钱一溜烟消失了。

到手的五万块转眼飞了，老董懊恼极了。但他怎么也想不通：那人为什么要抢他装垃圾的蛇皮袋？难道他知道自己捡了五万块钱，并且就装在那蛇皮袋里？这么一想，老董不禁打了个寒噤：难道这一切都是歹人设计的圈套！先让他捡钱，再从自己手中夺走……哎呀！幸亏他没把钱交给警察，要不得罪歹人，就惹祸上身了……天哪，老董越想越后怕。

老董由于受了惊吓，加上夜里睡不着，反复起床着了凉，第二天就发烧生病了，这是老董送煤这么多年，第一次自己给自己放假。他躺在床上，思前想后的，就在这时，老董口袋里的小灵通响了，掏出来一看，号码不熟悉，老董心里敲开了鼓：是那个偷画像的小偷打来的，还是抢走五万块的强盗打来的？老董哆哆嗦嗦打开电话，一接才知道，是那个金老伯打来的。金老伯在电话中要老董马上上他那儿去，说有要事相告。老董无力地告诉他，说自己生病了，有什么事就电话里说吧。金老伯说："就是电话里说了，董师傅你还得要来，关于你儿子画像的事！"

一听是关于儿子画像的事，老董一骨碌从床上爬起来，也顾不上自己正在发烧，推出三轮车，跨上就往裤子巷蹬去。

金老伯立在门口，见老董来了，就笑嘻嘻地迎了上来。老董还没跳下车就忙不迭地问："老伯，难道我儿子的画像……"

金老伯把老董让进屋，笑道："是这么回事！今天早上起来开门，发现门缝里有一张纸，拿出一看，你猜怎么着，竟是你儿子的画像！哈哈，准是小偷觉得没用，又把它送回来了！"

老董接过金老伯手中的画像，激动得双手直打颤，但他不相信是小偷送还的。他心里明白，偷走他儿子画像的那贼，贪心很大，他怎么可能白白放弃一万块钱把画像送回来？

老董对金老伯说："谢谢你，谢谢你让我重新看到了我儿子的画像。只是、只是你老没有和我说实话，这画像根本就不是小偷送回来的。"

金老伯一下显得有些尴尬，嘴里一个劲地说着："是、是小偷给送回来的，我、我骗你干什么呢？"

老董猜想，在儿子画像上，金老伯一定有难言之隐，于是就把那个男人打电话给他，勒索他两万块的事说了。金老伯听了很是吃惊"两万块？你答应了？"

老董苦笑道："我哪有这么多钱啊！后来我苦苦哀求，那家伙才松了口，但最少要一万块。说给我这穷鬼一段时间准备准备，到时不给，就把我儿子的画像扔进粪坑！这几天，为了筹钱，我都快愁死了。"

老董话音刚落，金老伯就捶胸顿足叫道："这畜生，把我这老脸丢尽了……"

老董忙问这是怎么回事？金老伯长叹一声："唉——董师傅，本来家丑我是不想外扬的。其实你儿子的画像不是什么小偷偷了，而是让我儿子揭下来的。"

原来，就在老董第二次上金老伯家的前一天，金老伯的儿子金斗回来了，金老伯就把老董来送煤，认出墙上贴的画是他儿子自画像的事跟金斗说了。"可怜天下父母心啊，"金老伯对儿子说，"那个董师傅，一个大老爷们，一见到儿子的画像，竟然眼泪一把鼻涕一把哭得像个孩子。还有他老婆，想儿子快想疯了！"金斗听父亲这么一说，顿时眼放金光，笑道："老爸，这下我们发财了。你想，我们要是把他儿子这画像揭了，利用他们对儿子的感情，敲他一大笔还不是稳的……"

"你这说的是人话吗？这不是往人家伤口上撒盐？"金老伯高声打断儿子的话，生气道，"金斗，告诉你，记好了，人活在世上，缺德的事不能做！"

金斗对父亲有"钱"不挣很是不屑。夜里，趁父亲睡着了，用刀偷偷地把画像从墙上铲下藏了起来。早上金老伯起床，发现墙上的画像不见了，再看，儿子也不见了！金老伯清楚，画像肯定是让儿子揭走了，儿子揭走画像，敲诈送煤的董师傅去了！

金老伯心里很难过，但又觉得家丑不能外扬，就昧着良心对老董说，

画像让小偷偷了。但老伯没想到这王八蛋儿子，竟狮子大开口，要人家两万块！

昨天晚上，心情不好的金老伯在家整理旧物，无意间在一堆旧书中发现了老董儿子那画像，原来金斗把它藏在这儿了。金老伯怕儿子突然回来夜长梦多，所以一早就给老董打电话，让他来取回他儿子的画像。

老董激动得眼泪都下来了，摇着金老伯的手，不停地说谢谢。金老伯叹道："谢什么谢呢！儿子不争气，还望董师傅你多多包涵……"

老董怀揣着儿子的画像，蹬着三轮车走在回家的路上，心情快活极了，病也好像早就没了。看天，天格外的蓝；看树，树格外的绿。老董边蹬车边哼着小曲儿，正蹬得欢快时，突然从路边冲出几个人来，一下子把他摁在地上……

5. 蒙冤遭拘捕

开始，老董还以为遭到歹徒袭击，就拼命叫喊"救命"，等到抓他的人亮出身份，才知道擒他的是警察。一向忠厚老实的老董，警察为什么要抓他呢？

原来问题就出在老董昨天从垃圾箱里捡到的五万块钱上。那钱不是有人

家就是城堡，即使是国王，不经邀请也不能擅自入内。——爱默生

当垃圾扔掉的，而是有人特意放进去给绑匪的。放钱的人就是花鸟市场专门卖鹦鹉的牛大大的遗孀何美丽。

这何美丽的丈夫牛大大不久前出车祸死了，后来，保险公司赔付给她一大笔钱。何美丽有个儿子，叫牛小小，今年七岁，上小学一年级。丈夫死后，何美丽发誓：一定要把儿子培养成人。本来牛小小上下学都是何美丽接送的，可前天何美丽因为有事迟了一会，却没接到孩子。何美丽正着急时，接到了一个电话，接了电话一听，如雷轰顶：牛小小让人绑架了！

绑匪在电话中恶狠狠地警告何美丽：如果想要儿子活命，就不准报警，不准告诉任何人！让她用五万块钱赎儿子！儿子是何美丽的命根子啊，她一口答应了绑匪的条件，只要求绑匪千万不要伤害她儿子。第二天，绑匪一会儿让她跑城南，一会儿让她到城北，一直折腾到晚上，才让她把钱放到城东镜湖边，一棵歪脖子柳树下的垃圾箱中。何美丽放了钱后，就悄悄躲在一旁看。她看到了老董来到垃圾箱前，拿了钱走了。何美丽刚想上去问，却接到绑匪电话，不许她上去，让她马上到城南"麦当劳"快餐店门口去接儿子。何美丽听了，急忙打的赶到城南"麦当劳"快餐店门口。可是，找遍了附近角角落落，也不见儿子的影子！何美丽这下慌了，这才想到去报警……

发生了绑架案，警方立即行动。可是由于事主没及时报案，错过了抓捕犯罪分子的最佳时机。查查犯罪分子的手机，发现是使用假身份证买的，唯一重要线索又断了。警方分析犯罪分子得到了赎金却没放人，看来孩子是凶多吉少了。

何美丽一下急疯了，她跑大街走小巷，到处寻找她的孩子。无意间，她突然看到哼着小曲、喜气洋洋的老董蹬着三轮车，笃悠悠走在回家的路上。何美丽开始不敢相信这是真的，确信这个人就是昨晚从垃圾箱里取走她那五万块的绑匪，于是就赶忙打电话报警……

老董得知自己被当作绑匪，魂都吓飞了，不停地喊冤："同志，我冤枉啊，我可不是什么绑匪！我只是一个送煤的，顺便捡些破烂。昨天，我是从垃圾箱里捡了五万块钱，可还没到家就被人抢走了。我承认自己贪心不对，不过，我真的不知道那钱是绑匪叫人放在那儿的啊，要是知道，我肯定会报告警察，打死我也不会往家拿的呀……"

警察问："你说你捡了那五万块让人抢了？我问你，抢走你钱的那人长什么样子？"

老董说："那人骑摩托车从后面突然冲上来，一把就夺走我那装钱的蛇皮袋，等我反应过来，他已跑得没了踪影，根本没法看到他长什么模

样……"

警察问:"歹徒穿的是什么衣服?骑的是什么牌子的摩托车?摩托车是什么颜色?还有,牌照是多少?"

老董哭丧个脸,说道:"歹徒穿的好像是一件蓝颜色的夹克衫,什么牌子、什么牌照的车,我、我根本没看清。模糊记得车子颜色,好像是黑颜色,不,可能是红颜色……不过,我敢肯定:那绑匪戴的头盔是红颜色的!"

警察生气道:"那人抢了你的钱,你为什么不追不喊?还有,为什么你被抢后不立刻报警?"

老董尴尬地低着头,苦着脸小声

道:"那钱本来就不是我的啊,我想喊却发不出声。报警?那就更是不敢了,我现在越想越觉得这事是绑匪设的圈套……"

警察听了,一个个气恼得直摇头:"糊涂,糊涂!"

人民警察当然不会放过一个坏人,但同时也不会冤枉一个好人。经过警方调查,确信老董没撒谎。老董很快就被放了,只是警方叮嘱他,一旦发现犯罪嫌疑人,就立即和警方联系。谁知警察让老董走人时,他突然不走了,哭喊着:"我的画呢?我儿子的画像不见了!"

6. 善恶终有报

原来警察在对老董作必要的搜查时,一个年轻的警察从老董怀中搜到一幅画,以为没用,就随手丢到了纸篓里,还好,画像还在,而且一点儿也没有损坏。老董揣好画,在回家的路上,他花钱把儿子的画像裱了一下,还镶了一个精美的镜框。妻子见到老董带回来的儿子画像,激动得把画按在心口,又摸又亲,嘴里不停地唤着"平平,平平",大哭了一场。不过自从见着了儿子的画像,妻子的精神一下子好了许多。

见妻子病好转了,老董心里高兴啊,就觉得他应该好好去谢谢金老伯,帮他把墙修修好。老董以前干过瓦工活,这天,他就带上工具和一些水泥、石灰什么的，来到了金老伯家。

金老伯见老董来帮他修墙，高兴得立马要上街去买酒买菜，留老董吃饭。老董阻止了他，笑道："你老千万不要客气，这一点点小活，我一会儿就弄好了，弄好后我还要去送煤呢！"老董很快把破损的墙壁粉砌好后，说："老伯，过两天，等这墙壁干了，我再来给你涂上涂料，就和其他地方一个样了！"

老董临走前要把地上的垃圾顺便带走，就让金老伯去找个没用的袋子来。金老伯找来了一个蛇皮袋。老董接过蛇皮袋，正要往里装垃圾，突然愣住了，心说：这不是我用来装五万块钱的蛇皮袋吗？这蛇皮袋上有自己用毛笔写的一个大大的字母："D"，那是他董姓的第一个汉语拼音字母！

老董惊疑地问金老伯"老伯，你从哪儿捡来这蛇皮袋？"

金老伯笑着说："呵呵，不是捡的，几天前我儿子装东西带回来的。我没舍得扔，果然今天派上用场了。"

老董紧张地问："你、你儿子带回来的？那、那你知道不知道，你儿子用它装了什么？"

金老伯叹道："唉，不知道。他的事不让我管，我想管也管不了。"

"你儿子是不是骑摩托车回来的？他的头盔是不是红色的？他、他是不是穿的蓝色夹克衫？还有……"老董一口气问上一连串问题。

"我儿子是骑摩托车回来的，的确戴着红色头盔，穿的是蓝色夹克。咦，董师傅，你怎么这么清楚？是不是他去找你要钱了？这个畜生！"金老伯说着说着生气了。

老董忙掩饰说："不是，不是，他没找我要钱呢。我们不认识，只是问问。嘿嘿，那天在街上看到一个小伙，穿着夹克，骑着摩托，长得像你……"老董嘴上是这么说，可他的心儿怦怦狂跳：天啦！抢走我钱的绑匪，原来就是金老伯的儿子——金斗！

老董这下可矛盾了：我该怎么办？是不是报警？我要是报了警，警察抓了金斗，我咋对得起金老伯？金老伯是个好人啊，难道要让他老年丧子？可要是不报警，那金斗这恶人不是就要逍遥法外了……

"儿子，我的儿子……"老董耳边仿佛听见了何美丽那一声接一声悲痛绝望的呼唤。老董又想到儿子死时，妻子也是这样悲痛的呼唤，老董眼眶湿润了！

由于老董的报警，警方很快就抓到了金斗。在警方的强大攻势下，金斗的心理防线崩溃了！他承认因为赌博，欠下了一大笔债，于是铤而走险，绑架了何美丽的儿子牛小小，勒索了五万块钱。更令人发指的是他为了灭口，竟残忍地杀害了牛小小！

金斗罪大恶极，自己把自己送上

断头台。老董是从报纸上知道金斗被处决的消息的，这些天来，老董一直不敢去见金老伯，现在金斗被处决了，他觉得应该去看看金老伯，他要骂就让他骂，要打就让他打，这样心里才会好受些。

老董来到裤子巷5号，吃惊不小：金老伯已经把房子卖了，赔了受害人，自己生病住进了医院。老董急忙赶到医院，多日不见，金老伯像换了个人，虚弱得像一张纸。医生无奈地告诉老董，金老伯已无意求生，不肯配合治疗。老董上前，"扑通"跪在病床前，拉着金老伯的手，哭着向他谢罪，求他原谅。金老伯有气无力地说："董师傅，你不要自责，你没做错，我怎么会怪你呢！我要是早知道

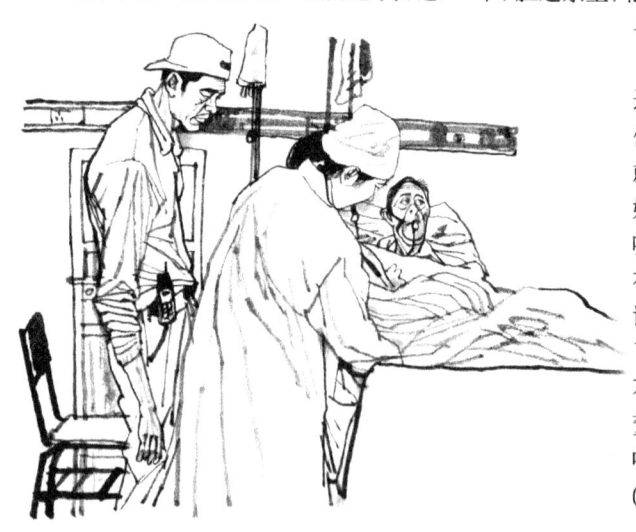

这畜生犯了这天大的罪，也会把他交给政府的……只是，只是，儿子没了，在这世上我没亲人了，觉得一个孤老头活着没意思了……"

老董流着泪说："老伯，你不能这么想。还有我呢，如果你老人家不嫌弃我穷，不嫌弃我没本事，我给你当儿子……"一行热泪从金老伯的眼眶里流了出来。金老伯望着老董，辛酸地说："这怎么可能呢？我姓金，你姓董，再说，我怎么有福气，有你这么好的儿子……"

老董听了，紧紧地把金老伯的手抓住放在自己的胸口，然后响亮地喊了一声："爸——"

金老伯病好后就被老董接到家里，他真的把金老伯当父亲，殷勤侍奉，胜过亲生，他还把自己的姓改了，也姓金。

如今，老董还在送煤，只是人家再喊他"老董"时，他马上就更正说，他现在不姓董，姓金了，以后要喊就喊他"老金"吧。有的人不明白内情，说老董这么大岁数了，还改姓？姓金，是不是想发财？问老董，老董不说，只是嗬嗬地笑。

（题图、插图：杨宏富）

悲剧故事

　　本书所收10则故事是从《故事会》刊登的数千同类作品中精选出来的，主人公的遭遇构成了凄怆感人的故事情节，主人公的命运牵动人心，主人公悲惨的结局更令人心颤。

喜剧故事

　　从《故事会》"幽默世界"栏目中精心挑选成集，按内容分为：谐趣篇、巧计篇、戏谑篇、讽刺篇、荒诞篇、沉思篇。本书的特点是：(1)现代感强。作品均是反映当代生活的各类题材；(2)短小精悍。作品长不过千余字，短只有三四百字，言简意赅，内容丰富。

恩仇故事

　　构成恩仇的因素是多方面的：由爱变恨，由恨成仇；以怨报德，恩将仇报；忘恩负义，寻仇报复；亲人之间，恩怨仇杀……本书这9则中篇恩仇故事矛盾冲突尖锐复杂，有很强的可读性。

怨女故事

　　这是一本关于悲怨女人的故事书，54则作品分为"大祸从天降、魂系狼窝口、扭曲的灵魂、水火当有情、红颜怨恨天、情谊伴君行、三女抗争记、情歌绝唱对、亡灵的哭泣、山村血泪情"等10个篇章。

阿P故事

阿P是一个社会群体的缩影，他独特的对事对人的处理方式，使这些故事充满了情趣。不过洋相百出的阿P，他的内心世界又是复杂的，他的所作所为留给读者的思索是多层次多元化的。阿P故事不仅仅是消遣作品，还有着揭示社会矛盾、启迪人生和思考未来的认识和教育作用。

滑稽故事

滑稽是一门引人发笑的艺术，被称之为生活和艺术中一种特殊的"调味品"。本书所选故事均取材于社会生活，作者想象力丰富，倾向性鲜明，作品内容极具口传性，诙谐色彩浓郁，是人们茶余饭后上佳的精神伴侣。

芝麻官故事

芝麻官故事旨在全方位地展示这一特定社会角色的思想境界和人格境界。他们或两袖清风，为民请命；或贪赃枉法，假公济私；或昏庸糊涂，装腔作势；或廉洁奉公，兢兢业业。由于他们同老百姓的距离最为接近，因此他们的故事就更具现实意义。

打赌故事

古今中外73则打赌吹牛故事，按内容分为"逗趣、斗智、惹祸、戏丑"等四大类，多为表现人们的诙谐与机智，有的立意鲜明，寓有讽刺味，而较多的则是娱乐与逗笑。

我算一个

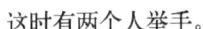

这时有两个人举手。

市长问：“怕死吗？”一个人答："不怕。"另一个人答："怕。"市长说："怕？！就赶快放下你的手。"对方说："没任务的时候怕，有任务就不怕。"

市长问："这里有谁熟悉105巷井？"有一个人举了手。市长说："好。你们三个人，请出列。"

三个人站到了队列前。

市长开始向大家喊话："我现在需要10个人下到105巷井，打通它和107巷井的通道，把被困的251名矿工引出地面。但我如实地告诉大家，105巷道随时有可能被水淹、坍塌和引起瓦斯爆炸，而且成功的可能只有十分之一。也就是说，我们十有八九是去送死，愿意下井的人请举手。"

空气一下子凝固起来，没有人举手。"用10个人十分之一的成功可能去换251个矿工的生命，我认为值得。"市长举起右手说，"我算一个。"

短暂的沉默后，有很多只手高高地举起。

市长一时无法选择，他命令道：

次，某市有个重点煤矿淹水了，有251名矿工被困在编号为107的巷井里。

时间不等人。救出受困矿工的唯一的办法是：组成一个10人抢险队，从一条被废弃的105巷井进去，打通和107巷井的交汇处，把矿工们引出地面。但这样做很危险，因为：一、105巷井也有可能会渗水被淹；二、废弃已久的105巷井随时有坍塌的可能；三、可能会引起瓦斯爆炸。而且，这种解救方案成功的可能只有十分之一。

担任矿难事故营救总指挥的是该市市长。市长面向众人，问："有谁熟悉井下作业？"

"20岁以下的把手放下。"

陆续有一些手不情愿地放了下去。

"45岁以上的把手放下。"

"妇女把手放下。"

"是独生子女的把手放下。"

市长一次又一次地下命令，终于筛选出包括市长在内的10个人。

市长说："家庭有困难，或老婆小孩生病的，请立即告诉我。"没有人出声，但人群中有不少人走到市长面前，要求替换他。

市长没有答应。他转过身，走到一边，给已经失去母亲的女儿打电话："女儿，老爸今天不能给你过生日了。老爸要去执行一项重要的任务，可能很晚才能回家。如果有什么事，你可以去找小田阿姨或小叶阿姨，她们会照顾好你的。"

之后，市长把手机交给手下人，说"算是我留给女儿的纪念吧。"

这次矿难营救十分成功，除了两名矿工在解救人员到达前被淹死外，其余249名矿工全部被救了出来。此外，营救人员中只有走在最后面的市长和一位非要跟着他下井的女记者因为矿井坍塌被困井下……

我为这个城市有这样的市长而深深感动，我长久地没能从这个电视剧的情节回到现实中来。

（作者：西 西；推荐者：张志国）

（题图：安玉民）

《红色天网》

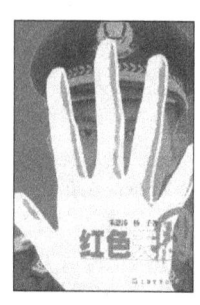

本书是作家朱恩涛、杨子继长篇小说《公安局长》之后精心打造的又一部反腐力作，也是内地第一部正面描述中国国际刑警跨国追捕金融诈骗逃犯、淋漓尽致地展现年轻的中国国际刑警英姿风采的长篇小说。

故事大意是，一个专门针对金融界人士的雇佣杀手已潜入国内，而此时东海市发展银行副行长又突然离奇自杀，某贸易公司老总曾假这个副行长之手将巨额美金转移境外，此时也匆忙携情人外逃。高层领导下令限期破案，国际刑警总部也对该老总下达了红色通缉令。受命处理此案的国际刑警联络处高级警官李鑫立即率女警官郭璐等奔赴南美洲某国抓捕逃犯，他们在异国他乡依靠同行的鼎力支持与配合，以及华人社团的全力协助，历经艰险，不怕磨难，最终胜利完成了任务。然而在这场尖锐复杂的斗争中，女警官郭璐却永远躺在了异国他乡……故事情深意切，又不乏峰回路转的悬念惊奇，作品内容时刻牵动着你的心。

真正原因

□ 刘六良

林强通过婚姻介绍所搭桥，交上了一个叫来亭亭的女朋友。没多久，两人便举行了婚礼。

这天，夫妻俩在街上闲逛遇到了一个人，来亭亭亲切地叫着"阿姨"迎上去，林强却赶紧低头躲到一旁，原来那人是他前妻的妈妈，他的上任岳母。等来亭亭聊够了过来，林强便问她们是怎么认识的。这一问来亭亭倒奇怪了："难道你不认识她？她就是婚姻介绍所的负责人，我和你的事都是通过她撮合才成的呀！"

林强大吃一惊，他登记时是让别人拿他的照片和资料去的，他真的不知道上任岳母当了他的"红娘"。渐渐地，他心中不安起来。为啥？他因为脾气暴躁，把前妻打伤过多次，正是上任岳母力劝他们离婚。按说，他打一辈子光棍，上任岳母才解恨，可为什么要撮合他和来亭亭呢？

这谜底一定要搞个水落石出！晚上，他故意找茬和来亭亭闹别扭，还恶狠狠地说"别以为我不清楚你的老底！"

果然来亭亭口气软了下来："什么，你都知道啦？"还央求林强，"你别在意，以后我对你好还不行吗？"

果然有问题！林强决定乘胜追击："我在不在意就看你的态度了，你把'那事'跟我详详细细说说。"他故意在"那事"两字上面加重了语气。

"就是我没跟你说明，我……我结过婚。"

林强一愣，但很快就释然了，想想自己不也结过婚吗？于是就问："那你是为什么离婚的？"

"那个没良心的欠揍，背着我勾搭别的女人，把我惹急了，我把他打了一顿，一棍子下去把他……"

"把他怎么样了？"

"把他的肋骨打折了三根，所以，他才跟我离了婚。"

作文大赛

□ 苏景义

俗话说，新官上任三把火。东山乡的孔乡长一上任，便急于露一手给上级看看，他绞尽脑汁，终于想出个办法。

这天，他让乡教办室主任把全乡10所小学的校长召集到乡里，宣布说：乡里要拿出2万元钱做奖金，在全乡小学生中搞一次作文大赛，题目是："我的家庭"。要求内容真实、生动、形象，三天后交卷。最后，孔乡长还说自己要亲自阅卷。

三天后，全乡2500多篇作文按时交到了孔乡长的桌上。孔乡长翻了翻，挑了一篇作文对工作人员念道：我的家里有爸爸、妈妈、我，还有个小弟弟小花……他敲敲桌子说："同志们听听，这作文反映的是什么？反映这家是个超生户！你们把这类作文给我挑出来！"工作人员大吃一惊，这才明白孔乡长明里是搞作文大赛，暗里是搞计划生育调查！

经过一夜奋战，这一类作文挑出来了，共109篇。孔乡长大喜，心想：按一户罚款8000元计算，这一下就能进账八九十万呀！

孔乡长也不食言，很快就拿出2万元，给作文好的孩子发了奖。然后，按照名单派出小分队下村去查"超生户"，他坐镇乡里，静候佳音。

几天后，小分队回来了，却一个个两手空空。孔乡长把眼睛瞪大了，说："不可能吧？你们真的没发现超生户？""真的没有？""那作文里写的弟弟、妹妹是怎么回事？"大家笑了起来："作文里写的那些小花、贝贝、鲁鲁……五花八门的，不是猫、狗、兔，就是书、笔、电脑，或是他们家里的玩具！"

恨的火焰中有爱的甘露，热的世界里有冷的国度。 ——普拉萨德

还是没想到

□ 伊 豆

这天，阿华接到妹夫电话，说星期天要到城里来，送一些自家田里种的新鲜蔬菜。这电话着实让阿华左右为难。

老婆见他愁着个脸，忙问是怎么回事，阿华就支支吾吾说了一遍。原来妹夫的相貌长得实在太丑了，如果给邻居们看见他有这么一个亲戚登门，那自己以后还能抬起头来？还不知道人家背后怎么议论哩。

老婆一听老半天也没吭声，过了一会，她灵光一闪，对阿华说："你叫妹夫直接到家里来，咱们住在六楼，是顶层，只要你不去车站接妹夫，别人就不会看见，也不会想到是咱们家的亲戚。"

阿华一听拍案叫绝，马上给妹夫挂了电话，详细描述了自己家的位置，让他自己找过来……

星期天，阿华夫妻俩在家中左等右等，都过了晌午，也没见妹夫的影子。老婆嘟哝道："人不来也得来个电话呀，不声不响的算什么？"

"要不，打个电话过去问问，看看有什么事？"

两口子正准备给妹妹挂个电话询问一下，这时屋外响起了敲门声。

"怎么现在才到？"阿华埋怨着去开门，不想门一打开，吃了一大惊，只见妹夫站在门口，他后面还站着两个警察，警察的后面挤满了十几位邻居。

妹夫冲着阿华亲热地叫起来："大哥！"

这一声没把阿华的魂喊掉了，一时间手足无措，嗫嚅着说："这，这是怎么啦？"

妹夫把嘴一撇，说"这城市真大呀，一下汽车我就迷了路，只好请警察同志帮忙，这不，他们就把我送来了。"

去香格里拉吃饭

□ 黄 胜

这天晚上临睡前，阿皮接到一个电话，对方声音很大，气粗得很："阿皮，我是四眼呀。"

阿皮挺意外："你小子不是去南方了吗？什么时候回来了？"

"刚回来，明天晚上咱们这些老朋友聚一聚吧，我请客，你有时间吗？"

锣鼓听音，说话听声，阿皮一听四眼那口气，就明白这小子准是发大财了，这是衣锦还乡来了，心里不由又羡慕又嫉妒，酸溜溜地问道："到哪里聚？"

四眼说："明晚六点，我在香格里拉大酒店门口等你们，咱们明天见。"

那边都放下电话半天了，阿皮还手握电话，两眼发直，张口结舌。身边的老婆见他保持着这个造型，半天没动弹，伸手捅了他一下："你傻了？发什么呆！"

阿皮这才回过神来，喘了口长气，怅然说道："他妈的，看来四眼这小子是真发了。当初，他还不如咱呢。"就把四眼要在香格里拉请客的事情跟老婆说了。

老婆一听，激动起来，小姑娘似的叫了起来："哇噻，香格里拉大酒店！"欢呼完毕，马上表示，秃子跟着月亮走，明天她也要借光跟着去见识一下什么叫做五星级。

阿皮刚想反对，老婆抢先发难，埋怨道："想当年，四眼这小子也追过我，我咋就瞎了眼，非要嫁给你这个人孬货软的家伙？看看你，要钱没钱，要权没权，吃顿饭还要死乞白赖地跟着别人沾光，我要是嫁给……"

如果任由老婆啰嗦，只怕明天早上也打不住，阿皮受不了，赶紧打断她："行了，明天带上你就是了，反正是吃大户，不吃白不吃。"

老婆这才高兴了，像打了一针兴奋剂似的，马上觉也不睡了，从床上爬起来，开始翻箱倒柜找衣服往身上倒腾。"你说，我穿哪件好呢？"老婆的样子很苦恼。

阿皮以为她是想征询自己的意见，就瞅瞅柜子，说："那件淡蓝色的外套就很好嘛，很雅致。"

"呸，亏你说得出口！"老婆杏眼圆睁，"你没吃过猪肉还没见过猪跑？咱虽然没去过那种地方，可你看到电视剧里出入这种高级酒店的女人，哪一个不是穿着套裙、礼服？我这个样子进去，人家不以为是要饭的才怪呢！"

阿皮吓了一跳，他算是听明白了，老婆是想买礼服呀，只好一咬牙，道："难得出去吃次饭，买，明天你去买件套裙。"

第二天，阿皮就为昨天晚上的冲动后悔了，乖乖，一件套裙九百八，一个月的工资全搭进去了，简直是割阿皮身上的肉啊，心疼得他中午饭都没吃下去。老婆问他为什么不吃饭，阿皮哪里敢说是心疼钱，只好说留着胃口等晚上吃西餐呢。

傍晚，拣街上人多的时候，阿皮两口子衣冠楚楚出了门。邻居们看到两人的光辉形象，奇怪呀，隔壁的王二妈嘀咕道："这小两口，咋天黑了才出去补拍结婚照？"阿皮马上大声解释："我们不是去照相，是去香格里拉吃饭。"顿时，激起"叹"声一片，邻居们的目光一直跟随着阿皮两口子出了胡同口。

自行车自然是不能骑了，那不合身份、有损形象。阿皮出了胡同，正想招手叫车呢，一辆出租车自动停在他的面前，司机探出头来，恭敬地问道："老板，到哪里去？"阿皮挺挺胸，底气十足地说："香格里拉！"

出租车稳稳地在香格里拉大酒店金碧辉煌的大门口停下，高大威武的迎宾员快步跑过来，恭敬地拉开车门，鞠躬致意："欢迎光临。"

下了车，阿皮没有看到四眼的影子，心里没有主心骨，就有些发慌，正不知如何是好，迎宾员弯下腰，手一伸："先生，里面请。"

阿皮定定神，心想，先进去再说，说不定四眼正在里面等着呢，就挽起老婆的胳膊，端着架子，迈着方步就要登堂入室。就在进门的一瞬间，身后有人喊他："阿皮。"

阿皮回头一看，就见四眼远远地在冲自己招手，心里立刻就有了定海神针，赶紧过去与他会合。四眼的模样跟以前一样，还是瘦瘦的，不怎么修边幅，身上还穿着一件脏兮兮的破

马甲。阿皮看了他这身行头，暗暗皱眉：就这个样子进香格里拉吃饭？也太随便了吧？

两人寒暄一番，四眼上下打量打量阿皮，又看看阿皮老婆，羡慕地问："阿皮，你们穿得这么正式，是要到香格里拉吃饭吧？"

阿皮一瞪眼，说："明知故问，不是你要请客吗？"

四眼闻听一呆，挠挠头，突然大笑起来"阿皮呀，我是说咱们在香格里拉的门口见面，我没说要在里面请客呀。你瞧你们穿的，跟赴国宴似的，哈哈，笑死我了，你也不想想，就是把我连肉带骨头都卖了，在这里面也请不起客呀。"

阿皮跟老婆面面相觑，心里那个尴尬呀，就甭提了。阿皮想要发火，因为他马上想到了老婆买裙子的那九百

八，这钱花得真冤呢。不过，他又一想，原来这小子没有发财呀，我还以为从南方回来的就是款爷呢。于是，心里找到了平衡，马上原谅了四眼，笑骂道："你小子，白去了一趟南方，算了，还是等将来我请你进香格里拉吃大餐吧。你说，今晚去哪里？"

四眼愁眉苦脸地说："南方也不是好混的，我就是混不下去才回来的。哥们，你先别着急，过会儿等二宝、大傻他们几个都来了，咱们去左边胡同里的辣妹子川菜馆，那里挺实惠的。"

阿皮一听，原来去小吃部呀，不由哭笑不得。

等了一会儿，阿皮等得心焦，四眼突然喊一声："他们来了。"

一辆出租车停在香格里拉大酒店门口，车门一开，昂首挺胸下来几个

人，正是二宝、大傻他们，身边还跟着各自的老婆。看见他们，阿皮乐了，就连一直板着脸的阿皮老婆，见状也"扑哧"一声，忍俊不禁。

只见那哥几个，同阿皮两口子一样，个个衣冠整齐，举止高贵。大傻的脖子上，甚至还像模像样地系着蝴蝶结呢……

不要毁掉心灵，也就是说，不要用烦恼来折磨自己。 ——塔弗纳

·幽默世界·

高个儿姑娘

□ 吴　港

常大顺今年五十多岁，是省体委女篮教练，最近一心想培养一名高个子中锋，然而始终未能如愿。这可把他愁坏了，连晚上做梦也会梦到高个子姑娘。

这天常大顺正睡午觉，老婆把他叫醒，说是来了客人。常大顺起身来到客厅，看到屋里坐着个陌生女人，没等他开口，那女人就说："听说你们要招打篮球的，我就来了。"

常大顺看她身高虽有一米八，但年纪有四十多岁，而且风尘仆仆的，一看就是个乡下妇女。女人见常大顺不说话光撇嘴，忙说："不是我，是我那丫头想要打篮球。"

常大顺便问她女儿身体好不好。女人说："可好哩，长到十六岁，还从没得过病。我蒸的大白馒头，她一顿吃五个还嫌不够呢！"

常大顺又问她平时好不好运动，女人说："忒好动。一天到晚猴儿精似的翻跟头打把式，还三天两头把村里男孩子打得哭爹叫娘的。"

听到这里，常大顺开始感兴趣了，他忙问孩子身高多少。女人说："还真没给她量过——我家没尺呀。"常大顺想了想，就说："这样吧，明天你把她带来，我当面做一下目测。"女人说："今天就给看看，行不？"常大顺便问她人在哪儿。女人说："我怕那野丫头给你家添乱，就没让她进来，她正在门外等着呢。"

"那快让她进来吧。"常大顺说着起身去开门。他拉开里面的木门，木门外还有一层防盗门，防盗门用铁皮

没钱和有钱的不同

◆ 没钱的时候，养猪 有钱的时候，养狗。

◆ 没钱的时候，在家里吃泡饭；有钱的时候，在酒家吃泡饭。

◆ 没钱的时候，墙角下蹲着打玻璃弹子；有钱的时候，草坪上立着打高尔夫球。

◆ 没钱的时候，在马路上骑自行车；有钱的时候，在健身房骑自行车。

◆ 没钱的时候，钟点工叫阿姨；有钱的时候，保姆叫菲佣。

◆ 没钱的时候，老婆兼小秘；有钱的时候，小秘兼老婆。

◆ 没钱的时候，一群朋友；有钱的时候，一群保镖。

◆ 没钱的时候，喊你"老板"是抬高你的身价；有钱的时候，喊"老板"是掉你的身价。

（作者：小 泉；推荐者：张志国）

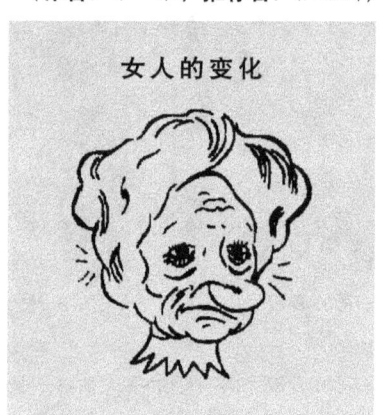

女人的变化

（建议你把此图倒过来看，会发现"女人"的变化真大！）

做成，上面装着一只"猫眼"。常大顺习惯地对准猫眼儿，向外头看了一眼，就在这时，他发现外面也有一只眼睛贴得紧紧的，也在往屋里看，这下里外两人就"看对眼儿"了。

常大顺怔了一下并没开门，而是回过头对女人说："你还是把你那丫头带回去吧，再怎么着，我们也不会选上个残疾人啊！"女人忙说："我那丫头身体好好的，根本没残疾，你让她进来看看好吗？""用不着，我已经看清楚了，"常大顺说，"她一只眼睛是瞎的，怎能上场打篮球？真是笑话！"

女人便也凑到猫眼儿前往外看，看过一会，她略显难为情地说："您看——错了……也怪天太热，我那丫头大大咧咧的，撩起衬衫扇风，您刚才看见的，是她的肚脐眼儿！"

（本栏题图、插图：李加史琦）

哲理故事

生活中处处有哲学，57则作品无不通过曲折生动的故事情节与矛盾冲突，揭示丰富和深刻的哲理内涵，让你从中看到智慧的闪光与思想的火花，并由感情的激荡而升华为哲理的思索，从中悟出事物深层的蕴含与人生命运的真谛。

打官司故事

"打官司"这个词具有强烈的民间语言色彩，官司一打起来，各种矛盾冲突就无可回避，无法隐藏。本书共收集涉及法制的故事30则，分6大类，它们是：精彩个案，愚昧法盲，弄权枉法，道德法庭，回头是岸，法永道恒。

校园故事

一生最好是少年，一年最好是青春。

这是一本充满活力的书，学生的时代，校园的生活，如花盛开般奔放，如火焰般热烈，全书34则故事，也许能唤起您少年时代最美好的回忆。

愿这本书能成为学生和老师的朋友！

打工故事

随着改革的不断深化，打工的观念将会成为社会普遍认同的一个观念。本书收编的24则故事，就是生活中打工仔、打工妹们打工生活的真实写照与缩影，它们是同类故事中的精品，相信能引起您的阅读兴趣。我们祝愿打工者们：明天会更好！

356

2005 SEMIMONTHLY 上半月刊

12月 STORIES

百姓话题

搜狐读书
book.sohu.com

故事会

2005年12月

上半月·红版

主　编：何承伟

常务副主编：吴　伦

副主编：姚自豪（上半月·红版）

副主编：夏一鸣（下半月·绿版）

本期责任编辑：周　吟（实习）

发稿编辑：

姚自豪　蔓　石　吕　佳

夏一鸣　鲍　放　梁宁宁

美术编辑：李宝强

电脑制作：郭瑾玮

通　联：归依玲

本社办公室电话：021-64375030

上半月刊编辑部电话：021-64332325

下半月刊编辑部电话：021-64336469

（上海市绍兴路74号　邮编：200020）

主管：上海文艺出版总社

主办：

督印 发行：张　凯

电话：021-64313938

广告总代理：上海文艺广告传播中心

（上海市绍兴路74号　邮编：200020）

广告总监：张　淮

广告业务：021-34010383

广告投诉：021-64333738

广告经营许可证

沪工商广字3100320050022号

发行：中国图书进出口上海公司

手机阅读器服务商：北京掌讯远景信息技术

有限公司　客服电话：010-51196627

本刊各栏目欢迎来稿。来稿寄上海市绍兴路74号《故事会》杂志社，邮编：200020；本期责任编辑

E-mail地址：keyin118@163.com

最后对话

布恩在楼顶上安装电视天线时，不慎摔了下来，当他闪过第四层自家厨房窗口时，急忙朝妻子喊道："苏珊，今天少做一个人的晚饭！"

（柯　音）

奶奶变小啦

夏天在户外乘凉，刚会说话的小孙女，一边用手捻着爷爷的小奶头，一边问："爷爷，这是什么？"爷爷说："这是奶奶！"小孙女憋了半天，突然哇地哭了，说："奶奶怎么变得那么小了？刚才还在做饭呢。"

（陈文豪）

（本栏插图：李　加　史　琦）

居心不良

妻子："明天是我妈妈的生日，你打算送什么给她？"

丈夫："送几条香烟吧！"

妻子："你疯了？我妈根本不抽烟，你又不是不知道。"

丈夫："我知道啊，只是我每次去她那里，她光招呼我喝茶。"　　（联　想）

捎个口信

一天，老四和妻子去新房里看需要购置哪些家具。一开门，一只老鼠从眼前跑过，老四迅速关上门，一边拿起笤帚追打，一边口里还念念有词："我花了几十万还没住哩，你倒先住上了，我饶不了你！"可就在老鼠被打得快要咽气时，老四住了手，并开门将其放走。妻子抱怨老四为啥不将它打死，老四说："我是让它回去给其他老鼠捎个口信，咱们这家人是不好惹的，以后都别来骚扰。"

（武俊浩）

你是刘老

张科长娶了一位比他小八岁的妻子，女方姓刘，是小学老师。新婚宴席上，张科长领着妻子给同事们敬酒。众人都夸新娘子漂亮，并殷勤地和她搭话，有的说："刘老，有空去我们家坐坐。"有的说："刘老，早点给你老公生个胖小子。"

晚上入洞房，妻子不解地问："我才22岁，怎么你同事都叫我'刘老'？"

张科长笑着解释道："这是时下流行的称谓规矩，把一个人的姓氏和他职务或职业的一半联在一起，显得亲切些，如张局长就称'张局'，李队长就称'李队'，你的职业是老师，当然就该叫你'刘老'啦！"

（石玉民）

印象

有个男青年，模仿国外某明星，留着满脸大胡子。

为了交上女朋友，他在马路上主动帮助一位不相识的姑娘安装自行车链条。临别时，男青年问"你对我的印象怎么样？"

姑娘答："非常好，你这人真不简单，这么大年纪还上街来做好事！"

（温　泉）

天气预报

县电台处理听众来信，只见有封信这样写道"你们的节目都比较好，就是《天气预报》播送得不及时，每天在节目的最后都要说一句'天气预报播送晚了'。俺是个农民，天气变化对俺们收种非常重要。既然晚了还要播送，这不是欺骗俺们吗？"

编辑喷饭，然后找到播音员，说"你以后把'天气预报播送完了'改成'天气预报播送结束'吧。"

（邵　健）

睡　眠

两个小偷在聊天。

甲："现在是个竞争社会，生存压力大，好多人半夜睡不着。他们睡不好，对我们来说也是压力呀！"

乙："我们有什么压力？"

甲："影响我们的经济收入。"

（张金初）

干净又明亮

父亲走进儿子的房间，夸奖道："干得好，儿子。窗子干净又明亮，你用了肥皂和水吗？"

儿子："没有，爸爸。我用了锤子。"

（寓　言）

超级球迷

一个人到心理诊所看病："大夫，给我开点儿什么药吧，我每天晚上做梦都梦见一群老鼠在踢足球。"

大夫说："你试试这种药吧，一天三次，吞服。"

"那我明天再开始吃，行吗？"

"为什么？"

病人不好意思地说："因为今天夜里该是老鼠们决赛了……"　（张　萌）

儿　媳

儿子领着女友第一次回家，他对母亲说："妈，她善于烹调，擅长包饺子，会把家里收拾得井井有条……"

母亲满意地说："好极了！给她20元一天，让她每星期二和星期五来。"

（张　萌）

模　仿

在一次校运动会上，园艺学院别出心裁，每人各拿一张纸板举在头上，组成了"园艺人"三个字。第二年运动会，各个学院纷纷效仿，唯有植物保护学院无动于衷。一同学很是奇怪，忙问辅导员是什么原因。辅导员说："你也不想想，咱们是植物保护学院，如果组字，不成了'植物人'了吗？"

（陈政先）

　安逸的结合莫过于夫妻。——米南德

根本不认识

这天，比斯在家里打牌到半夜，米尔气喘吁吁地跑来说："比斯，你快去看，你妻子和你的朋友在卧室里鬼混呢。"

比斯不情愿地放下扑克，说"我去看看，你们等着我回来！"

很快，比斯回来了，他不满地对米尔说："你就会瞎说！那个和我妻子在一起的男人不是我的朋友，我根本不认识他！"　　　　（柯　音）

总是不好

一个老板到办公室巡视，看见员工的办公桌上堆满了文件，就不满地说"我希望你们的思想不要像你们的办公桌那样乱七八糟的。"

几天后，老板又到办公室巡视，他见员工们的办公桌收拾得十分整洁，就又不满地说："我更不希望你们的脑袋像你们的办公桌那样空荡荡的！"　　　　（邢丽刚）

刹车坏了

妻子见丈夫将汽车开得飞快，吃惊地问道："噢，亲爱的，干吗把车开得这么快？"

丈夫焦急地回答："我发觉刹车坏了，咱们必须尽快地赶回去，免得在外面发生什么事。"（常　超）

优 惠 价

在一个小型聚会上，主人的儿子正在打爵士鼓。

一位客人说道："看得出来，你为了让儿子学打鼓，一定是倾其所有了。"

主人自豪地说："恰恰相反，我还得谢谢我儿子呢，多亏了他，我才用半价买到了隔壁的房子。"

（张　萌）

（本栏目欢迎来稿。来稿可从邮局寄发，也可从网上传递。如为电子邮件，请发以下信箱：keyin118@163.com）

你是

□ 李澍声

我要感谢的人

我是一名在校大学生，两年前，我和学长伟生相爱了，伟生信誓旦旦地说爱我到地老天荒，我则死心塌地地把自己的一切全部给了他。可仅仅热恋了一年后，伟生就毕业离校，到英国留学去了。我天真地盼望着和伟生重逢的幸福日子快快到来，可盼来的却是伟生和一个英国女孩订婚的消息，我伤心欲绝。

这年放暑假，我没有回家，想利用这个假期出外打工，一是为下学期挣点生活费，另一方面借此排遣心中的忧伤，于是我去一户人家应聘做家务活。

这是一户有钱的人家，住在一个环境幽雅的高档花园小区里。我来到一扇大铁门外，按响门铃。一会儿，一个四十多岁的中年女人打开了门，我告诉她我是来应聘的，她便带我进了屋。屋子很大，装潢豪华，布置讲究，只不过每间房里都清冷寂静，好像没人住过。不一会儿，那女人端给我一杯茶，笑着说："姑娘，请喝茶。"我道了谢，端起茶，小口抿着。那女人在一边打量着我，嘴角含着笑，还不住地点头，看样子她对我还比较满意。忽然，女人的嘴里发出一声惊叹："多么好看的戒指！"我抬起头来，只见她目光落在我的手指上，眼睛死死地盯着那枚镶着红宝石的戒指。

我下意识地动了几下那枚戴着的戒指，想把它藏到其他手指头的下面去。那女人却笑着请求道："姑娘，能把你的戒指取下来让我看看吗？"我微笑着点点头，随即取下，她拿着戒指欣赏着，嘴里发出"啧啧"的感叹声。欣赏完了，她将戒指还给我，用开玩笑的口气说："这么好看的戒指，一定是你的男朋友送给你的吧？"

一听到她提起我的男朋友，我一下变得黯然神伤起来。的确，这个戒指是伟生送给我的定情礼物，虽然伟生背叛了我，但我仍一直怀念着过去那段令我心醉的日子，所以就一直把它戴在手上。

那女人注意到我脸上神情的变化，马上转换话题，和我谈起了关于招聘的事情。很快，我俩谈妥了，她送我出门时说："你明天就可以来上班了，记住，你以后就叫我兰姨吧。"

第二天，我准时来到兰姨家，正式做起家务活来。我从小就劳动惯了，所以洗衣、做饭、打扫卫生，我样样都做得很认真，很到位，得到兰姨的认可。我的日子过得很充实，只是每当闲下来时，我总会不由自主地盯着手指上那枚镶着红宝石的戒指出神，回忆起和伟生破碎的爱情。

一转眼，大半个月过去了。兰姨的丈夫一直在国外经商，平时家里就兰姨一个人，她很少出门，只是呆在家里看看书。这天，我忙完后，又盯着红宝石戒指看，情不自禁地流下了眼泪。兰姨见了，怜爱地对我说："姑娘，如果没猜错的话，你一定受过感情的伤吧。"我点了点头，含着眼泪把我和伟生的伤心往事对兰姨讲了。兰姨听后，抓着我的手，安慰我说："振作起来，姑娘，相信伟生他也许是一

时糊涂，等他清醒了还会来找你的。你如果信得过我，就把他叫来，我帮你开导开导他。"

我抹去眼泪，感激地望望兰姨，从内心讲，我是盼望着再见到伟生，但伟生能像兰姨所说的那样回到我身边吗？然而，大大出乎我意料，过了没几天，我竟接到伟生打来的电话。他先是向我说了一些表示歉意的话，然后说他回国了，希望见我一面。我捧着手机，激动得一阵昏眩。

一个清凉的夏夜，我和伟生在一家名叫"昔日重来"的咖啡屋见面了。我们面对面坐着，伟生一脸愧色，他把先前在电话里说过的那番话又说了一遍。我却沉默着，时不时侧头望望咖啡屋的大门外面，我在等兰姨，她答应过要帮我好好教育教育伟生。大约过了十来分钟，兰姨走进了咖啡屋，我高兴地向她挥着手，可是伟生看到兰姨，却是一脸恐慌。兰姨走近伟生，冷冷地说："年轻人，到了你为自己的所作所为付出代价的时候了。"说着，从兰姨的背后闪出两个警察，"咔"地一声给伟生的手腕套上了一副明晃晃的手铐。我惊得愣在那里，不知发生了什么事情。

事后，我才知道：以前，伟生还在读大学时，上兰姨家打工做家务，趁兰姨不注意，偷了她家10万元现金和一些昂贵的首饰，然后逃之夭夭。当时警察虽确定了作案嫌疑人，但由

·漫画故事·

自己动手 （文：林 子；图：包丰一）

1. 一次英语考试中，东东很多选择题都不会答，正在抓耳挠腮。

2. 他忽然看见同桌小明的考卷填得满满的，便写了个条子扔过去求救。

3. 很快，小明扔回来一个纸团，东东大喜，急忙拆开，纸团里包着一块橡皮。

4. 橡皮四面画着 A、B、C、D 四个字，纸上还有三个小字：……自己

于伟生去了国外，成了漏网之鱼，而此案也就成了悬案。当兰姨在我的手指上看见了她家被偷走的那枚戒指，十分惊诧，在与我交谈中，慢慢地知道了伟生的情况。更巧的是，伟生竟去了兰姨丈夫的经商之地，于是，兰姨让她丈夫托人了解伟生在那儿的所作所为，并设计使他自投罗网。

伟生落网后，兰姨见我哭成了泪人，关切地说："姑娘，你是不是恨我，责怪我利用了你？"我忙不迭地说："不，不，我怎么会恨你，责怪你呢？我发自内心感谢你，是你救了我呀！"

原来，伟生这次回国后来找我，根本不是真心来向我道歉的，而是企图取得我的谅解，把我骗到国外去，贩卖给一个国际卖淫组织。我做梦也没想到，伟生在国外，早已沦落为贩卖妇女的罪犯了，一想到这，我就不寒而栗。

转眼，暑假结束了，当我恋恋不舍地告别兰姨时，兰姨拿出那枚作为赃物已物归原主的红宝石戒指，慢慢地戴在我手指上，深情地说："姑娘，兰姨把这戒指送给你留个纪念吧，希望你别忘了兰姨！"

这时，我的感情再也无法控制，满眼含着热泪，叫道："兰姨，谢谢你……"

（本篇月月评短信代码：G240）

（题图：安玉民）

10 人心易变，这在任何时代都是可怕的事。——池田大作

1. 撞死一条狗还吃上一顿饭

刘建是乡政府的司机，这天他送几位客人回县城，为了抄近路，刘建开车穿过一个小山村。车子经过村头的小饭店时，突然从饭店里冲出一条黄狗，跑到路中间对着轿车狂吠起来。刘建刹车不及，一下子从狗身上压过去，黄狗哀叫几声便咽了气。

狗叫声惊动了饭店里的一个中年妇女，她飞奔出来，一看见狗的惨状，当即又跳又骂起来。刘建忙下车，走上前赔着笑脸说："大嫂，真对不起，我们可以赔你钱……"

中年妇女拽住刘建的衣服不撒手，说她家这狗机灵聪明通人性，是她多年的伙伴，它的命是不能用几块钱买去的，今天这事不好好说道说道别想走。刘建又鞠躬又作揖地央求道："我的好大嫂，我知道你是个通情达理的人，我这车里今天确实有重要的客人，耽误不得呀。"他附在中年妇女的耳边，嘀嘀咕咕地说了一通。

那中年妇女一听，愣了一下，想了想，爽快地说："你有事，我也不难为你，只要你答应我一个要求，一分钱也不用你赔，就当我没喂过这条狗。"刘建忙问是什么要求，中年妇女一字一顿地说："你们必须在我的小店里吃一顿饭！"

"这——"刘建为难地说，"午饭我们的领导已经在县城里安排好了，我只是个小司机，随便吃饭，这报销

的事……"

中年妇女嘴一撇，道："你把我当成什么人了，怕我宰客啊？实话告诉你，我这饭是免费的。"看到刘建惊疑的样子，她又自我介绍说，她叫阿青嫂，知道这些客人都是大人物，如果在她这个乡村小店里吃

恐怖饭店

□ 郭　选

顿饭，能给她的小店贴贴金，做一次难得的广告。

不等刘建答话，阿青嫂又如数家珍报出一串农家特色菜，最后她又一拍脑门道："看我，这不有现成的狗肉吗？用高压锅一炖，那肉可香呢，比城市里卖的狗肉强到天上去了！"

刘建说去和领导们商量一下，他乐颠颠地跑到轿车旁，俯身向里面说了几句，然后转身朝阿青嫂一挥手："成，赶紧准备吧！"

阿青嫂把黄狗拖进去，三下五除二便剥了皮，剔了骨，砰砰啪啪一刹扔进了锅里。趁炖狗肉的时候，她又手脚麻利地倒腾出几个菜。不到半个小时，桌子上就摆满了各色农家菜，特别是最后端上来的那一大盆清炖狗肉，闻一闻就让人口水直流。

几个人下筷子一尝，不禁连声叫绝，这一下阿青嫂更高兴了，拿出几瓶陈年老酒，给每人满上，还自己带头喝了一杯。乘着酒性，她把那乡村典故邻里趣事绘声绘色地讲出来给大家助兴，逗得几位客人开怀大笑。

几杯酒下肚，大家的脸都有点红了，刘建卷着舌头道："阿青……嫂，你这么会讲……故事……再给大家讲个段子如何……"

阿青嫂倒不迷糊，她说："黄段子我不会讲，不过也不扫领导们的兴，我就讲个吓人的恐怖故事吧，保准让你们听后心惊胆战，一辈子都忘不

掉！"一个挺着将军肚的客人不屑地说："你把我们当成三岁小孩了，什么恐怖的场面我没见过，难道你讲的比香港的鬼怪电影还骇人？"

阿青嫂微微一笑，说："究竟吓人不吓人，谁也别先下断语，你且听我说——"

2．阿青嫂的故事真吓人

咱这一带，以前属于天阳县管辖，这一年，县令陈况任期已满，要告老还乡。他把行李箱柜都交给管家带着从正门出去，他自己则从后门出去，从小路出发，讲好出了县境再会合。他这样做，一来是怕应付那套烦琐虚假的送别仪式，二来是想再好好看看治下多年的山水，他心里还真有点不舍得走呢。

陈况一路走一路看，走到一个山坡的时候，看到前面有一个穿着红袄的小媳妇，边走边哭。陈况觉得奇怪，就追上去问道："你是哪家的媳妇啊，是不是受了丈夫的气要回娘家啊？"

小媳妇像没有听见似的，不扭头不回答，还是嘤嘤哭着向前走。陈况是个热心人，他干脆跑到前面拦住小媳妇，正要开口问，猛一看见小媳妇的脸，忍不住大叫一声，只见那小媳妇脸上根本没一点肉，全是白森森的骨头。这时，小媳妇的哭声停止了，从脸上那黑洞里传出尖利的声音："陈县令，我可等到你了，快还我命来！"

陈况吓得魂不附体，转身就逃。他在前面跑，小媳妇在后面追，有几次她那白骨森森的手都搭到了陈况的肩上。陈况没命地跑啊跑啊，也不知跑了多长时间，蓦地看到前面有一家插着酒旗的客店，他不顾一切地叫喊着救命跑了过去。

店家闻声赶出来，惊异地问他："这位客官，你为何这么慌张，到底出了什么事？"

陈况气喘吁吁地说道："鬼……鬼在撵我！"店家上上下下打量了他一番，说："客官是不是喝多了？这日头当空，乾坤朗朗，哪来的鬼呀？"陈况定神回头一望，可不是吗？但见蓝天白云，太阳高照，山坡上青草黄花，小鸟鸣叫，一派迷人的景象，哪里有鬼魂的影子啊！可刚才的一幕又是那样的清晰，真叫陈况百思不得其解。

店家热情地邀请陈况到店里坐坐，这一惊一吓，陈况也感到累了，正好到里面喝点酒压压惊，歇息歇息。陈况吃了几口菜，喝了几杯酒，心里还是觉得刚才的事很是蹊跷，于是就和店家聊了起来，他说："我做官这么多年，平时谨小慎微，虽然没有显赫的政绩，却也从没办过伤天害理的事，怎么有人找我索命呢？真叫我百思不解啊！"

店家随口说道"这做官的，手握大权，有些在你看来无关紧要的事，对别人来说都是天大的事，有意无意中犯下大错也是难免的，只是你自己觉察不到罢了。"

两人只顾说话，没注意到不知从什么时候起，天色渐渐暗了下来，仿佛天空突然被乌云笼罩，同时闻到空气里有一种说不出的怪味，门外还传来窸窣的怪声。

陈况见此情景，心中狐疑，急忙拉开门向外观看，不看则已，一看登时吓得他三魂掉了二魄，门外竟然黑压压地站了一大片面目狰狞的鬼魂，有的枯瘦如柴，有的肿胀如球，有的弯腰驼背，有的头小脖粗。陈况刚一露头，就被一个鬼拽了出去，那鬼嘎

嘎笑着喊："我抓到他了，他的命是我的，应该给我！"其他的则一拥而上你争我夺，乱纷纷地喊着："是我的，是我的！"

就在这千钧一发之际，店家推开众鬼，奋力向前，把陈况拖回店里，然后拉着他往后院跑，三拐两拐，甩掉众鬼，钻进地下室，咚的一声关上门。

陈况气喘吁吁地问："吓死我了！这里安全么？"店家说这里没问题，绝对安全，四周没有窗户，门又是铁的，非常牢固，砸也砸不破的。陈况的心这才放下，两腿一软，瘫坐在地上。就在这时，店家却突然仰天大笑起来，笑得五官都错了位，陈况把眼睛瞪得溜圆，结结巴巴地问他笑什么。店家勉强止住笑，目露凶光地说："这下可没人跟我争了！"

3．故事里的鬼跑出来了

阿青嫂绘声绘色，把气氛渲染得很足，几个人都听得入了神，就连刚才那个说什么场面都见过的将军肚也露出害怕的神色。阿青嫂给大家沏上茶水，有人喝了一口，皱着眉头道："这水的味道怎么有点怪？"

这时，刘建突然说道："天阴了？屋里怎么这样暗？"大家这才发现店里果然光线昏暗，有的人眼尖，看到竟有缕缕轻烟从门缝钻进来，弥散在屋子里，同时还有一股刺鼻的味道。

也许是阿青嫂的故事还在起作用，人们的心头都涌起一种不祥的感觉，莫非这个故事还真能应验？将军肚含糊不清地嘟囔着，就去开门，大概是想看看外面是不是真的天阴了。谁知，他一拉开门，就发出一声变了音的尖叫。众人一看，也都惊呆了——门外站着的，分明是一群形态各异的"鬼"——中间的那个，瘦得简直令人不堪目睹，如果去了包着的一层皮，纯粹是一副骷髅架；左边的那个，眼窝深陷，犹如两个黑洞；右边的那个浑身肿胀，泛着油光……

"鬼！鬼呀！"不知是谁惊骇地叫了一声，几个人拔腿想跑，可是战战兢兢不知往哪里跑。关键时刻还是阿青嫂镇定，她喊了一声："大家不要慌，赶快跟我来！"领着大家往后跑，众人跌跌撞撞在后面紧跟着。

等大家都跑到一间房子里，阿青嫂反身把门关好，看着那结实的防盗门，众人不由产生了些安全感，悬起的心才慢慢放下来。刘建擦擦头上的汗，正要坐到桌子旁的椅子上，屁股还没有挨着椅子，却又像被马蜂蜇了一样腾地跳起来——原来在桌子上赫然放着一个黑漆的骨灰盒，后边是一幅放大的照片，两旁还贴着挽联，俨然是个灵堂。

众人都禁不住倒吸一口凉气，浑身的汗毛又根根竖了起来，刚想向阿青嫂问个究竟，就在此时，阿青嫂说了一声"这下好了"，随即发出一种怪笑，全身抖动着，手舞足蹈起来，脸上的肌肉扭曲着，要多难看有多难看。

"我的妈啊！"将军肚大叫一声，瘫坐在地上，其他几个人也都抖如筛糠。刘建强撑着掏出手机，哆哆嗦嗦好一会才拨通了110⋯⋯

十多分钟后，警车呼啸着赶到了饭店，"闹鬼事件"很快水落石出了：站在门外的，不过是几个村民，他们怎么成了那个样子呢？说起来这还得"归功"于村外小河上游的几家化工厂，村民饮用了受到污染的水以后，引发了各种各样的怪病，阿青嫂的丈夫也在前几天去世了，桌上放的就是他的骨灰，就连阿青嫂自己，也患上了过敏症，只要刺鼻的气味一浓，就会浑身抽搐。

村民们曾经多次向上反映，结果总是来几个人走马观花看一看，再也没了下文。刘建这次开车送的也是上级派来的一个检查组。阿青嫂了解了他们的身份后，心生一计，就把他们留下来，然后打电话通知村里得病的村民过来，想让领导看看他们的惨状。

而那边，化工厂以为检查组的人走了，马上开始生产，滚滚烟雾刹时遮没了天空，刚好为阿青嫂设计的故事营造了逼真的气氛⋯⋯

晚上，阿青嫂独自坐在桌子旁，对着骨灰盒说道："孩子他爹呀，你整天说我没事爱云天雾地地瞎扯，今天我可扯了一件好事哩。那个将军肚——不，那个处长同志说啦，在咱这儿遇到的事他一辈子也忘不了，他还说回去后立即把这件事向领导反映，一定早日解决，咱村的恶鬼就要被赶跑了啊！"

（本篇月月评短信代码：G231）

（题图、插图：安玉民）

───────── · 本刊信息传真 ·

欢迎投稿，为了我们的故事更精彩

《故事会》上半月刊（红版）的推荐类栏目有：笑话、情节聚焦、点击网络故事、快乐辞典、3分钟典藏故事，我们欢迎读者把新鲜的（不是广泛流传而为大家所熟知的）、精彩的各类作品推荐给我们。稿件一经发表，即致稿酬。

其他栏目所刊发的作品均为原创，百姓话题、中国新传说、东方夜谈、外国文学故事鉴赏、幽默世界、中篇故事等均是我们的重点栏目，我们期盼广大作者惠赐题材新鲜、情节新奇、人物生动的故事佳作。本刊稿酬从优，优秀作品可达"千字千元"；此外，我们还将继续举办各种形式的创作培训班、改稿会、笔会、作品研讨会，免费为作者提供各类学习故事创作技巧、加工个人作品的机会。稿件可从邮局寄发，也可发电子邮件，本期责任编辑E-mail地址：keyin118@163.com。

 警匪故事

　　本书汇集五则中篇故事精品，描写公安人员深入虎穴，与潜伏的敌特土匪斗志斗勇，最后使之落入天罗地网。故事情节曲折复杂，悬念性特别强，敌我之间关系扑朔迷离，错综复杂，人物命运特别牵动人心。

 红色间谍故事

　　7则中篇故事，描写一群置生死于度外，出生入死在敌巢魔窟中，机智勇敢地与敌特匪首周旋，进行地下斗争的革命者。故事情节曲折，人物形象鲜明，具有震撼人心的艺术魅力。

 捣蛋鬼故事

　　本书收入的"捣蛋鬼"，是一批头上长角的油子、懦夫、贪者、莽夫、偷儿、怪徒，他们大多性格怪异，但在激变的环境中却展现出了人们意想不到的美丽人生。书中也描写了另一类罪错者，故事往往以轻喜剧的风格来处理人物之间的矛盾冲突，让你饱览社会生活的丰富多采。

 怕老婆故事

　　怕老婆现象古今中外均不同程度存在，汇集出书这是第一本。作者均取材于实际生活，有古代代表性作品，更多的是描写当代人的这类夫妻关系。他们怕老婆的行为，离奇古怪；怕老婆的动机，五花八门。

说大事、小事,普通人的身边事
讲闲话、实话,老百姓的心里话

百姓话题

发生在
夜里的故事

　　白天的故事丰富多彩,晚上的故事更是精彩纷呈,你看,无论是三五成群、龙门摆阵之夜,还是歌楼酒肆、十里洋场之夜;无论是花前月下、良辰美景之夜,还是月黑风高、鸡鸣狗盗之夜;无论是儿女绕膝、合家团聚之夜,还是身单影只、他乡漂泊之夜;无论是花团锦簇、洞房花烛之夜,还是银河相望、生离死别之夜;无论是春雷惊天、辞旧迎新之夜,还是岁末残冬、落叶飘零之夜……这一个个夜里,都会因人、因事、因时、因地,发生各种各样的故事,今天我们就来说上几个……

第一个故事: 追踪金钱豹

　　这天深夜,市动物园管委会的郭主任刚刚躺下,就被一个电话吵醒了,打电话的是他的下属——虎豹馆的管理员小关,只听他结结巴巴地说:"郭、郭主任,不、不好了,金钱豹不见了!"

　　郭主任吓得"腾"地一下从床上蹦了下来,撒开两腿就往园里跑,到了园里才知道,事情十分严重:园里仅有的一公一母两只豹子全不见了!

　　郭主任气得暴跳如雷,对着小关大声训斥道:"你是怎么搞的! 是不是晚上喂它时没关好门? "

　　小关早就吓坏了:"晚、晚上我没喂……"

　　"为什么不喂?"

　　"它们一天的定量下午就用光了……"

　　"这……"郭主任一时没话可说了:自从自己接管了这个倒霉的动物

园之后，上级园林管理局下拨的经费越来越少，尤其是去年局里要盖办公大楼，局长不但要求下面各部门削减开支，而且还加大了上缴创收利润的指标。上面一开口，下面皱眉头，为了完成任务，郭主任采取了不少措施，比如减员增效、定岗定编，甚至还减少了动物的食物定量，看来这两只金钱豹是被饿跑的……

小关见郭主任像在想着什么，便小声提醒说："十点来钟我还听见这两只豹子叫呢，估计它们不会走远，说不定就在咱园子的小树林里。主任，要不要广播一下，发动全园职工出来找？"

"糊涂！深更半夜大喇叭喊人，惊动了金钱豹不要紧，惊动了领导不是自讨苦吃吗？"郭主任想了一下，说，"先不要声张，你偷偷叫上几个靠得住的人，让他们带上手电筒，一起先找找看！"

人员很快就叫齐了，郭主任亲自带他们来到湖边小树林搜索，谁知里里外外查了个遍，连个豹子影儿也没看到，郭主任仍不死心，又来到虎豹馆的假山后面，不料意外发现围墙上的砖头掉了几块，墙外湿地上还清清楚楚地留着几个豹爪印，郭主任马上意识到了问题的严重性：这两只金钱豹果真跑进了市区！

郭主任这下是"耍把戏的打滚——没招了"，他只好向局领导作了汇报。局长一面向上级请示，火速打110报警，一面狠狠地训斥郭主任："天亮前要是不把豹子捉回园，我就处理你！"

郭主任带上十多个人，顺着豹爪印，来到了新华大街和向阳路的交汇处，这时正是凌晨三四点钟的样子，路上行人很少，郭主任见警察已经将各个路口把住，这才稍稍放下心来，他跟小关分析一下，觉得豹子去市区繁华地带的可能性较小，于是便将下属分成几个小

信访科

组，分头朝南郊方向搜寻。

郭主任和小关带领一组，一路上逢人就问，足足找了一个多小时，还是不见豹子的踪影。郭主任毕竟上了点年纪，这时感到口干舌燥，浑身发软，再看看天已见亮，只见前方有一幢大楼，那正是园林管理局新盖的办公大楼，已经装修完毕，正等着局机关乔迁。郭主任想到自己的一个亲戚就在这里值夜班，便想找他讨口水喝，于是带人往大楼走去，就在这时，忽听得楼内传出一阵呼救声："救命呀……"

郭主任急忙率先跑进大楼，一看，只见他那个亲戚慌不择路地跑了出来，一见他便哆哆嗦嗦地说："我昨晚托人买了几只鸡，放在一楼的一间屋里，准备今天下班带回家，我刚才去厕所，发现门开着，里面有两个黄乎乎的怪物……"

郭主任一听，连忙让那个亲戚带着，悄悄来到那个房间外面，随即猛地将门死死拽住，大声喝道："搭个人梯，看看是啥东西！"

小关让一个同伴蹲下身，然后踩着那人的肩膀，从上面的窗洞口往里张望，一看，没错，正是那两只金钱豹，它们正若无其事地大口啃着鸡肉，满地全是鸡毛……小关高兴地跳了下来，再一看这房子，门上挂着一块牌子："信访科"。小关"扑哧"一声笑了："哈，郭主任，你不用再为动物吃不饱的事向上反映了，金钱豹来替你上访啦！"

第二个故事：夜半吆喝声

这城里有一条小巷，叫筷子巷，这巷子到了半夜一般都比较安静，居民都睡了。可是这天晚上，不知从哪儿突然冒出一个烤羊肉串的，把火炭烤炉放在一幢居民楼下烤羊肉串，那些夜晚睡不着觉的小青年聚在这里吃烧烤，说说笑笑的。

这幢居民楼的四楼住着阿四，这天晚上，他在床上翻来覆去的怎么也睡不着，听见楼下巷子里有人说笑，便忍无可忍地跳起来，跑到阳台上，往下一瞅，对着楼下那几个小青年吼了一声："下面的，声音小点好不好？深更半夜的！"

阿四这么一吆喝，楼下倒是静了下来，可是他话音刚落，突然觉得一股浓浓的肉香往上飘来，鼻子嗅嗅，不觉咽了咽口水，是啊，晚上十二点过了，他肚子有些饿，也想烤几根羊肉串，可楼下的院门锁了，他不好意思打搅看门老头，便冲楼下烤羊肉串的吆喝着："烤羊肉串的，也给我烤几根！"

楼底下烤羊肉串的仰起脸，大着嗓门问："你站这么高，我怎么递给你？"

"我有办法！"阿四家里有一团

包装塑料带，他又找来了老婆买菜用的小篮子，用塑料带系着，一边往下吊，一边笑着说："我在篮子里放了五块钱，你给我烤五根羊肉串！"

阿四这么一嚷，惊醒了三楼的一个胖女人，她从床上爬起来，嘀咕着："深更半夜的，这个阿四还烤什么羊肉串！把人吵得睡不安生！"她打了

个哈欠从房间走到阳台上，就在这时，她看见一个小篮子正从下晃啊晃地往上去，一股羊肉的香气直往鼻子里钻，她眼疾手快，等那篮子晃到眼前时，迅速从篮里抓了两根羊肉串，又赶紧缩回了手，这一切发生在瞬息之间，又是在夜里，楼上的阿四毫不知觉！

三楼的胖女人偷着乐，正吃得香着呢，阿四不知道五根羊肉串已被楼下"贪污"了两根，他小心翼翼地把小篮子吊起来，瞧了瞧，见只有三根羊肉串，便冲楼底下吆喝道："烤羊肉串的，给你五块钱，咋只给我烤三根？"

烤羊肉串的在楼底下仰起脸，冲四楼的阿四嚷道："你仔细数一数，给你烤了五根！"

阿四又数了一遍，气哼哼地冲楼下吆喝道："只有三根，咋说五根呢？不信你自己数一数！"他说着，又把小篮子吊了下去。

篮子放下去不一会儿，烤羊肉串的数了一数，对阿四说："是三根，刚才我数错了，补你两根，把篮子吊上去。"

阿四又小心翼翼地把小篮子吊了上来，他盯着小篮子一看，眼睛都瞪直了：这回篮子里一根羊肉串也没有哇！他朝楼底下吆喝道："烤羊肉串的，这回一根也没有！"

烤羊肉串的也恼了："胡说，这回五根，一根不少！"

"你自己瞧瞧，篮子里一根也没有，我又不是瞎子！"阿四说着，又把小篮子吊下去了。

烤羊肉串的再没理睬阿四，收着摊子，推着烤炉就走。

阿四拉开了嗓门，喊了起来："你想逃？你以为我在楼上抓不着你？给我站住！"

烤羊肉串的站住了，回过头来冲着阿四叫了起来："站住就站住！第一次我数错了，第二次我数了三遍，没错！是鬼吃了我五根羊肉串！"

三楼的胖女人忙把头伸出阳台外，说："别骂了，我只吃了两根！"

烤羊肉串的问道："另外三根谁吃了？"

二楼一个瘦女人把头伸出阳台，说："不知道，我吃的是五根！阿四买羊肉串买得这么热闹，我来凑凑热闹！"

烤羊肉串的一听明白了，恼火地把烤炉推回楼底下，冲阿四叫了起来："我还以为第一次五根羊肉串真的数错了，原来没数错！一共给你烤了七根羊肉串，你请这幢楼的女人吃羊肉串，还想讹我两根？你像个爷儿们吗？快补两块钱下来！"

阿四怔了半晌，压低声音对烤羊肉串的说："小声点，别把她们男人吵醒了，我再补你两块钱就是了。"说着，他放两块钱在小篮子里，随即把篮子往下吊，还只吊下一半，耳朵被

人揪住了，回头一瞅，见老婆瞪着眼睛冲他嚷着"我在被窝里听多时了，你在阳台上吆五喝六的，不知干吗呢，原来深更半夜在请女人吃羊肉串呢，你玩得好爽啊！"

第三个故事：幸运的摊位

大明的母亲得了癌症，急需一笔钱做手术，家里没什么积蓄，为了筹集手术费，大明翻箱倒柜找出了一块父亲留下的家传玉坠，来到了皇祠路古玩跳蚤市场，也就是俗称的鬼市。所谓"鬼市"，就是天还黑着的时候开始买卖，天一亮就散了，又称"鬼市子"。自从皇祠路这个鬼市形成以来，每到星期天的凌晨，天还黑咕隆咚的，那些想淘金的、拣漏的、拿假货蒙人的……全都会蜂拥而来，有时为了抢占摊位，还会大打出手。

鬼市上有这么一个"幸运摊位"：几年前一个做买卖赔了本的中年商人，就是在这个摊位上，一只花二十块钱从地摊上买来的石头镯子，硬是被一个冤大头当成是翡翠手镯，花二十万元人民币买走了。鬼市上这种花重金买假货、花小钱拣大漏的事时有发生，大明不想骗人，他只是想多卖些钱给母亲做手术费。

这天大明来得很早，他想占那个幸运摊位，可到了那里，恰巧另外有

个人也同时到达了，那人外号叫"杠子"，刚刑满释放，杠子抱着一个旧罐子，也想占这个幸运摊位。按鬼市上的规矩，谁先来，这个摊位就是谁的，可大明和杠子都说是自己先到，两个人谁也不让谁，说着说着就厮打起来。就在这时，过来了一个戴眼镜的老头，他一只手抓住杠子的胳膊，一只手挡住大明的拳头，把两人劝住了："出门做生意都不容易，和为贵么。说说看，碰上什么难处了？"

大明拿出了玉坠，说"我想卖了这个玉坠，卖了钱给我妈做手术，我妈得癌症了……"

杠子有些不好意思地说："我想把这个罐子卖了做本钱，做个小买卖……然后再娶个老婆，我都三十多

岁了，再也不愿像过去那样混日子了……"

老头看了看大明的玉坠，又看了看杠子的罐子，点了点头，说："嗯，看来二位都有正经事要办，这样吧，今天你们两个就共同使用这个摊位，没准儿都能发大财呢！对了，忘了自我介绍了，我姓张，你们就叫我张老板吧。"

大明和杠子都不想再耽误时间，便同意了张老板的建议。这时，鬼市上的人越来越多，怀里抱着的，手里拎着的，肩上扛着的，背上背着的，各式摊位摆了一长溜。突然，十几个经常在集市捣乱的小混混一路走来，其中一个刀疤脸大摇大摆地走到大明和杠子的摊位前，说："哎，你们两个，快收拾起你们的破玩意儿滚蛋，这个

我们以超卓的准确程度登上了月球，但却陷入了一片混乱的地球。 ——尼克松

摊位是老子的！"

其实这几个小混混也不是真的要占摊位做生意，无非是想讹几个钱罢了，大明和杠子不愿意让这个幸运摊位，混混们就撸胳膊挽袖子，准备动手，这时，一旁的张老板走了过来，说："出门做生意都不容易，和为贵么……"一边说着，一边从兜里掏出一盒软中华，给在场的每人发了一支，然后，他又走到附近一个烤羊肉串的炉子前，伸出右手，用一根食指，从炉子里"夹"出了一块火红火红的炭，这炭在张老板的手指上夹着，"咝咝"作响，而张老板却仍旧神色坦然，拿着这炭给小混混们点烟！

刹那间，小混混们全吓呆了，刀疤脸连忙上前，又点头又哈腰地说："老前辈，小的有眼不识泰山，您大人大量，别和我们一般见识……"小混混们认定张老板是黑道上的老大，一眨眼就全都溜了。

大明和杠子要送张老板去医院，张老板笑了，说："没事，我这手指年轻时受过伤，神经割断了，没有疼痛的感觉了……"

其实，张老板就是"幸运摊位"传说中那个赔了本的中年商人，当时他做梦都想一夜暴富，那天他来到了鬼市，只见一个南方来的古董商人正跟几个小混混争夺这个摊位，小混混人多势众，其中一个家伙举起匕首，对着这个古董商人就刺，眼看就要出人

命了，张老板挺身而出，抓住匕首死死不放，才避免了一场惨祸。小混混们吓跑了，张老板的这根食指就是那时被割断的，当时因为没钱去医院，他只是简单地包扎了一下，皮肉长上了，神经却没接上。后来，那个南方古董商为了感谢张老板，就花二十万元人民币"买"走了只值二十块钱的一只石头手镯，而张老板就用这笔钱做起了古董生意，现在经营着一家文具进出口公司，资产过亿，这就是被人们传得神乎其神的"幸运摊位"传说的真相……

张老板感慨地说："后来，我再也没有遇到过这个南方商人，有时为了怀旧，我就常来这里走走……"

没过多久，大明和杠子都成了张老板公司的员工，大明在开发部，杠子做了保安，这个幸运摊位，还真的给他们带来了好运！

第四个故事：哪来的水怪

何建轨这人有"三高"，一是说话声音高；二是个子高，一米九的个儿，走在大街上也算是少见的了；三是跳得高，他曾在全国大学生运动会上获得跳高前十名的好成绩。

何建轨毕业后分在市堤防委员会。这个城市紧靠着防洪大堤，也不知哪朝哪代，大堤外面筑了一道"子堤"，子堤内有一个小镇，住着百十户

人家。城里年年抗洪，可这子堤挡了泄洪的道，于是政府决定把子堤废掉。废堤的布告公布后，小镇上的大多数人都在指定的期限内搬进了城，可有一户死活不搬，不搬的理由很简单，说是"故土难舍"。对这样的住户不能采取强制措施，除了做工作还是做工作，何建轨他们"堤管会"的人挨个上门动员，又挨个无功而返，眼看汛期将至，离炸堤的日子越来越近，该派谁去呢？都派过了呀，再派就只有何建轨了，可何建轨平时最不会说话了，派他去，能做什么思想工作？堤管会主任老马正为这事犯愁，办公室门被推开了，何建轨走了进来，慢吞吞地对老马说："大家都去了啊，我一人不去不好啊，我现在就去啊，你们不要抱太大希望啊！"就这样一句话，他都慢条斯理地说了差不多几分钟，不等老马回话，他就离开了办公室。

现在小镇上已经没什么人了，连公交车也停开了，何建轨只得徒步而行，走到小镇已是晚上九点了。到了那家，户主外出没回来，只有户主的老婆。何建轨等了很长时间，还是没见户主的影儿，只得起身告辞。

回城必须穿过这个小镇，小镇的人全都搬走了，见不到半个人影。走着走着，何建轨有些害怕了，小时候听大人说，这子堤外的水里有一种水怪，有人说它个子很高很高，像长颈鹿；有人说它个子很矮很矮，像猴子。说法不同，但有一点是一致的：它会爬上岸来，会吃人！不管是真是假，此刻的何建轨，想着这些传说就浑身发麻！

眼看快要走出小镇了，突然间，何建轨发现前方有一个活物正向他慢慢移近，天太黑了，他看不清，说是像牛犊可没牛犊那样粗壮，说是像狗可又比狗的个儿高，说是像成年人可又比成年人矮，说是像小孩可又比小孩粗壮……是人还是鬼？是物还是怪？何建轨心里打起了小鼓：莫不就是传说中的那种水怪？看来我何建轨今天真的要"活见鬼"了！他原本胆子就不大，此刻早已是手板心冒汗，脚板心冰凉，嘴里吐出的是丝丝热气，吸进的是嗖嗖凉风。此刻，向前走，死路一条；往后退，无处可退，左右又没有小巷，他真想来个大地震，地上震出一条缝，他好钻进缝里躲藏起来。

突然间，何建轨冒出了一个想法：我不是会跳高吗？要不就干脆跳过去！他看了看对方的高度，跳过去不成问题，但要跳过去就必须有个冲刺，这动作要快，好给对方一个措手不及。主意打定，何建轨开始冲刺了，虽然这当儿两条腿软绵绵地直打哆嗦，但还是硬着头皮往前冲，到了起跳的时候，他身子往上一蹿，越过对方头部时一声大喝，他原本嗓门就大，又是在万籁俱寂的时候，恰似一声惊雷，大有山崩地裂之势，跳过以后，何建轨就没命地逃……

何建轨回到家后还是心惊肉跳的，一夜噩梦连连。第二天，他强打精神去上班，老马主任一见他就问昨晚是不是去小镇了，还说那户人家早上打来电话，突然答应搬了，老马问何建轨到底用什么办法把那老顽固说服了，何建轨一听糊涂了：怎么会呢？昨晚并没有做什么思想工作呀！再说，自己连户主的面都没看到呢！

为了弄明白事情的真相，何建轨决定去那户人家看看。这次他借了一辆摩托车，赶到小镇时，太阳还没下山。

到了那户人家一看，他们果真在准备搬家了。何建轨见了户主，户主像是患了重病，躺在床上，大热天还盖着一床厚厚的棉被，特别是脸上青一块紫一块的，鼻孔里还有干涸了的血迹。

"我搬，我搬，早上还给你们打了电话。"户主的神情显得很是惊恐，还没等何建轨问他原因，自己倒一个劲地说开了，"是我糊涂啊！过去只听说有水怪，可没见过，过去镇上人多，水怪不敢露面，现在镇上就剩我一家

了，它就出来了……告诉你，昨晚我可真的见到水怪了！"

"是吗？"何建轨一听来了兴趣，因为昨晚他也见到了一个异样的怪物。

于是，那户主就开始描述那个水怪的模样："……很高很高，还会飞，一下就飞上了天，还会放雷，就在飞上天的时候，突然响起一声炸雷，地动天惊啊！"户主一边说一边用被子捂住头，哭丧着脸说，"那雷把我震倒在地，打得我鼻青眼肿、一脸是血呀！"

何建轨听到这里，禁不住心头一跳：莫非他昨晚见到的那个水怪就是我？想想又有些不对，眼前这户主是个很正常的人，可我见到的那个水怪比一般人矮得多呀！何建轨正纳闷着，只听户主正在外面忙乎的女人喊着："快扶我一把，我要去趟厕所。"女人赶忙进屋，帮他把被子揭开，也就在揭开被子的一刹那间，何建轨什么都明白了：原来他是一个侏儒！

世上原本就没有什么鬼呀怪的，只要心里坦荡，路就走得踏实。这话何建轨当时没说，他想等户主搬了家后再说，不然这"传说"又会传下去，又不知道会传成什么样了……

"追踪金钱豹"作者：申之珉；"夜半吆喝声"作者：范国清；"幸运的摊位"作者：崔新三；"哪来的水怪"作者：孙新华。

下期话题：又是一个祥和的年

（题图、插图：刘斌昆）

三起三落

□李彦军

大牛复员后，到一家商厦当一名保安。这商厦的吕老板见大牛做事踏实，工作认真，便有意培养他，没过多久，大牛就当上了商场保安部经理。

大牛祖辈都是老实巴交的庄稼人，如今当上了经理，可是光宗耀祖的事情，因此，他干活格外卖力。这天上班，一个妖冶女人手里提的一个手提包引起了大牛的注意，仔细辨认，竟是吕老板的，他当即大步上前，挡住女人的去路："别走，你这包是哪儿来的？"女人轻蔑一笑说："哟，你管得多了一点吧，厂家这个包又不是只生产一个，你怎么知道是吕老板的？"

女人此话一出，正是不打自招，大牛心里立刻有了底，忙用对讲机叫来小张、小李，要把女人带到办公室盘查。女人怎肯就范？立刻大呼小叫，大牛一怒之下把那女人送进了派出所。

快下班的时候。吕老板回来了，一见大牛就不阴不阳地说："我的牛经理，你干的好事！"大牛挠挠头，不好意思地回答："抓住小偷，给老板挽回损失，是我的职责，没什么值得表扬的，老板千万别放在心上，其实今天这事儿，保安部小张、小李都有功劳，要奖励也要奖励他们。""狗屁！"吕老板突然怒吼起来，"你知道你今天给我闹丢了多大的生意？三十万哪！我装了半个月的孙子，眼看就要到手了，就因为你，签不了合同，还奖励，奖励个屁，你明天给我看仓库去，那里老鼠多，好好抓去！"

大牛被吕老板训斥、罢官，他是丈二和尚摸不着头脑，又不敢问究竟，心里憋了一股闷气。吕老板前脚出门，小张、小李后脚就进来，见大牛一脸丧气，安慰说："哥哥哎，我们这回是拍马屁拍到马蹄上，倒霉到家了。"大牛生气道："老板说话不通情理，我只管抓贼，怎么就耽误他生意？合同没签下来，这能怨我？"小李惊讶道："敢情你还没弄明白，今天抓的这个女人是什么人？"大牛气道："我管他什么人，见贼就要抓，不然要保安干吗？"小李说："嘿，你还犟。"他左右前后看没人，这才说道，"今天我问了老板的司机小赵，这才知道，那女人是老板小蜜，她用花功，拉了一笔生意，本已谈成，让她回来取包签合同，可被咱们一闹，耽搁了几个小时，对方借题发话，说咱们没有诚意，就这样，到手的三十万又飞了，你说，吕老板能不生气吗？"

大牛一听此言，喃喃说道："我怎会知道，那女人当时怎么不说？"小李说道："哥哥哎，说你糊涂你还真不明白，当时那么多人，难道要女人大喊'我是吕老板小蜜'？再说，她当时不是拨通一个电话，你当场把人家手机打掉了么。"大牛这才明白过来，但是已后悔晚矣，他收拾收拾，就等宣布后到仓库去抓老鼠。

事情过了几天，吕老板那里没一点儿动静，这让大牛好生奇怪。这天，他正纳闷呢，对讲机里传话，让他立马到吕老板办公室去。大牛心想，时候到了。于是，他回到办公室，收拾一些资料，向吕老板办公室走去，一进门，把资料放老板桌上说："吕老板，不用你说，保安部资料全部在这儿，麻烦你交给新人，我这就去仓库上班。"

吕老板一脸笑意，招呼大牛坐下，说："先不要急，我这两天想了一下，像你这样负责任的人现在不多，所以今天我不但不撤你的职，还要给你长工资，月薪三千。"一听这话，大牛诚惶诚恐，眼泪都快掉下来。吕老板说："没事儿就上班去吧，思想上不要有包袱，好好干，小伙子，前途是光明的。"

大牛一回办公室，看见小张、小李呆在那里鬼笑，他们见了大牛，齐声说道："恭喜哥哥官复原职。"大牛奇怪地问道："你们怎么这么快就知道了？"小李说："你知道这次非但不撤你职，还给你好处的原因么？"大牛说："老板看我认真呗。"两人嬉笑不语，大牛忙问原因，小李说："俗话说，天下没有免费的午餐，小张，把咱掌握的内幕给大牛哥说说。"小张清了清嗓子："你道老板真看上你？非也，是咱们那天抓的那个女的给你求情，吕老板才放你一马，这是小赵

亲口说的，绝不会有假。"

"这倒怪了，"大牛说，"我错抓了她，不但不报复，反而给我求情，天下哪有这么蹊跷的事儿？"小李说："这我们哪儿知道，可能那女人看上你，你走桃花运了。"小张接着笑道："哥有了这靠山，可别忘了我们兄弟，咱们可是共患难的。"

大牛没去多想什么桃花运杏花运，但他心里对那女人倒存了一份感激，就想找个机会谢谢她。

过了几天，听说主管商业的胡副

市长因经济问题被双规了，这事八竿子打不着他大牛，他听了也就过去了。谁想从此吕老板对大牛脸色越变越难看，天天没个好声气，有一次消防检查，发现器材老化，这本不关大牛的事，吕老板却硬把责任推到大牛身上，撤了他经理职，贬为保安，大牛稀里糊涂丢官罢职，心里有些窝火，找小李小张问问原因，哪知两人见了大牛像见了瘟疫，躲避犹恐不及，哪儿还能问出半句话来。

一天，大牛在商场例行巡查，突然一女子挡住他的去路。大牛觉得奇怪，停下脚步，看个究竟，那女子摘下太阳镜，原来竟是老板的小蜜，大牛早想谢她，现在正巧碰上，忙低声说谢谢。小蜜说："光凭嘴谢，拿出些实际来。"大牛说："如果肯给面子，晚上请你吃饭。"小蜜说："好大的口气，一个小小的保安，怎么请人吃饭，还是我请你吧，晚上我来接你，回头见。"大牛还没回过神来，小蜜已掉头扬长而去。

晚上下班，大牛刚一出门，一辆红色轿车"嘎"地停在他身边，大牛一看，正是小蜜，她不由分说，硬拉大牛上车，车子一阵飞驰，来到了海王星酒店，走进一个小包厢里，桌上已摆满高档菜肴，小蜜说："放心，今晚这顿饭我请。"接着小蜜举杯说，"来，为我们有缘相识，干一杯。"说完，一饮而尽，大牛端起酒杯尝尝，觉得味道怪怪的，哪如二锅头有劲。酒过三巡，小蜜已有些醉意说："姓吕的这个混蛋，竟敢不听我的话，把你降为保安，以前他哪敢这样。"大牛忙说："其实我没把这事儿放在心上，当经理也好，干保安也好，都是混碗饭吃，不过话说回来，以前撤我的时候，多亏你说了好话，我谢谢你了。""谢什么谢，"小蜜说，"屁大点事儿，也值得挂在嘴上，再说，他那笔生意，也是老娘给搞定的，丢了，我还能给他找回来，所以他就得听我的。"接着小蜜又醉醺醺地说，"告诉你一个秘密，以前我除了跟他，还跟胡市长相好，他当然知道，可又能怎么样？还不乖乖地伺候我，可现在，胡市长垮台了，我没了靠山，他就敢把你降成保安了。"

话听到这里，大牛明白了原委，心里直犯恶心。小蜜又说："大牛哥，其实我早就喜欢上你了，你身体好，模样俊，是个标准的猛男，我伺候老头子伺候了半辈子，如今也该让我换了……大牛哥，我有的是钱，你跟了我，比干那狗屁保安强百倍，你好好想想，不如今晚就……"说着说着，就靠了上来。

大牛勃然大怒，一把推开她，大声怒骂起来。正在这时，包厢门砰地一声被人踢开，吕老板领了一帮人冲了进来，吕老板朝小蜜脸上"啪啪"扇了两巴掌，骂道："你个臭婊子，在这里勾引男人，我打死你！"两人扭成一团，骂了一阵后，小蜜被吕老板的手下带走了。

吕老板喘息了好一阵子，才走过来拍拍大牛肩膀说："小伙子，好样的，以前我以为你和这个女的相好，我恨你，打击你，是我看错了，你不但清白、正派，还帮我甩掉这个女人，立了大功，我决定恢复你商场保安部经理的职位，月薪五千。"

大牛听了这话，并不激动，只是平静地说："不，老板，我不会在你这儿干了，我现在就辞职回老家种地去。"吕老板一听，嘴张大了，好像不认识大牛似的。

几天后，大牛回到乡下，办了个养猪场，虽然辛苦，但日子过得自在、轻松，有滋有味。

（本篇月月评短信代码：G232）

（题图、插图：魏忠善）

双喜办证

□ 钱太玉

双喜是虾鱼乡的船民，驾一艘三百吨的铁驳子船在长江里跑黄沙运输。

前天，乡水运队送来通知，要船民们到县海事局换证办照，培训上岗。双喜把通知往船舱里一扔，心里嘀咕道："这阵子沙价上涨，哪有闲工夫去坐冷板凳，要说办证，那是小事一桩，有钱能使鬼推磨的把戏他是屡试不爽，能不能过火焰山，就看你的本事了。"

这天，双喜从鄱阳湖装了满满一船沙，往下江日夜兼程，他这次没往大港口送，那里查得紧，规矩大，他选择了横风港小码头，这横风港是个小航道，千吨大船进不来，盘查也松得多。

太阳落山时，驳船抛锚靠港，双喜抽空打了个瞌睡，正进入梦乡，忽然被一阵吵闹声惊醒，只见一艘快艇停在他船边，一个大盖帽站在船头，咋咋呼呼吼道："谁是老大？证件拿出来！"双喜见得多了，眯着眼，顿了顿，才慢慢吞吞地对大盖帽说："老大上岸找货主去了，不在！""不在？明天一早到站里登记，跑得了和尚跑不了庙，听见没有！"

大盖帽走了，双喜就开始想主意。第二天一清早，他上厕所时忽然有了灵感，他按厕所墙上的一串电话号码打过去，很快有了回音，对方是个专办黑证的，三下五除二，双方就达成了交易，约定在玫瑰大酒店门口，一手交钱，一手交货。

下午，双喜到了那儿，见交货的是个"眼镜"，骑一辆摩托车，像做贼一样，东张西望了好一会，在确信没有麻烦时，才接近他。眼镜打开包，包里五花八门，什么玩艺都有，光大大小小公章就一大堆，双喜没心思与他啰嗦，付了钱拿了本子走人。

双喜来到码头口的检查站，只见不大的三间屋挤满了来登记审查的船民，证件在桌面上码了一大排，一个青年办事员在逐一翻阅查验，忙得不亦乐乎。

双喜观察了一会，没敢把本子放上去，因为他发现自己的本子颜色鲜亮簇新，放到一起，非常突出。一直候到一帮人走得差不多了，他才小心翼翼地把本子递上去，不巧，又来了两个人递上本子，青年办事员举着双喜的本子叫道："这是谁的本子，在哪搞来的？"这一叫，叫得双喜鼻子上汗都出来了，他强打精神，战战兢兢地说："是我们乡水运队代我们办的，怎么讲？"见双喜一副可怜巴巴的老实相，青年人平静下来，把本子翻了几下，也没发现什么可疑的地方，就要盖章通过，哪知就在这时，走过来一个高个子秃顶中年人，接过双喜的船舶簿子，翻都没翻，重重地甩给青年人，说："仔细再看看，翻到第五页

看第三行，就明白了。"

在场的人都觉得有戏，立即凑上去翻到那一页一看，傻了！运输方式中"顶推"二字，变成"顶椎"二字，这假证真是假得离了谱，可笑可气！再看高个秃顶，像捡了个大元宝似的得意地喊叫道："跟我林某玩，你早呢，按老规矩办，扣下！罚款五千！"

双喜一听，人都瘫了，这林秃子真是太厉害了！

双喜像个犯了错的小学生，乖乖地缩在墙边不作声，一双眼睛却在滴溜溜直转，他瞅见姓林的进了一间办公室，便像影子一样悄悄跟上去，掩上门，冲姓林的又是打躬又是作揖，拖着哭腔说："你大人不记小人过，我们也是没办法，搞小船的强于讨饭，水中求财也就糊张嘴，还望林老板宽大处理。"姓林的瞟了他一眼，仿佛把他的五脏六腑都看透，沉沉地说："你这态度还差不多，这样吧，谅你初犯，罚一千。"

双喜就等他这句话，他深谙有权人的嘴巴能大也能小，就看你懂不懂谱，此刻，对方放马过来，他便急忙亮招。什么招呢？他把捏着三张老人头的手插进对方的口袋，姓林的用手挡住："不要这样。"双喜明白，这是嫌少，又插进另一只捏有两张老人头的手，姓林的这才像被点了穴道不吱声了，假惺惺地说："开张票吧。"双

喜忙说不用，手摇得像拨浪鼓，匆匆退出办公室。

回到船上，双喜思前想后，越想越来气，问题就栽在办证的眼镜身上，如果他不马虎出差错，小青年都糊弄过去了，林秃子又如何识破？害老子无缘无故地多花了五百元冤枉钱，想到此，他拿起手机，把眼镜痛骂了一顿，眼镜在那头像小鬼似的一再赔不是，说再办一份，保证质量，打个八折。双喜没好气地说打五折差不多，那头说，就这么定，晚上老地方见。

晚上，双喜交了货，早早地来到玫瑰大酒店门口，酒店很高级，不是一般人开销得起的，他朝里面张了张，识趣地在门口大排档上要了一瓶酒，炒了个小菜，就稀里哗啦吃喝起来。等了好久，眼镜仍没来，双喜便打电话催，对方说在邻区操作，搞好就来。

就在这时，双喜见一个人影闪过，定睛一看，是林秃子，只见他换了便衣，一副老板的派头，直奔大酒店的二楼，双喜心想："这家伙来这儿干什么？"好奇心驱使双喜也下意识挪腿跟上，远远看到林秃子左右张望一下，轻轻地叩一个房间的门，门开了，一个人头探出来，双喜一看，惊诧得眼瞪大了，这不是眼镜吗？又见眼镜缩回头，"砰"一声把门重重关上，双喜悄声贴上去侧耳细听，里面

说话声很小，但笑声很大。双喜顿时一切明白了，肚子气得一鼓一鼓像蛤蟆，好你个眼镜、林秃子，原来是黄鼠狼拖油条——一路货色。这假中之假，卖个破绽，原来是他们共同设计的圈套，叫你上钩。

双喜揉揉气得胀鼓鼓的肚子，不声不响地退到大酒店门口的一棵香樟树下，拼命地打眼镜手机，说来了好几个老乡要办证，价钱好讲，只要快当，眼镜兴奋地说马上就来。

过了一会，双喜又催，眼镜说路上堵车，正在途中。双喜觉得好笑："跟老子玩蛇，你还嫩哩。"又催几次，终于远远看见眼镜匆匆下楼，他从后门出去，骑着车绕到门前，然后装一副风尘仆仆的样子一路骑来，左找右找，前顾后盼。双喜在暗处看到得真切，时不时用手机催眼镜，把眼镜弄得手忙脚乱。突然，轰地一声响，眼镜的摩托与出租车相撞，这下，戏有得唱了……

几天过后，在县航管部门上岗人员培训班里，来了一个插班生，他，就是双喜。如今，双喜已经悔悟过来，再不想干那鬼弄鬼的事了，毕竟，人不做做鬼，吃亏的还是自己。

（本篇月月评短信代码：G233）

（题图：魏忠善）

（本栏目欢迎来稿。来稿可从邮局寄发，也可从网上传递。如为电子邮件，请发以下信箱：keyin118@163.com）

福祸二字本是同旁，富贵得意之时，不要忘了做人之本，一朝身败名裂，皆是种前因得后果。然而，当这不幸来临，请相信，天地间，还长着一种草，叫幸福……

喜鹊衔来幸福草

□ 陈笑海

豆花嫁郝大壮时，郝家穷得叮当响。豆花看中的，就是大壮魁梧的身材，还有他家门前那棵香椿树上的喜鹊窝。她坚信，喜鹊是吉祥和幸福的信使，喜鹊窝一定会带给她好命运。这不，郝大壮跟建筑队出去没两年，就挣了些钱回家。喜鹊叫，好事到。喜鹊在门前喳喳叫时，豆花总要收到大壮寄来的汇款。后来，郝大壮开始自己承包工程，当上老板，赚

的钱更多了，家里的楼房很快矗起来。豆花的日子渐过渐滋润，儿子也上了小学。可就在这时候，听老乡讲，大壮在外面包养了二奶，豆花肺都快气炸，决心去广东郝大壮承包的工地弄个水落石出。

几经周折，豆花终于找到郝大壮在工地附近的出租房。豆花贸然闯入，果真看到丈夫正搂着一个年轻漂亮的女人看电视，豆花只觉得热血直往脑门儿上涌。郝大壮见妻子突然出现在面前，先是一阵慌乱，然后不紧不慢地说："既然你已经什么都晓得，那我们就好聚好散，如果你能放聪明

点，就暂且先回家！"豆花头也没回，就拖着疲惫的身体跌跌撞撞地直奔火车站，连夜坐车往回赶了。

回到家里，豆花满腹委屈，于是打电话给自己最好的朋友倾诉，好朋友安慰了她一番，要豆花好好休息。

一天，豆花一觉睡醒，看见太阳正好照在梳妆台上，窗外还不时传来喜鹊"叽叽喳喳"的叫声。豆花简单梳理了一番，走下楼去，正好碰见村里通讯员找上门。他笑眯眯地说："豆花嫂，郝大哥又汇钱来啦——"说着，递过来一张汇单。豆花一看愣住了，这回不是一千块两千块，而是整整一万块！看着"郝大壮"三个字，她的气消了大半，暗自思忖：郝大壮同那个妖冶女子在一起可能有他的难言之隐，也许是逢场作戏罢了。她相信，郝大壮依然还是顾着这个家，有汇款作证，有家门前香椿树上的一只只喜鹊作证。

不久，豆花又收到几笔从广东汇来的款子，而且都是上万元的，豆花想丈夫是内疚了。豆花是个善良的人，她渐渐原谅了丈夫。

这天，豆花家门前路过一个年轻人，他在那棵香椿树下拾到几根茅草，不无惊讶地说："幸福草啊幸福草！"豆花听到外地口音，忙从里屋走出来，问他："什么幸福草？"年轻人把刚才拾起的几根茅草送到豆花跟前，说："大嫂，从这棵大树上落下的这种草就叫幸福草，"他顿了顿，接着说，"这种草很珍贵，生长在洞庭湖边繁茂的杂草丛中，是依靠鸳鸯的粪便长出来的一种茅草。我在这地方转悠了几个月，总算没白费力气，终于找到了幸福草。"

豆花不解地问："你需要这种草给人治病吗？"年轻人取出一张名片递上。豆花看了看，原来，这位年轻人姓杜，是广东一家首饰制造公司的采购员。杜采购说道："现在南方正流行一种鸡心首饰，我们的老板为抓住商机，决定在每件鸡心首饰里装上一根幸福草，于是，派出一批采购员在全国各地寻找幸福草。"豆花听得目瞪口呆。她明白，这些被杜采购称作"幸福草"的，就是喜鹊从水塘湖边衔来筑窝的那种茅草，但从未听说过它还有这样一个美丽的名字。

杜采购拿着几根幸福草，对豆花说："大嫂，你开个价吧，我决定收购这种草。"豆花不知所措。杜采购说："每根十块钱，怎么样？"一根草能卖十块钱？豆花在心里不住地惊叹，望着面前的年轻人，简直不敢相信这是真实的。年轻人又补充说："大嫂，你把这棵树上和周围的幸福草全收拾起来，下午我来点数付款。当然，这事你千万不要告诉其他人。"

豆花将信将疑，把香椿树周围的幸福草一根根拾起，还用竹篙竿把喜鹊衔来筑巢时落在枝桠上的一些也拨拉下来，然后整整齐齐地摆放在客厅的大方桌上，等待杜采购来收购。

下午，杜采购赶来了，后面还跟着一个中年汉子。显然，中年汉子比年轻人更老练，从那堆幸福草中抽出一根粗壮的，先仔细瞧了瞧，后又放在鼻子前认真嗅了嗅，惊叹道："好！这才是我们要寻找的真正的野生幸福草！每根我们出价十二块吧！"说完，就让一旁的年轻人清点根数。这次，豆花一共收到八万块的现金，应该还有几十块的找零，对方也不用她找了。他们要求豆花打一个收款收据，还让她按了手印，称回公司后好报账。临走时，他们一再交待豆花："你家门前的幸福草，不得再卖给其他人。过一段日子，我们再来收购。"豆花连连点头，说她一定会恪守信用，表示要尽心尽责为他们保护好这种草。

收购幸福草的人没有失信，一连来她家里收购三次幸福草。豆花共获得三十五万元现款，每次都写了收据按了手印。豆花把这笔钱连同丈夫寄回的一并存在镇上银行，自己则保存着存单密码。她本想把这件天大的喜事告诉丈夫，但丈夫除了汇款，已经半年没打电话回来，她联系不到丈夫。

光阴荏苒，转眼即至腊月天。从广东传来消息说，郝大壮因拖欠民工工资，已有民工准备联合起诉他了。按工程进展，有关单位已支付给郝大壮部分工程款，如果不是他花钱如流水，包二奶玩三陪，给工地上的民工发工资应不存在任何问题。

入冬后的一个寒夜，有一群陌生人旋风般闯进豆花家，不分青红皂白就把豆花和她的儿子一并从被窝里拉起来，说要带他们去广东郝大壮的工地。豆花母子俩一时成为丈二和尚，不知到底发生什么事，幸亏邻居报警及时。民警赶到时，豆花母子俩已被拉上那群人租来的大货车，准备径直开往广东。经了解，这群陌生人全是郝大壮工地上的民工，说郝大壮在广东的二奶换了一个又一个，就是不给他们工钱，这次将郝大壮的妻子和孩子绑架到广东，就是为了威胁郝大壮，以讨回他们大半年的劳动报酬。

民警狠狠批评了民工，说他们的这种莽撞行为实际上是违法行为，但也十分同情他们，决定随他们一道前往广东，探个究竟。

在广东工地上的郝大壮也已焦头烂额，就在楼房快要封顶之时，一群民工集体罢工，要求发放全年的工资。眼看就要过年了，郝大壮只得高价从民工市场新招一批外来工为他继续施工。楼房封顶验收合格后，郝大壮兴冲冲地前往建设单位的财务部领取余款，可财务部的负责人告诉他，

房子建筑余款早已分期支付出去！郝大壮一听掉了魂似的，一脸乌紫，心想："老子我哪里领取过一分钱的余款？"就在此时，几个人将豆花和她的儿子一起带进了财务部。

那个姓杜的"采购员"走上前说道："郝老板，事情是这样的，我们集团公司的财务主管是豆花嫂最要好的朋友，当她听说你对豆花嫂不忠，又得知你在集团公司的下属单位承包工程时，就决定帮助豆花嫂一把，于是，派我略施小计，将你所承包工程的余款50万元分几次全部支付给了你的妻子豆花。"

50万？坐一边的豆花恍然大悟，忽地明白了事情的真相。原来，近半年来，她一共收到以郝大壮名义的汇款，加之"幸福草"的收入刚好是这个数字。豆花站起身，对郝大壮说："是的，我已经收到50万元，全都以我们儿子的名字存进了银行！"

郝大壮愣在那里，一时咋舌，惊讶得说不出话来。

回到出租房，郝大壮准备拿出仅有的三万块零花钱来应付那几个去他老家绑架来豆花和儿子的民工，打开抽屉，里面哪还有一分钱，惟有一张纸条，上面歪七竖八地写着几行字，是那个妖冶女子留给他的："如今，工程款全被你老婆掌握了，你成了穷光蛋，抽屉里的三万块钱权且作为你支付给我的青春损失费吧，拜拜！"郝大壮的脑袋"嗡"地一下，一屁股瘫坐在地上。不知何时，九岁的儿子牵着妈妈的手也赶到郝大壮的出租房。儿子说："爸爸，我们回家过年吧！"望着儿子和一脸风霜的妻子，郝大壮愧疚得双腿跪在妻子面前，乞求她的原谅。

在妻子的帮助下，郝大壮给工地上的所有民工发放了工钱后，便带着妻儿赶回老家过年去了。

（本篇月月评短信代码：G234）

（题图、插图：魏忠善）

简单淳朴的生活，无论在身体上，还是精神上，对每个人都是有益的。 ——爱因斯坦

□ 时英友

不忘挖井人

老马在一起车祸中受了重伤，肇事司机当场逃逸，老马也昏了过去。醒来后，他不知道自己身在何处，喃喃自语道："我这是在哪儿？"

"爸，你醒啦！"守护在身边的儿子马帅兴奋地说，"爸，你在医院里，你出了车祸，还动了手术，已经昏睡一天一夜了。"

"哦，车祸？我怎么会出车祸呢？"

马帅摇摇头说："爸，这还要问你自己，我们也不知道你是怎么出的车祸。"老马皱紧眉头，认真地回想却什么也想不起来。儿子安慰说："爸，你先把伤养好，那些问题留着以后再去想吧！"

三天后，老马感觉身上有了气力，也能下床走几步了，可他对车祸的始末还是一点也记不起来。他从医生那儿了解到：那天夜里十一点左右，自己浑身上下血肉模糊，深度昏迷状态下被一个四十来岁的中年汉子送进医院的。当时大家都忙着抢救，没有在意那中年汉子是什么时候离开医院的，幸亏有位护士认识老马，才通知到老马的家人。医生还告知老马，人的大脑受到猛烈撞击后出现短时失忆是正常的，说不准什么时候就会自动复苏。老马是个知恩图报的人，他不再去想自己如何被车撞伤的、在什么地方、肇事司机又是谁，他只想知道那个把自己送进医院的中年汉子是谁。向医生打听，医生再也说不出个所以然，只是说那是个普通人，模样也没啥特别的，若再次见面或许可以认出来。

又过了几天，老马的大脑记忆还是没能自动复苏，看来没指望了，老马便让儿子想办法帮自己寻找救命恩人，马帅没办法，只好在晚报上登了一则寻人启事，说本月十六日晚，他父亲在一起车祸中受重伤，有幸被一中年汉子及时送往医院抢救，现已脱离危险。希望这位中年汉子见报后主动与他联系，并备以厚礼，以示谢意，还留下了他自己的手机号码。

寻人启事登出以后，一晃就是三天，马帅的手机一次也没响过。老马耐不住性子，让马帅将启事的结尾改成"面酬现金一万元"，再登一次。寻人启事又一次见报，然而还是无人问津，甚至连个提供线索的人也没出现。老马跟谁赌气似的，让儿子把一万元改为十万元，接着登！

这下马帅不肯了，瞪大眼睛说："爸，你以为你是富翁呀！人家要是冲着十万元找上门来，你拿什么给人家啊？"老马顿时火冒三丈："你老子的这条命就不值十万元吗？"

"爸，不是我们忘恩负义，我们已经尽力寻找了。人家不肯露面或许另有隐情，说不定就是他本人撞伤的呢！我看这件事到此为止吧！"

"放屁！你要不去办，我自己去报社。"老马不听儿子的劝阻，说着话当真要下床。马帅拗不过父亲的犟脾气，只得同意。

第二天，十万元重金寻找救命恩人的启事见报了。报纸上市发行没半个钟头，老马的病房里竟先后涌进来六七名扛着机器的各路记者，记者们纷纷把话筒举到老马的嘴边，让老马谈谈花重金寻找救命恩人的感受。老马没好气地说："我啥感受也没有，只想当面向人家道声谢谢，你们要是闲着没事干就帮我寻找救命恩人吧！"

记者哭笑不得，转而采访马帅。半辈子没露过脸的马帅哪肯放过这个机会呀！在记者面前滔滔不绝地说，说父亲从小就向他灌输滴水之恩涌泉相报的道理，虽然家里并不富裕，但这次倾其所有也要报答恩人……

老马父子花重金寻找恩人的动人事迹在电视新闻里也播放了。一时间，马家父子成了家喻户晓的人物。然而一晃又是几天过去了，中年汉子还是没有露面。尽管老马心急如焚，却一点办法也没有，只有等待。

这天，一个陌生的中年男人走进病房。中年人盯着老马看了半天才开口说："十六号晚上是我送你来到这所医院的。"

老马闻言，一坐而起，一把拉住中年人的手连声道谢。中年人却淡淡地说："我不值得您感谢，你要谢的是那个民工。"接着中年人说出了那天晚上的事情经过："我是个出租车司机，那天晚上十一点左右我准备收车回家，于是走小道，车刚开进构桔弄，突然前方有人拦车，车灯下我看清拦车的是个中年男人，穿得土里土气，像个民工。更重要的是他怀里还抱着一个浑身是血的人，我有心拒载，民工却死活不让道，苦苦哀求我送他去医院，还硬塞给我一百元钱。后来我一想，反正去医院不算绕道，拒载又难脱身，才拉了你们……"

听司机这么一说，老马总算知道自己是在构桔弄出的车祸。构桔弄里住着老马的一位老战友，老战友腿脚不方便，整天呆在家里闷得慌，老马爱与战友下棋。老马估摸自己是下完棋从战友家出来后被车撞伤的。

司机接着吞吞吐吐地又说："从电视上看到你们在寻找那个民工，我才知道他与你非亲非故。我，我这次是来还钱的，如果你们找到那个民工，代我把这一百元还给他。"说完话，司机留下一张百元钞票，满脸愧疚地离开了。

司机走后，老马思绪难平：多么善良的人啊！于是越发想见见那个民工。可一晃又过了一个星期，民工始终没有露面。难道民工离开这座城市了？老马胡乱猜想着。

又过了几天，老马伤愈可以出院了。出院这天，老马没有直接回家，而是让儿子陪着自己从构桔弄绕一圈。走进构桔弄，老马停了下来，环顾四周，心生感慨：若不是那个民工热心相救，这会儿自己的魂魄不知

在哪儿游荡呢！突然，老马像是着了魔似的，目光死死地盯着前方不动了。

"爸，你怎么了？"马帅叫了几声，老马竟没有反应。马帅顺着父亲的目光看去，前方一堵水泥墙上被人不道德地用白漆刷了一句广告，除了"专业挖井"四个大字和手机号码，其他什么也没有。马帅有些心慌，扳过老马的肩膀，说："爸，你到底怎么了？"又过了半响，老马才缓过神来，沉吟了一会儿，他竟掏出手机拨通了墙上的手机号码："喂，是挖井师傅吗？对，对，我家想挖口井。好，好，我家住在……"

马帅给闹糊涂了，问道："爸，家里喝的是纯净水，用的是自来水，挖井干什么呀？"老马却不作解释，挂断电话，心事重重地离开了构桔弄。

父子俩回到家没多久，挖井人就找上门来。老马却让儿子出去接待，自己到楼上休息去了。马帅拿父亲没办法，只好照老马的意思去办。

挖井人是一对父子，父亲四十来岁，憨憨实实的，皮肤黝黑发亮；儿子倒是白白净净，像个腼腆的中学生。马帅在院角选好了地方，父子俩就开始干上了。父子俩话不多，只知道埋头干活，起早贪黑，仅用了两天，一口二十余米深的水井就挖成了。在这两天里，老马却一直躲在房间里不肯出来。马帅不知父亲葫芦里卖的什

么药，问了好几次他都不说。

付了工钱，送走挖井人，马帅回到院子里，猛然发现父亲不知什么时候下了楼，站在井边上。马帅生怕父亲不小心跌下井去，慌忙过来搀扶。

井底已经开始蓄水了，明晃晃的像面镜子。突然一滴水珠落入井底，镜面即刻晃动起来。马帅一激灵，扭脸一看，父亲的双眼红红的，这才明白刚才落入井底的是父亲的泪水。

"爸……"

过了半晌，老马才凝重地说："知道吗？那个挖井人就是我要找的救命恩人呀！"

"什么？爸，你怎么知道是他？"马帅万分惊讶。

老马幽幽地说："那天在构桔弄看到墙上的挖井广告，虽然在墙上乱写广告是不道德的违法行为，但它让

我记忆陡然复苏了：在我被撞倒在地的短时间内，我是清醒的，我掏出手机想给你打电话，却记不起你的电话号码。这时我发现了墙上的广告，便拨通了电话，仅说了句'我在构桔弄……'就不省人事了。"

"爸，既然如此，你为何不下楼与他相认呢？"

"这两天我在楼上想了很多，做好事不图回报，挖井人是真正善良的人，我没有必要下楼来……"

"爸，你不能就此确认救你的就是挖井人呀！"马帅思索了一下，打断父亲的话说道。

"这两天我在楼上还给挖井人拍了照，要不你拿去找医生证实一下？"马帅从父亲手里接过照片，还真去了医院。

半个钟头后，马帅就返了回来。老马忙问道："医生怎么说？"

本期有奖竞猜的题目是：已从医生那得知结果的马帅，此时是以怎样的心情来回答父亲的问话呢？

A:失望的（短信代码GA）；B:喜形于色的（短信代码GB）；C:平淡的（短信代码GC）

（题图：黄全昌）

猜情节，赢大奖

午夜搭车"人"

□ 任瑞珏

这天黄昏，探险家夏洛克坐在开往非洲南部的列车上，他靠在窗边，悠闲地吸着一支加长型的巴西雪茄，回味着往日的探险经历。这时，列车员来到他的身旁，轻声说道："先生，晚上请您一定把车窗关好，因为中间有一段路程会经过一片原始大森林，请注意安全。"夏洛克点点头，心想："既然列车员特地叮嘱，我一定得警惕途中可疑的人。"

半夜里，夏洛克突然从梦中惊醒，生性敏感的他似乎听到车厢里有人走动的声音，开始他还以为是列车员经过，但后来他发现传来的脚步声比较杂乱，好像有几个人在车厢里乱窜。他悄悄地把眼睛睁开，朝有声音的方向望去，果然看见几个魁梧的身影。他心里暗暗一紧，难道遇上专门在车厢抢劫的盗贼了？尽管他也会擒拿格斗之术，但要赤手空拳地打倒眼前的这几个壮汉恐怕也不是很容易的事。

正当夏洛克暗自思忖的时候，车厢内又重新恢复了安静。他朝车厢内望去，发现刚才那几个黑影早已安安静静地蜷缩在卧铺上睡下了，不到一会儿就听到从那边传来沉睡的酣声。

夏洛克轻轻地吁了口气，看来这几个不速之客，只不过是午夜搭车的流浪汉罢了，根本不是什么强盗。想到这，夏洛克就安心地继续大睡起来，而且睡得很甜，并且还做起梦来……

他梦见自己来到了一个大湖上，那湖水清澈透明，他忍不住把鞋脱了下来，光着脚转着圈，并且还有几条胆大的鱼用嘴擦碰他的脚心，弄得他痒滋滋，麻酥酥的。他一时忍不住放声大笑起来，这一笑，他就从梦中醒了过来，这一醒过来，他的笑声还没有来得及停止，就被眼前的景象给吓呆了！他看见自己的身边，居然站着几只体格健壮的非洲大猩猩，一只正好奇地用指头抠他的脚底板玩，一只则对着他的脚撒尿。听见他突然发出的笑声，几只大猩猩不约而同转过来盯着他看，脸上露出怪异的表情，半响，它们一哄而散。

夏洛克的心一下子提到了胸口上，他赶紧把眼睛闭上，一动不动地躺在原处。夏洛克知道这种大猩猩性情极不稳定，易喜易怒，一旦发起怒来，就连非洲雄狮也会被他们撕成碎片，而且它们鬼灵精怪，这会儿蓦地散去，不知又会有什么花招？只好静待其变。

果然，不一会儿，大猩猩看夏洛克再没有什么反应了，好像有点不甘心的样子，又聚拢过来，把夏洛克从卧铺上拖下来，把他的身体翻转趴在地上，一边一个踩住他的双手双脚，让他无法动弹，另一个则坐在他的背上不停地扭动，夏洛克在这几百斤重的身体压榨下，眼冒金星，五脏六腑犹如翻江倒海一般，不一会儿就被弄得半昏迷状态了，他没有想到这次探险目的地还没有到达，就要把自己这条命给交在这儿了！

正当他晕晕乎乎地胡思乱想着的时候，他感觉到列车好像缓缓慢了下来，身上的负担也一下子减轻了，当他神志清醒过来的时候，再看那几只大猩猩早已跑得无影无踪了！

夏洛克定了定神，回想起刚才那些惊心动魄的场面，仍感到心有余悸，不过他也从内心中升起一股久违的满足感，因为这次意外的遇险让他感觉到前所未有的兴奋和刺激。

到达站点时，夏洛克忍不住兴奋地把车厢内的奇遇告诉列车员。列车员听他描述完之后，带着一丝无可奈何的表情，耸了耸肩，然后用一种调侃的语气说道："看来你没听我的话，晚上没有把窗户关上，让那群调皮的家伙给戏弄了！你知道吗？这些非洲大猩猩的智商很高，他们经常会搭乘这趟列车到另一片森林采集食物，等那一片森林的食物吃得差不多了，它们又会搭车返回原来居住的森林，吃新生长出来的食物，这些家伙一年四季要坐好几趟火车往返，实在是鬼得很呀！"

夏洛克听完乘务员说的这番话，惺惺相惜地叹道："看来，它们才是真正的探险家呀！"

（题图：佐　夫）

· 情感故事 ·

似花还是非花，爱情来时总那么朦胧，却又如此清晰，他们在爱中尽情捕捉对方的各个细节，猜疑着、甜蜜着……

摇晃里的爱

□ 童存云

公交车一到站，美丽高挑的外企白领雯雯便抢先一步跨上车。她拿着月票冲司机晃了一下，便开始往里走，此时正是下班高峰期，车上根本就没有座位，连过道上都站满了人。她只得一手按住背包一手抓着吊杆，可前后左右都是人，挤得她透不过气来。加上路况很糟，整个车子一直像个大摇篮在摇晃，晃得车上的乘客都昏昏欲睡。可雯雯却不敢大意，她的包里可揣着刚发的工资和奖金呢！听说最近公交车上经常有人遭窃，她实在不敢大意。

这时，司机为避路人，突然来了个紧急刹车，雯雯一个重心不稳，跌倒在前面一个人的怀里。她连忙抓住那人的胳膊，好不容易站稳了，刚抬起头，岂料那人也刚好低头看她，不经意间两人的嘴唇竟碰了个正着！又羞又恼的雯雯发现对方竟是个眉清目秀的大男孩，而他也正涨红了脸不知所措呢！看着他装出一脸无辜的样子，她真恨不得打他一个耳刮子！但这毕竟不是人家的错，都怪这该死的车！该死的司机！该死的马路！雯雯下车时，还是不忘狠狠地剜了那家伙一眼，只见他无可奈何地冲她耸了耸肩。

接下来的一段日子里，雯雯每天上下班乘车都能碰上他。他也真怪，就算有座位他也不坐，总是抓着吊杆站在那里。他每次一见到雯雯上车便咧开嘴傻笑一回，雯雯忙把眼睛一瞪，不再理他。

等到人多了，她不得不与他面对面时，他便凑在她耳边低语："要是再来个急刹车就好了。"她的脸便"唰"地一下变红了，狠狠地白他一眼，手上忙暗暗用劲，就算再来个急刹车，她也绝不会让那一幕再发生了。

这天，雯雯在车上听到司机跟一个乘客在讲话，所讲的话题正是大家所关心的："这有好些天了，也没听说有乘客丢钱的，可能是那扒手休假了吧？妈的！小偷太狡猾！这回倒好，走了大家安稳！不然连我们公交公司都麻烦！"乘客听了，也感叹不止，其他乘客也纷纷议论起来，看来这扒手带给大家的心理压力还挺大的。雯雯听了不由觉得好笑，扒手还有休假？对面的他便盯着她说："你笑起来真好看。"她忙低下头，心里却怦怦乱跳，难道自己喜欢上他了？

雯雯好像真喜欢上他了，她渐渐有些神不守舍，总盼能见到他。见了又不敢多说什么，心慌意乱的。他好像也觉察出她的心思，眼神也慌乱起来。说来你也许不信，他们还真的恋爱了。他说他叫高一非，是个有着特殊工作的人。可问他是什么工作，他总说保密，等过一段时间互相了解多一些，再告诉。雯雯虽有些不快，但热恋的激情使她很快忘了这个小小的不愉快。

他们就这样每天在这摇晃的车上，凝视着彼此，当车子偶尔来个急刹车的时候，就势再来个火热的吻，

别提有多浪漫了。

这天早晨，经过精心打扮的雯雯兴高采烈地上了车，可她找遍了整个车厢也没有看到高一非的影子，他怎么没来？病了吗？或者乘上一班车走了？不可能，明明说好每天都乘这班车的呀！焦虑不安的她，内心顿时无比失落。

但车上的乘客却一反常态地兴奋，大家都在议论"听说今早在这车上抓了一个扒手！妈的，那小子长得还真不赖！谁知道年纪轻轻的竟干这勾当！""是啊，被便衣抓去了，这下彻底安稳了。"

雯雯听了这些话，心里不由"咯噔"一下：该不会是他吧？……怪不得他不肯告诉我是干什么工作，莫非……

她的鼻子不由一酸，肯定是他。

她班也顾不上去上了，回到家狠狠地哭了一场，想不到自己的爱情就这样夭折了。她恨自己有眼无珠，居然爱上了一个窃贼；恨他伪装得像个正人君子，骗取了自己的信任。

第二天早上，她戴了副墨镜去上班，没办法，一双眼睛肿得跟核桃似的，被人看见不得笑话死。

她照例去挤公交车，照例将月票冲司机晃一下，照例抓住吊杆在过道上。蓦地，她惊呆了，她有些不相信自己的眼睛：高一非！他正站在身边冲自己笑呢！洁白的牙齿上还有淡淡

"掌上灵通杯"《故事会》优秀作品月月评

1. 本期初评委推荐以下10篇故事为候选作品，读者可挑选出你最喜欢的一篇，将其月月评短信代码（如G230，没有短信代码的作品不参加评选）发送到200056（移动用户）或900056（联通用户）。每次限选一篇，可多次投票。

篇名与短信代码

代码	篇名	代码	篇名
G230	你是我要感谢的人（P8）	G235	摇晃里的爱（P43）
G231	恐怖饭店（P11）	G236	小新闻世界（P46）
G232	三起三落（P26）	G237	神算（P54）
G233	双喜办证（P30）	G238	商人的眼光（P60）
G234	喜鹊衔来幸福草（P33）	G239	我的爱情鸟飞走了（P65）

2. 作者奖：每期设"最受欢迎的故事"三篇，由得票最高的前三名作品获得。这三篇作品均将列入本刊今年举办的"中国最有影响力的故事"征文大赛候选名单。第一名的作者还将获赠上海文艺出版总社出版的大型历史图书《话说中国》一套（价值1100元）。

3. 读者奖：参加评选并投对当期"最受欢迎的故事"的读者均有机会获得现金奖，每期20人，各获现金500元；所有参加评选的读者均有机会获得参与奖，每期200人，各获精美礼品一份；参加全年20期以上评选的读者更有机会获得年终大奖，共12人，各获价值5000元的数码摄像机一台。

4. 本期活动截止期为：12月5日。得奖读者在评选结果揭晓后将得到短信通知，用户接收每条短信收费0.50元。

"掌上灵通杯优秀作品月月评" 2005年10月(上)评选揭晓

2005年10月（上）获得选票前三名的作品分别为：《三个女人一件衣》（6201票）、《英魂难眠》（4722票）、《抱起爸爸》（3098票）。

的牙膏味道。他含笑着摘下了她的墨镜："哟！你的眼睛怎么了？哭了？就因为昨天没有看到我？"

"……"她无语。

"小傻瓜，昨天我为了抓那个扒手，没来得及和你见面，为了逮他，我在车上耗了快一个月了！当然，一半也是因为你……"

"你到底是什么人？是警察还是小偷？"她傻傻地问道。

"说你傻，你还真傻！你看！"他说着从上衣口袋里取出了工作证，她打开一看，真的是他！高一非，人民警察。

雯雯眼中已饱含着泪花，她刚想开口说点什么，车子忽然又来了个急刹车。当别的乘客为此不断尖叫时，她却幸福地偎在他的怀里……

（本篇月月评短信代码：G235）

（题图：安玉民）

小新闯世界

□ 武爱民

赵新跟爸爸吵架了，爸爸一气之下，说了句很伤他自尊的话："你除了犟嘴还有啥能耐？一分钱挣不到，学习还不长进！"结果当天晚上赵新就出走了，还豪迈地留下一张字条：我去闯世界了，等赚了钱再回来！

赵新刚上初三，这是他第一次单独出门，身上只有平时攒下的压岁钱，花253元买了一张去广州的车票后，还剩下不到200元，这就是他全部家当了。他不知道怎么去赚钱，但既然打工仔打工妹都喜欢去南方，那里机会一定多。

列车启动了，周围旅客很快都昏昏欲睡，赵新睡不着，坐在他斜对面的一个中年人走来跟他搭话。聊了一会儿，中年人返身从自己包里掏出两瓶饮料，然后"啪"一下打开，递给

赵新一瓶。

赵新常看电视，知道社会上骗子多，所以警惕性很高，害怕那人在饮料里下药，忙摆手说自己不渴。

中年人好像察觉了他的想法，呵呵笑了几声，然后抬头咕咚咕咚灌了几口，说："小伙子，要是不嫌脏，就喝我喝过的这瓶吧。"

赵新的脸刷一下红了，他觉得自己真有点以小人之心度君子之腹，人家都亲口尝过了，还能有事么？再说了，自己既不是大姑娘，也不是两三岁的婴儿，身上还没几个钱，人家拐

卖自己干啥?

赵新不好意思地就说了声"谢谢",接过了那瓶饮料,说真的,他的确有点渴了,几口就喝个底朝天。

中年人点了一根烟,继续跟他东拉西扯的,几分钟后,赵新开始觉得脑子迷迷糊糊的,眼皮越来越沉,接着便什么也不清楚了。他当然不知道,饮料里确实有迷药,中年人把解药混在了烟卷里,吸烟的功夫,他自己身上的药性已经被解掉了。

也不知过了多久,赵新清醒过来,发现自己躺在一间墙壁黑黑的房子里,头疼得厉害,嗓子像着了火似的。他侧头张望,发现门槛上坐着一个50岁上下的汉子,但不是火车上那个中年人。

赵新的心忽一下就沉下去了,不用说,自己还是中招了,一摸兜,分文皆无。可是,他们为什么要绑架自己呢?这儿又是什么地方?

这时,门口那人说话了,一口南方普通话,声音冷冷的:"醒了?"

赵新心里七下八下的,点点头,坐起来,怯生生问了一句:"大叔,您是哪位啊?这儿是什么地方?"

那人说:"我姓胡,人称'胡爷',至于这个地方嘛,属湖北地界。"然后他干咳一声,问,"你知道自己为什么会到这里来?"

赵新摇头。胡爷告诉他:自己是在村外小路上碰到他的,当时他被一个中年人拉着。胡爷见赵新摇摇晃晃神情恍惚,觉得不对劲,就上前盘问,那个中年人见势不妙,扔下赵新就跑。胡爷本想去追,可是见赵新倒在地上,怕他有意外,所以就把他背了回来。

赵新连连向他道谢,胡爷却面无表情,眼皮儿也不抬,问赵新家在哪里,怎么会上了坏人的当。赵新就把自己家里的情况和出走的经过,原原本本告诉了胡爷。胡爷听完,一摆手说:"闯世界可不像你想象的那么简单,什么事儿都可能发生,什么人都可能遇到,比如别人绑架你,很可能就是为了从你身上割下器官卖掉。江湖险恶,我劝你还是回家吧。"

赵新吓得出了一身冷汗,好险哪!可转念又一想,自己出来还不到两天,豪言壮语也甩出去了,就这样灰溜溜回去,岂不是向爸爸投降认输?不行!说什么也不能回去!于是赵新把脖子一梗,答道:"吃一堑,长一智,这样的事下次绝不会再出现了,不赚到钱,我绝不回去!"

胡爷眯着眼打量了他片刻,突然哈哈大笑说:"好,好!像个男子汉!不过,要赚到钱,就得有胆量,你怕不怕死?"

这个胡爷说话怎么像个黑社会老大似的?赵新突然觉得后脊背发凉,但他表面上还硬充好汉,用力摇摇头。

胡爷接下来的话更让赵新毛骨悚然。

就听他说："那好，我现在可以实话告诉你，我是'奔利帮'湖北总舵主，只要你跟着我，我保证你能赚到钱，怎么样，有胆量吗？"

哇！这个胡爷果真是黑帮老大！看来这个胡爷救自己是有目的的。赵新一想，算了，自己的小命现在捏在人家手里，将计就计吧，看他到底想干什么。

于是，赵新稳定一下慌乱的情绪，装作豪气十足的样子说："我才不怕呢！胡爷，我就跟着你了！"这话连他自己听着都别扭，跟念台词似的。

胡爷点点头："好！不过为了考验你，你必须为我做一件事，我手头正好有一批货要马上送到河南总舵主手里，这可是个掉脑袋的活儿，你敢干吗？"

胡爷说完，紧盯着赵新。赵新心里又犯起了嘀咕："什么货呢？听他的口气，莫非是毒品？不管是不是，只要自己做了，就再也逃脱不了干系了！"可一看到胡爷眼里的寒光，他心里就敲起了鼓，不做是死，做了，说不定还有一线生机，到时瞅准机会报告公安局，将他们一网打尽，岂不是立了一大功？

赵新一咬牙，说："我做！"

胡爷一拍大腿，叫道："好！有志气！现在你先好好休息一下，养精蓄锐，今天晚上就动身，不过，你要是跟我要心眼儿的话，你爸妈的性命可就玩完了！到时我一个电话，我在北京的兄弟就会杀上门去！"

赵新暗叫一声糟糕！只怪自己起初太相信他了，一股脑把家里的情况都告诉了他，现在可好，成人家的挡箭牌了！可世界上没有卖后悔药的，现在只能走一步看一步了。

晚上出发时，胡爷特意派了一个又高又壮的胖子监视赵新，他要送的货是一只包了好几层的大编织袋，鼓鼓囊囊的，至少也有50公斤重，看起来像一袋地瓜，可赵新明白，这绝对是个假象，因为他从电视上看到，毒品贩子运毒的手段是千奇百怪的。

对赵新来说，要背起这么重的袋子根本不可能，幸亏那个胖子身强力壮，承担了大部分的重量，两人抬着，虽然吃力，倒也能挪动。

胡爷给他们买了当晚去河南的长途客车票，还再三告诫赵新"千万要看好袋子，要是出了差错，会受到最严厉的帮规处罚。"

一路上，胖子始终不让赵新离开他的身边，就连上厕所也严加注意，赵新别说报案，就连跟其他旅客传话的机会都没有。

倒了两回客车，他们才到了交货的那座小城，胖子先把货安顿好，然后带着赵新一起来到接头地点，那是一家普通旅馆。按约定，接货人住在312房间。

赵新心里乱糟糟的，这批货要真交易完成了，自己就成了事实上的帮凶了！还闯什么世界？监狱的大门迟早要为自己打开！想着想着，两人已经到了312房间门口，胖子敲开房门进去，赵新还在门口磨磨蹭蹭，忽然听见一个熟悉的声音在叫自己："小新！"他一抬头，不由愣住了，简直不敢相信自己的眼睛，原来房间里竟然是爸爸妈妈！他们一脸憔悴，风尘仆仆的样子，看样子也是刚刚赶来。

一见到赵新，妈妈就扑过来，搂住他呜呜地哭起来。

赵新再次被搞糊涂了，怎么回事？爸爸妈妈怎么会来这里？他们又怎么会知道胡爷的接头地点？

就见爸爸紧握着胖子的手说："谢谢！谢谢你们！要不是你们及时跟我联系，我们真要急死了！"

胖子窘得满脸通红，连连说不用客气，赵新挺能吃苦的，一点儿也不像城里的孩子，50公斤板栗，要不是他帮忙，自己一个人根本没办法按时运到这里。

见赵新还在发愣，胖子笑呵呵地拍着他的肩说："小伙子，别再想什么'奔利帮'了，胡爷是我爹，我是他儿子，我们承包了几十亩园子，我们这里产的板栗可是世界闻名呢！前几天这里有个老客户要50公斤，托运得七八天才能到，正发愁呢，结果遇到了被人拐卖的你，偏偏你又不愿意回去，我爹好开玩笑，平时又爱看武侠小说，就瞎编了个'奔利帮'，骗你做了一回小工，再通知你的爸妈来接头，这一路上你的表现真不错！喏，这里有30元钱，是你该得的工资！"

赵新接过那钱，咧咧嘴想笑，可是看着爸爸那胡子拉碴的脸，妈妈深陷的眼窝，自己眼圈忍不住也红了……

（本篇月月评短信代码：G236）

（题图、插图：谢 颖）

□赵再年

最有意义的死亡者

亨利是个吃喝嫖赌、挥金如土的浪荡子，而他父亲拥有亿万财产，生活却很俭朴，还是个慈善家，平日里父子俩关系紧张，水火不相容。

这天，父子俩又大吵一场，父亲忍无可忍，气呼呼地说："我警告你，如果你再不思悔改，我就宣布断绝咱们的父子关系，让你尝尝什么是饥寒交迫的滋味……"亨利冷笑一声："随你的便，那你就把这些钱，要么都给那些穷鬼，要么就带进棺材里去吧。"一番话气得父亲手脚冰凉，浑身乱颤，而亨利却头也不回，扬长而去。

亨利一出家门就驾着豪华小车，直奔赌场。进了赌场，赌场老板华莱士立刻笑脸相迎。亨利是常客，所以也不啰嗦，进入贵宾室便开始豪赌起来，这一赌，直赌得昏天黑地才罢手。等到结账时，亨利傻了眼，他整整输掉了一百万。亨利望着欠单，不由犯起了嘀咕：平时他外出吃喝嫖赌都是签单走人，钱么，自然由他父亲来还，可这次一下输了一百万，老爷子知道非被活活气死不可，说不定还真的会把自己一脚踹出家门。亨利签过单，忐忑不安地驾车回家。

亨利回到家，见门前停了几辆

车，家里好像来了不少人，正在奇怪，一个佣人跑过来焦急地说："亨利先生，不好了，老爷与你吵架后，心脏病发作，怕是没治了……"亨利先是一惊，继而又一想："死了倒省心，反正自己是他唯一的儿子，财产的合法继承人，从此再不用受他唠唠叨叨的管束了。"他慢腾腾地来到父亲的房间，一看所有的亲戚都来了，就连律师也在场。他根本没理会人们对他的厌恶，径直来到父亲床前，父亲瞪着两眼望了望他，头一歪就死了。

在众人的瞩目下，律师开始宣读遗嘱："我乔治死后，除留一百万作为亨利的生活费外，余下的所有财产全部赠予慈善机构。那一百万得由银行保管，亨利只能定期限额支取。现有住房他可终生免费使用。以上所述，均属我真实意愿，恐有争议，特立此遗嘱……"

亨利听完，差点气晕过去，他恨不得把父亲从床上拉起来，让他另立遗嘱。此时，他最最担心的是那一百万赌债，这钱还不出，华莱士是不会善罢甘休的。

果然，他父亲的葬礼刚举行完毕，华莱士的电话就打了过来，命令他三天内必须还钱，否则就送他到天堂陪他父亲去。亨利知道华莱士是个心狠手辣、说到做到的家伙。现在唯一的出路，只能去求助那些受过他们家恩惠的亲戚们啦。可是他跑遍了所有的亲戚家，一分钱也没借来，人家不是对他冷嘲热讽，就是闭门不见。

眨眼间三天到了，华莱士的杀手马上就要上门了，面对死期的临近，亨利实在不甘心坐以待毙。他已经从报上看到一则消息，说是有一种最新研制成功的高科技防身武器，叫远红外自动瞄准发射器，在九十度的范围内，它能自动搜索目标，发出指令就会一枪置敌人于死地。亨利找到了这家公司，经该公司老板当场试验，效果很好。这玩艺看上去像个装饰品，不说明没人会相信这是一件杀人武器。

亨利倾其所有把它买了下来。回到家，把它安装在靠床的墙壁上，他躲在下面，只要有人进来就会成为射击的靶子。

这天深夜，楼下果然传来一阵脚步声，亨利的心提到了嗓子眼儿。从来人沉重的脚步声判断，是个大块头。这家伙好像没把他当回事儿，似乎是来宰杀一只鸡，而不是杀人来的。

亨利咬牙切齿地暗骂道："来吧，大不了咱们同归于尽……"杀手在门前停下，亨利心跳加快，身子也不由自主打起了颤，准备随时对发射器发出指令。门"吱"地一声开了，那家伙探进一个大脑袋，说："伙计，我可不想黑着灯杀人，把屋子搞亮一些，

我会让你死得很舒服的。"

亨利愣住了，来的竟是华莱士本人。此时，他如果发出指令，这家伙的大脑袋就会留下一个大窟窿。不过，游戏既然刚刚开始，他可不想这么快就结束。他打开灯，华莱士腆着大肚子走了进来。

"你好，亨利，我没想到，你这家伙是我做的一笔最大的赔本买卖。因此，我必须亲自来解决你。不过看在我们以往交情的份上，你现在还钱还来得及。"

亨利耸耸肩，装出一副无可奈何的表情说："华莱士，你该知道我现在的处境。如果你觉得我的命值一百万，那你尽管拿去好了……"华莱士撇撇嘴说："那好吧，别怪我心狠手辣……说说吧，想怎么死，我会成全你……"

亨利觉得是时候了，他举起手，打了个清脆的响指，这就是他的发射指令。可奇怪，发射器居然没响，他马上又打了几个响指，还是没有动静。咦，难道那东西出了问题，或者说压根就是个骗人的玩具？这下他沉不住气了，手忙脚乱地又是一番折腾。华莱士被他奇怪的举动搞得摸不着头脑，只得大喝一声"好了，亨利，我的时间是用金子来算的，你该上路了。"说着用枪对准了他。亨利两眼一闭，心说："完了……"

只听"砰"的一声，枪响了。他的脑子一片空白。可是过了一会，他缓缓睁开眼睛，发现自己居然好好的。而华莱士却倒在地上，已经气绝身亡。

亨利眨眨眼，抬头望望头顶上的发射器，心想，难道关键时候，这玩艺起了作用？真是太妙了。

就在这时，听到壁橱门一响，只见从里面钻出一个人，手里拿着枪。亨利像傻子一样盯着那人，他没想到，壁橱里面竟然藏着一个人。他不知道这人是敌是友，结结巴巴地问：

深谋远虑是安全之母。——埃·伯克

免费体验手机版《故事会》 精彩多多

手机版《故事会》你体验了没有？您不仅能通过手机阅读器阅读每期《故事会》的精彩内容，并可预览下一期的部分内容，还可看到数百本珍贵的历年《故事会》，并及时掌握本刊最新动态，和编辑们进行交流，和读友们自由沟通！

点播免费！下载免费！体验还免费！长期订制用户还能获得8/7/6/5……的递减制优惠价格，越订越省钱！每位订制用户都有机会赢得各种奖项，头等奖5000元手机等你拿！详情见手机杂志WEB和WAP网站上相关介绍。

阅读器下载方法：

1、编辑短信“2000”发送到“16996199”，按照提示选择“是”，下载安装后到“应用程序”菜单或相关目录里找到并打开程序。

2、手机登陆手机杂志wap站：http://reader.3gmax.cn/wap，选择《故事会》，点击下载。

目前拥有下列机型并且开通GPRS业务的中国移动手机用户均可使用：

诺基亚：40、60系列； 摩托罗拉：V系列，C系列，E系列，触摸屏系列；

索尼爱立信：K系列。

客服电话：010-51196627；**客服短信：**16996161；WEB**网址：**reader.3gmax.cn

---

“你，你是谁……”那人说：“亨利先生，我是保险公司给您派来的保镖。”

“保险公司……保镖……”亨利被弄糊涂了。其实，他哪里知道，他父亲生前早就预料到，这个不孝子迟早会捅下大娄子，于是就给他上了一份终身保险，协议规定：除亨利生病或自杀死亡外，凡是他的一切非自然死亡，保险公司都将支付一千万元的赔偿金，当然受益人是一家慈善机构了。保险公司得知亨利遇上了麻烦，自然不会袖手旁观。

亨利一听原来是这么一回事儿，心里大喜，觉得今后自己即使闯下天大的乱子，有保险公司在也没关系了，他“噌”地从床上蹦下来，得意忘形地打了声呼哨，这时意外的事情发生了，只听发射器“砰”地一声响，亨利一声都没吭，就一头栽倒在地。原来，由于手忙脚乱，亨利把发射器的指令设置错了，呼哨才是正确指令。

亨利死后，慈善机构用他的那笔保险赔偿金，帮助了上万名饥寒交迫的人。有人特地给他立了块墓碑，上面写着：这个人是世界上最有意义的死亡者。

（**题图、插图**：佐　夫）

神 算

□安昌河

一.赌 棋

康熙四年三月，这天按说是安州城集市最热闹的日子，可是街上却少有行人，原来人们都赶到圣手居看赌棋了。

这场棋赌得大，赌注是千两黄金。执红子的叫张百万，是来自成都的富商。三月还是早春时节，张百万却赤裸上身，汗流浃背，显然形势吃紧。而坐在他对面执黑子的少年却时而玩弄手指头，时而咧嘴傻笑，看模样竟是个傻子。少年旁边坐着个老和尚，老和尚双手合十作诵经状，两眼却圆瞪着张百万面前那一堆黄金。

这场赌棋为什么吸引了全城人来看呢？话得从那个傻里傻气的少年说起。傻少年本姓母，他的父亲是安州

开钱庄的母大官人。十几年前，一个月黑风高的夜晚，母大官人的钱庄被洗劫一空，上下三十余口惨遭灭门，只有这个少年，当时还是个襁褓中的婴儿，被母家一个小仆人抱着，躲在茅坑里，才逃过一劫。现在少年旁边坐的老和尚是安州城外龙隐寺的住持，法号一行。一行和尚与母大官人经常在一起吟诗下棋，交谊颇深，他看那孩儿可怜，就将其收留寺院中，抚养成人。

谁知道那孩儿养到十岁了，连白

天黑夜都搞不清楚，竟然是个傻子，因此人称"母瓜娃"，时间一久，都把"母"唤作了"木"字。

木瓜娃虽是傻子，一行和尚却十分疼爱他，每每外出，总要带他在身边。

那日，一行和尚与棋友下棋，刚刚入局，一行突然内急，等他如厕回来，见棋友坐在棋盘边看着面前的残局发呆——他已经被将死了。

一行惊愕地看着残棋，问道"这是——"

棋友指了指在一边玩耍的木瓜娃："他是真傻还是假傻？"

原来一行去出恭的时候，木瓜娃凑了过来，傻笑着拿起棋子就走了一步，棋友一看："咦，这一着棋还摆对了地方，正窥着我的象呢。"于是应了一着。木瓜娃不假思索地拿起棋子，又走一步，棋友吃了一惊，赶紧上马迎敌，一来一往，只三十余招，棋友就被将死了。

一行和尚哪里肯信，亲自摆下棋局，与木瓜娃对下，谁料往来不过三十余招，也输了。

一行和尚满脸惊讶地对棋友说："平日我与人下棋，他只在一边看看，没想到竟入了心，上了手，真是匪夷所思啊！"

消息传出，就有高手前来向木瓜娃挑战，全是都败北。随着前来挑战的人越来越多，一行和尚看到了一条财路，放出话去："欲与木瓜娃下棋者，须以白银十两作注。"一时财源滚滚涌入庙门。后来一行和尚将白银换作黄金，赌注从十两变为五十两，继而一百，两百……

短短一年多时间，无数象棋高手，在一个傻子面前尽数俯首认输，木瓜娃为一行和尚赢了黄金万两。张百万就是慕名来挑战的，他下的赌注也是到现在为止最大的，整整一千两黄金，所以才引得满城风雨，人人来观战。

这盘棋进入尾声，终于，张百万回天无力，长叹一声，低下头——他输了！

人群一片哗然。一行和尚走过去，将那堆黄金哗啦啦揽进褡裢里，挎在身上，又拿起一支毛笔，饱蘸浓墨，在张百万前胸后背各写上两个大字"臭棋"，然后仰天大笑，掷了毛笔，扯着木瓜娃的耳朵，扬长而去。

张百万一张胖脸涨成了猪肝色，跺着脚，指着一行和尚的背影恨恨骂道："老秃驴，你和那小傻子听着，你们赢了我的金子也就罢了，还这般羞辱我，我张百万不报此仇，誓不为人！"

二．赌 钱

木瓜娃赢了张百万的千两黄金以后，名声更大了。这一日，一行车队进入安州城，有人认得为首的老者叫

九指神算，此人精读兵书，深通战策，尤其下得一手好棋，据说他曾蒙眼以车轮战对付数十位顶尖高手，最后大获全胜。

九指神算此番前来安州，扬言要替天下象棋高手从木瓜娃手里赢回那万两黄金，赢回尊严。

九指神算没有贸然出马，而是让弟子以一千两黄金为注，去探虚实，结果自然被木瓜娃杀得大败。九指神算让弟子将对应着数复述了一遍，最后大惊："这哪里是傻子的棋法！我竟然找不到他的败着，又哪里有胜他之着啊！"

一连三天，九指神算闭门不出，苦苦思索对策，却一点头绪也没有，正郁闷中，突听得说有一叫张百万的人求见。

九指神算见到张百万，不屑地问："你就是那个把黄金和脸面都输得精光的张百万？"

张百万反唇相讥："你莫笑我，堂堂九指神算，不是连出战的勇气都没有么？"

九指神算脸上一红，说"老夫不是不敢出战，而是在想一招致命的方法！"

张百万的神色忽然凝重起来，走上前一步，说："我有一良策，可以置他们于死地！"

九指神算眼睛一亮，道："哦？"

张百万说："当日我曾经发下誓愿，要报仇雪恨，于是回家变卖田产，以五千两黄金跟一道人求得一粒药丸。"张百万说着，从怀中取出一粒药丸来，"此乃聪明丸，专治先天愚笨之人，如将此药丸给木瓜娃吃了，我们必胜！"

众人一听，顿时哗然。有人呵斥道："他一个傻子我们尚且对付不了，如果聪明起来，不是如虎添翼？"

张百万冷笑道："你们哪里明白？他之所以无敌，是因为他不知黄金白银有何用，不知荣辱为何物，身心只在棋中，就算九指神算这样的棋王也无法达到如此境界！倘若给他吃了聪明丸，让他变成和我们一样的人，有了名利心，就容易对付了。"

九指神算听了恍然大悟，面露喜色，立刻命人拿上"聪明丸"，以百两黄金卖给一行和尚。一行和尚听说这个药丸能让人聪明，十分高兴，二话没说就买了药丸让木瓜娃服下。那"聪明丸"果然灵验，木瓜娃吃下去不到三个时辰，就言辞清楚，举止有礼了，还能背诵庙门的那副长联……

七日过后，九指神算率领弟子，带着黄金白银，去了龙隐寺。

这一次，安州十里八乡的人都汇聚到了龙隐寺，这龙隐寺，比那二月十九的观音庙会还要热闹。

在龙隐寺大殿前，一字摆开两张大案，案子上分别堆放着九指神算和木瓜娃两人下的赌注。

那木瓜娃果然已和过去判若两人了，他目光锐利，面色沉静，举手投足颇有大将风范。

第一局棋，九指神算和木瓜娃下了两个多时辰，势均力敌，胜负难分。九指神算故意放慢走子速度，不时掉头去看那两堆黄金白银，引得木瓜娃也不时去看。从木瓜娃看那黄白之物的眼神中，九指神算瞧出了他的贪恋，于是按捺住心头狂喜，陡然加强攻势，木瓜娃还来不及从那黄金白银上抽回心神，就露出了败着。这一局，木瓜娃输了一万两黄金。

木瓜娃面色苍白，一行和尚见状，忙叫人端来凉茶热水。

又一局开始，仍是一万两黄金的赌注。九指神算从木瓜娃的神色上来看，他已乱了心志，这种时候，最适合乘胜追击。

果然，这一局九指神算轻取木瓜娃，万两黄金又落入了口袋。

木瓜娃浑身汗水，手脚都哆嗦了起来，一行和尚也乱了方寸，在一旁气喘吁吁。

九指神算暗喜，打算给木瓜娃致命一击，于是说："你们还有多少金银？咱们何不一局定乾坤，可有胆量？"

"有何不敢？置之死地而后生！"一行和尚拍拍手，几个小和尚将一尊金光灿灿的菩萨抬了出来，一行和尚提高了嗓门道，"这金佛乃本寺镇寺之宝，我就以这金佛做赌注！"

三．赌 命

人们见一行和尚把镇寺之宝都拿出来当赌注，无不气愤。旁边跳出一人，正是张百万，只见他跺着脚，用手指着一行和尚和木瓜娃，痛骂他们贪财无耻，竟然连菩萨的主意都敢打。骂罢，他让随从抬出五万两黄金，往桌案上一堆，然后圆瞪双眼道："老秃驴！今天我就和你赌个大的！我用这五万两黄金赌你俩的人头——"他说，如若九指神算赢了，他只取一行和尚和木瓜娃的人头，五万黄金算做九指神算的酬劳。

九指神算一听，微笑道："主意甚好，只是不知他们可否有胆量？"

"这样岂能吓着我们？"木瓜娃冷笑一声，指着九指神算说道，"我也赌下你的人头！"

九指神算笑着说，"你要还拿得出来五万两黄金，我就跟你赌！"

一行和尚道："五万两黄金我们现在拿不出，不过这龙隐寺的庙产又何止十万？我就用这龙隐寺做个赌注吧！"

九指神算一听，大喜，欣然应允。

龙隐寺大殿前的空地上，黄金和白银堆积成了一座小山，金光银芒，刺得围观的人眼花缭乱。

在一片静寂中，棋局开始了。入棋三十步，九指神算就发觉自己可能上了当——木瓜娃是他这辈子从来没遇到过的强敌。那木瓜娃棋法飘逸灵动，九指神算虽苦心算计，所有招数在木瓜娃那里却如同抽刀断水，挥拳击风。

渐渐入了残局，九指神算定定神，看着面前的局势，似曾相识，正琢磨间，听得木瓜娃冷笑道："你是不是看着这棋局似曾相识啊？我努力诱使你走成这样的残局，就是要唤醒你的记忆！"

九指神算一惊。

"这几步棋你不是曾经走过么？"木瓜娃道，"飞象拐马，过炮打车，驱卒行营……"

九指神算哆嗦起来。

木瓜娃站起身，朗声向众人讲了一个故事：十八年前，安州钱庄老板母大官人邀请龙隐寺住持一行和尚到家里切磋一古局，眼见天色已晚，一行要回寺院，就封了棋局，约定明日再行切磋。第二天当一行和尚再去母大官人府上的时候，发现母大官人全家上下三十多口已经惨遭强匪灭门。让一行和尚不解的是，昨日那棋局被人动过，下的那几步棋极其玄妙，非常人推演得出。因此一行和尚断定，杀人凶手必定也是个象棋高手，在灭门之后，见那棋局深奥，一时技痒，便走了几步。一行和尚为了替母大官人报仇昭雪，一面让那孤儿装傻，一面教他潜心研修象棋。那孤儿在棋上也真有非凡的天分，终于引蛇出动，让那凶手前来自投罗网。

2005年《中国最有影响力的故事》征文启事

6大措施奖励优秀作品

《故事会》杂志社决定，2005年举行《中国最有影响力的故事》征文大赛，并对优秀作品实行6大奖励措施（详见2005年《故事会》10月上半月刊第60页）。

征稿范围：具有现实感、新鲜感且可读性强的中短篇原创作品，超短篇（如幽默故事）的字数一般在1500字以内，短篇（如中国新传说）的字数一般在5000字以内，中篇故事的字数一般在15000字以内。

第四次截稿日期：2005年12月20日。

来稿方法：1. 从邮局寄发，请在信封上注明"征文大赛"字样，本刊地址：上海市绍兴路74号《故事会》杂志社，邮编：200020。

2. 从网上传递，可寄以下信箱：wulun@vip.sohu.net，在主题上注明"征文大赛"字样，也可直接与本期责任编辑联系，信箱是：keyin118@163.com。

"一派胡诌！"九指神算强作镇静，嗤笑道，"这是比棋艺，不是比谁把故事编得精彩！"

"此时你还想诡辩？"一行和尚从身后拿出一张棋布，指着上面的手印，喝问道，"你仔细看看上面的血手印，再举起你的手来！"

围观者的眼睛都瞄向了九指神算撑在桌子上的手，那手只有九指，再一看棋布上的血手印，也是九指。

这时，一边的张百万突然哈哈大笑，用手一点九指神算，道："知你生性多疑，为诱你深入，我家主人才让我假扮百万富翁与他豪赌，演下几场大戏。我就是当年抱着小主人藏在茅坑里逃命的小仆人！"

九指神算方寸大乱："你、你——

那聪明丸……"

"这天底下只有使得人变笨变傻的事，哪里有让人变聪明的药啊。"木瓜娃点点棋盘，道，"你虽然神机妙算，奈何心术不正，难道就没看清楚你已入我彀中？"

九指神算顺着木瓜娃的手指，一看局势，唬得直起身来，面色死白——他门户大开，木瓜娃进炮过马，直逼九宫，已成绝杀。

他再环顾四下，发现不知什么时候，官府已派下重兵包围，显然是一行和尚早就安排好的。这个十几年前的杀人凶手，成了真正的彀中之鳖……

（本篇月月评短信代码：G237）

（题图、插图：黄全昌）

以貌取人,失之子羽。这个商人,他很成功,这份知人用人的自信,这种犀利执著的眼光,来自何处?他行商营利的背后,有着与常人不同的胆识……

商人的眼光

□ 刘兴梅

湖广之地有一个古镇,人称湖河。湖河镇上有一家茶行,生意兴隆,远近闻名。茶行掌柜的是弟兄两个,老大是大掌柜,老二是二掌柜。

一天,大掌柜把二掌柜叫到面前,说:"二弟,我们茶行生意虽然不错,但维持原状就没有发展,有个朋友向我推荐一个从大茶行出来的伙计,我想聘用他。"二掌柜说:"从大茶行出来的伙计难免会有些傲慢,要价高,不好使唤。"大掌柜说:"只要他肯为我们出力,我们重用他,抬举他,给他出最高薪水也是应该的。"二掌柜说:"那你就看着办吧。"

几天后,大掌柜外出谈生意。临走时对二掌柜说:"新招聘的伙计这几天就到了,你招呼一下。"大掌柜走不多时,新招的伙计就来了。二掌柜把他上下打量一会儿:见他年龄不过三十,身高不过五尺,体重不过百斤,面皮瘦黑。二掌柜本来认为柜上人手够用,没有必要招人,又一看新来的伙计这副模样,心里就更不以为意,他淡淡地问:"你贵姓?"

"免贵姓庞名正坤。"新伙计回答。

"庞正坤……"二掌柜默默念着新伙计的名字,心里觉着反感,因为

错误就是财富,错误使人领悟。——罗·夏巴尼

他的名字和镇上一个小痞子的名字一样，

"你明天先到柜上收银吧，等大掌柜回来，看他怎样安排你吧。"二掌柜说完就走了。

几天后大掌柜回来了，一见庞正坤就亲切问了一番，两人谈了许多茶行的生意经。大掌柜听了庞正坤对茶行生意的见解很佩服，随即把他提为大伙计，薪水定得最高，并且对二掌柜说："大材不能小用，我们要抬举他。"二掌柜听了不以为然。

大掌柜每天都好酒好菜款待庞正坤，而且啥事也不给他安排。这庞正坤每天除了和大掌柜谈论生意经外，就是到码头上转一转，或者在门前同别人下棋，或者一个人去钓鱼。二掌柜对庞正坤是看在眼里火在心里，大掌柜却说："别着急，我自有用他之处。"二掌柜听了把袖子一甩出去了。

庞正坤是个精明人，早就看出来二掌柜对他不满。有一天他对大掌柜说："柜上也不缺人手，我闲着没事干，不如早些天到茶乡去，和茶农拉拉关系，提前预订茶货，免得到了收茶季节收不上好茶。"大掌柜满心欢喜说："我也正这么想，你准备什么时候起程，带多少银子？"

庞正坤说："本地连着几年粮食大丰收，粮食一多，粮价反而低了，这个时候，不如我们把粮食运过去，用粮订购茶叶，给茶农提供方便，茶叶的价格也可以压低一些。"

大掌柜听了庞正坤的一番话，十分满意。对庞正坤说："你说运多少粮合适？"庞正坤想了想说："要不这样吧，先装十船，再带一些卸船、运粮的费用，我先押着粮船过去看看行情。如果茶农喜欢，粮好销，我再捎信回来。你看妥否？"大掌柜同意庞正坤的想法，马上安排人收粮。不到一天工夫，十船粮食装好。第二天，大掌柜吩咐两个小伙计带上一些碎银子，跟着庞正坤押着粮船，顺水南下往江南茶乡驶去。

半个月余，粮船到了茶乡码头，

庞正坤下船雇人、租车把粮运到茶农庄上。粮车一到村口，许多茶农围上来，要求借粮。庞正坤向一位老者问明情况。原来近年茶乡受灾，茶农无钱买粮，自然万分焦急。

庞正坤想，粮已运到茶乡，只有就地出售。可是茶农无钱买不起粮食，怎么办？庞正坤找到一个姓高的大户茶农庄主，同他商议："我现在给茶农放粮，每收我一斤粮，明年还我三两好茶叶，你看可行否？"

高庄主和许多茶农说了一斤换三两茶叶的事，焦急的茶农说："甭说一斤换三两，就是一斤换半斤也是大好事。要不然只有两条路，一是外出讨饭荒田荒芜；二是在家等死。"高庄主把茶农的话传给庞正坤。庞正坤心想："人不能太贪，说好三两就三两，我们不能趁人之危。"就这样，十船粮马上放完了。

还有许多许多茶农没有借到粮食，都来求庞正坤。庞正坤看到这种情况，马上修书一封，把情况向大掌柜作了说明。大掌柜是个明白事理的人，也十分相信庞正坤，立即安排人收粮装船，不一日粮船装好出发。

且不说庞正坤如何接船放粮，只说湖河茶行二掌柜，他本来对庞正坤没有好感，又听说茶乡遭灾，大掌柜听信庞正坤意见，大量往江南运粮，不由得十分恼火。他对大掌柜说："在

家门口放债还须有强硬的讨债手段，在千里之外放债，还不如把银子直接倒河里省事。"

大掌柜解释说："茶农多数是本分人，赖账的不多；再说能救他们老少不至于饿死，按常理，滴水之恩该当涌泉相报，所以二弟不必担心。"二掌柜听了，觉着有些道理，但还是说："我觉着不能全听一个外人的话，弄砸了，外人可没份。"大掌柜说："二弟放心，弄好了，茶行家业是你我兄弟二人的，弄砸了，算大哥我一人的。"

二掌柜没话可说了，大掌柜继续安排人收粮装船，源源不断运往江南茶乡，足足运了一个月，算起来前后运走八十船粮。江南茶乡一方茶农得救了，他们广泛传颂着湖河茶行的恩情，并把庞正坤敬为救世主，各户轮流邀请，不让回乡。

庞正坤一直住在茶乡，到了第二年春天，他带信回来说茶乡风调雨顺，如果没有变化，今年茶叶大丰收。大掌柜把喜讯传给大家，并开始忙碌地做着收茶准备工作。

可是，有一天庞正坤突然回来了。他见了大掌柜深深鞠一个躬，说："大掌柜，我不知道怎么向你说。"大掌柜看着庞正坤满面愁云，苦不堪言的样子，知道出了大事，他稳住神，安慰说："坐下，有话慢慢说。"庞正坤长长叹了口气，说："眼看着就要收茶

了，没想到来了一场冰雹，新茶被打个精光。去年我们放出去的粮，今年是没指望收回来了。"大掌柜心里也十分难过，但他还是轻描淡写地说："天灾人祸，不是你所能阻挡的，你也不要太自责了。"等了一会儿，大掌柜若有所思地说："看来今年茶农更不好过。"庞正坤说："何止是不好过，是过不去。去年吃的是借我们的粮，今年只有外逃求生了。"大掌柜说："外逃求生茶田不就荒芜了？"庞正坤接住话茬说："是啊，茶田荒芜了，明年更还不了咱们的债了。"大掌柜说："这事你看怎么办好？"庞正坤说："去年放出去的粮今年收不回来，我很惭愧，该怎么办只有你决定。"大掌柜想了一会儿用手一拍桌子，说："再放粮。"庞正坤听了大掌柜的话，真是喜出望外，他翘起大拇指说："您真是大将风度，茶乡的老少真得要感谢您几辈子哩。"

事情就这样决定了，大掌柜马上安排人收粮装船，并让庞正坤和两个伙计继续押粮船南下。二掌柜外出要账回到家后听说江南又遭灾，茶行又南下放粮的事，不由火冒三丈。立马找到大掌柜说："你是不是要毁了茶行？"大掌柜说："我是想发展茶行，因为只有继续放粮才能挽回损失。"二掌柜看说服不了大掌柜，就说："好，今天就分家。你发你的财，我永远不眼红。"大掌柜说："爹走时立有

遗嘱，不到万不得已，不能分家。"二掌柜说："现在已经到了万不得已的地步。"大掌柜说："二弟放心，去年放粮八十船，今年准备一百六十船，共计二百四十船，每船粮花五百块大洋，总共花十二万块大洋，这十二万块大洋算在我头上，字据我已立好，请二弟收好。"

二掌柜看了字据，再不好争辩，但还是不甘心，心想："明年如果还收不回本钱，一定分家。"

大掌柜继续收粮装船，一百六十

船粮救了一方茶农的生命。江南茶乡每家每户把湖河茶行大掌柜的名字立成牌位，每天烧香磕头，同时安居家乡，修理田园，等待来年好收成。

庞正坤也没闲着，他想灾情已过三年，明年咋也该丰收了。茶行明年要收茶的话，那可是几百船茶啊，茶行根本没处放。再说，短时间销不出去，堆的时间长了，茶叶会发黄变质。所以，庞正坤利用近一年时间，走遍了陕西、山西、山东、安徽等省的茶行，预定销售订单十几家。天不负人，茶叶丰收了，茶农把上好的茶叶给庞正坤准备着，并让他回家到码头接船就行了，这里的事茶农自行安排好了。

庞正坤回到了湖河茶行，没几天，第一批茶船满满二十船到了。大掌柜一见犯愁了，没处放，怎么办呢？庞正坤给大掌柜说："今年大概有二百船，我给茶农说好了，如果他们一年还清债，他们太紧。如果我们一年收完茶叶，我们也不好销售。所以我安排他们两年还清。"大掌柜说："可是，二百船也没处放啊！"

庞正坤拿出了订单，大掌柜喜出望外，立马安排伙计到十几家茶行去接应茶船。湖河茶行只把第一批二十船茶卸下了，其他茶船到后，只在码头上签上字，转向运往其他茶行。

收茶季节过去了，湖河茶行足足收了二百船茶，第二年又足足收了二百船，第三年第四年还有同样多的茶船来，白花花的银子滚滚流进湖河茶行。湖河茶行的生意越做越大，陕西、山西、安徽、山东等省都有了湖河茶行的分号。二掌柜早已到分号茶行当大掌柜去了，庞正坤也到分号茶行当大掌柜去了。

（本篇月月评短信代码：G238）

（题图、插图：安玉民）

我的爱情鸟
飞走了

□ 王武生

赵宝宝在一家工厂里当技工，可工厂因经营不善倒闭了，他下岗了，为维持生计，他干起了捡破烂的营生。

这天，赵宝宝又蹬着三轮车去捡破烂，远远地看见一个垃圾堆上扔着一个亮晶晶的东西，走近一看，竟是一个仿真的玩具机器人。这机器人是金属的，这里一条胳膊、那里一条腿地乱扔着，肚子里装满了零乱的线路，还有电子心脏和电子大脑。赵宝宝在工厂时就喜欢鼓捣电脑、电器什么的，现在见了这么个高科技玩具当然很高兴，于是就把这个玩具机器人放到三轮车上，兴冲冲地回了家。

赵宝宝闷在家里鼓捣了三天，把

那个玩具机器人修好了，机器人面貌一新地站在那里，既神气又漂亮。赵宝宝看着它，不由叹了口气："唉，我把你修理得再漂亮，你也是个机器，明天还是把你当废品卖了换饭吃吧。"

赵宝宝的话刚落音，只见一道白光一闪，他的手一下被机器人抓住了，机器人用嗡声嗡气的声音说："你别把我卖掉！我是你的朋友！"

赵宝宝先是一怔，接着惊讶地说："你、你真的活了？还能张口说话？"机器人说："多亏了你的精湛手艺才使我得以重生，我愿意永远跟在你身边！"

这下赵宝宝可高兴了，他喜滋滋地说："你往后就同我一起捡破烂吧，这下我可不再寂寞了！"就这样，从此以后，机器人跟着赵宝宝走街串巷，帮他收起破烂来，不怕累，不怕脏；赵宝宝还给机器人输入了非常先进的电子程序，这样一来机器人就更神奇了，它会唱歌跳舞，又会讲故事

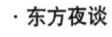
写文章了，到了后来，哪里有废品它都能预先测知，赵宝宝乐得直夸道："你真是比人还聪明呢！"

有一天，赵宝宝和机器人来到一条马路上收废品，刚到路口，就见两个胳膊上戴红袖箍的人在对一个姑娘大喊大叫，走过去一看，原来那姑娘是乡下来的，在这里摆摊卖蔬菜，赚点生活费，这两人说她占道影响交通，要罚她300元，赵宝宝上前为姑娘求情，这两个管理员就向赵宝宝瞪起了眼睛："你说什么，放过她？你是什么人？敢破坏执法？"说着就对赵宝宝连拉带扯，就在这时，站在一边的机器人霍地从三轮车上坐了起来，不紧不慢地走上前去，他没有动拳，而是把两个管理员拉到一边，嘴巴凑到他们耳旁"嘀嘀咕咕"起来，那两人一听脸色大变，撇下赵宝宝撒腿就跑。

赵宝宝觉得奇怪，问机器人："你跟他俩说了什么？"机器人说"我用电磁波接通了这两人的大脑，得知他俩是冒充管理员骗钱的骗子，我就把他俩过去干的坏事说了一遍，还说我已经通知了派出所，警察正向这边赶来呢。"赵宝宝一听乐坏了。

再说那个姑娘得救后感激不尽，她告诉赵宝宝她叫青苗，还连声说"谢谢大哥"，赵宝宝见这姑娘虽然长得精瘦，却挺漂亮，他心头一热，面孔不禁一阵发烧。

从这天开始，赵宝宝每次出来收废品时，总要到那条路上转转，而青苗姑娘也总会在那里出现，把卖菜的摊位固定在那里了，这让机器人弄不懂了，他问赵宝宝"那路上的废品都被我们收完了，你怎么每天还往那里跑八趟？"赵宝宝笑着说："你哪知道这个？这叫恋爱！""恋爱？恋爱是什么东西？"

"你也想知道恋爱是怎么回事？那你等着。"赵宝宝说着就将古今中外关于爱情的故事做成软件，输入机器人的大脑里，而后又去找青苗了。

赵宝宝天生是个内向人，虽然见到青苗，可那个"爱"字却怎么也说不出口来，而他不说，青苗姑娘更不好意思说了，结果弄得两个人你急我也急，可机器人不知怎么就知道了他这苦恼，于是一本正经地批评赵宝宝"你这是心理怯场，这样怯场可不行！"赵宝宝惊呆了："你怎么知道我怯场？"

机器人说："我的电磁波告诉我的，再说，古今中外的爱情故事你给我输入了不少，你的心思还能瞒得住我？"赵宝宝一下抓住了机器人的手："既然你知道我怯场，那你告诉我该怎么办？"

机器人眼睛一闪，说道"初恋的人都会出现这种怯场心理，你不妨先学学中国人的含蓄，给青苗读一首诗表达你的爱意。"说着，机器人就把一首大脑里储存的爱情诗念给了他。

第二天，赵宝宝来到青苗面前，把那首诗背诵给青苗听，听得青苗一下低下了头，脸像红苹果，看来她明白了赵宝宝的心意。

赵宝宝回来后把这个情况告诉了机器人，机器人又是眼睛一闪，说："初战告捷，接下来，你就该学学英国人的精细了，在生活中处处体贴她。"

赵宝宝听了机器人的话后开始处处体贴青苗，下雨送伞，酷暑送凉，青苗卖菜收了摊，赵宝宝就陪她走夜路，两人的爱情渐渐升温了，赵宝宝乐坏了：这个机器人简直就是恋爱专家呀！

这天，赵宝宝又来找青苗，一看，青苗的菜摊子还在老地方摆着，可人却不在了，赵宝宝正在纳闷，忽然听到墙后面传来一阵轻轻的说话声，挺熟悉的，他悄悄走过去一看，正是青苗姑娘，而她身边坐着的却是那个机器人，这时，机器人正在说着话："这个世界永远是优胜劣汰，强者胜出，他赵宝宝连谈恋爱都要我手把手教，我教会了他中国人的含蓄、英国人的精细，可他不知道恋爱更需要美国人的大胆呀！唉，我再怎么教他，他也是一个笨蛋，这样的笨蛋不被淘汰出局才怪！青苗，有我的智商再加上你的美丽，我俩才是最佳组合呀！"说着，机器人把一个漂亮的戒指戴到了青苗手上，随即就俯下身去吻了青苗……青苗看看手上的戒指，再看看机器人，娇滴滴地说道："你真坏……"而后就娇笑着投到了机器人的怀里……

赵宝宝傻了，张着嘴巴呆在了那里……

（本篇月月评短信代码：G239）

（题图：安玉民）

· 本刊信息传真 ·

《滴水藏海》 再次面向全社会征稿

《滴水藏海——300个3分钟典藏故事》第一、第二、第三辑出版后，在社会上引起了巨大的反响。根据读者的建议，编辑部决定继续编辑《滴水藏海——300个3分钟典藏故事》第四辑，为此，再次面向全社会广泛征稿，希望广大读者将你们在各类报刊杂志上读到的以及各种场合听到的这类"3分钟典藏故事"推荐给我们。

推荐稿要求：1、立意清新隽永，富含真情至理；2、以叙事为主，一篇作品中要有一个精彩的情节或细节；3、篇幅：一般在500字左右。

推荐稿务必注明原作者、发表日期和出版单位以及推荐者的真实姓名、联系方式。所荐作品一旦入选，每篇即付推荐费50元。推荐稿请寄：上海市绍兴路74号《故事会》编辑部（邮编：200020），在信封上注明"典藏故事"。网上来稿，请发以下信箱：wulun54@163.som。推荐稿一律不退，请自留底稿。

老婆的职业用语

◇ **老婆是教师**

"我知道这个字念什么了，老婆！"

"表现不错，但是不要骄傲，以后可要好好学习，天天向上哦！"

◇ **老婆是司机**

"走得太快了，能不能慢一点呀，老婆？"

"时速大致只有6.5公里，这难道也叫快？妖

◇ **老婆是律师**

"为什么我不小心打碎了杯子你就骂我一顿，而你打碎了就什么也不说呢？这也太不公平了吧，老婆？"

"你打碎杯子主观上不是故意，但客观上存在过失；我打碎杯子是紧急避险，不承担法律责任。"

◇ **老婆是警察**

"我再也不喝酒了，放过我吧！我最最亲爱的老婆。"

"少贫嘴，双手抱头，靠墙蹲下，放老实点。"

◇ **老婆是军人**

"哎哟，你拍我肩膀干什么呀，老婆？"

"瞧瞧你的站姿！挺胸，抬头，收腹——站直了！"

◇ **老婆是编辑**

"老婆，我很爱很爱你呀！"

"你应该将'很爱很爱'放在前面，说'很爱很爱你呀，我的老婆！'——这样才能更好地表达爱意！"

◇ **老婆是出纳**

"我真的没有乱花钱，相信我吧，老婆。"

"你就老实交代吧，昨晚你袋中还有129元5毛3分，为啥现在只剩下128元4毛7分了呢？"

◇ **老婆是乘务员**

"唉，唉，老婆，稍等一下！你没看见我在后面吗，怎么把门关上了？"

"对不起，请等下一趟吧！"

（推荐者：武　鹰）

大千世界，无怪不有，见怪不怪，
其怪自败。猪是怪，贪是怪，欲是怪，
难道金钱是万怪之源？或是……

一头怪异的

□ 尹全生

猪

1. 难道我真的喝多了

对于猪，大家都熟悉，即使城里
人，现在也有养宠物猪的，但
是，我们这故事里的这头猪实在有点
怪异，不说别的，它的出生就非同寻
常！

这年入夏的一天，风狂雨骤，雷
鸣电闪，突然间，一道眩目的闪电如
同一条金蛇从天而降，"咔啦啦"一阵
响亮，不偏不倚，击中了一个养猪专
业户的猪舍。猪舍内的一头母猪正临
产，恰恰就在雷电击中猪舍的瞬间，
第一头猪仔降生了，母猪随即七窍出
血，当场死亡，不知是被雷电击死的

还是被震死的，其余没有出生的猪仔
也都胎死腹中，可奇就奇在已出生落
地的那头小猪仔竟然完好无损！

这头小猪仔成了没娘的孤儿，养
猪专业户将它"托孤"给另外一头母
猪喂养，一个月后，它的"奶妈"也
不明不白死了，有人说是天蓬元帅猪
八戒脱胎转世。那个养猪专业户觉得
这头猪仔是不祥之物，要将它丢弃，
巧的是那天家里正来了个作客的亲
戚，叫古董董，他就讨下了小猪仔，带
回河阳县城家中。半月后，古董董说
自家所在的小区内不允许养猪，就把
小猪仔交给了另一个人代养。

这人叫老杨头，是一个建材仓库
的守门人。建材仓库位于城郊，很大，
废弃多年，把猪仔丢在里面放养，野
生野长，确实是个好主意。古董董许

诺：一年后宰掉，一人一半，他自己只要左半边，右半边和下水什么的都归老杨头，他还说："我听人讲，遭雷击的猪，没被烧焦的肉对高血压有疗效呢！"

老杨头不相信没根没据的传言，也不指望猪肉能治疗高血压病，但这头猪他是拿定主意收养了。这是一头小公猪，浑身雪白，胖乎乎的，十分可爱，只是左后腿有点瘸，古董董说那是在自己家时偶然摔的。老杨头给这头猪仔取名叫"白跛子"，独占库区最深处的一栋破房子作窝，老杨头每晚在库区巡视时，都要顺便看看"白跛子"，然后才放心睡觉。

这天夜里，老杨头喝了几杯老白干后照例又去巡视。建材仓库院子的围墙近三米高，上面还插有碎玻璃，小偷翻墙进来盗窃那些破烂的可能性不大，但老杨头这人敬业，不巡视一圈难以入睡。冬天的西北风吹得正紧，四周一片黑暗，仓库内早就不供电了，就连老杨头住的门卫房也是点蜡烛照明。

老杨头醉醺醺地走了一段路，他发现手电筒电不足了，光亮微弱，但老杨头没有返回更换电池，因为他对库区环境太熟悉了，闭着眼睛走一圈也没关系。一会儿走近仓库最深处的一栋破房子时，老杨头站住了，"白跛子"就住在这里。算来已有半年光景，该有一百多斤了，老杨头每次巡视过

来，"白跛子"就会"哼哼唧唧"地走出窝来，好像是致辞寒暄，可是，这天夜里"白跛子"没有迎出来，也没有听到它的声音。

这家伙该不是病了？老杨头按亮手电筒，凭着那么一点微弱的光亮，走进猪舍，四处一扫视，竟然没见"白跛子"，老杨头又猫着腰走近铺着杂草的猪窝，就在这一刻，老杨头吓得胆战心惊，魂飞魄散：杂草窝里端端正正地坐着一个人！虽然手电的光亮十分微弱，看不清对方的面孔，但那实实在在是一个人的轮廓，老杨头顿时起了一身鸡皮疙瘩！

老杨头不迷信鬼神，对"白跛子"的非凡经历和传言并不介意，但此刻猛然间不见了猪，却看见一个人端坐在猪窝里，再联想到人们关于"白跛子"的传言，老杨头这才吓坏了：难道这家伙真的成精作怪、变成人形了？老杨头悄悄往门口退，颤抖着问："你、你是……"

对方在黑暗中沉默着，像死了一样，就在老杨头将要退到门口时，猪窝里突然响起了一阵让人毛骨悚然的怪笑声，老杨头魂都吓飞了，他撒开腿，跌跌撞撞地逃回了门卫房。门卫房里有一部电话，老杨头马上拨打了110，说仓库里面有鬼。警察很快赶到，可警察到现场一看，只有一头猪在猪舍外"呼噜呼噜"地大睡，哪有什么鬼？

要在往常，"白跛子"见到老杨头就会"哼哼唧唧"叫个不停，可这时却像死了一般酣睡着，警察用脚踢它也没踢醒，并且这畜生没有睡在猪窝里，而是睡在猪舍外的碎砖瓦砾上！

警察深更半夜赶到这里，没发现什么异常情况，便一肚子不高兴："你不是说有鬼吗？鬼在哪里？"

老杨头再三解释，还连连赔不是，才算把警察送走。老杨头寻思道："难道我真的喝多了、眼花了？"

2. 撞见了一个黑衣人

警察离开后，老杨头仍然心有余悸，怎么也不敢闭上眼睡觉，天快亮时才合上眼。一觉醒来，已是中午两点，老杨头六十多岁了，还有严重的高血压病，经夜里这么一折腾，下床后觉得头晕眼花，饭也没吃就去看医生。

那医生姓黄，外号"黄胡子"，是一个开个体诊所的中医，老杨头常去他那里看病。黄胡子既是医生，也是神汉、算命先生，有的人上门求医，他望闻问切，很有两下子；有的人上门问事，他则故弄玄虚，说是中邪了、着魔了，用些歪招骗人钱财，不过，黄胡子收费低于正规医院，因此上门的人不少。

那家诊所设在县城内一条偏僻的小胡同里，老杨头走进诊所时正好没有别的病人，他撸起袖子让黄胡子把脉，黄胡子却一把推开他的胳膊："老

杨头啊，我看你印堂发暗，两眼无光，恐怕不单单是血压高的小毛病呀！"

老杨头问有啥大毛病，黄胡子说他十有八九是中邪了，弄不好会有大难临头，老杨头半信半疑，黄胡子就写了一个字，老杨头一看这字顿时吓得脸都白了——这是一个"猪"字！

老杨头说了昨天夜里发生的怪事，黄胡子慢条斯理地说了起来，"你也不想想，那头猪的来历极不一般，有人说它是天蓬元帅转世，这话不可全信也不可不信哩！"

老杨头傻了，黄胡子接着又说："当初别人谁都不敢养这猪，而你却把它养在仓库内，昨天夜里的事就是凶兆啊！"

老杨头紧张得喘不过气来："你说我该怎么办？把猪赶出仓库？"

黄胡子沉默了，掐指算了起来，过了好久，他才开了口："若是赶出仓库，你的罪孽更大！那猪只能恭恭敬敬地送给别人，而且要送给姓'高'的人为好。"

老杨头问为啥要送给姓高的人，黄胡子掐指算了半天，说道："天机不可泄漏，只能给你老兄开个玩笑，你看过《西游记》吧？天蓬元帅猪八戒，最想去的地方就是高老庄啊！"

姓高的人不难寻找，有个小伙子就姓高，最初他和老杨头一同看守建材仓库，他还有个外号叫"高混混"。

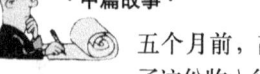

　　五个月前，高混混辞掉了这份收入很低的工作，干起了贩卖生猪的行当。老杨头有意把"白跛子"送给高混混，可是转念想道："白跛子"是古董董寄养在仓库里的，送人应该征得古董董同意才是。于是，他离开黄胡子的诊所后便动身去找古董董，这时，天阴得像要塌下来，开始下雪了。

　　老杨头和古董董只能算是认识，他们都患有高血压，最初是在黄胡子的诊所认识的病友，老杨头只晓得他是县城摆地摊的小贩，平时卖卖古钱币什么的，住在西园街的一条胡同里，但不知道住哪一栋房子，更不知道他家的电话号码。

　　走到古董董居住的胡同口，已经是吃晚饭的时间了，老杨头怕给人家添麻烦，就在一个小饭店填了肚子。

　　他原打算买个手电筒，途中遇到没路灯的地方照明用，可附近的小商店里没有手电筒卖，他只好买了个打火机将就。打火机一元钱一个，而老杨头随身没零钱，就随便又买了一挂鞭炮和两打"钻天猴"，他打算过后在仓库院子里放一通鞭炮，驱驱邪。老杨头用塑料袋将鞭炮和"钻天猴"包裹严实，塞进怀里后，便走进胡同去找古董董。

　　这时已是晚上七点，雪渐渐下大了，昏暗的路灯下，胡同内风雪迷离。大概是天寒地冻、刮风下雪的缘故，胡同内很难见到一个行人，偶尔遇到一个，也是来去匆匆，对老杨头的询问爱理不理。

　　就在老杨头不知该到哪里去找古董董时，迎面走来一个裹着黑雨衣的人，老杨头像见了救星，赶忙迎上去打听，"黑雨衣"收住脚，干咳了一声，说："你问摆地摊、卖古玩古钱币的古董董吧？我和他是老熟人，刚才我还在他家喝酒呢！"

　　"黑雨衣"要他沿着这条胡同继续往里面走，走二百米左右，路左边就是古董董的独门独户小院子，院子的

恐惧创造出鬼怪。——爱尔维修

门牌号是 233。"黑雨衣"又补充说："古董董过于谨慎小心，晚上有人敲门，看不清对方他是不理会的，喊破嗓子都没用。"至于原因嘛，"黑雨衣"说古董董家院门上的猫眼是自制的平面镜，看远不看近。老杨头问古董董不开门怎么办，"黑雨衣"说："他不开门时，你就照直往后退五步，然后再喊，他就会开门的。"

老杨头谢过"黑雨衣"后继续找，好不容易寻到了"黑雨衣"所说的那个独门独院。这一带不仅没有路灯，附近也没见什么住户，他用打火机一照，门牌还真是 233，于是就一边敲门一边喊，而院子里却没有任何动静，老杨头便按"黑雨衣"说的，照直往后退，一步，两步，三步，刚退到第三步时，突然一脚踏空，说时迟那时快，老杨头猝不及防，惊叫着跌进了一口被偷去了盖子的窨井里！

窨井有两米多深，好在下面是没膝的烂泥浆，否则，老杨头非被摔个半死不可。身体没伤着，但是跌进窨井里的老杨头可出不来了，回过神后，老杨头开始自救，可是，任凭他怎么挣扎，两手也够不到井口，无奈，他开始呼救，喊了一个多小时，嗓子都喊哑了，但窨井上面除了风声呼啸，丁点人声也没有！

这时候的老杨头心慌了：在这风雪交加的寒夜里，在冰冷的烂泥浆里站着，能撑得了一夜？

求生的欲望使老杨头镇静了下来，突然，他想到了打火机，想到了怀里的鞭炮和"钻天猴"，他欣喜若狂，拿出打火机，鞭炮点燃了，被老杨头甩出窨井，"噼哩啪啦"炸响了；接着，他又逐个点燃那几十个"钻天猴"，从窨井口一个一个飞向天空，那东西比鞭炮更厉害，"砰—— 砰——"那炸声响彻夜空……

毕竟这是个县城，此刻也不是太晚，也并非过年过节的，那些在雪地里淘气的孩子们听到声音找了过来，老杨头因此得救了！

施救的好心人告诉老杨头：这 233 号是古董董的家，但此刻屋子里黑咕隆咚的，看样子他不在家。老杨头想：古董董在哪里呢？

3. 黑夜里传来了一声惊叫

已是夜里十一点了，老杨头冻得浑身发抖，他无心再找古董董，顶着风雪返回建材仓库。

一路上老杨头越想越感到蹊跷，接二连三发生的事太离奇了，如果说昨天夜里是自己酒喝多了，眼看花了，那么今天夜里遇到的那个穿黑雨衣的又是什么人？明明古董董不在家，他为什么要说刚才还在和古董董喝酒？为什么要使坏让我掉进窨井里？老杨头暗暗下了决心：不论能不能找到古董董，不论他答应不答应，

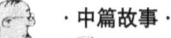

这"白跛子"必须明天就送人，如果过后他追究，大不了赔他半头猪的钱，就是赔一头猪，也比这样提心吊胆强。

主意打定，老杨头的心里稍稍轻松了些，他在雪地里三步一滑，五步一跌，深一脚浅一脚地走到了仓库大门前，虽然仓库里没有电，但由于下了雪，地上的雪光把周围的景物映衬得很清楚，突然间，他发现仓库的大门外站着一个人！

夜这么深了，又天寒地冻，谁吃饱了撑着，站在这没人烟的地方？老杨头远远地喝问道："你是什么人？"

那人说话了："你是不是老杨头？"

一听是古董董的声音，老杨头放心了，同时也来气了："这么晚了，你一个人站在这里干什么？刚才我去找你……"

古董董说："你别啰嗦了，我有要事向你交待。"

老杨头走上前去，问古董董什么事，古董董说："今天下午有个小伙子到我家，说是要买'白跛子'，起初他出价三百元，最后出价到一千元……"

老杨头心头一阵惊喜："好啊，不论价钱高低，明天你就卖！"

古董董坚决不愿卖，他说："我怕那小伙子过后找你纠缠，你说不准会答应他，这才连夜来找你。"

老杨头觉得古董董的想法难以理解："白跛子"不过百十斤，按眼下市场价卖也就是三百元上下，可人家竟然开到了一千元的天价，为什么不卖？他正要发问，突然听到仓库深处传来了异常的声音，那是十分凄厉的人的惨叫声！

建材仓库内明明空无一人，大白天也很少有人进出，眼下已经是夜里十一点多了，里面怎么会有人在惨叫呢？老杨头惊得头皮发麻，接下来，惨叫声又变成了凄惨的呼救声："救命啊……"

老杨头联想到昨天夜里猪窝里的人影，顷刻间哆嗦成一团："我……我看，八成是'白跛子'成精作怪了……"

"'白跛子'？"古董董虽然也有点心虚，但他毕竟没经历过老杨头那般的惊吓，胆子还没吓小，他一手拿了手电筒，一手拉着老杨头，猫着腰向仓库深处摸去。

循着呼救声，两人来到"白跛子"的猪舍附近，借着手电光一看，雪地上满是斑斑血迹，还有人的脚印和猪蹄印；再往前看，只见"白跛子"满嘴是血，正凶狠地追咬着一个人，它见老杨头走来，便停止了攻击，威风凛凛地站着。

那个被追咬的人倒在瓦砾堆上，双手捧着脑袋，大叫"救命"，他全身的棉衣已经被撕得破烂不堪，鲜血淋漓，如果没人来救，非被咬死不可。这"白跛子"在仓库内野生野长，野性十足，平时它对老杨头俯首帖耳，对外人却凶得像头野猪。

这个受伤的人是谁？老杨头走近一看，竟是他原来的搭档、如今在贩猪的高混混！

高混混被猪咬得不轻，很快就昏厥了，这时，古董董对老杨头说："今天下午缠着我要买猪的，就是这个小伙子！"

两人准备马上将高混混送医院，一看，旁边有辆人力车，老杨头估计是高混混踩来的，就和古董董一起把高混混抬到车上，急忙送往县城医院。

医生一看高混混满身是伤，要求马上办手续住院抢救，幸亏老杨头身上带着二千元，就作押金交了。住进病房后医生就来了，检查后说高混混不醒人事的原因是失血性休克所致，输血后就会苏醒；他身上虽然伤痕累累，但没伤及筋骨，三五天就可以出院。

高混混输血后苏醒了，他见自己躺在医院的病床上，小伙子感动得眼圈发红，他主动说了自己不光彩的行径：他辞掉看护仓库的工作时，悄悄配有一把大铁门的钥匙，今天趁老杨头不在，开了大门进去，进去的目的是偷"白跛子"。老杨头指责道："你

想买这头猪可以商量，怎能当贼？养猪的人家多的是，为什么偏要买这头还没长成的猪？"

高混混并没有正面回答老杨头的话，他沉默了很久，随即一声长叹："我伤成了这个样子，眼看到嘴的一块肥肉吃不成了！"

老杨头和古董董听高混混话里有话，就劝他说出实情，高混混吞吞吐吐了半天，这才说道："你们要先答应我一个条件——事成之后，咱们三人利益均分！"

老杨头和古董董都点了头，于是高混混透露了一个有关"白跛子"的秘密……

4. 一个有关"白跛子"的秘密

河阳县归富田市管辖,两天前高混混到富田市贩猪,偶然看到当天富田市晚报上登载了一条消息,说是该市一所幼儿园发生火灾,一个幼儿教师为救儿童被烧成重伤,在市医院抢救。那教师身上大面积深度烧伤,随时都有可能造成急性肾功能衰竭而死亡,有效的治疗措施是在三天内做植皮手术,但一次性找到这么多人皮不可能,唯一的方案是采取用猪皮临时代替人皮来做手术。

适用于手术用皮的猪必须具备以下条件:年龄半岁,体量六十公斤左右,全身白色,纯粹是吃自然饲料长大,没有交配过,而且是公猪,市医院出价三万元,购买一头符合条件的猪。

世上的猪多的是,肥头大耳,脑满肠肥,白白胖胖,壮壮实实,但是完全符合条件、特别是纯粹吃自然饲料长大的猪,实在是凤毛麟角。高混混看过报纸后,突然想到自己离开仓库前,古董董曾寄养一头猪在库区内,料定那恐怕是唯一一头符合条件的猪,便打起了"白跛子"的主意。

高混混接着说:"我已经打电话问过,市医院至今没有找到符合条件的猪,明天是最后期限,你们把'白跛子'送过去,就可得到三万元现金!"

听了高混混的介绍,老杨头和古董董想到每人能白捡一万元,你看看我,我看看你,都感到惊奇,老杨头有点迟疑未决,原因是黄胡子曾经告诫过"白跛子"只能送人,高混混得知他犹豫的原因后,苦笑着说出了其中的秘密:黄胡子是高混混的舅舅,为了分文不花得到"白跛子",两人才演了这么一场吓唬老杨头的双簧。

老杨头得知真相后感到又可恨又可笑,直骂高混混"小兔崽子",卖"白跛子"的事他也就答应了。老杨头同意了,而古董董却反对:"猪是我寄养在仓库里的,我不同意谁也不能卖!"

老杨头一愣"我说古董董,你是不是犯傻了?三万元一头猪,等于一斤猪肉卖三百元,这样的买卖你到哪儿找?"

古董董瞪了老杨头一眼"说'白跛子'成精作怪,这话我不信,可是,有人说,用它的肉能根治高血压,这话我信,我还指望用'白跛子'的肉根治我的高血压呢!"

"道听途说的话你也信?"老杨头的情绪激动了起来,"那个教师是为救娃娃受的伤,人命关天,我们总不能见死不救吧?"

躺在病床上的高混混说:"医院要的仅仅是猪皮,猪肉还归卖主。"

话说到这份上,古董董竟然还是一口咬死:不卖!

猪窝里坐着一个人的恐怖景象，依然难以从老杨头心里抹去，他实在不愿再代养"白跛子"了，而且，一个见义勇为的好教师正等着"白跛子"救命呢！老杨头为人从来是一团和气的，但这时他也发毛了，和古董董吵起来："医院只要猪皮不要猪肉，你为什么还不卖？"

古董董脸红脖子粗地嚷着："'白跛子'才六个月，没长成，肉还达不到根治高血压的疗效。"

这时天已大亮，病房不是吵架的地方，护士进来，把老杨头和古董董请到了外面，两人继续吵。

高混混急于想卖猪，好挣钱付医疗费，眼见这桩买卖做不成，他急眼了，便用手机给市医院打电话，说河阳县有头符合条件的猪，但是有人硬是不让卖。市医院那边很急，便问那个不让卖的人叫什么，是个什么样的人，他们想通过合适的方式做做工作。

高混混打完手机不久，电话又打了过来，这回不是市医院打的，而是古董董的儿子，古董董的儿子在市里工作，那个救人的教师就是他未来的丈母娘，你说巧不巧？儿子让老爸接手机，甩出了一句狠话："你要是不同意卖猪，我就不认你这个爸了！"听了儿子的话，古董董抱着脑袋蹲到了地上，唉声叹气地说："那、那就卖吧……"谢天谢地，这笔买卖终于可以做了！

高混混有伤在身，不能坐长途车，老杨头捉了"白跛子"后，便和古董董一道，租车前往市医院送猪。经医院检查，"白跛子"完全符合手术要求，第二天，医院就把"白跛子"杀了，猪皮用于手术，猪肉则分成左右两半，由老杨头和古董董带回。

古董董随身带了两个大塑料袋，一白一黑，他说要按照最初的君子协定，把猪的右半边和猪头、下水什么的装进白塑料袋，归老杨头；左半边装进黑塑料袋，归自己。就要装袋的时候，医院通知他和老杨头马上去结账取钱，古董董就让儿子按他的吩咐，将猪肉分袋装好。

古董董和老杨头结账取钱很顺利，回来时见两个塑料袋已装好，还扎紧了口，便各自带上自己的一份，乘车回家。三万元按约定，他们两人各得一万，剩下的一万由老杨头交给高混混，事情就算了结了。

傍晚时分回到河阳县，两人各自打道回府。

老杨头回到住所后，打开白色塑料袋，看着半边猪和下水，开始犯愁了：猪窝里坐着一个人的恐怖景象，依然难以从心里抹去，他不敢吃"白跛子"的肉，可是，鲜嫩嫩的猪肉不吃，难道扔了不成？再说，按古董董的说法，这肉对高血压还有独特疗效呢！思来想去，老杨头打算把半边猪肉分

割成小块，先借别人家的冰箱放一放，主意已定，他当即操起刀子动手分割。

老杨头宰割到猪的后腿时，突然感到刀刃碰到了什么硬东西，那种"硬"的感觉不像骨头，而像是碰到了陶瓷、石头什么的，他细心地把猪肉割裂开来，一看，差点连眼珠子都要瞪出来了：猪肉里面竟然有一个白玉胸坠儿！

5. 老杨头与众不同的结局

猪肉里面怎么会有一个白玉胸坠儿呢？就在老杨头惊诧不已时，古董董慌慌张张地赶来了，他说猪的左右两个半边搞错了。老杨头说："一头猪劈开两边，能有什么不同？不过，倒也有点奇怪，这条猪后腿里面怎么会

有个白玉胸坠儿？"

古董董把白玉胸坠儿抓在手里，左看看右看看，说："这物件可能是我儿子的，他装肉时掉进袋子里了！"

老杨头说："可这是我在剖开猪腿后发现的，那可是长在肉里的呀！"

"这么说来……。"古董董神秘兮兮地说，"本来我还搞不清'白跛子'成精作怪的根由，现在我明白了——那天，猪在下崽时，那道闪电射到它身上，雷电之精华聚成了这白玉胸坠儿，不祥之物呀！"

老杨头皱起了眉头："照你这么说，近来接二连三出的怪事，都是这物件在作怪？"

"十有八九是这样！"古董董转身就往外走，"我这就出去把它扔了，逢凶化吉！"

老杨头说："扔得越远越好！这半边猪，还有那些下水什么的我都不要了，你一起拿走。"

其实，那白玉胸坠儿并非不祥之物，而是古董董亲自做"手术"、埋在"白跛子"后腿里面的，事情是这样的：一年前，有

人不是生来就善的，也不是生来就恶的。 ——塞·约翰逊

个文物贩子找到古董董，欲出十万元购买一个白玉胸坠儿，其质地必须是"血玉"。所谓"血玉"，就是随葬入土的玉器，经过上千年人血及人体组织的浸润，内部出现了细微的血丝。民间传说，这种很罕见的玉器具有辟邪功能。贩卖假冒出土文物的行内高手告诉古董董：真正的"血玉"十分难得，但伪造并不难，将上等玉器埋在猪、羊等动物体内，靠活血浸润，只要一年，玉器内便可能出现细微的血丝，便可冒充出土"血玉"。于是，古董董便在那只带回家的猪仔身上作试验，割开其左后腿，将一个白玉胸坠儿埋进去，然后缝合伤口，放在家里喂养，但他家住在三楼，养猪又脏又臭，只好将成了跛子的猪仔交给老杨头代养。因养殖时间仅六个多月，白玉胸坠儿变成"血玉"的时间不到，古董董才坚持反对卖猪。后来在儿子干预下，他才被迫答应卖猪，并打算从猪腿中取出白玉胸坠儿，过后重作试验。

市医院将"白跛子"宰杀后，古董董明确要求猪肉的左半边归自己，因为左半边的猪腿里"藏"着白玉胸坠儿呢，但他儿子不知道，他儿子在装袋时见旁边有个磅，就把左右两半边猪肉分别放到磅上称，发现右半边多，左半边少，他觉得老杨头已经多得了猪头和下水什么的，占了便宜，便将猪的左半边装进白塑料袋，给了

老杨头，这么一来，鬼使神差，他老爹的心肝宝贝就白白送给老杨头了！

古董董说要"扔"白玉胸坠儿时，高混混搭出租车赶来了，他知道老杨头和古董董已卖猪款带了回来，怕夜长梦多，尽管腿上、手臂上还裹着纱布，他还是偷偷溜出医院，赶来取他的一万元。

高混混得到了一万元钱，又见老杨头住在处放了这么多肉，便说该庆贺庆贺合作成功，提议在这里喝酒吃肉聚一聚，古董董表示赞同，而老杨头却反对："聚一聚可以，但这猪肉我可不敢吃。"

为什么？因为猪窝里坐着一个人的可怕情景依然难以从老杨头心里抹去，他把这缘故一说，高混混不好意思地笑了，说这一切都是自己捣的鬼，"黑雨衣"其实就是高混混。当天下午，和古董董谈买卖没有成功，他还是不甘心，吃过晚饭后再次上门，不料古董董没在家，回来的路上正巧遇到老杨头问路，由于风雪迷离，路灯昏暗，老杨头没认出是高混混，高混混就假装热情，哄骗老杨头，还让老杨头掉进了窨井，目的是为他进入仓库偷猪赢得时间。"白跛子"的成精作怪就更荒唐：那天夜里，高混混沿着围墙外绕到仓库后面，朝猪窝方向扔了几个下了安眠药的菜包子，接着又趁老杨头不备，打开铁门潜入仓库

行窃。他来到猪舍时，"白跛子"已"不省人事"，可是因为没带运输工具，无法将猪偷运出去，正在犯愁时老杨头巡夜过来，他无处躲避，只能坐在猪窝里听天由命，不料歪打正着，反把老杨头吓跑了。第二天晚上，他备了人力车再次进入仓库行窃，没想到"白跛子"异常凶猛，见了高混混又是追又是咬……

高混混说完这一切，连连向老杨头赔罪，抬手不打笑脸人，老杨头骂了几句了事，同时，笼罩在他心头的疑云都已消退，他开心地说："今天晚上，咱们就痛痛快快吃肉喝酒！"

三个人大杯喝酒，大块吃肉，十分尽兴。老杨头旧话重提，对古董董说："你说吃了'白跛子'的肉能根治

高血压，今晚上咱们就多吃些试试。"

古董董明知道这话是自己胡诌的，但他还想掩饰："'白跛子'没长到一年，疗效还达不到，不过，作用肯定是有的！"

酒至酣时，古董董外出方便，出门不久，突然在外面惨叫起来，之后就没有声息了。老杨头和高混混打着手电出去察看，只见古董董栽倒在地上，口吐白沫，翻着白眼，气息微弱，两人慌了手脚，急忙把古董董送往医院。经检查，古董董由于喝酒过度，血压突然升高，引起严重脑血栓，需住院抢救。

古董董的命最终还是保住了，但他因此成了同植物人差不多的废人，制售假冒出土文物成了他一个永远的梦；而高混混的亏也吃得不小，他被"白跛子"咬得不轻，得到的一万元钱连抵住院治疗费还不够，而且落了一身伤疤。

可奇怪的是：和古董董同样患有高血压、同样喝酒吃肉的老杨头，严重的高血压病竟然因此根除了，到底是什么原因，谁也说不清，看样子，"白跛子"还真是一头怪异的猪……

（题图、插图 杨宏富）

家庭故事

　　家庭是一个舞台，千千万万个家庭演绎着万万千千的故事。这本故事书里的51则作品，艺术地再现了家庭中的矛盾纠葛、悲欢离合和儿女情长，内容亦庄亦谐，或耐人寻味，或令人捧腹，有较强的可读性和可传性。

情爱故事

　　集中所收38则故事，几乎覆盖人们情爱生活的各个环节，社会众生相在作品中得到了不同程度的映照和折射。这些故事不仅在情节设计上精于构思、巧于安排，而且在艺术风格上也各有所长。对看惯小说电影戏剧的诸位来说，浏览此书是一种全新的享受。

聪明人故事

　　本书犹如一叶风帆，引您在智慧之海遨游。故事中的主人公活跃在各自的人生舞台，凭着自己的聪明才智，斗强蛮，蔑权贵，助弱小，解万难，演绎着一出出绝妙无比的连台活剧，内容既有情节性又有趣味性。

傻子故事

　　傻子故事在民间流传极广。本书共收72则傻子故事，内容生动风趣，人物栩栩如生，一群言行可笑、可悲而又憨厚可爱的艺术形象，如一幅幅色彩奇特而又耐人寻味的漫画，让你目不暇接。

当代传奇故事

优秀的传奇故事能给人以悲喜、惊恐、神秘等强烈而多变的阅读快感。本书每则故事无不以"奇"作为情节的核心，让人读来欲罢不能。作为"故事会爱好者丛书"中的一种，本集子相当具有代表性，故事的特点，《故事会》的风格，从此书可窥一斑。

发财故事

发财，自古以来人皆往之，因此发财故事也就在民间绵延不绝。本集36则发财故事分六大类：因财起祸、生财之道、天落横财、发财恶梦、飘忽财运、钱难通神等。故事生动，通俗可读。

旅途故事

46则旅途故事，让人在应接不暇的情节、人物中体验生活、体验社会、体验人生，从而拥抱生活，拥抱明天。作品充分运用了故事艺术的诸种表现手法：悬念、对比、误会、包袱……情节跌宕起伏，引人入胜。

喝酒故事

酒这东西，自古以来人们就对它褒贬不一，毁誉参半。本集古今中外64则喝酒故事，或喜或悲，或辛或酸，或啼笑皆非，按内容分为"因酒生事、借酒陈言、醉酒出丑、酒水糊涂、酗酒丧身、荒唐赛酒"等六类。

仙女的礼物

两位仙女来到一个幼小的王子的摇篮旁，送给他礼物。

一位仙女说："我把鹰的锐利目光送给这个宠儿，他有了这双眼睛，在他辽阔的国土上，连最小的蚊虫也逃躲不掉。"

"这个礼物好极了，"第二位仙女打断她的话说，"但王子要成为一位卓有见识的国王，不仅要有锐利的目光，还应当有一种不屑于追捕蚊虫的高尚情怀，我就送给他这份礼物吧。"

第一个仙女说："姐姐，这是个聪明的决定，许多国王如果有这种理智，少屈尊去管一些最琐碎的事情，他们本来可以成为更伟大的国王的。"

（**推荐者**：张　凰）

男孩背上的脚印

有一个弱智小男孩，学习成绩差，常被人欺负，可他从不还手，只是抱着头蹲在墙角。几乎每天放学回家，小男孩的背上都有几个大小不一的鞋印。

到了初中，男孩班里新来了一个语文老师，她有着温暖的笑容，喜欢边讲课边走动，摸摸男孩和其他同学的头。

一次，男孩在课堂上拉了裤子，同学们纷纷掩鼻咒骂，只有语文老师快步上前，伸手摸摸他的额头，又在自己额上摸了一下，然后回家找了她儿子的一条裤子给男孩换上，并把他送进医院。期末考试，男孩的语文竟然考到90分以上。有老师不相信，又单独考过他几次，还是在90分左右，而男孩别的科目，几乎都是零分。

背上的鞋印，有多少都可以忘记；温暖的抚摸，只有一次也忘不了。有了爱，什么奇迹都能发生。

（**作者**：王梅芳；**推荐者**：邓伟明）

出奇制胜

一家著名的大型超级市场曾经做过一个令人疑惑不解的决定：将尿布和啤酒一起陈列在货架上。

原来，太太们经常嘱咐他们的丈夫：下班以后要去超市为孩子买尿布，而丈夫们购物总是行色匆匆，不可能仔细地在商场里逛上一圈，如果尿布和啤酒摆在一块，那么，男士们在买了尿布以后，就可以顺手带回自己喝的啤酒了。有了这样的购物经历，他们就喜欢经常光临此超市了。

这就是美国沃尔玛超市，在花大力气对一年多的原始交易数据进行了详细分析后，发现了这一神奇的组合。商战，关键在于出奇制胜。

（推荐者：文华）

骗子与仁慈

隆冬时节的一个夜晚，在上海一家电影院的门口，一个小女孩拦住了一位老人，向他募集救助水灾灾民的捐款。这位老人说没有零钱，女孩感到十分失望。老人看见小女孩辛苦而失望的样子，不忍心一走了之。他带着女孩进了电影院，买过电影院票之后，付给女孩一块钱。女孩非常高兴，称赞老人是个好人。

那个女孩也许早就忘记了这一幕。但是老人——鲁迅却在1936年2月，用文字记下了当时的感慨。其实鲁迅付给女孩一块钱时，早就听说那些逃难的灾民已经被当局用机关枪扫射掉了，理由是怕他们有害治安。鲁迅独自承担这样的悲哀，他知道灾民早就不存在，却为这些并不存在的灾民捐款，虽然这是自欺欺人，但至少可以让那位小女孩保持她的高兴。鲁迅就此说："我要骗人"

一个太仁慈的人在这种情况下不得不以骗人维持他的仁慈。

（作者：摩西；推荐者：向徐）

一点之差

一家公司招聘公关经理，经过几轮严格的初试之后，只剩下甲、乙、丙三人进行最后的复试。

甲进去后，考官只问了一个很简单的问题："你的身高多少厘米？"甲不假思索地答道："178厘米。"考官评说道："回答正规、准确。"

乙进去后，考官也问他身高多少，乙稍微一愣，答道："差一点180厘米。"考官评说道"回答太模糊，与事实有差距。"

丙进去后，考官也问了他同样问题，丙咧嘴一笑道："差两点180厘米。"考官评说道："回答精妙，既与事实相符，又语带幽默，实乃典型公关用语！"结果丙被录取，而事实是他们三人的身高均为178厘米。

（推荐者：文华）

他的肩膀　你的高度

有学者曾做过这样一个实验：把六只猴子分别关在三间空房子里，每间两只。房子里分别放着一定的食物，但放的位置高度不一样。第一间房子里的食物放在地上，第二间房子里的食物悬挂在屋顶，第三间房子里的食物则分别从易到难，挂在不同高度适当的位置上。

几天后，打开房间发现，六只猴子的生存状况迥异，原来，摆放在第一间房子地上的食物唾手可得，激起膨胀的私欲，让两只猴子大动干戈，结果一死一伤；第二间房子里悬挂在屋顶上高不可攀的食物，让两只猴子

在饥饿和绝望中死去；只有第三间房子里的猴子，在吃完容易得到的食物以后，面对越来越难获得的食物，同时想到了对方。于是，一只猴子站在另一只猴子的肩上，取下食物，两只猴子组合成了一种新的高度，这种高度让他们饱食、生存。

人与人相处，也是一样。当困难袭来时，需要记住：你需要他的肩膀，他需要你的高度。

（作者：查一路；推荐者：樊景丽）

递交两块钱

有个刚毕业的女大学生应聘会计，她过关斩将，最后由人事经理亲自复试。但当得知她没有工作经验时，经理决定收兵，于是程式化地说有消息会再打电话通知她。

女大学生站起来，从口袋里掏出两块钱，双手递给经理："不管是否录用，都请给我打个电话。"经理从未遇到过这种情况，颇有兴趣地问："如果你没被录取，我打电话，你想知道什么？""请告诉我在哪方面不够好，我好改进。给没有被录用的人打电话不属于公司的正常开支，所以由我付电话费，请您一定打。"这时，经理笑了："请你把钱收回，我不会打电话的，我现在就通知你：你被录用了。"

（作者：小丹；推荐者：丁浩）

25年前的理想

有个叫布罗迪的英国教师，在整理阁楼上的旧物时，发现了一叠25年前的作文本，学生们写下了各自的理想。最让人称奇的一篇是一个叫戴维的盲学生，他写道：将来我必定是英国的内阁大臣，因为在英国还没有一个盲人进入过内阁……布罗迪读着这些作文，突然有一种冲动——何不把这些本子重新发到同学们手中，让他们看看现在的自己是否实现了25年前的梦想？于是他在报纸上登出一则启事，没几天，当年的学生们几乎都写信来，要回了作文本。

一年后，布罗迪身边仅剩下一个作文本没人索要，就是那个叫戴维的盲学生的。就在布罗迪准备把这个本子送给一家私人收藏馆时，他收到内阁教育大臣布伦克特的一封信。

布伦克特在信中说：那个叫戴维的就是我，感谢您还为我们保存着儿时的理想。不过我已经不需要那个本子了，因为从那时起，我没有一天放弃过我的理想；25年过去了，可以说我已经实现了那个理想。只要不让年轻时的理想随岁月飘逝，成功总有一天会到来。

（摘自《告诉世界，我能行》作者：卢勤；推荐者：木棉）

（本栏题图、插图：佐夫）

暂时的是现实，永生的是理想。 ——罗曼·罗兰

木脑袋

□ 乔正权

单位新大楼建成后，梁处长决定将厅长安排到8楼，按习惯，人们都喜欢8，8就是发的意思，保证一号首长会满意的。

不想这个安排，厅长总是迟迟不批准。隐约听说，厅长妻子不喜欢8楼，厅长喜欢几楼并不知道。梁处长在向他汇报时，他好像觉得厅长总在往下拖的意思。第一次说："你再检查一下水、电方面，看看还有什么问题？"梁处长汇报说："没有一点问题了。"第二次厅长又说："门卫安全落实好了吗？"梁处长说："我可以百分之百地打包票。"第三次厅长又说："不急，现在正在进行教育培训活动呢，等忙完这段时间再说。"

三个月过去了，房子还没有分下去。这时，在南方工作的一位同行电话与梁处长联系业务，得知此事，大吃一惊，说："你真是老土，怎么能安排一把手住8楼呢？对中高层楼，现在领导都喜欢住7楼呢。"梁处长问："为什么？"朋友哈哈大笑说："你啊，真是木脑袋，回家翻翻成语词典就明白了。"梁处长想了一下猛一拍头，说："哦，明白了！"

随后，他决定将厅长的楼层与下一层对换一下，调到7楼，可是又怕牵扯面大，传出去影响不好。苦思了两天，他有了一个良策：决定将原来的1楼改成-1楼，因为1楼是地下室，改为-1楼也说得过去，这样，重新编号时的原来8楼就变成了7楼。他给厅长报告这个新方案后，厅长爽快地说："好，就这样定了，你的工作很细，也有开创性，明天就公布！"

晚上，他老婆好奇地问："厅长干吗喜欢7楼？"梁处长说："厅长才45岁，还想有更大前途呢，你不知道成语中有七上八下吗？真是个木脑袋！"

芝麻开门

□叶　君

李铭正在为表弟工作的事情奔波，一天，他带着礼品来到王经理家。

王经理家的防盗门很坚固，门上没有门铃，只有一个挂着的电话机，李铭想这就是"门铃"吧，于是摘机。让他大吃一惊的是里面传来电脑语音："你好，这是王经理家，请拨分机号码，查号请拨零。"李铭不敢相信自己的耳朵，难道王经理家的房间很多？他按下电话的"0"键。

"王经理的朋友请按9，王太太的朋友请按8，王公子的朋友请按6。"李铭按了"9"。

"公事请按1，私事请按2。"李铭想了想，还是按了"2"。

"请说出你的名字和找王经理办的事情。"没办法，李铭只有对着电话说："我叫李铭，与王经理是老乡，想让王经理帮忙联系一下我表弟工作的事情。"

"请站到门的正中央，然后再拿

起电话。"

李铭连忙站到防盗门的正中央，他注意到门的上方还有一个小摄像头。李铭再拿起电话时，里面传来"对不起，系统出故障，请挂机"的声音，他快快地挂了电话，心想这次是白跑了。

正准备离开时，李铭突然想到，刚才他忽略了一个细节——他没对好芝麻开门的暗号。于是，李铭连忙再次拿起电话，按着电话提示操作，再次站到防盗门中央，这时他特意把带来的礼品举向摄像头，又一次拿起电话时，里面传来一声很柔美的"请稍候"。不一会儿，门"吱呀"一声开了。

人人皆受本性的支配。——普洛佩提乌斯

我要喝酒

□ 夏奇才

汤姆少校被派到海军一艘军舰当舰长，这军舰是个酗酒成风的地方，那里的士兵都是酒鬼。

汤姆到军舰上做的第一件事就是立下几条规定，对酗酒者严惩重罚，在处理了几次酗酒事件后，再也没有士兵敢在公众场合喝酒了，汤姆为此很是得意。

一天夜里，汤姆怎么也睡不着，就披着衣服到舰上四处巡视。他悄悄来到士兵寝室，却发现有个寝室里灯火通明，他走到门前，用力地敲起了门，一个声音问道："谁？"

"我，汤姆少校。"汤姆刚说完，立刻听到屋里一阵混乱的声音，隔了一会儿门被打开，接着，一股刺鼻的酒气迎面扑来，只见屋里有十几个人，凌乱不堪，一看就知道这帮家伙正在酗酒。

汤姆高声喊道："立正！"士兵们立刻在屋里歪歪扭扭地勉强站成一排，但是还有两三个喝醉的家伙不省人事地躺在床上。汤姆走到那几个人面前，严厉地问道："你们在干什么？我订的规矩忘了吗？说，你们每个人喝了多少？"

队列里一个老兵打着酒嗝说道："报、报告少校，我们没喝酒，只是用酒精擦擦训练中受伤的身体。"其余的士兵也都附和着说自己没有喝酒。

汤姆很是生气，但并没有发作，他要寻找证据，突然，他发现了桌子下边的酒瓶盖，于是低头弯腰去捡，没想到一下就捡起了十几个酒瓶盖，汤姆拿着酒瓶盖问这些醉醺醺的士兵："那你们谁能告诉我这是什么？"士兵们面面相觑，都不知道说什么。

突然，有个下士说："少校，那是硬币，我喜欢存钱，我要娶老婆。"汤姆走到那个家伙面前说："是吗，那亲

爱的下士，你的存钱罐呢？"这位下士看了汤姆一会，指了指一张床下空酒瓶，汤姆弯腰拿了一个，递给那个下士，说："请你把你的硬币放到你的存钱罐里！"这位下士马上立正，敬礼说道："遵命，长官！"那个下士拼命地想把酒瓶盖放到酒瓶里，可是弄来弄去都没有成功。汤姆非常生气，突然说："好了，你这个蠢货到底喝了多少酒？"下士答道："报告长官，我没有喝酒。"话音未落，他就吐了起来，弄得汤姆全身都是肮脏的东西，汤姆愤怒地吼道："没喝酒为什么吐了？"

这时，躺在床上的一个士兵有些清醒了，刚好听到这句话，他接口说道："他怀孕了，要生孩子了！"

士兵们爆笑，汤姆气急败坏地走到床前，问那个醉眼蒙眬的家伙"那你说，是谁让他怀孕的？"这个士兵连眼睛也没有睁开，懒洋洋地说："当然是那个该死的汤姆少校！"这时，其余的士兵全笑倒了，汤姆再也控制不住自己了，他对士兵吼道："谁还有酒？酒，给我！"

一旁躺在床上的另一个下士突然一跃而起，劈头给了汤姆一个响亮的耳光："你以为你是汤姆吗？就是他要酒老子都不会给，你算哪棵葱！"说完他又倒头呼呼睡去。

汤姆摸着发烫的面孔，看着满屋的醉鬼，气晕了过去……

原创漫画系列《BRAVO 东东》问世

《故事会》与《我为歌狂》携手进军原创漫画新领域

东东是谁？东东是一个普通的初中生，有一点调皮捣蛋，脑子里充满各种奇思怪想，常常有点稀里糊涂，渴望做一个大男人，向往朦胧甜蜜的爱情……他还有一个搞笑的妈妈，一个严肃的爸爸，一帮性格各异、趣味横生的同学！也许东东就在你的身边，也许东东就是你自己，也许东东的许多故事许多想法都曾经发生在你的身上，也许东东会成为中国的樱桃小丸子！

一套反应 e 世代中学生生活的漫画丛书《BRAVO 东东》已由上海文艺出版社正式出版发行。该套书由曾经轰动一时的《我为歌狂》原班人马倾力打造，风格轻松活泼，风趣幽默，视觉效果和故事性俱佳，作为"故事会漫画丛书"向市场推出。

·幽默世界·

老婆的梦

□ 未 名

李平的老婆爱做梦，而且还自称会解梦。有一回，老婆梦见一窝猪，就讲："今天有客来，要破财。"李平莫名其妙地问："为什么？"老婆振振有词道："人家说猪来穷狗来富嘛！"老婆这一说害得李平上班路上把衣袋里那十几块钱摸了几十回。到了单位，几个同事说他评上了"市优"，应该请大伙撮一顿，下班后大伙嘻嘻哈哈跟他到家里。李平没办法，只得办了一桌。

又有一回，老婆梦见有人把一捆柴放在他家门口，李平问啥意思，老婆说："这不明摆着进柴（财）吗？是喜事！"到了晚上，老婆真的买了好酒好菜招待他，弄得李平丈二和尚摸不着头脑。后来老婆告诉他，有人送来1000元钱，说给李平补补身子，那人有笔业务望李平多多费心。李平听后叹道："老婆呀，你别再做这梦害我啦！"

今天早上，老婆又告诉他，昨晚梦见他被车撞了。上班时老婆送他出门就千叮咛万嘱咐："小心，小心！"李平嘴上说着："没那事的，没那事的。"可他心里却想着这个事，上班路上左看右看，提心吊胆。他听人说破财消灾，就决定丢点钱让汽车轧轧消灾吧。于是，下班路上，他做贼似的摸出一张拾元票子，趁人不注意丢在马路上，李平抹了一把脸上的冷汗，心想："终于消灾了，终于消灾了。"

回到家，李平掏出钥匙打开门，突然"呼"一个东西撞在他脚上，吓得他跳起来，再一看，原来是儿子的玩具汽车。紧跟着，他那四岁的儿子大喊起来："爸被车撞了，爸被车撞了！"

（**本栏题图**、**插图**：李 加 史 琦 麦荣邦）

357 2005 12月

SEMIMONTHLY
下半月刊
STORIES

故事会

2005年12月
下半月刊·绿版

主 编：何承伟
常务副主编：吴 伦
副主编：姚自豪（上半月·红版）
副主编：夏一鸣（下半月·绿版）
本期责任编辑：鲍 放
发稿编辑：
姚自豪 周 吟 吕 佳
夏一鸣 梁宁宁
美术编辑：李宝强
电脑制作：郭瑾玮
通 联：归依玲
本社办公室电话：021-64375030
上半月刊编辑部电话：021-64332325
下半月刊编辑部电话：021-64336469
（上海市绍兴路74号 邮编：200020）
主管：
上海文艺出版总社
主办：

督印 发行：张 凯
电话：021-64313938
广告总代理：上海文艺广告传播中心
（上海市绍兴路74号 邮编：200020）
广告总监：张 淮
广告业务：021-34010383
广告投诉：021-64333738
广告经营许可证
沪工商广字3100320050022号
发行：中国图书进出口上海公司

手机阅读器服务商：北京掌讯远景信息技术
有限公司 客服电话：010-51196627

本刊各栏目欢迎来稿。来稿寄上海市绍兴路74号《故事会》杂志社，邮编：200020；请在信封上注明"××栏目"收；本期责任编辑E-mail地址：baofang@vip.sohu.net

每周一"哥"

有个小姐，热衷于谈恋爱，男朋友换了一个又一个，有人就给她起了个绰号，叫她"半月谈"。

小姐不以为然："半月谈怎么啦？半月谈已经是我的过去了。哼，我现在是每周一'哥'（歌）！"

（黄金玲）

（本栏插图：李 加 史 琦）

罚 站

一个小学生被老师请到教室外面罚站，下课后，老师让他回教室，可出去一看，那里竟站着一个老头。老师问是怎么回事，老头抹了一把脸上的汗，说："我是在替我孙子罚站啊！"

（武俊浩）

开场白

大龄青年小李特别不善言辞，见了姑娘就张口结舌，为此，对象吹了好几个。这天经人牵线，他又与一个姑娘见面了，原本想了一箩筐的话，到了姑娘面前却又统统说不出来了，情急之下，只好嗫嚅着："你……你愿意和我一起变成老公公、老婆婆吗？"

（肖 车）

感觉不错

亨利的母亲是一位积极的社会活动家，这天被请到电视台去做一项大型活动的宣传介绍。

节目播出的第二天，同事们见了亨利纷纷问他："昨晚你母亲上电视，你感觉一定不错吧？"

亨利喜形于色地回答说："是呀，我可以第一次随心所欲地关掉电视，不听她唠叨了！"

（白淑贤）

想 起 你

老王参加同学聚会，回到家已经很晚了。妻子瞪眼吼他："喝点酒就把我忘了？"

"哪敢哪敢！"老王鸡啄米似的点头，"就是因为不敢把你忘了，所以回家才这么晚。"

妻子听不懂这话是什么意思，老王解释说："回家路上我刚点了一支烟，可一想你规定我一天只能抽三支，我这是第四支了，就赶紧把烟扔了，结果被罚款10元；没走几步，突然发现身边走过的姑娘一个比一个漂亮，正盯着看呢，一想你平时对我的教导，硬是把刚咽下的口水又吐了出来，结果又被罚款10元。这么一来，我就没钱坐车，只能走回家了。"

（胡雪红）

上网查询

√~明：爷爷，互联网真神奇，在网上可以查到免费的音乐，免费的电影，还有免费的游戏！

爷爷：那你赶快帮我到网上查点东西。

明明：查什么？你尽管说。

爷爷：马上要12点了，你看看有没有免费的午饭？

（李桂润）

和你一起入睡

有位女士老爱搞笑，这天她心血来潮，把玩笑开到了上司那里。

女士：我和你一起睡过觉，如果你给我买一辆汽车，一套房子，我就不把这事儿说出去。

上司：对不起，我不记得有这样的事，我们什么时候在一起过？

女士：去年我们不是一起去开过一个工作会议吗？报告听到一半，你睡着了，我也睡着了！

（吴军豪）

爱护动物

老 师要同学们每人举一个爱护动物的例子。

金虎马上举手回答："我踢过我家隔壁的丽丽，因为她踢了她家的小狗。"

（沈名席）

签 名

一 同学气喘吁吁地奔回宿舍，室友关心地问他去哪儿了，他眉飞色舞地说："刚才在路上被紧追了四条街，硬是要我签名。"室友惊讶又羡慕："签名？你好大的魅力哦，是哪个系的妹妹？"这同学不慌不忙地回答："路口的协警。"

（鞠俊洁）

认真的伙计

新 来的伙计做事特别细致认真，第一天上班，他打扫一个金丝雀鸟笼用了一个小时，清洗一个鱼缸用了两个小时，然后他问老板，还有什么事要做。

老板早已忍无可忍，嚷道"你带着乌龟散步去吧！"

（慕 西）

礼 物

局 长夫人收到一个红包，局长回来后一看勃然大怒："你想想，到底是哪个王八蛋送的？"

夫人摇头道："这几天来的人多，我怎么记得那么清楚？"她一面说着一面伸过头去看，原来是一包防腐剂。

（明 喜）

换 位

王 总家里的小保姆总是受女主人的气，小保姆很委屈，于是便趁女主人不在家的时候向王总诉苦。

王总说："这个黄脸婆确实可恶，你们俩换换位置怎么样？"

"好是好，"小保姆笑着说，"不过我的男朋友做老总恐怕不合适，再说你还得替他种地去！"

（黄 文）

主仆对话

富翁吩咐仆人："茄子能增进食欲，你今天就用它好好给我做个菜。"

仆人应道："是啊，这茄子是好东西，您看它紫袍加身，还戴顶王冠哩！"

隔了一天，富翁不知从哪里听来的话，又吩咐仆人说："茄子我不能多吃，吃多了生痰。"

仆人点头："是啊，您瞧它那样，头上还长着刺！"

富翁愣住了："你昨天还说它好，怎么今天就变了？难道茄子做了没理的事？"

仆人摇头："不，只因我是您的仆人，不是茄子的仆人。"

（鸣　戏）

老爸无奈

每次开家长会，都是小强的妈妈去，这次小强坚持要爸爸去，可爸爸坚决不同意。

小强生气地说"老爸，你是不是怕人家说你是个卖鱼的，不好意思？"

爸爸急着摇头："哪里的话！只是我发现你的班主任老师几乎天天去买鱼，要是他认识了我，这生意就不好做了！"

（申鸣玺）

打　包

约翰和朋友去餐厅吃饭，后来朋友有事先走了，约翰看着满桌的美味佳肴，实在吃不了，便从兜里掏出一个很大的袋子，对侍者说："所有的东西，全部打包。"

伺者小心翼翼地提醒道："对不起，先生，菜您可以打包，但盘子得留下。"

（刘培荣）

（本栏目欢迎来稿。来稿可从邮局寄发，也可从网上传递。如为电子邮件，请发以下信箱：baofang@vip.sohu.net）

神秘举报人

□ 李奕明

许老三家住江州市郊，靠每天拉板车给火车站卸货养家糊口。

这天，许老三像往常一样天不亮就起了床，草草扒了几口凉饭之后就拉着板车出了门。到车站一看，冷冷清清的，货车还没进站哩，他长长地吁了口气儿，支起板车，擦擦汗，准备坐下来等。谁知就在这个时候，猛地听到有人在喊："喂，喂！"他四下里一瞧，发现对面墙根下的阴影里站着个人。许老三问："是你在喊我？"那人压低嗓门说："是啊，我有一车东西，想请你帮忙去拉，干不干？"拉车人靠力气吃饭，就怕找不到货主，哪有见货不拉的道理？许老三赶紧拉着板车跑了过去。

那人突然急了，说："你不要过来，我先把条件讲好。"许老三收住脚步问："什么条件？"那人说："两条。第一，你必须在上午八点钟之前把货送到市府大道15号门前，交给一个叫钟茜的中年女人，齐耳短发，戴眼镜，提黑色公文包。第二条，我不跟车，那些东西你替我拉过去，但一件都不能丢，也不能搞坏。这两条你若是都能做到，我付你500元脚力钱。"

好家伙，市府大道离火车站顶多十五六里，拉这么点路就给500元？这种好事到哪儿去找？许老三拉了十多年车，从来就没有给货主丢失或者搞坏过什么东西。不过看这人神神秘秘的样子，许老三吃不准他要自己拉的是什么来路的货，许老三是个老实本分的人，不明不白的钱他从来不赚，所以心里就有点犹豫。

那人像是看出了他的心思，就说："你只管放心去拉，这绝不是什么来路不明的东西。现在我只问你一

反抗诱惑吧，那样你才能做出高尚的行为来。——车尔尼雪夫斯基

句，你干不干？"

许老三脑子一转，突然想到：市府大道那一带尽是公家地方，这些货物真要来路不明，这人也不敢让我往那儿送呀。于是心一横："干！"

"那好。"对方点点头，接着就吩咐说，"你向右转，看到没有，前面货场围墙根下有一堆东西，你先把它们装上车，回头我还有话要对你说。"

许老三把板车拉过去一看，那儿果然有一堆东西，他先清点了一下，大小纸箱共15只，还有一个封了口的信封。他把东西一一装上车，用夹板和绳索固定好。这时候，那人沿着墙根下的阴影也走过来了，见许老三把车装好了，就说："你现在可以先把信封拆开，里面有300元钱，是我预付给你的，剩下的200元，事成之后我一定会给你。"

许老三拆开信封，将里面的钱抽出来一看，果然是3张百元大钞。说实话，对方就是剩下的200元不给，这点脚力钱就已经是平时翻倍都不止了。许老三挺知足，把钱装进口袋，就要上路，那人叮嘱了一句："咱们这回是君子之约，讲的是信用，你不认识我，我可认识你，我在这里注意你好长时间了，我知道你天天来。好了，你快走吧！"说罢，一转身就没了影。

此时天已快放亮，许老三怕耽误事，拉起板车小跑着就上了路，八点钟不到，他就把货拉到了市府大道15

·意料之外　情理之中·

号门前，一看招牌，乖乖，这儿原来是市委市政府的机关大院啊！许老三更加不怕车上的东西会有什么问题了，他一边擦汗，一边就等着那个叫钟茜的女人。

八点钟是政府机关的上班时间，门口进进出出的人特别多，许老三怕错过和女人接头，又觉在这些人面前自惭形秽，于是便退到一边，蹲在墙根下，两只眼睛却一眨不眨地盯着门口看。

突然他眼睛一亮，因为眼前走过来的这个女人正剪着短发，戴着眼镜，手里夹着一只黑色的公文包。许老三往起一站，迎上去问："这位大姐，你是叫钟茜吧？"女人的眼睛在镜片后面迅速把许老三上下打量了一番，点点头说："是的。你找我？"许老三可高兴了，指指停在一边的板车，说："你要的东西我都替你拉来了。"

这个叫钟茜的女人莫名其妙："我要的东西？""是啊，卸在哪儿，你说吧。"许老三想快点把货卸了，好赶回车站去接新活。

谁知钟茜却不慌不忙地围着板车转了一圈，然后把手往车把上一按，对许老三说："同志，你能先把这货的情况给我说说吗？是谁让你拉来的？他叫什么名字？长得什么样？"许老三听钟茜这么问，敢情她还根本不知道这事，于是便把自己一早在火车站

碰到那个人的事前前后后说了一遍，至于那个人长什么样，他真没看清，自然说不上来。

钟茜听他说完，微微一笑，说："我相信你说的是实话。这样吧，既然那个人说这些东西是送给我的，你就帮我拉进院子里去，好吗？"

许老三"噌"的一声拉起板车就进了大院，按钟茜指定的地方，把车上的15只纸箱一只一只全卸了下来。也就是在这个时候，许老三自己才算看清了，这些纸箱的外壳上写的，都是电脑、空调、冰箱之类的东西，只有一只是重新捆扎过的旧箱子，钟茜打开一看，箱子上面有一套电视剧

《黑脸》的碟片，底下全是100元面值的人民币，一捆捆摞得整整齐齐。

许老三顿时傻眼了。钟茜说："同志，谢谢你把这些东西拉来。如果你再碰到那个让你拉货来的人，请你转告他，这件事我们一定会查清楚的。"钟茜说这番话的时候，神情显得非常严肃。许老三平时多少也看过电视听过广播，知道《黑脸》是一部关于反腐败的连续剧，他心里掂得出今天这件事情的分量，朝钟茜点点头，拉上板车，步履沉重地出了大院。

许老三不知道，这个钟茜其实就是市里的纪委书记，因为向来秉公办事，在圈子里素有"女包公"之称。许老三走了之后，钟茜立即让人把东西送入仓库封存，然后把《黑脸》碟片带回办公室。她能理解对方送碟片的用心，一定是叫她学学片子里那个铁面无私的黑脸纪委书记，但会不会除此之外还有别的用意呢？钟茜于是把这盒碟片全部倒出来，放在办公桌上，一张一张查看，果然发现其中有一张是"白板"，上面没有一个字，像是新刻录出来的。钟茜当机立断把碟片拿到影碟室，在机器上一放，果然，屏幕上出现了市里一个领导及家人在自家住房门口进进出出搬东西的场景。钟茜心里一喜，因为她眼下正巧在配合省纪委审查这个领导的经济问题，苦于没有确凿证据，工作一直没有明显进展，看来这次一定是群众发

现什么，举报来了。钟茜瞪大眼睛继续往下看，但遗憾的是，镜头里的光线非常暗，显然这是举报人在夜间偷拍下来的，画面上的影像模模糊糊，只能看出领导和他的家人在搬东西，到底搬什么，看不清楚。

突然，镜头里出现了一个黑影，越走越近，越走越近，走过路灯下时，钟茜看清楚，这是一个圆脸小伙子，身后拉一辆板车，只见他把车停在领导家门口，一家人于是就把刚才搬出来的一堆东西都往他车上搬，搬完了，小伙子拉起车就走。接下来，整个画面漆黑一片，什么都没有了。

尽管如此，但钟茜的心里已经十分亮堂了，她"呼"地抓起桌上的电话，开始一个一个拨打起来，一刻钟之后，各路反贪精英就在影碟室里集中了，这张碟片又被重新放了一遍，然后一个排查摸底方案很快就确定下来。两天之后，碟片里出现过的那个拉板车的小伙子被带进了纪委办公室，他就是领导在乡下的弟弟。弟弟交待说：领导在得知纪委要追查经济问题时，就开始将东西转移到他那儿了；被拍到的这回，其实已经是第三次干这事了，但这回他刚刚把车拉出不远，后面就紧跟上来一个人，咬着不放，他想起当领导的哥哥事先一再交待过，如果被人发现，宁可不要东西，也不能让别人知道他们之间的关系，于是丢了车就跑。

领导的真面目终于被揭开了，兴奋之余，钟茜很想见见那位让许老三来举报的同志，但这人始终没有露面，钟茜总觉得心里有些遗憾。这天早晨上班的时候，钟茜在机关大院门口又看到了许老三，许老三把一只信封交给她。钟茜拆开一看，里面的信是打印的，举报一个单位的某些领导违法违纪的情况，有时间有地点，还附了一份调查线索。落款是：群众。

钟茜问许老三："是不是又是上次让你送货的那个人让你送来的？"

许老三点点头"今天一大早，那个人就在老地方等我了，他非要给我上次拉货余下的200元脚力钱，还让我把这封信交给你。信我是来转了，可钱我没收。"

"为什么？"钟茜问。

许老三说："人家这是在做好事，我怎么能收他的钱？"

"那……"钟茜说，"你能带我去见见他吗？"

许老三摇摇头："我已经问过他了，为什么不直接来找你，他没吭声。不过他说了，这……这反腐败的事儿不光是领导，老百姓也得管，这是大家的事儿。"

"大家的事儿？"钟茜心头一热……

（本篇月月评短信代码：G240）

（题图、插图：安玉民）

赌徒
就是赌徒

□王　晖

杰克是个痴迷的赌徒，赌龄不算短，赢钱却极少，所以一直想找个高人拜师学艺。

这天，他又赌输了钱，心里闷得慌，在赌场里乱转的时候，突然看到一个十一二岁的小姑娘从外面进来，径直走到一张赌二十一点的牌桌前，拽着一个老头的手，问他要1000元钱。老头翻遍衣兜，只搜出几十元，皱了皱眉头，便让小姑娘在一旁等着，自己就在赌桌上下了一个30元的注，赢了；又下了一个50元的注，又赢了！老头不断地下注，赌资都只有几十元，但都能一直赢钱。最后，老头得意地清点赢来的筹码，发现1000元还差点，于是就把刚才赢来的钱全部押上，再赌一次，又赢了。

"嘿嘿，不敢下注就赢不来钱哪！"老头自言自语地嘀咕着，让小姑娘去把赢来的筹码兑换成现钱。

杰克愣住了：难道这老头知道他自己准会赢？天哪，如果真是这样，赌场不成他家银行了？我不就是要找这样的高手吗？杰克兴奋极了，很快打听到这老头其实是赌场里的一个"托儿"，名字叫"罗格"，赌技高超，最精通的就是玩二十一点牌，这是扑克游戏里的一种赌法，他甚至能倒着数出发牌盒里的每一张牌，从而决定怎样下注，杰克决定立即去找他。

当晚，杰克敲开罗格家的门，一面递上精心准备的礼品，一面说明了自己的来意。罗格一听，遗憾地耸耸肩说："我马上就要移民去加拿大了，就是想教你，也没有时间啊！"

杰克不甘心"罗格先生，我今天

是存心来拜你为师的，哪怕你只教我一天，也好啊！"

罗格想了想，说："你拜我为师，无非是想到赌场上去赢一把，既然这样，那我明天可以帮你一次，由你来下注，我暗示你出牌。当然啰，赌来的钱我俩对半分。"

杰克一听，罗格这不等于是送钱给自己吗？他激动得脸涨得通红。

罗格对他说："不过，我喜欢把丑话说在前头，我们就合作这一次，而且到时候我说收手就收手，不管是输是赢，今后你都不要来找我。"

杰克当然一口答应。

于是第二天在赌场里，杰克和罗格就坐在了一起。刚开始，杰克还有点小心翼翼，第一注只下了100元，可罗格实在是太高明了，他总能猜出哪一张是大牌，不断地给杰克暗示。半天下来，罗格帮杰克赢来的筹码就在杰克面前堆得像小山似的。杰克叫来管理员，一清点，185万。

"哇！"全场一片惊呼。杰克觉得自己好像腾云驾雾了一般：这么快我就赢了185万？他心里像有只猫爪子在挠痒痒 再赌一次，我再赌一次，说不定185万就变成了370万！对了，这赢来的钱里我只能拿一半，再赌一次，说不定我就能独拿这185万了。

这时候，管理员正要帮杰克去把筹码兑换成现钱，"慢着！"杰克突然叫了起来，"我还要再赌一次！"但几

乎是同时，杰克却发现罗格在向他摇头，杰克怎么甘心罢手，小声而坚决地对罗格说："我不想收手。请帮帮我，就一次！"说完，他"哗"地一下把刚才赢来的筹码全部押上了赌台。

杰克难道昏了头，竟然敢下这样大的赌注？全场人都惊叫起来，就连负责发牌的庄家也惊讶得张大了嘴巴。只有罗格，不动声色地注视着庄家洗牌、码牌、切牌……很快，第一张牌滑到杰克面前，紧接着第二张、第三张也滑了过来。可是罗格没有向杰克做出任何暗示，杰克不敢妄自行动，就只能让一张张牌滑过去。

杰克顿时感到了巨大的压力，他突然想起这老头昨天说过"到时候我说收手就收手"的话，心里不觉慌乱起来。可现在收手已经不可能了，只有硬着头皮碰运气，杰克的两只眼睛死死地盯在赌桌上，看着一张张牌从自己面前滑过去，就是不敢下手。

突然，杰克无意中发现罗格的手好像动了动，这是在暗示我吗？他不由自主地"啪"一把将这时候滑过来的一张牌抓在了手里，屏息静气一点一点将它翻过来：啊，十九点，是一副大牌！杰克的心顿时狂跳不已：除非现在庄家手里剩下的牌是二十点，但这种可能简直微乎其微，一场赌局中一般不大会同时出现两副这么大的牌！杰克仿佛胜券在握，兴奋得有点

沉不住气了。

庄家的手也开始颤抖起来，赌局的形势他应该是最清楚的。没戏了！他闭着眼睛将手里的牌猛地朝赌桌上一丢。可是，天哪！赌场里突然爆发出一阵惊呼，谁也没有想到，庄家甩出来的这副牌竟然是二十点，这意味着杰克输惨了！

杰克瞪直了眼睛："这，这……"他傻了似地看着罗格。

"咳，你早点收手嘛！"罗格惋惜地替杰克叹息着，"为什么不听我的话呢？我昨天不是对你说过，该收手的时候就要收手。"他拍了拍杰克的

肩膀，走了。

杰克后悔极了，不过再一想：不就是输了一局嘛，有罗格在，还怕赢不回来？他想明天让罗格再和自己合作一次，他不信那老家伙会不爱钱。

可谁知，当杰克再次来到罗格家中，想说服他再度联手时，罗格竟然连眼皮都没抬一下："我告诉过你，咱们的合作仅此一次，你怎么还来纠缠我？"

"可是，罗格先生，"杰克说，"难道你不想当个大富翁吗？"

"哈哈哈，"罗格刺耳的笑声几乎要把屋顶掀翻，"我可不想为了你，让我的儿子蒙受损失。"

"你说什么？"杰克纳闷地看着罗格，"你儿子？"

"呵呵，开赌场的小子是我儿子。"罗格狡黠地看着杰克。

啊？杰克这才发觉自己上了这个老狐狸的当，什么合作，其实他们就是在利用自己做托儿呢！那最后一注是不是他们在里面搞鬼？难说！

但是，杰克有一点不明白："你不怕我在赢了那么多钱的时候突然收手，让你儿子赔钱吗？"

"哈哈哈，"罗格大笑起来，"我在赌场这么长时间，早就把你们这帮人看透了，赌徒就是赌徒，不管赢多少钱，永远也不会收手！"

（本篇月月评短信代码：G241）

（题图、插图：安玉民）

贪心的人想把什么都弄到手，结果什么都失掉了。——克雷洛夫

细米（青春系列小说）

少年细米生来就是一个爱脸红的男孩儿，他与表妹红藕两小无猜，一同长大，日子如清水一般自然流淌。然而，有那么一天，大河上飘来一叶巨大的白帆，白帆下飘来了一群仿佛来自天国的女孩儿。这些从苏州城里来这里插队的女知青，给平静的乡村带来了一股新鲜而迷人的气息，而其中的梅纹姑娘以她纯净而温柔的情感与精神力量，使细米这个桀骜不驯的乡野之子步入新的成长历程。他们初次相见时，彼此就有了一种奇异的感觉。在后来苦难而温馨的岁月中，细米一边在梅纹的引领下走向前方，一边开始暗恋着她的声音、她的举止以及她身上所有的一切，而她在那段孤独无助的时光里，似乎更深刻地陷入了一种对于细米的不可名状的眷恋。一种非恋情的恋情，在一个到处是河流与芦苇的水乡世界中令人感动地展开着，处处风采飘逸，处处诗意流动。

小说深谙人的情感的微妙，写就了一段天地之间可以与日月同在的情感故事，以优雅的笔调完成了一个少年的心灵雕塑。安宁的村落、寂静的麦田、旋转的风车、河里的小船、各色的鸽子、雪白的芦花、袅袅的炊烟，与四季优美的乡村风景一道，参加了这个东方少年的现实世界的加冕礼。

鸟　奴（青春小说系列）

这是一部故事精彩可读性很强的动物小说；这是一部蕴含深刻哲理让人掩卷沉思的动物小说。动物行为学家"我"与藏族向导强巴在滇北高原日曲卡雪山进行野外科学考察时，意外地发现一对蛇雕与一对鹩哥把自己的窝筑在同一棵大青树上。从动物分类学上说，蛇雕属于食肉猛禽，鹩哥属于普通鸣禽，蛇雕是各种雀鸟的天敌，鹩哥被列入蛇雕的食谱。在大自然的食物链上，二者是猎手与猎物的关系，怎么可能共栖共存呢？"我"决心揭开这个谜。"我"埋伏在离大青树不远的石坑里，亲眼目睹蛇雕一家子是如何飞扬跋扈欺凌可怜的鹩哥的，也清楚地看到鹩哥一家子是如何谨小慎微忍气吞声在夹缝中求生存的。经过半年的观察研究，"我"排除了这家子蛇雕与这家子鹩哥之间传统的"共生共栖"、"单惠共栖"和"假性共栖"这几种大自然常见的共栖关系，而是属于非常罕见的主子与奴隶的共栖关系。动物界特殊的"兽际关系"，折射人类社会复杂的"人际关系"，具有强烈的震撼力量。作品语言流畅生动，对大自然的描写惟妙惟肖，值得一读。

青春读本 1、2

——感动中学生的100个故事

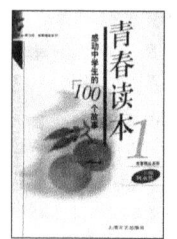

这是我国第一种由中学生全选、推选和评选而成的作品集。它来自全国各地的中学生之手，是从数万件推荐作品中大浪淘沙，筛选出一千来份，然后又特邀上海市的几所重点中学的同学们组成"读书会"，依其多数同学的公认，最后才集镌了这二册共200个故事。

据先睹为快的同学们坦言，读了这些作品，才知道什么叫轻松阅读，体会到愉快教育的真正魅力；因为它不但使人学会了感动，而且还让人在感动中留下生命的暗记；用不着逐字逐句地诵读，这些故事已完全潜入了意识领地，在需要的时候喷薄而出。

当然对于其他读者来说，看这些作品，一方面，可以了解我们中学生到底喜欢什么样的作品，另一方面，也可以从中探究他们的心理世界和价值取向。

* * * * * * * * * * * * * * * * * * *

滴水藏海

—— 300个3分钟典藏故事

我们常有这样的生活经验 有时，想说出一番道理容易，而想让人接受这番道理则难，但如果你借助一个精彩的故事来述说道理，借事寓理，托事言志，情况则完全改观。

这就是故事的魅力。

本书收录的300则作品正是这样魅力洋溢的精彩故事。这些故事内容精深，构思精巧，篇幅精短，形式精致。学者撰文，教师授课，干部讲话，家长训导，学生作文，都可从中得心应手地广征博引，如同置一架书橱于身边。

本书会是你的良师益友。

这是一位美国飞行员讲的故事……

不可战胜的
民族

□ 雷 诺 口述
 廖 华 整理

当年，我是一名志愿到中国参加反击日本法西斯的美国飞行员。

那次去执行轰炸任务，返航途中，我的飞机被日本兵的炮弹击中了，我当机立断让飞机紧急迫降。我知道日本兵很快就会寻来，所以迫降之后，我就赶紧在附近找了一片树丛，趴在那里屏声息气一动也不敢动，就这样在山上躲了两天。

山下就有村庄，可我不敢贸然进去，日本兵那么凶残，我相信没有一家中国人敢收留我。但问题是我实在饿得受不了，求生的本能迫使我决定下山去试试运气。

我忐忑不安地敲开村头一户人家的门，开门的是个瘦小的老人，满是皱纹的脸上长着一双浑浊的眼睛。老人惊讶地看着我，我不奢望他会收留我，只是打着手势，问他有没有吃的东西。老人警惕地探出头来，望望四周，突然一把把我拉进屋子，动作之敏捷，力量之巨大，完全超出了我的预料。

我就这样成了老人的客人，老人拿出烤熟的红薯，脸上满是歉意的笑，让我明白这是他能拿得出的最好的食物。的确，这也是我这辈子吃过的最香甜的东西了！就在我狼吞虎咽的时候，一个魁梧壮实的年轻人走了进来，他的个头和我差不多，这在我接触过的矮小瘦弱的中国人里很少见。老人示意我不要惊慌，他指指年

轻人，又指指自己，我明白了，这年轻人是他的儿子。年轻人一面惊讶地打量着我的装束，一面张开双臂在屋里转了一圈，嘴里还发出"呜呜"的声音。我猜测他一定是问我是不是开飞机的驾驶员，便点了点头，年轻人立刻羡慕地朝我竖起了大拇指。

年轻人对我的装备非常好奇，他先是隔着枪套抚摸我的手枪，随后又对我带有指北针的怀表产生了浓厚的兴趣。我把怀表递给他，他拿在手里琢磨了很久，似乎想弄明白这神奇的玩艺儿为什么会自己走个不停。我敢打赌，这个年轻人如果有机会上学，一

定会成为一个优秀的工程师。接着，年轻人又把怀表递给老人，老人小心翼翼地把它贴在耳边，听那清脆的"嘀嘀哒哒"的走表声。眼前这情景，让我突然觉得自己好像回到了美国的家中，和我的父亲和弟弟在一起。

年轻人向我打手势，示意日本兵正在追捕我，我点头表示明白。向他们表示感谢后，我就准备起身离开，对我来说，这对善良的中国父子已经做得够多了。我没有要回怀表，毕竟，他们冒着这么大的风险给我食物，我给再多的报酬也是完全应该的。但老人却拉住了我，示意我留下来。

就在这时，突然从不远处传来日本兵张牙舞爪的吆喝声，我知道他们一定是冲我来的，就拔出手枪准备出去同他们拚了，但老人却一把把我拉住了。老人表现得非常镇静，他敏捷地搬开一只已经装了半缸水的水缸，下面露出一个地洞，老人把我推进去，紧接着，他的儿子也进来了。地洞里漆黑一片，狭小的空间一下挤进两个大个子，我和年轻人不得不紧紧地贴在一起。我很奇怪：进来的为什么不是老人而是他？

水缸已经被老人搬回了原位，几乎是与此同时，就听到院门被砸开的声音，日本兵恶狠狠的问话声一阵阵传来，但听不到老人的回答，然后"咚"的一声，是老人被推倒在地上的声音。紧接着，大概是日本兵在翻箱

倒柜地搜查，到处是碗盏盆碟被横扫摔碎在地上发出的刺耳响声。过了一会儿，我听到头顶上好像有东西在水缸里搅动的声音，一定是日本兵怀疑水缸里藏着什么东西。我不得不佩服中国人的聪明：笨重的水缸看起来就像一个藏人的地方，日本兵的注意力因此都被吸引到水缸里面，而忽略了水缸下面的秘密。

日本兵当然一无所获，但他们不甘心离开，于是就开始拷打老人，想从他嘴巴里得到些什么，他们先是抽他的耳光，接着又用枪托之类的东西打他，时不时夹杂着厉声的喝问，但老人始终一声不吭。他们对老人的每一下抽打声，都似乎抽打在我的心里，我真想冲出去同他们拼命，可年轻人却紧紧地抱住我。我心里冲起一股怒火：父亲被打，他做儿子的竟能这么无动于衷？这个贪生怕死的懦夫！我对他厌恶到了极点，我宁可冲出去被日本兵打死，也不想和他挤在一个地洞里。

我竭力要冲出地洞，而年轻人却愈加用力地抱紧我，我们俩的争执不可避免地弄出了响声，立刻就有日本兵向我们头顶走来，紧接着我感觉到水缸摇晃了一下。我握紧了手中的枪，心想：只要他们一挪开水缸，我就跳出去朝他们开枪，死一个够本，死两个赚一个！

可就在这时，突然响起一阵爆豆似的枪声和手榴弹的爆炸声，只听屋子里的日本兵都哇哇叫着冲出去了，我猛地推开水缸跳上地面，看到老人蜷缩着身子倒在地上。我拼命摇他，他睁开眼睛，看看我，又看看随后跳出来的儿子，然后一张嘴，竟然吐出几枚带血的牙齿，还有我的那块金灿灿的怀表！"给……你……"他身子抽搐了一下，再也没有了呼吸。

"爹……"年轻人扑上去抱住老人失声痛哭，我握着从老人嘴里吐出来的那块带血的怀表，鄙视地看了他一眼，站起身来朝门外走。说实话，我从心里看不起他：现在知道哭，刚才还钻什么地洞？

我大步走出屋子，只见院子里横七竖八躺着几十具日本兵尸体，原来从天而降的是游击队员，他们正在清扫战场，我看见他们一个个衣衫褴褛，有的甚至连一条皮带都没有，用草绳或毛巾系在腰间。他们看见我突然从屋子里出来，有点惊讶，其中一个教书先生模样的人走上来和我握手，问我："你就是那位美国飞行员？"我的天，他说的竟然是一口流利的英语！我赶紧向他说明一切，并要求他设法把我送回部队。他说："没问题！你大老远来帮助我们作战，你就是我们的朋友，我们会护送你穿过封锁线的！"

在为老人举行了一个简单的葬礼

后，我们上路了。出发前，"教书先生"把我和年轻人叫到一起，他告诉我，年轻人将特别负责照顾我，这一路上我必须紧紧跟着他。我立刻声明："我完全能够自己照顾自己——我可不愿跟着一个懦夫。"但教书先生不容分辩地说："不行，这一路上情况很复杂，我们随时有可能会分散行动，所以你必须跟着他，他是这一带最好的向导。"

我还能说什么呢，只好极不情愿地跟在年轻人后面出发了。一路上，我们与教书先生他们始终保持着一段距离，我不知道这是为了什么，又不能多问，只好闷着头赶路。年轻人大概看出了我的不满，但他什么也没说，也不给我打任何手势，只是在前面脚步如飞地走着。这可苦了我了，因为我从来没有走过这么难走的路，

没多久脚底就起了好几个泡，每走一步就钻心的疼，不过我不想在懦夫面前认输，硬是咬牙坚持着。

翻过一个山头的时候，年轻人看我这么痛苦的样子，就从地上捡了一根树枝，三下两下掰掉枝叶，做成拐杖递给我。可我就是不想要他的东西，我满脑子都是他父亲的脸庞，那个值得我一辈子尊敬和怀念的老人！我硬是挺着脖子向前走。

不知走了多少时候，突然耳旁"嗖嗖嗖"飞过一颗颗子弹——不好，我们被日本兵伏击了！教书先生他们在瞬间就消失得无影无踪，我心里真不是滋味：平时说什么游击队员英勇善战，生死关头还不是就顾自己逃命要紧？懦夫不是年轻人一个，而是一群啊！我感慨着。

可出乎我意料的是，年轻人这时却显得分外英勇起来，他不由分说拽起我就跑，我越是挣扎，他越是拽得我紧。跑着跑着，突然他在一个土坑前收住了脚步，先把我扔了进去，随后自己也跟着跳进来，指指我身上，拼命向我伸手。我不明白他要干什么，就见他猛

只有伟大的目的才能产生伟大的毅力。——斯大林

地朝我扑了过来，夺下我的枪，三下两下扒我的衣服。我想起他当初看我怀表时那种好奇和羡慕的眼光，莫非这个混蛋要抢劫我？

但是，我很快就为我的这个猜疑而悔恨终生！因为年轻人穿上我的衣服、戴上我的帽子之后，狠狠地把我往土坑里一按，又使劲儿朝我摇摇手，然后迅速跃出土坑，在匍匐了一段距离之后就站起身拼命向前跑去。日本兵的子弹凶狠地追射着他，手榴弹不时在他身前脑后地炸响。直到此刻，作为一名军人的我才明白，他刚才扒我的衣服是为了什么，我的心颤抖起来。

我趴在坑底，尽可能地不被日本兵发现，我在心里默默地祈求上帝保佑他，当然也保佑我自己。可是我的祈祷没有用，因为很快，我就听到一种脚步声迅速奔我这方向而来，而且就在土坑旁停了下来。

我抬起头，准备跳出去与他们作最后的拼死搏斗。可是令我万万没有想到的是，站在坑边的竟然是那个教书先生。我惊讶极了："怎么会是你？我还以为你们丢下我不管了呢！"

教书先生把我拉上土坑，说"我们不会丢下我们的朋友，刚才我突然被日本兵伏击，大家必须分散隐蔽，尤其要引开敌人对你的注意力，因为你是我们重点保护的对象。"

我激动地对他说："你们派给我

的向导是个英雄，他……"

"我们都看到了，"教书先生神情凝重地朝我点点头，"在我们国家，这样的英雄很多很多，他不仅救了你，也救了我们大家！"

"可是，"我沉思着问他，"这样的英雄，为什么在日本兵上门的时候，他宁可让他老父亲去面对凶残的敌人，而自己却躲进地洞呢？"

教书先生注视了我好一会儿，说："看来你还不了解我们的处境啊！那些日本兵看到年轻人，就会抓他们去做苦役或者干脆杀死他们，所以面临生死抉择的时候，老人总是把生的机会让给年轻人。我们这里的每一个家庭都会这么做，为了将来的胜利，我们必须保存有生力量。"

我张着嘴，震惊得说不出话来。

教书先生领着我又继续上路了！这以后，不管走到哪里，我的脑海里始终闪现着那个年轻人跃出土坑时的身影，我轻轻地问教书先生："他现在会在哪儿？他能活着回来吗？"

回答我的，是教书先生久久的沉默……

就从这一刻起，我突然明白：我所融入的，是一个多么富有善良、宽容、智慧和勇敢精神的民族！

我想，这样的民族是没有人可以战胜的。

（本篇月月评短信代码：G242）

（题图、插图：佐 夫）

藏在花盆里的

爱

□ 宾 炜

牛大富打小落下好吃懒做的毛病不说，手脚还不干净，如今三十多岁年纪了，依然光棍一个，家里要什么没什么。扶贫工作队到村里来了几回，回回都帮他想办法脱贫致富，可好好的事情干着干着他就撒手了，不是说太苦就是嫌太累。这回工作队给他"扶贫"了一头母猪，想让他好好喂养下崽，可工作队前脚才走，他转手就把母猪卖了，揣着三百块钱进城快活去了。

等到这钱花得差不多了的时候，牛大富才知道犯愁：回村去怎么交代啊？他左思右想，正巧碰到一个在工地上打工的老乡，便撒谎说自己欠了赌债，想找个地方躲一躲。朋友说正好工地上要找个临时做饭的，管吃管睡，牛大富一听，立马跟着就走。

这天牛大富做完饭，懒洋洋地躺在工地的沙堆上晒太阳，猛看到对面一幢住宅楼的二楼，一家摆满了花花草草的阳台上，突然走出个中年女人，把手里的什么东西埋进其中一盆竹子的盆底，还对着它喃喃地说了好一阵子话，然后才回进房间。牛大富心里一个"咯噔"：这女人在藏什么东西呢，莫不是金银首饰？对了，听说有的城里人怕小偷光顾，家里特别贵重的东西不放抽屉，就专门找旮旯里藏。这女人倒好，索性藏到阳台上来了。

一想到金银首饰，牛大富的手就

痒了。这以后，他的两只眼睛有事没事就老爱往对面这家阳台上看，结果发现这女人天天都到阳台上来，给所有的花草浇过水之后，就独独捧着这盆竹子说上一会话。牛大富于是更加断定：这花盆里肯定有名堂！

牛大富实在按捺不住了，决定当晚就下手。天黑尽了的时候，他悄悄潜到对面这幢楼的楼底下，几乎没怎么费劲就蹿上了二楼的阳台，拎起那盆竹子就"吱溜"一下回到地面，躲进一个没人的角落，迫不及待地把盆倒翻过来，"嚓"亮起打火机细瞧。可奇怪的是，花盆里什么都没有；他不相信，又把从花盆里倒出来的土用手细细滤了一遍，还是什么都没有。

难道是女人什么时候把藏在里面的东西拿走了？牛大富气得抓起花盆就要往地上砸，可转念一想又放下了。你想呀，女人把这盆竹子当宝贝，绝对不会是故意装给他看的，因为她不可能知道对面会有一双眼睛在盯着她看。牛大富灵机一动，决定还是明天先看看女人的反应再说，花盆动过她应该能看得出来。于是，他迅速把倒出来的土又重新装回盆里，送了回去。

第二天，牛大富看到这女人一到阳台上神色就变了，肯定是因为发现这盆竹子被人动过了。只见她先是慌张地四处张望，后来又拼命探头往楼下瞧。牛大富一拍大腿：看这女人紧张的样子，这只花盆里肯定有名堂。他又激动又纳闷，到了晚上，不甘心地又去把这盆竹子拿下来，一把土一把土地抓出来过滤，就差没用显微镜照了，可忙乎了半天，还是没有任何发现。牛大富没了辙，决定索性把它带回去，有机会找个高手问问。

当天夜里，牛大富在工棚里翻来覆去一夜憋得慌，就是想不明白到底是怎么回事。第二天，他再看对面阳台上，那女人正站那儿发呆。女人越是这样，说明花盆里的名堂一定不小，可到底是什么呢？

这天，牛大富有意无意转到对面楼下，突然看到那里贴了一张"告君子书"，上面写着：君子先生，我不知道你为什么挑中我家阳台上这盆普通的竹子？尽管它不值几个钱，可对我来说却非常重要，我求你千万不要损伤它，并且尽快给我送回来，我一定会给你一个满意的报酬。下面还有女人留下的电话号码，落款是：伤心的失主。

牛大富差点乐出声来：自己不就可以借这个机会好好敲她一笔吗？他转身跑到街上的电话亭里，照女人留下的电话号码打了过去，故意说："我捡到一盆竹子，不知道是不是你丢的？请问它既然是一盆普通的花，你为什么还要出钱找回去呢？"

电话那头传来女人惊喜的声音：

"啊,是被你捡到了吗?太谢谢了,麻烦你把它送来好吗?我愿意付你五千元报酬!"

五千元?五千元可以买回几头母猪了,自己还怕回去挨骂吗?牛大富乐得简直合不拢嘴。不过他还是留了个心眼,担心这是女人设下的陷阱,就不动声色地观察了几天,直到确信女人没有报警之后,才上门去。

女人开了门,一眼瞧见牛大富手里捧着的竹子花盆,立刻激动起来,像看见自己的亲人一样,伸手就要去接。牛大富赶紧一闪身,说:"你还没给钱呢!"

女人一怔,眼角里闪着泪花,点

头说:"好,请你先进来吧,我这就给你拿钱去。"

牛大富探头一看,屋里就她一个女人,谅她也玩不出什么花招,就大模大样地走了进去,一屁股在沙发上坐了下来。女人对他挺客气,给他倒了杯茶,然后当着他的面打开抽屉,从里面拿出一只信封,信封里是五张一百元的大票,女人全抽了出来。

"同志,我对你说实话!"女人在牛大富的对面坐了下来,"五千元的报酬是我故意说多了,因为我一心想要你把这盆竹子送回来。其实不瞒你说,我只有这五百元,我儿子在上大学,我平时的工资也不高,家里就这点钱了。花盆是你捡到的,五百元应该也不算少吧?"

牛大富心里一阵冷笑,说"你要在街上对我说这话,说不准我还信,可你是住这栋楼里的,我早打听过了,这里住的十有八九都是当着官的,当官的会没钱?"

女人愣住了,缓缓地点点头,说"没错,我们家是有个当官的,可他是个穷官啊!"

牛大富差点笑出声来:"你想蒙我?骗鬼哟!"

女人的眼眶红了:"别说你不信,就连他儿子也不信,老子当着局长,可就一台几千元的电脑,他也掏不出钱来给儿子买。这些年,他去蹲点扶贫,心思都花在了那里,老拿自己的钱去办那里的事。有人扶贫只是做个表面文章，可他当真了……"

女人的眼光越过牛大富的头顶，直直地盯着对面的墙上。牛大富回头一看，愣住了："这……这是你当官的老公？他……他不就是黄局长吗？"

女人惊讶极了："你认识他？"

牛大富"刷"地低下了头，再不敢看女人一眼，因为这黄局长，就是带队到他们村去扶贫的工作队长啊！牛大富谁也不怕，就怕黄局长。为啥？因为黄局长对他太好了，牛大富拿扶贫款去赌钱，拿扶贫米去换酒喝，谁见了他都摇头，要把他从扶贫名单中开掉，只有黄局长没有放弃他，总是尽量挤时间找他说说心里话，要他好好做人。牛大富知道自己对不起黄局长，所以就怕遇着黄局长不好交待，没想这回竟撞到黄局长家里来了。

牛大富再也坐不住了，把原本紧紧抱在怀里的盆竹往桌子上一放，站起来就要走。女人把五百元钱塞到他手里，说："我说话要算话，这是你的报酬，拿着吧！"

牛大富脸憋得通红，一脸羞愧地说："这钱我不能拿。我不瞒你，黄局长我认识，他就是在我们那里扶贫的工作队长！"

女人惊愕地看着他。

牛大富结结巴巴地说"其实，其实这盆竹子是我偷走的，我看见你往里面藏东西，以为……以为……"牛大富没脸再说下去了，转身就想走。

女人把他拉住了。女人捧起他送回来的这盆竹子，说"你们那里其实是黄局长最挂念的地方，这些年他即使回来，也总是念念不忘那里的人，那里的事，如果能够看到你们过上好日子，我想这会让他更高兴。现在既然你来了，就请你把他带回去吧！"

牛大富不明白女人这话是什么意思，一面接过盆竹，一面问："黄局长……他人呢？"

女人没有回答，沉沉的目光落在他手中端着的这盆竹子上。牛大富脑袋"轰"的一下，刹那间好像明白了什么，两只手不禁颤抖起来。

女人告诉牛大富，黄局长因为疲劳过度，已经永远地离开了这个世界。遗体火化后，她悄悄留了一些骨灰，埋在这只丈夫往日最喜欢的竹子盆里，想着从此能和丈夫日夜相伴。牛大富不知个中缘由，自然什么也找不到。

听了女人这番话，牛大富呆立半晌，突然"哇"地一声大哭起来："黄局长，我对不起你啊……"

（本篇月月评短信代码：G243）

（题图、插图：刘斌昆）

（本栏目欢迎来稿。来稿可从邮局寄发，也可从网上传递。如为电子邮件，请发以下信箱：baofang@vip.sohu.net）

同坐 □李学民
一条板凳

老杨当了多年的邮递员，还是头一回遇上这种事儿。

那天下班前，像往常一样，老杨拿上邮袋，到离邮局不远一条僻静的马路上，去那里的邮筒收信。那是一种老式的邮筒，投信口很宽，整只邮筒就像一只张着口的狮子，正蹲在路边等着老杨。打开邮筒的门，横七竖八的信件里面，老杨突然发现有个黑色的钱包，他回头看看左右没人，便眼疾手快地把钱包揣进口袋，随后把邮筒里的信装进邮袋，锁上邮筒，把邮袋往肩上一背，回到了局里。

下班回家，老杨急不可待地掏出钱包一数，"哇！"整整两千元人民币，他乐得差点笑出声来，家里正好要添一台电视机，老天爷这不是送钱来了么？

但冷静下来一想，老杨又觉得奇怪：邮筒里怎么会有钱包呢？除非是有人故意扔进去，否则再怎么样，也不可能把钱包丢到邮筒里面来啊！老杨脑子一动：对了，肯定是有人不小心把钱包丢在邮筒旁边的马路上，被某个人捡到了，但这人手头正好有什

许多人爬到梯子的顶端，才发现梯子架错了墙。 ——劳伦斯·彼德

么急事，来不及将钱包交给警察，就塞进了邮筒，他一定认为塞进公家邮筒就等于是交了公。

老杨这个人办事比较稳妥，所以尽管天落横财，但表面上却一点不露声色，第二天照样上班，该干啥还干啥，只不过眼睛一直斜下里溜着，耳朵也一直竖起着，留意着周围的动静。他总觉得，这钱包里要真有其他什么名堂，人家一定会找上门来。但一个星期过去了，天天风平浪静，什么事也没有，老杨的心终于定了下来，他决定下班后就去商场把电视机买回家，给老婆一个惊喜。

可事情偏偏就在这时候发生了！

下班前，老杨按惯例去那个邮筒收信。打开邮筒一看，信堆上有张纸条，上面写着：我只是偶尔借用一下你的邮筒，我想你不会不知道，你从这里拿走的应该是信件而不是钱包。现在你拿了不该拿的东西，我希望你能尽早还回来。署名：阿山。

老杨晕了：这个阿山是什么人？他说的"借用"又是什么意思？还说我拿了不该拿的东西。哼，你把我公家邮递员当成你私人保管员了？老杨越想越来气：我偏不还给你，看你能把我咋地？就是大街上捡了钱包，我硬不还你，你也没辙，何况有谁会相信我会在邮筒里捡到钱包？

老杨决定不理睬这个"阿山"。没想隔了三天，他打开邮筒一看，信堆

上多了半块砖头，下面还有阿山留的纸条：做人不能太黑，捡到的钱还见面分一半呢，何况我是寄存在你这里的。你这样一毛不拔，实在太不近人情，我饶不了你！

这不分明是在威胁嘛！再说了，这个邮筒的钥匙只有自己手里有，阿山怎么也能打得开？老杨仔细检查邮筒的锁，没见有丝毫撬损的痕迹，心里不禁害怕起来：看来，这个阿山来者不善，万一他把事情闹大，自己的日子不会好过。

但老杨又实在舍不得把已经到手的两千元钱再拱手还出去，想想阿山只是说叫他还钱包，并没有说要还多少啊，不如先还他五百试试。老杨壮起胆子，从口袋里掏出那只黑钱包，抽掉一千五百元，只留了五百元在里面；又掏出一支圆珠笔，在阿山留下的纸条背面写了两句话：兄弟，五百元钱如数还你，以后别再来缠我。再想想：不行，不给他点厉害瞧瞧，这余下的一千五百元怕也保不住。于是又在后面加了一句：你私开邮筒是犯法的，我随时保留对你追究的权力。老杨把钱和纸条统统塞进黑钱包，放进邮筒，期望这样能一了百了。

整整一个晚上，老杨都没睡好，心里总是忐忑不安。第二天，好不容易等到开邮筒的时间，老杨冲到那里，打开一看，发现钱包仍在，但里面的钱和纸条已经没了，在钱包下

面，阿山又留了一张新纸条：你天天往邮筒跑，邮袋里背回去的都是啥，不就是一个"信"字吗？你就这么仨瓜俩枣是打发不了我的，不再拿两千块钱出来，咱们就在你单位里见！

老杨脑子里顿时就"轰"的一下，他原本是想用"私开邮筒"这顶帽子来吓吓阿山的，谁知现在却反被阿山这句"单位里见"的话给吓住了，想

想一家老小全指望着自己这点工资养活呢，真要把事情闹大了，自己非下岗不可，那可是既丢脸面又丢饭碗，两头寒碜的事哪！权衡利弊，当晚，老杨只好忍痛把自己多年从嘴巴里抠出来的五百元私房钱全拿出来，再加上先前那一千五百元，统统塞进了那只黑钱包，悄悄放进了邮筒。

这以后的一个星期，那个阿山总算没有再来打扰老杨，老杨心里真是又懊丧又庆幸，明明已经到手的钱还出去不算，自己还倒贴上去五百元，你说这叫人懊丧不懊丧？可总算事情过去了，花钱能买个太平，也是不幸中的万幸了。

就在老杨觉得事情已经过去了的时候，这一天，公安局反扒大队的便衣警察在邮局附近这条僻静的路上抓到一个小偷，但奇怪的是，他明明看到小偷捏着一个偷来的红钱包在前面狂逃，但抓住之后搜遍他的全身，却什么也没有发现。一追问，小偷交代说，他把钱包塞进了路边的这只邮筒里。便衣警察通过邮局领导让老杨去开邮筒，果然红钱包在里面。老杨心说：幸亏今天还没到开邮筒的时间，否则，不又是拣个麻烦？

可这个麻烦躲过去了，那个麻烦又来了！原来便衣警察抓到的这个小偷正是阿山，阿山是个惯偷，警察问他到底行窃多少次，他自己也说不清楚，警察就叫他从最近一次开始，一

人都是在原谅自己的那一分钟开始懈怠。——卡莱尔

回忆童年，重温 20 年前的《故事会》

创刊于 1963 年的《故事会》，42 年来影响了一代又一代的中国人，累计读者已超过3亿！为满足众多读者重温童年的《故事会》的要求，本刊特在手机版中公布1985年《故事会》完整内容供读者阅读。

本刊手机阅读器可及时阅读每月两期新刊，回顾数百本历史期刊，并开通了小白信箱、在线投稿、读后感等互动功能。现在下载，可获15天免费试用期，还有免费阅读甚至赢取时尚手机的机会。包月仅需8元，持续订制更有价格优惠。详情见手机杂志WEB 和 WAP 网站上相关介绍。

《故事会》手机阅读器下载方法：

1、编辑短信"2000"发送到"16996199"，按照提示选择"是"，下载安装后到"应用程序"菜单或相关目录里找到并打开程序。

2、手机登陆手机杂志 wap 站：http://reader.3gmax.cn/wap，选择《故事会》阅读器，点击下载。

目前拥有下列机型并且开通 GPRS 业务的中国移动手机用户均可使用：

NOKIA：40、60系列；MOTO：V、C、E 系列，触摸屏系列；索爱：K 系列。

客服电话：010-51196627；**客服短信：**16996161；

WEB网址：reader.3gmax.cn

件一件往前回忆，于是往邮筒里塞黑钱包的事就交代了出来。

阿山说："我那次也是因为顺手牵了个钱包，因为后面的人追得紧，才把它丢进这只邮筒，可等我腾出手回来再开邮筒的时候，钱包已经不见了。我想它一定是被邮递员拿走了，就写了几次纸条，放进邮筒里，问他要还。"

警察冷笑一声："你挺行的啊，邮筒也能打得开？"

"嘿嘿，就咱这溜门撬锁的本事，开个邮筒还不……"阿山颇有些得意，一抬头，发现警察正瞪眼瞧着他，

吓得赶紧把话缩了回去。

警察追问道："那黑钱包里到底装了多少钱？"

阿山垂头丧气地说："这你得去问管这个邮筒的邮递员了，是他先把钱包拿走的。"

于是，老杨被请进了公安局。

老杨心里悔啊，我怎么和这小偷坐在了一条板凳上？

（本篇月月评短信代码：G244）

（**题图、插图**：魏忠善）

（本栏目欢迎来稿。来稿可从邮局寄发，也可从网上传递。如为电子邮件，请发以下信箱：baofang@vip.sohu.net）

报答妈妈

□ 聂志红

这天黄昏，在街上摆烤红薯摊儿的秦大娘收摊回家，经过一家饭店门口时，忽然看见有个人从店堂里跌出来，正好撞在她的烤炉推车上。秦大娘吓了一跳，赶快伸手去扶他，定睛一看，才发现这人是个乞丐。再一问，原来他刚才在店堂里抢人家吃剩下的面汤喝，被店老板揪住暴打一顿，被赶了出来。

秦大娘看这个乞丐不但穿得又破又脏，黑黑的脸上还有一块大大的疤痕，哆嗦着身子，喉咙里喘着粗气，不由顿生恻隐之心。秦大娘向来心软，看不得别人受苦，于是连忙把烤炉里卖剩下的两只小红薯掏出来给他。那乞丐接过红薯，三口两口就把它们吞进了肚里，然后两只眼睛还死死盯着烤炉不肯移开。

秦大娘忍不住叹了口气，说："没吃饱吧？你要不嫌，我家离这里不远，好东西没有，红薯尽你吃，不如你跟我回去，吃饱了肚子才走得动路。"

那乞丐听了秦大娘的话，原本浑浊的眼睛突然一亮，他接过秦大娘手里的烤炉推车，一面向秦大娘连声说"谢"，一面就让秦大娘头里走着，自己推着车紧跟在后。秦大娘听他说话的声音好像很年轻，分明还是个小伙子嘛，于是心里便越发同情起他来。

小伙子告诉秦大娘，他叫莫光军，今年28岁，一年前在老家村里的一次火灾中失去了所有的亲人，自己也被烧成这个样子，本来想出来打工挣钱养活自己，没想就因为这张脸，到处都不受欢迎，什么工作也找不到。他说，现在就想好好吃顿饱饭，然后死了算了。

秦大娘听小伙子年纪轻轻竟说出这种话来，心里一个"咯噔"，连忙安慰他说："别傻了，天无绝人之路，你年纪还轻，可不能这么看不开啊！"

一路说着走着，秦大娘的家就到了。说是个家，其实也就是一个低矮破旧的木棚子，里面被隔成两间，一间住人，另一间堆着杂七杂八的东西。

莫光军伸头一看，这叫什么东西啊，不都是从街上捡来的一堆废品垃圾吗？秦大娘解释说："我和老头子都一把年纪了，可活一天总得吃一天吧，我们能干什么，于是我就天天卖烤红薯，老头子就天天去捡垃圾卖。不瞒你说，我们有个儿子，年纪和你差不多，可儿子不争气，居然跟着一帮不三不四的人去卖毒品，要不是我们硬逼着他去自首，起码还要被多关几年。为了让他能安心在里面改造，我和老头子特地从老家出来，租了这个棚子住，日子苦点不怕，住在一个城里，总还可以常去看看他，劝劝他……"

秦大娘正说着，只听"吱呀"一声，木棚的门被推开了，秦大爷扛着一大包废品垃圾走进来。

秦大娘把莫光军的身世给秦大爷一说，秦大爷就不住地点头："你要不嫌，我给你把这放垃圾的地方拾掇拾掇，总比你睡街上强。"

莫光军顿时感动得泪水都流下来了，他不相信地揉揉自己的眼睛：今天是什么日子啊？出来流浪一年了，自己什么样的白眼没挨过？什么样的恶语没听过？什么样的苦没吃过？能够碰上这么一对善良的老人，老天开眼啊！

这时，秦大娘端出一大碗红薯，把莫光军拉到桌子边坐下，说："吃吧！要比起来，你可是比我儿子强多了呀，脸上有疤也不怕，只要自己肯做，不怕没饭吃。反正我们现在就两口子过日子，你也没了爹妈，要觉得孤单，就把我们当亲人吧！"

"妈——"莫光军忍不住抱住秦大娘，失声痛哭起来。

从第二天开始，莫光军就每天早上先帮着秦大娘把烤炉车推到闹市街口，然后自己上街捡垃圾，他让秦大爷留在家里，把捡来的垃圾分门别类整理好，然后他们再一起卖到废品回收站去，傍晚时候，他再去把秦大娘接回来。风雨无阻，天天如此，三个人真就像一家人一样，相处得十分和睦。

这天晚上吃罢晚饭，莫光军突然说要出去一会儿。过了大约一个时辰，他从外面回来，恭恭敬敬地给秦大娘和秦大爷鞠了一个躬，随后递给秦大

娘一条漂亮的围巾，递给秦大爷一双结实的布鞋。

莫光军对两个老人说："我已经好久好久不知道什么叫'家'了，谢谢你们又重新给了我一个新家……"说到这里，莫光军的眼泪流下来了，猛转身冲进了里屋。

看着莫光军的背影，秦大娘和秦大爷想想他这么年轻又这么坎坷的命运，也唏嘘不已。

秦大娘站起身，把围巾和布鞋放好，想进去再和莫光军说说话，难为了这小伙子的一片孝心，可突然看到从装布鞋的袋里掉出一张纸来，她奇怪地捡起来，拿给秦大爷看。

秦大爷才接过来，这纸上的三个字就把他吓了一大跳：通缉令！再看下去，上面明明白白地写着，被通缉的人叫龚辉，男性，28岁，是个杀人犯，一年前潜逃，旁边还有照片。

老两口顿时惊得半天没缓过气来，为啥？因为照片上的人与莫光军非常相像。难道莫光军就是龚辉？是杀人犯？这些日子，他们一直和他在一个锅里吃饭，一个屋檐下睡觉，哪里看得出他有半点凶相？

秦大爷压低声音对秦大娘说："这事可含糊不得，咱们得把他喊起来问问，或许是我们想错了，要不他怎么还会把这号东西拿回来？"

"对呀！"秦大娘点点头应道，"真要是他，他早把这撕了，这种事可不能乱猜，咱是得问问清楚。"

老两口于是推开里屋的门，只见莫光军已经在床上睡下了。秦大娘走过去，轻轻推了推他："光军，光军，你醒醒。"

莫光军身子一动，睁开眼睛，问："妈，什么事？"

秦大娘说："光军，你实话跟妈说，你原来是不是叫龚辉？"

"龚辉？"莫光军"噌"的从床上坐起来，吃惊地看看秦大娘，又看看秦大爷："你们……你们怎么会知道的？"

"那……这个杀人犯真就是你了？"秦大爷"呼"地把原来藏在身

后的通缉令举到莫光军面前，指着上面的照片说，"你叫龚辉？你杀过人？你……你一直在骗我们？"

龚辉低着头喃喃道："我……你们从哪儿弄来的这东西？其实，其实我真的不是故意要杀他，我……"

秦大娘的眼睛瞪得溜圆，颤抖着身子，对龚辉说"不管你当初为了什么杀人，你总是犯事儿了，去自首吧，像我儿子一样自首了，到里面去好好改造。你能躲到什么时候？就是躲过了初一，你还能躲得过十五？"

龚辉"腾"的站起身来，说"不，我才不会去送死呢，我没那么傻！"他一边说一边就要往外走。

秦大娘扑上去，抱住他的腿喊道"你不能走，只要去自首，政府一定会宽大你的！"

可是龚辉哪里听得进老人的劝告，突然露出一脸凶相，恶狠狠地警告说"不许你去报警，否则我不会放过你们……"话音没落，他已经窜出木棚没了踪影。

但几乎就在这时，一阵警笛声由远而近地响了起来，一辆接一辆的警车呼啸而来，警察迅速在这一带布下了天罗地网。原来，就在刚才秦大娘和龚辉对话的时候，秦大爷当机立断跑出木棚，到外面的小店里打了"110"。没多大会儿，龚辉就落网了，看到他被押上警车的背影，秦大娘心里真说不出是什么滋味。

第二天，公安局来给秦大娘和秦大爷送举报龚辉的见义勇为奖金，老两口看着这么多钱，惊得嘴巴都闭不拢。其实通缉令上是明明白白写着这一条奖励措施的，只不过他们看到的那张通缉令，正好在这里被撕了一个角，所以不知道罢了。

面对这一笔巨款，老两口怎么也不愿接受。警察说"这是你们应该得到的奖励啊，见义勇为是我们应该提倡的社会公德，你们就不要推辞了。"

警察走了没多久，邮递员给老人送来一封信。不管是在老家还是在这

地方，多少年了，除了左邻右舍，两个老人能有什么社会交往，从来就没有邮递员上门过啊!

秦大爷惊讶地接过信来，打开一看，落款是"龚辉"。

"龚辉?"秦大爷傻傻地愣在那里：龚辉不是已经被警察抓走了吗?按时间推算，这封信应该是他在被抓之前就寄出的。这到底是怎么回事?

秦大爷颤抖着手将信从头看来，一面看一面念给秦大娘听：

"妈妈，我从小就没了父母，直到遇上了你们，才又感受到人世间亲情的温暖。我很想把自己过去的一切都向你们坦白出来，可是又害怕你们一旦知道了真相，会不会就不认我这个儿子了?我知道政府坦白从宽的政策，我多么想去自首，能以此来将功赎罪，争取减刑，以后出来好好孝敬

你们，可是又怕没有这样的机会。我每天晚上其实都睡不着觉，想来想去，决定还是用这个办法引你们来举报我，这样你们就可以得到一笔见义勇为的奖金，这是通缉令上写得明明白白的。那张通缉令是我故意带回来的……"

"唉!"秦大娘听秦大爷读到这里，早已老泪纵横，她不由深深叹了口气，"这光军……不，这龚……龚辉，怎么能这么干啊?"

第二天，秦大娘和秦大爷就把这笔奖金送到了关押龚辉的监狱。老两口表示，这笔钱要用来给所有关在这里的犯法人员进行改造和教育。他们还让狱警给龚辉捎话：只要龚辉好好改造，他们一定会在那个木棚子里等着他回家。

（本篇月月评短信代码：G245)

（题图、插图：魏忠善）

新木兰辞

古诗《木兰辞》可谓家喻户晓、妇孺皆知。而今，"木兰"们早已丢开了织布机，用起了计算机，于是便有了下面这首《新木兰辞》。

嘻嘻复嘻嘻，靓女正上机，不闻拨号声，唯闻女叹息。问女何所思？问女何所忆？女亦无所思，女亦无所忆。昨夜网上行，所遇实心惊，"妹儿"十二封，皆邀网下逢。靓女本已嫁，已随他人姓，上网为自娱，兼可结新朋。

东版赋闲情，西版写自传，南下诉心曲，北上为聊天。朝起网上来，暮亦网上连。不闻夫君唤妻声，唯闻"虫虫"呼叫不断间。且辞聊天室，暮至戒聊版，不闻"虫虫"呼叫声，但见邀请帖子飞满天。下网见夫君，夫君泪成行；只顾上网瘾，欠债百千强。

问女欲何去，靓女坦言拜爹娘，借款千里行，赴约诉衷肠。爷娘闻女来，四处急躲藏；阿姊闻妹来，速速锁门窗；小弟闻姊来，慌里慌张爬东墙。开我昔时门，挪你罗汉床，撬我旧时橱，搜你密码箱。

当窗点钞票，立马去机场。千里见网友，网友眼放光。同网一个月，不知靓女俏模样。"恐龙"亦羞涩，靓女亦张狂，都在网上聊，安能辨我是啥样？

（推荐者：镜 子）

—— ·本刊信息传真· ———

2005年 首届"梅陇杯"法制故事创作大赛征文评选揭晓

由中华人民共和国司法部法宣司、上海市法制宣传教育联席会议办公室主办，上海市闵行区法宣办、上海市闵行区梅陇镇政府协办，《故事会》杂志社承办的2005年"梅陇杯"法制故事创作大赛，共收到来自全国各地的征文五万多篇。经评审委员会评定，各项奖已产生，现公布如下：

一等奖：（空缺,改二等奖增设一名）；二等奖（3名，奖金各3000元）：《珍贵的照片》（张少华）、《爱情的位置》（徐志义）、《逃犯》（黄胜）；三等奖（10名，奖金各1000元）：《好你个刁妇》（叶林生）、《彩票是个万花筒》（蔡缤华）、《你过不去这座山》（杨学利）、《特别的爱》（杨格）、《那个地方能养老》（胡秀欣）、《老家来电话》（李建）、《试用期的最后两天》（方冠晴）、《金丝猴的遭遇》（彭霖山）、《最后一顿中饭》（李毓藩）、《城管的战争》（杨人）;创作奖(50名，奖金各500元，名单略)。

获奖证书与奖金已同时寄出。

□九斗

只因做了亏心事

初冬时节，北方庄户人家睡得早，天才黑，住在村东头的郑大就已经在热炕头上睡熟了。他媳妇忙完了活，也准备上炕，可就在这个时候，她突然看到窗外有个黑影一闪。"谁？"她吓得赶紧把郑大推醒，两个人壮起胆子出去一看，没发现院子里有动静。郑大嘀嘀咕咕直埋怨，说媳妇看花了眼，媳妇心里挺委屈。

没隔几天，郑大因为白天吃了太多的咸白菜，半夜渴醒了，起来喝水，刚摸黑下地，就看到窗外真有个黑影闪过。"鬼，有鬼啊！"郑大惊叫起来。媳妇被他喊醒了，一听郑大也说有个黑影从窗前闪过，立刻联想起前几天的事，吓得缩在炕角落里直哆嗦。两

口子越想越害怕，从第二天起，他们每天天没黑就躲进屋子不敢出来，越到夜里心越发慌。

两个人这么害怕，是有原因的，因为他们做下了亏心事。

郑大家穷，弟兄三个全靠爹打铁卖艺抚养长大。后来到了成家的年纪，郑大怕这个穷家拖累自己，就去百里之外做人家的上门女婿，和家里断了来往。不想两个月前爹突然病重，郑二捎信一定要他带媳妇回来看爹一眼，郑大回来一看，没想家里竟然大大变了样，郑二已经娶了媳妇，家里连着盖起整两间大瓦房不说，就连屋里的摆设也今非昔比了，放在矮柜上的彩电还比自家的大一圈！郑大

和媳妇看得眼睛发了直，爹的丧事一办完，就借口是长兄长嫂，硬要搬回来住。这还不算，他们一回来，就天天摔锅砸碗地寻事儿吵架，郑二的媳妇小玉看这情势，就对郑二说："你学的是爹的手艺，咱们不如把房子让给大哥算了，咱们出去凭手艺挣钱吃饭，拼上几年，只怕还能盖楼呢！"两口子一咬牙，就走了。

郑二一走，留下的郑三是傻子，爹的房子总该有郑三的份，郑大不能硬赶他走。可留下郑三，你就得照顾他，他什么都不懂啊，穿得邋遢不说，还特别能吃，饭量一个顶俩。郑大媳妇看着这个小叔子就来气：凭什么要我来管你们郑家的人？于是，郑三就只能过着有一顿没一顿的日子。这就急坏了一个人！谁？郑二的媳妇小玉。小玉虽然比郑三大不了几岁，可自打过门，为了让爹放心，她照顾郑三就像照顾自己孩子似的。这次走的时候，因为自己安身之处都没个准，所以就把郑三留下了，可她心里一直牵挂着这个小叔子，现在安顿好了，她就赶着来看郑三。不想隔着老远，她就闻着郑三身上一股酸臭味，走近了再一看，郑三原本鼓鼓的脸，现在变成下巴尖尖的了。小玉看到郑三不会说话，只知道"呜呜"地哭，她眼圈红了，牙一咬，就把郑三带回自己和郑二借住的地方。

难道真是因为自己赶走兄弟，鬼找上门来了？而且那鬼怎么看怎么像爹！两个人开始还不敢声张，后来实在熬不住，只好又烧纸钱又请仙姑的四处张罗，求鬼饶了自己。村里人知道了，都说郑大和他媳妇缺德，这笔账该算。

却说村里有个能人叫李大胆，听说此事就犯疑，这天晚上躺在炕上翻来覆去睡不着：难道世上真有报应一说？他怎么也不信，看老婆孩子都睡得踏实，就悄悄下了炕，偷着溜出门去。村里静得连狗都不咬，李大胆信步走近郑大的家。突然，一个黑影从他眼前闪过，要换了别人，只怕早吓软了腿，可李大胆怕谁呀？赶紧轻手轻脚地跟了上去。不过，等他看清这个人的时候，他不由愣住了，怎么也想不明白这是怎么回事。第二天，李大胆就像什么事也没有发生过似的，他照旧该做什么做什么，可到了夜里，待老婆孩子睡实了，他又悄悄溜出门去，在郑家附近找个地方藏下身，守在那里，等黑影出现；整整十天，天天如此。

到了第十一天早上，李大胆敲开了郑大家的门。郑大两口子睁着红通通的眼睛，问李大胆有什么事，李大胆说："昨夜神仙托梦给俺，让俺帮你们捉了这个鬼。""啊？"郑大两口子喜出望外，赶紧要给李大胆让座。

李大胆挥挥手说："不过，俺给你们捉鬼是有条件的。""那当然，多少

钱，你尽管说。"郑大两口子鸡啄米似的点头。

李大胆清了清喉咙，抬高嗓门说："我捉鬼这三天，你们不能在家看着……""那……"郑大媳妇说，"俺回娘家吧。""不行……"李大胆一摆手，"神仙老可说了，你们得在院子门口露天睡上三夜，才能功德圆满。""行行行！"郑大两口子答应得飞快，"我们就在门口搭个铺，搭个铺。"边说边就卷铺盖出了门。

当晚，天刚擦黑，李大胆就把院门关了。第二天起来一看，不知什么时候下了一场雪，地上已经积起薄薄

一层。李大胆把院里院后的雪扫了，这才开了院门。郑大两口子冻得脸色发紫，一看李大胆出来，哆嗦着嘴唇问："大哥，鬼捉得咋……样了？这天气贼冷，受……不住了。"李大胆瞥了他们一眼："三夜才只过了一夜呢！"

郑大媳妇鼻涕一把眼泪一把地对郑大说："当家的，你说咋办？""唉，为了捉鬼，咱就忍一忍吧。"郑大心里清楚：自己做下了亏心事，若是去求村里人，别说进屋坐一会，只怕是连一口热水都没人会给。唉，他只好去附近草丛里捡些柴禾回来，点燃了，给自己和媳妇取取暖。

第二天晚上，李大胆早早地就把屋子里的灯歇了，整整一夜，听着窗外"呼呼"的风声，他一直合不上眼。天蒙蒙亮的时候，他听到一阵犹犹豫豫的敲门声，起来开门一看，是郑大两口子。李大胆明知故问道："有事？""大哥，让俺们进去暖和一下吧，阿嚏……要冻死人了……"郑大两口子哀求着。

"行，"李大胆答应得挺痛快，"你们进来吧，俺走了……""大哥！"郑大两口子急着问，"鬼捉到了？"李大胆板着脸说："不是说好三夜的吗？现在过了两夜，你们要不想捉鬼了，就进来。""那俺们不进了，不进了。"郑大和媳妇脚不点地的转身就跑。

好不容易熬过了第三夜，第四天早上，李大胆开了院门一看，外面哪

里有郑大和他媳妇的影子？他们怎么不等自己捉鬼的消息了？李大胆觉得奇怪，想了想，直奔郑二家去。

郑二和他媳妇小玉借住的地方离这儿不算太远，不过那房子可差多了，又矮又旧。李大胆兴冲冲踏进门去，一屋子的人都愣住了，郑大和媳妇果然在郑二这里，一家人正围着一桌吃早饭。看到李大胆，郑大两口子吓得直结巴："天冷……俺们睡了三夜露天……阿嚏……"小玉对李大胆说："这天寒地冻的，要不是老二一早去捡柴禾，我们还真不知道这回事呢！就是让大哥大嫂吃顿热乎饭，不误捉鬼吧？"

郑二也帮着说话。

李大胆也不吱声，两只眼睛四下把屋里打量了一遍，没什么家什，却收拾得干干净净。他把目光收回到一家人吃饭的桌子上，看到郑三正大模大样地占着桌子的一边，刚吃完一碗，小玉就忙着给他添一碗。李大胆心里长叹一声，这才转过脸，对郑大两口子说："你们这鬼捉不得啊！"

郑大两口子只差没哭出声来，赶紧问李大胆有没有破解的办法。李大胆说："俺不妨就直说了吧，那鬼不是别人，他是你们爹……""爹？"郑大两口子脸色变得灰白，身子抖成一团。

"你爹说他死不瞑目啊，除非……"李大胆说到这里，突然打住了。"除非什么？"郑大哆嗦着问。李

大胆说："除非你们仍旧把房子让出来，给老二老三住。"

郑大和媳妇对望一眼，哭丧着脸说："那就依了爹吧！要不，俺们实在受不了了。"

"不行不行！"小玉捅捅郑二说，"让大哥他们过来，俺们一起挤着住吧，爹那房子就让它空着，俺也怕……""你放心，"李大胆拍着胸脯说，"你们对爹没亏心，爹干嘛找你们？你们只管搬回去，这事俺做得了主，再不会有鬼闹你们了。"

也真是怪事，郑二和媳妇带着郑三搬回去，真就没再见鬼来过。村里那些不信邪的人追着李大胆问："说真的，这到底是咋回事？"

李大胆不由笑了，得意地附着他们的耳朵说："俺其实也不信这世上有鬼，所以那一阵天天晚上偷着出来转一下，结果就发现，这哪里是什么鬼，明明是郑三那小子，也不知落的啥毛病，半夜起来拉屎，非得回老家的茅房。说来也奇了，他天天一个道儿，从他二哥借住的屋出来，到大哥住的这屋后面的茅房，这不就非经过他大哥那贴炕头的窗子？他大哥两口子是亏了心的人，自然就怕了。我这是借着机会好好治治这对畜生啊！"

（题图、插图：刘斌昆）

（本栏目欢迎来稿。来稿可从邮局寄发，也可从网上传递。如为电子邮件，请发以下信箱：baofang@vip.sohu.net）

一吻三十年

□佚名

从前有座山，山上有个庙，庙里住着两个和尚，老和尚神清气爽，小和尚眉目清秀。

庙前不远有条河，河里的水常年不停地流啊流，流到山下的村头上。那里有户人家，爷爷精神矍铄，孙女活泼可爱，爷爷常带着孙女到山上的庙里来，找老和尚下棋，于是孙女和小和尚就成了好朋友，小和尚知道孙女的名字叫"喜儿"。

这天，爷爷又来找老和尚下棋，喜儿就拉着小和尚去河里摸鱼。喜儿把裤腿挽得高高的，露着藕一样的小腿肚，晃着要下河去。小和尚说："喜儿，你的腿真好看。"

"真的？"喜儿笑了，头一歪，说，"嘻嘻，你的也好看。"

小和尚摇摇头："哪有你好看。"

"好看，就好看！"喜儿说，"你的头多好看，圆圆的，光光的。"

小和尚有点生气了："你这是在笑话我呢！"

"我说的是真话！"喜儿很认真地说着，还伸过头去，"叭"在小和尚的脸上亲了一口。

小和尚心里麻麻的，对喜儿说："这样的感觉真好，你再亲我一下，我就不生气了。"

"不行，只能亲一下！"喜儿朝小和尚摇摇手，"砰"的跳进河里，就朝他泼起水来。

小和尚招架不住了，想了想，说"那么你答应我，光亲我一个，以后不亲别人，好吗？"

喜儿问："为什么？"

小和尚说："因为我们是好朋

啊，我就想你光亲我一个。你要亲了别人，做了别人的好朋友，我会很不好受的。"

喜儿笑了："谁让我们是好朋友呢，我答应你！"

"我们拉勾吧？"

"拉勾就拉勾！"

于是两个人就真的在河边拉起勾来。这一天，两个人玩得特别开心，晚上睡觉的时候，小和尚想起这一切就笑，梦里还笑醒了好几回呢！

过了两天，爷爷又带着喜儿上山来，正好走过一队迎亲的，新娘坐着彩轿，新郎骑着大马，敲锣打鼓，好不热闹。小和尚和喜儿羡慕地看着这支欢快热闹的队伍走出很远很远，突然，喜儿看看小和尚，"扑哧"一声笑了。小和尚问："你笑什么？"喜儿说："我以后长大了给你当媳妇，好不好？"小和尚使劲地点头。

儿时的嬉戏伴随着年龄的增长渐渐远去。小和尚十八岁那年，师父给他受戒。那天，庙里来了很多人，除了附近庙宇的僧人和庵里的尼姑，山下的喜儿和她的爷爷也被请了。喜儿看着老和尚给小和尚点戒疤，站在一旁直流眼泪，爷爷问她为的啥，喜儿说她是为小和尚高兴。小和尚看到喜儿泪光莹莹，老和尚问小和尚是否有未了的心愿，小和尚看了看喜儿摇了摇头，闭上眼睛受了戒。

没过多久，喜儿也出嫁了，喜儿对丈夫很贤惠，丈夫也很疼喜儿，可是丈夫总觉得喜儿心里有事放不下。喜儿三十五岁那年，突然得了一场大病，在床上躺了三个月也不见好。眼看着就要咽气了，丈夫心有不甘地对喜儿说："我想求你个事。咱俩在一起都二十年了，你一直没亲过我。我求你，亲我一下吧？"

喜儿摇摇头："你说什么我都能答应你，就这不行。"

丈夫伤心地说："你都已经是我的人了，为什么不能亲我一下？"

喜儿转过头去，轻轻地对丈夫说："对不起，如果那样做，我会很不好受的。"说这话的时候，丈夫看到她的眼角里流下两行泪来。

当天夜里，喜儿就走了，走的时候，神情很安详。

第二天，丈夫请来庙里的和尚为喜儿超度，这个和尚就是以前喜儿的好朋友小和尚。三十年弹指间，老和尚圆寂了，小和尚长成了大和尚。

大和尚看到喜儿的丈夫一直伤心地哭，就问他："施主，为何而泣？"丈夫说他亏死了，因为喜儿和他在一起二十年，虽然待他很好，可就是一次没亲过他。

大和尚就使劲敲他的木鱼，颤颤地念："阿弥陀佛，阿弥陀佛……"

（本篇月月评短信代码：G246）

（题图：黄全昌）

白发三千丈

□ 川 子

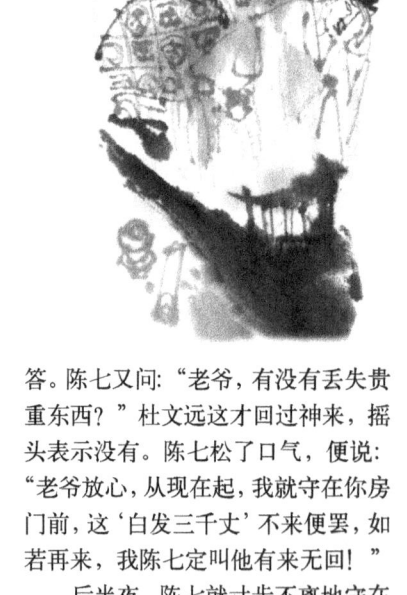

靖边县令杜文远一到任，就大模大样地要各地乡绅去具礼贺拜。百姓见来了如此贪官，无不摇头叹息，可那些富户乡绅却个个喜上眉梢，争先恐后地纷纷登门巴结。首富汪世仁不仅送去金银珠宝，还用轿子把自己两个浓妆艳抹的侍妾也抬进了县衙。一时间，县衙门前车水马龙，拍马屁的人几乎踏破门槛。

但奇怪的是，这天衙门前突然冷清下来。为啥？原来杜文远突发怪病，没法见客。

杜文远的心腹保镖陈七前一晚正在院子里巡夜，突然听到杜文远在卧房中"啊"一声惨叫，他立即破门而入，点亮灯一看，只见杜文远坐在床边，两只眼睛直瞪瞪地盯着对面的墙上。陈七顺势望过去，墙上有五个触目惊心的大字：白发三千丈。

陈七急问："老爷，可是来了盗贼？"杜文远仿佛惊魂未定，竟不回答。陈七又问："老爷，有没有丢失贵重东西？"杜文远这才回过神来，摇头表示没有。陈七松了口气，便说："老爷放心，从现在起，我就守在你房门前，这'白发三千丈'不来便罢，如若再来，我陈七定叫他有来无回！"

后半夜，陈七就寸步不离地守在杜文远的房门前，谁知三更刚过，杜文远突然又在房间里惨叫一声，陈七提刀冲入房内，见杜文远满脸都是惊慌之色，再看墙上，不由倒吸了一口冷气：墙上横七竖八写满了"白发三千丈"这五个大字。

看来"白发三千丈"绝非等闲之辈，他怎么进的房呢？于是天一亮，陈七就悄悄走出衙门，四处暗访起来。可是访了半天，什么结果也没有，黑白两道中人都说，县城里从没听说过有叫"白发三千丈"的武林高手。看来这案子一时难破，陈七只得自己晚上多留个心眼。但要命的是，无论陈七怎么防备，就从这一晚开始，白发三千丈几乎天天晚上都能悄无声息地潜入杜文远的房中，在墙上留名而去。陈七想来想去没弄明白：这家伙到底是怎么下的手？问杜文远，杜文远不说，陈七觉得好无奈。

上任不到一个月，杜文远因为夜夜受惊，无法安眠，几乎到了癫狂发疯的地步，陈七为他请遍了县里的名医，也无济于事。这天，县衙门前来了个蓬头郎中，口称"专治疑难怪病"，陈七脑子一转，不如让他给治治，于是就带着他去见杜文远。

郎中一把脉，就对杜文远说："老爷，你这病恐怕天下只有我才能对付，你若再不赶紧治，只怕难逃一死！"

见郎中口出狂言，陈七吓了一跳，立马要赶他走。谁知杜文远却瞪着郎中说："好，你既然说我这病只有你才能治，我就让你一试。你且说我

该服什么药？"郎中不慌不忙地开口道："老爷是心病，我给你开一味药，不管老爷信与不信，必先照做了，此病包好！"说着，他在纸上"刷刷刷"写下两行字，递给杜文远。杜文远抓过一看，大为惊讶，稍稍犹疑之后，就吩咐陈七拿十两纹银给郎中。谁知这郎中坚辞不受，飘然而去。

郎中写的那两行字，杜文远没有给陈七看，但陈七却吃惊不小，因为他看到，杜文远自从接了郎中的药方之后，顷刻之间就像换了个人似的，精神饱满地升堂理事，秉公办案，还立下规矩拒绝收礼。而且不单这一天，自此以后天天如此，癫狂的病况一下子就好了个透。这还不算，更让陈七奇怪的是，那白发三千丈竟就此再没有来过。陈七心里嘀咕：难道这郎中真是神仙下凡了不成？

那些平时胡作非为惯了的富户乡绅，看杜文远如此威势，都不得不收敛了起来，只有那个首富汪世仁，仗着自己比别人多几个臭钱，还照样神气活现。靖边盛产"云雾香茶"，汪世仁看别人都夹起尾巴做人，便趁势勾结山上的悍匪，妄图把这一带所有的茶场都统统占为己有。杜文远一怒之下，派衙役把汪世仁缉拿归案，汪世仁这才知道讨饶，可杜文远不理睬他。汪世仁见软的不行，索性脖子一挺，软中带硬地说："杜大人，小的是

该死，可杜大人收受小的钱财美女，若是传到朝廷，只怕也……"谁知杜文远一听，竟哈哈大笑起来："你们所有人送的东西，我统统登记造册送入官库。至于那两个女人，嘿嘿，我早已拨了路费让她们回老家。好哇，你居然还敢来威胁我？来人，把他给我押到大牢里去！"

拿下汪世仁，杜文远又趁热打铁率官兵猛剿悍匪，可让他分外失望的是，每一次出击都败兴而归，因为悍匪早已闻风而逃。悍匪还传出话来，扬言如果杜文远不收手，就要狠狠收拾他。杜文远一想对方个个都是杀人不眨眼的家伙，自己真要较真起来，

说不定真会难保自家性命，想想还是收兵罢了。

谁知就在收兵的当晚，杜文远的头痛癫狂病又开始发作，一连数天天天夜里被折磨得惨叫不止，陈七每次冲进他的卧房，总能看到白发三千丈在墙上落名而去。这事儿真是奇了！

那日天刚擦黑，杜文远正痛得死去活来癫狂不止的时候，忽听大门外有人高叫："专治疑难怪病咯！"这不正是上回那个开两行字药方的郎中吗？杜文远顾不得让陈七去请，自己就一头冲出门去，将郎中拽进卧房，纳头便拜："先生救我！"

郎中哈哈大笑，又将一张纸条塞进杜文远的手中，而后飘然离去。杜文远展开纸条一看，神色大惊，难道……他拼命让自己镇定下来，将纸条揣入怀中。

当晚，杜文远就让陈七传令下去，明日一早再次进山追剿悍匪。

第二天一大早，陈七带领官兵在衙门前列队，单等杜文远下令出发，可一直等到日上三竿，杜文远居然在房里没有任何动静。陈七觉得

奇怪，走过去一听，里面传出的呼噜声竟一声比一声响。他只得推门进去，走到杜文远床前禀告："老爷，兄弟们正等着你进山剿匪呢！"

只见杜文远突然翻身坐起，哈哈大笑道："剿匪？剿什么匪？匪首的头早被我拿下了！"说罢跳下床，从床底下的箱子里拎出一颗人头来。

陈七一看，果真是那个悍匪头子，不由大吃一惊："此匪身手甚是了得，老爷如何能在一夜之间拿下他的？"

杜文远瞪他一眼："还不是多亏了你啊，如果你昨晚不去报信，我哪能一路跟踪找到他？"

陈七不知道，昨天郎中给杜文远的纸条上写的，其实就是"注意身边小人"这六个字。现在听杜文远这话，陈七知道自己投匪的事已败露，一扬手，早准备好了的七支飞镖立刻从他袖笼里飞出来，支支直射杜文远的脑门和胸口。杜文远知道，这就是陈七的独门绝技"夺命七星"，说时迟那时快，杜文远猛一甩头，头上的帽子立刻弹了开去，一头白练似的长发猛泻下来，将陈七的七支飞镖支支都挡落在地上。

"你……"陈七惊骇无比，一屁股跌坐在地上。杜文远凄然一笑："没想到吧，我就是白发三千丈。"他弯腰捡起刚才弹落在地上的帽子，对陈七说，"你我名为主仆，实是兄弟，你为

何要背叛我，去与悍匪勾结？"

陈七恨恨道："我跟着你做官，是想吃香喝辣飞黄腾达，可你却要去做什么清官。哼，我可不想一世清苦。唉，只可惜我没料到白发三千丈竟就是你……"说到这里，陈七突然从地上一跃而起，想遁窗而去，可是杜文远只轻轻一跺脚，刚才落在地上的那七支飞镖就都弹了起来，杜文远白发一甩，飞镖闪电般向陈七飞去，陈七只闷哼一声，就倒在了地上……

一年后，从靖边通往大同的官道上，有两人骑着马正缓缓前行，走在前面的就是杜文远，因为政绩斐然，他已晋升为大同府尹，此时正带着老仆去大同赴任。

正走着，突然迎面来的一骑毛驴挡住了他们的去路。老仆正要上前呼喝，毛驴上的人突然长叹一声："白发三千丈！"杜文远一听大惊："你是谁？"那人回说："我是杜文远啊！""你……"杜文远突然认出对方就是两次给自己药方的郎中，立刻滚鞍下马，连连向他磕头。

这是怎么回事呢？原来，这位做了数年靖边县令的杜文远其实是个冒牌货，他的真名叫张天霸，虽说从小也读过几年私塾，但和陈七两人仗着学了点武艺，那天在道上把一对主仆劫了，砍翻后踹下悬崖，可过后一翻劫得的行头，除了朝廷任命这个真叫

"杜文远"的去靖边做县令的公文和那顶帽子，其他什么油水都没有。失望之余，张天霸发现自己和那人长得十分相像，于是灵机一动，就和陈七冒名顶替到靖边走马上任，准备好好趁这个机会发一笔横财。

可没想就从张天霸变成"杜文远"冒做县令这一天开始，张天霸不管戴还是没戴帽子，头都痛得像要裂开来似的，开始每天看着人家源源不断地给自己进财献宝，心里得意，还挺得住，可三天不到，就实在受不了了，而且一头黑发变得雪白，越长越长。

张天霸怕得要死，难道是这顶帽子里生出什么虫子，钻进了自己的头？他拿过帽子顺过来倒过去地看，除了发现帽衬里有"白发三千丈"五个蝇头小字，实在看不出和其他帽子有什么两样啊！这"白发三千丈"到底是什么意思呢？张天霸想来想去没想明白，只是头痛得实在厉害的时候，他会不由自主地到墙上去一遍遍地写这几个字，好像每写一遍，头痛就会减轻一点。所以陈七以为白发三千丈在墙上留名而去，其实都是张天霸自己写上去的，至于这一切为什么不告诉陈七，连张天霸自己都说不清楚。一直到真正的杜文远装扮成郎中找上门来，给他开了两行字的药方：为人行侠仗义，做官清正廉明。张天霸心里很清楚：按这话去做，今后就没有什么油水可捞；可不这么做，更难活啊！无奈之下他只得一试，果然奏效，而且以后他只要稍有贪渎之念，立刻就头痛难熬；而只要消除杂念，秉公办事，病情就会缓解消失。

杜文远告诉张天霸："我本是人称'杜青天'的朝廷监察御史，因为

不忘挖井人（结尾部分）

（12月上半月刊说到：马帅从父亲手里接过照片，还真的去医院验证了。半个钟头后，马帅就返了回来，老马忙问道："医生怎么说？"）

马帅喜形于色地说道："爸，医生说挖井人就是那个民工，要不我打电话把他们再叫回来？"

老马摆摆手说："你就不要去惊扰他们了，我之所以在院子里挖井，就是告诫自己将来不能忘了挖井人啊！"

马帅的内心被深深触动了，第二天，他用砖块在井边立了个碑，并在碑上刻下五个大字：不忘挖井人。其实，马帅向父亲隐瞒了真相：医生说挖井人并不是那个民工。马帅不想父亲再为此事伤神，那个民工是谁现在已经变得不重要了。

所以，正确答案：B.喜形于色地

说了几句不该说的话而犯了上，被贬为靖边县令。赴任那天被你踹下悬崖之后，幸被一棵大树挂住，才捡回老命。为防被你和陈七认出，再遭陷害，我只得乔装改扮。后来寻到靖边，本想找机会揭穿你们，知你已经发病，便改了主意，扮成郎中，为你指点迷津。你可知我这帽子为何如此古怪？"张天霸连连摇头。

杜文远说："当初我考中进士时，村里从八旬老翁到三岁小儿，人人拔下自己一缕头发，由我母亲编织缝制成这顶帽子，他们这是要我时刻想着当为民作主的官。为了勉励自己，我特地在帽衬上写上'白发三千丈'这五个字。不瞒你说，平时只要我稍有非分之念，我的头也会疼痛欲裂。我知道，这是我母亲他们在提醒我啊！"

张天霸听到这里真是感慨不已，慌忙摘下帽子，双手捧着恭恭敬敬地递给杜文远，说："杜青天，这……该是物归原主的时候啦！"

杜文远连连朝他摆手："我老了，你还年轻，这帽子就交给你吧！"

张天霸急得"扑通"一声跪在了地上："杜青天，我本是一介草莽，实在不配戴这顶帽子。再说……再说那头痛病发作起来，也实在太苦了！"

杜文远哈哈大笑起来："你秉公办事以来，这病可曾发过？"

张天霸一拍脑袋：是啊，虽说自己开初是因为害怕发病，不得不去做这个清官，可后来慢慢做习惯了，这病不也就不发了嘛！

杜文远从怀里摸出一面铜镜，递给张天霸，说："你再看看你现在的头发。"张天霸一看，自己那一头白发，早已不知何时变得乌黑发亮了。

（题图、插图：黄全昌）

·3分钟典藏故事·

把握心态

有个朋友乘船去英国，途中突然遇到暴风雨的袭击，船上的人都惊慌失措，朋友却看到一个老太太非常平静地在祷告，神情显得十分安详。

风浪过去之后，朋友十分好奇地问老太太："您为什么当时一点都不害怕呢？"

老太太说："我有两个女儿，大女儿戴安娜已经去了天堂，二女儿玛利亚就住在英国。刚才风浪大作的时候，我就向上帝祷告：如果接我去天堂，我就去看我的戴安娜；如果留我在船上，我就去看我的玛利亚。不管去哪儿，我都可以和心爱的女儿在一起，我怎么会害怕呢？"

"祸兮，福之所倚；福兮，祸之所伏。"在挫折和不幸抑或灾难和厄运降临的时候，我们务必不要被悲观的心态所俘虏。我们虽然左右不了外部的世界，但是我们可以把握自己的心态；把握住了自己的心态，就是把握住了一个美丽而安宁的精神世界。

（推荐者：吴念龙）

路与方向

几个大学生结伴登山，半途上天气突然变坏，他们找不到下山的路，幸好当地老乡及时赶到，才幸免于难。

一个大学生很不服气地对老乡说："我们知道方向，只是不熟悉道路而已！"

老乡不客气地回答他："你只知道方向有什么用？方向可以帮你找路，但并不等于就是路啊！方向告诉你该往西，可西边是大峡谷，你不知道路，还是走不出来啊！"

老乡的话很直白，人生路上情同此理：你千万不要以为设定了方向就一定能达到目标，如果不为自己寻找具体的努力办法，到头来还是极有可能遭到失败的命运。

（作者：刘墉；推荐者：商若依）

48 人生意义的大小，不在乎外界的变迁，而在乎内心的经验。 ——哈代

脚比路长

大漠深处有个阿拉比国，多年的风沙肆虐把城堡变得满目疮痍。国王打算迁都，他把四个王子召来说："有个地方叫卡伦，美丽又富饶，但听说离这里很远，你们先去给我探探路，我们好做迁都的准备。"

第二天，四个王子就出发了。他们整整走了七天，才走出沙漠，向路人一打听，从这儿到卡伦，还要过沼泽，过大河，过雪山。老大一听，掉头就走："新城总会变旧城，何必把国都迁到那么远的地方？"

剩下的三个王子继续前行。在艰难地穿过一片沼泽地之后，老二也收住了脚步："我必须回去劝说父王，让他改变主意。"老二一走，老三沉不住气了，在过了大河之后，老三终于在雪山脚下也抬不起脚来，最终走到卡伦的只有小王子一个。

小王子回到国王身边之后，国王对四个王子说："孩子们，知道我为什么要让你们去探路吗？其实我已经去过卡伦。""去过卡伦？"王子们惊讶极了。国王意味深长地只说了一句话："因为我想告诉你们四个字——脚比路长。"

路途无论多么遥远，只怕没有顽强的双足抵达；目标无论多么高大，只怕没有执着的勇气去追寻。只要心头时时抱着坚定的信念，一往无前地走下去，你就会惊讶地发现，很多所谓的远方，其实真的并不遥远。

（作者：诸振江；推荐者：尚　仪）

决定爱情的一个细节

男孩待女孩很好，可女孩总觉得他不是自己理想中的白马王子。

有一天，男孩饱含深情地向女孩说起自己在大山里的那个并不富裕的家，他讲到了一件很小的事情：小时候兄弟俩都爱吃瘦肉，于是父母总是把肥肉吃掉，把瘦肉留给他们吃。后来兄弟俩都走出大山上了大学，放假回家时，他们都不约而同地专挑肥肉吃，想把好吃的瘦肉留给父母。然而，劳累了一辈子的父母由于年纪大了，已经嚼不动瘦肉了。说这话的时候，男孩的眼睛里闪着晶莹的泪光。

女孩的眼睛也湿湿的，就从这一刻起，她从心里喜欢上了这个男孩。

（推荐者：卢娜微）

游戏比赛

企业管理培训班上，老师挑了十几个同学，分成两队，让他们做计时游戏比赛：把放在地上的两串钥匙捡起来，从队首传到队尾，钥匙必须经过每一个人的手，看哪一个队传得快。

第一轮比赛，两队都是按照老师的示范，大家围成一个圈，队首从地上捡起一串钥匙，一个一个传下去，传到队尾了，再接着传第二串，两个队用的时间差不多。

老师笑了，启发说"你们只要动动脑子，时间还可以减半啊！"一个队的队员领悟了老师的话，把两串钥匙拴在一起同时传，时间确实减了一半。

这时，场上那些没有参加游戏的同学中有人嚷了起来："不一定非得

生活是一阕交响乐，生活的每一时刻，都是几重唱的结合。 ——罗曼·罗兰

传呀！"话音刚落，另一个队有个队员立刻醒悟过来，马上和伙伴们一阵耳语。之后，这个队的队员们就兴奋地把头凑在一起，大家从上到下相继把手扣叠成一个圆桶形，只听"砰"的一声响，一秒钟都不到，两串钥匙已经自上而下从这个圆桶形的通道中落到了地上。

创新，就这么简单？

创新，就这么简单！

（推荐者：郭冬仙）

面对瑕疵

小伙子利用假期去做油漆工，挣学费上学。这天，他在给新做好的橱柜上油漆，即将完工的时候门铃响了，他去开门，不想被靠在一边的扫帚绊倒，扫帚又碰倒了漆桶，漆桶正好倒在昨天已经粉刷好了的墙壁上，留下一道清晰的印痕。小伙子傻眼了，立即用涂料去补，却怎么补也不顺眼，于是只好重新把这道墙刷一遍。

第二天上班，小伙子一进门就发现，这道重刷的墙与邻墙有色差，可能外行人不注意，可是他自己却越看越不顺眼。怎么办，他掏尽自己的口袋，又去同学那里借了钱，重新买来涂料，索性把所有的墙统统重刷了一遍。等最后拿到酬劳，还了借款，他口袋里已所剩无几，更别说交学费了。

这事情不知怎么被主人的女儿知道了，女儿告诉父亲，父亲很感动。事情发展的结果是，女儿的父亲资助小伙子上完了大学；女儿成了小伙子的妻子；小伙子不但走进了女儿父亲的公司，而且后来成了公司的董事长；这家公司的产业如今遍布全世界。

失误可以产生瑕疵，瑕疵可以损坏完美，但瑕疵造成的结果不在瑕疵本身，而在于我们面对瑕疵的态度。

（作者：徐文君；推荐者：李 鬼）

（本栏插图：佐 夫）

遭遇袭击

□ 陈泽军　改编

故事根据非洲小说家埃米特的《复仇者》改编，他的小说以描写人性见长。

这天傍晚，大富翁奥尔洛和他最小的儿子吉特正在别墅花园里散步，突然飞来一群蝴蝶，先是在他们头顶上盘旋，随后就扑下来咬他们裸露的手臂。这种蝴蝶看上去五颜六色非常好看，可咬起人来却非常厉害，父子俩被咬得又痛又痒，只好赶快往房间里逃。可是已经迟了，他们手上被蝴蝶咬过的地方立刻红肿起来，不一会儿就开始化脓溃烂，仆人们吓坏了，连夜把他们送进医院。

当班医生一看这父子俩的伤口，就忍不住惊叫起来，怎么也不相信这会是蝴蝶咬的。他不敢贸然下药，便把院长请了来。院长一看，也不由倒抽了一口冷气，因为他曾经从一份资料上看到过，有一种生活在原始森林里的食人蝴蝶，咬人后就会留下这样的伤口。难道奥尔洛父子俩会是被这种蝴蝶咬的？可资料上明明说，几百年来，从来就没有发现这种蝴蝶飞出过原始森林啊？

院长沉思片刻，对当班医生说："你注意观察他们父子俩病情的发展，我去他们别墅看一看，总要先搞清楚他们到底是被什么样的蝴蝶咬的，然后才能对症下药。"为了以防万一，在去奥尔洛家之前，院长给自己换上了厚厚的外套，还在裸露的地方涂了一层厚厚的凡士林油，这也是他从资料上看来的，蝴蝶不容易附在油滑滑的物体上。事实证明，这一着果然有用，院长后来去奥尔洛家别墅的时候，刚走进客厅，蝴蝶就好像专门在那里等着似的，"呼"的一下朝他扑过来，但就因为院长有了防备，结果这些蝴蝶就只好拼命在他头顶盘旋。

院长颇有些得意，吩咐奥尔洛家的女佣菲沙去给他找一个盒子来，他自己伸手往空中一抓，想抓几只蝴蝶装到盒子里，带回去研究研究。恰在这时，只听客厅外面的花园里突然响起一声呼哨声，紧接着，奇怪的事情就发生了：正在院长头顶盘旋的蝴蝶，猛然间就像听到号令似的，"呼啦啦"一股脑儿的掉头就朝客厅外的花园里飞去。院长惊讶得张大了嘴巴，他想弄清楚这到底是怎么回事，于是立刻追了出去。

这时候，已经是后半夜了，外面漆黑一片，院长追了一程，也不知道自己到了什么地方，睁大眼睛正想辨别方位，突然感觉脑后一阵风袭来，他根本来不及转身，就两眼一黑，"咕咚"一声栽倒在地上。醒来的时候，已经是第二天大天亮了，院长发现自己躺在奥尔洛家的床上。

女佣菲沙正站在他的床前，见院长醒了，微笑着问："院长先生，您昨晚睡得还好吧？"

院长疑惑地问："我好像是追蝴蝶去的，怎么会睡在这里？"

"蝴蝶？什么蝴蝶？"菲沙奇怪地瞧着院长，"自从奥尔洛先生和他儿子吉特先生去医院之后，这里就再没有蝴蝶飞来过啊！"

"没有飞来过？"院长脑子里闪过一个大大的问号，"不对呀，昨天我来的时候，不是就有一群蝴蝶要咬我吗？我还准备要带回去研究，让你去帮我找盒子装来着？"

但是院长在说这个话的时候，发现菲沙正极力躲着他的眼光，心里不觉"咯噔"一下：莫非是这女佣在玩什么花样？再一想：对呀，明明是原始森林里的食人蝴蝶，为什么会出现在奥尔洛的别墅里？而且蝴蝶还会听凭呼哨声的指挥？不过，对方要加害自己的可能性看来不大，要不然自己昏睡过去后，对方有的是下手的机会；一定是自己到别墅的时候，对方误以为是父子俩回来了，所以才这么干的。

院长决定赶快回医院，一定要组织力量替奥尔洛父子俩治疗，同时也一定要解开食人蝴蝶的谜团。他"噌"的跳下床，不露声色地向菲沙打了个招呼，就急匆匆离开了别墅。

院长回到医院不久，菲沙也到医院来了，说是来看望奥尔洛父子俩的。她手里拎着一个食品袋，里面装

着两只一模一样的汤罐，菲沙说这是她特地为他们父子俩熬的营养汤。端给奥尔洛的时候，奥尔洛正熟睡着，菲沙把其中的一只汤罐轻轻地放在奥尔洛的床头桌上，然后退出来，把另一只汤罐送到隔壁吉特的病房。

才隔了一天，菲沙看到吉特已经被疼痛折磨得不成样子，眼窝深深地陷在灰白的脸上，菲沙的泪水忍不住"扑簌簌"掉了下来。吉特勉强朝菲沙笑了笑，强打起精神说："谢谢你送汤来，不过你还是赶快到别处去躲一躲

吧，在原因没有被查清楚之前，别墅里太危险！"

"吉特先生，"菲沙哽咽着说，"你是个好人，你从来不歧视我，我知道你是个好人，你放心，你一定很快就会好的。你不用担心我，蝴蝶不会咬我的！"菲沙一面说着，一面就把汤罐捧到吉特面前，一定要看着吉特喝下去。而且从这以后，菲沙天天来医院送汤，分别把汤罐递到父子俩手里，看着他们喝下去。

一个星期过去了，吉特的伤口每天都在愈合，但奇怪的是，奥尔洛的伤口却丝毫不见收口。这奇怪的现象让院长百思不得其解：用同样的药，为什么却会产生如此截然不同的结果？多年的从医经验，提醒院长开始注意起菲沙每天送的汤来。

院长问菲沙："你给他们父子俩熬的是一样的汤吗？"

菲沙点点头。

"你在汤里放了什么东西呢？"

"乌鸡，是乌鸡啊！院长先生。"

"喔。"院长不信菲沙的话，他猜测很可能是两罐汤里放的东西不一样，但在事情没有调查清楚之前，他不能打草惊蛇直截了当去问父子俩，所以只好暗中加紧对菲沙的观察。

当天晚上，下起了淅淅沥沥的小雨，院长悄悄来到奥尔洛的别墅，想潜进花园里去，看看菲沙到底在干些什么。

美是到处都有的，只有真诚和富有感情的人才能发现它 。 ——罗丹

这时候，别墅的门突然被推开了，正是菲沙，先是探头探脑地伸出头来看了一阵，随后就闪身出来，急匆匆向一条僻静的小街走去。院长看她这么神秘的样子，赶紧跟了上去。

只见菲沙走进街边的一家小旅馆，院长正琢磨自己要不要马上跟进去，突然发现旅馆临街一个房间的窗户上，映出菲沙和一个男人说话的身影。院长蹑手蹑脚地走过去，伏在窗根下一听，那个男人正在愤愤地责问菲沙："说，你为什么要救吉特？"菲沙辩解说："他……他是个好人。""好人？"男人狂吼起来，"奥尔洛的儿子会是个好人？哼，我就是要让这些蝴蝶把他们咬死！""不能这样！爷爷！"

这个男人是菲沙的爷爷？看年龄，他们更像一对父女啊！只听菲沙求她爷爷说，"爷爷，你这样对付奥尔洛先生就已经够了，吉特先生是无辜的啊！"

怪不得！确实是有人要故意置奥尔洛父子俩于死地啊！可无论过去他们彼此有过什么样的恩怨，自己作为一个医生，怎么能允许这种残害生命的事情在眼皮底下发生呢？院长不顾一切地冲进旅馆，猛力撞开这个房间的门。

菲沙惊叫起来："院长先生，您怎么来了？"

院长瞪红了眼睛："你们为什么要这么做？"

菲沙爷爷一看秘密被外人知道了，气得重重地打了菲沙一个耳光，吼道："哼，我养大了你，你竟敢出卖我？"

院长一步上前，用身子挡住菲沙，说："你不能冤枉她，是我自己跟踪来的，她根本就不知道。"直到这个时候，院长才看清菲沙爷爷脸上的皮肤坑坑洼洼的，丑陋不堪，只有那双眼睛，却像鹰一样犀利。

菲沙扑上去抱住爷爷的腿，什么话也不说，只是一个劲地哭，屋子里一片死寂。

看着眼前这副场景，院长猜测，这里面一定有不同寻常的缘由，他静静地坐了下来，等着菲沙爷爷自己开口。

"唉——"过了好一会儿，菲沙爷爷终于长叹一声，向院长讲起了数十年前那惊心动魄的一幕。

菲沙爷爷名叫卡加里亚，和奥尔洛都是二战老兵，在一次丛林战役中，他们所在的部队遭到惨败，菲沙爷爷和奥尔洛虽说侥幸逃了出来，但却误入了原始森林里那个骇人听闻的蝴蝶谷。当时菲沙爷爷正患重病，奥尔洛一看情况不好，硬把菲沙爷爷身上的衣服扒下来，蒙在自己头上，他对菲沙爷爷说："你反正跑不了，那就成全我吧，我会一辈子感谢你的！"说完，就只顾自己逃命去了。后来，那

些咬人的蝴蝶死死缠住菲沙爷爷不放，菲沙爷爷痛得拼命地在地上打滚，实在忍受不了了，就用头猛撞身边的大树，他心里只有一个念头：与其这么活着，不如死了算了。但万万没想到的是，就在这时候，从这棵大树上飞飞扬扬落下一阵阵黑色的花粉来，把他全身裹了个严。正是这种从来没见过的花粉，救了菲沙爷爷的命。

"于是你就想到了复仇？"院长被菲沙爷爷这段充满了传奇色彩的经历镇住了。

"是啊，那个卑鄙的家伙，我为什么不好好惩治他？我等了这么长时间，才等来了今天这个机会，我不能白白放过他。"

院长转眼看了看菲沙："这么说，她是你实施报复计划的帮手了？"

"是的，这孩子是我在路边捡到的，我收养她，就是为了等待这样的机会，让她来帮我一起实施我的计划。"菲沙爷爷抬着头，两只眼睛望着屋顶，像是在追寻遥远的往事。

院长沉默了好一阵，说"可是你们应该知道，这是犯罪，犯罪啊！"他转而又像想起了什么，问菲沙："那么，现在你能告诉我关于你熬的汤……"

菲沙一边流泪一边点头："院长先生，奥尔洛先生是罪有应得，可吉特先生是无辜的啊，我求爷爷放过吉特先生，可爷爷就是不答应。我实在不忍心让吉特先生跟着奥尔洛先生一块儿死去，于是就在汤里悄悄放了黑花粉。这是爷爷让我随身带着以防万一的，他怕我也被蝴蝶咬着。"

所有的事情终于水落石出！院长立即赶回医院，直奔奥尔洛的病房。此时，奥尔洛正愁眉苦脸地躺在床上，院长说："奥尔洛先生，能彻底治疗你伤口的药找到了！"

"真的？"奥尔洛眼睛一亮，"什么药？"

"掌上灵通杯"《故事会》优秀作品月月评

1. 本期初评委推荐以下10篇故事为候选作品，读者可挑选出你最喜欢的一篇，将其月月评短信代码（如G240，没有短信代码的作品不参加评选）发送到200056（移动用户）或900056（联通用户）。每次限选一篇，可多次投票。

篇名与短信代码

代码	篇名	代码	篇名
G240	神秘举报人 (P8)	G245	报答妈妈 (P30)
G241	赌徒就是赌徒 (P12)	G246	一吻三十年 (P40)
G242	不可战胜的民族 (P17)	G247	奇特的征婚 (P83)
G243	藏在花盆里的爱 (P22)	G248	李老汉办证 (P89)
G244	同坐一条板凳 (P26)	G249	自作自受 (P91)

2. 作者奖：每期设"最受欢迎的故事"三篇，由得票最高的前三名作品获得。这三篇作品均将列入本刊今年举办的《中国最有影响力的故事》征文大赛候选名单。第一名的作者还将获赠上海文艺出版总社出版的大型历史图书《话说中国》一套（价值1100元）。

3. 读者奖：参加评选并选对当期"最受欢迎的故事"的读者均有机会获得现金奖，每期20人，各获现金500元；所有参加评选的读者均有机会获得参与奖，每期200人，各获精美礼品一份；参加全年24期评选的读者更有机会获得年终大奖，共12人，各获价值5000元的数码摄像机一台。

4. 本期活动截止期为：12月20日。得奖读者在评选结果揭晓后将得到短信通知。用户接收每条短信收费0.50元。

"掌上灵通杯优秀作品月月评" 2005年10月(下)评选揭晓

2005年10月（下）获得选票前三名的作品分别为：《明天有暴风雪》（5528票）、《我的QQ里下了一场雪》（4071票）、《还你一个秘密》（3694票）。

院长一字一顿道："卡加里亚！"

"卡加里亚？"奥尔洛惊惶地瞅着院长，"他……他没有死？你认识他？"

院长意味深长地说："为了能同你重叙昔日战地情谊，他整整等了你三十年。奥尔洛先生，如果我没有说错的话，这是你第二次遭遇食人蝴蝶的袭击，是吗？"

奥尔洛怔怔地望着院长，脸色灰白灰白。

警方很快就介入了这件离奇的报复谋杀案的调查，以故意杀人罪控告菲沙和她爷爷卡加里亚；与此同时，伤口愈合了的奥尔洛不惜重金，请来城里最著名的律师，为他们辩护……

（题图、插图：佐　夫）

（本栏目欢迎来稿。来稿可从邮局寄发，也可从网上传递。如为电子邮件，请发以下信箱：baofang@vip.sohu.net）

人争一口气

□ 黄全舜

苏州城里有家木材行,老板姓陈。那年,陈老板家里要造一幢三层楼房,招聘匠人时,他特地指明非香山匠人不聘,而且开出的条件也非常特别:屋起好之后,堆得像小山一样的杉木,要统统铺在一层楼面上,而且一根也不许剩下。外行人可能不懂,但做这种生活的匠人都知道,这么多杉木,别说铺一层楼面,就是铺十层楼面也绰绰有余。

陈老板为什么要这么显阔,而且非聘香山匠人不可呢?

原来当年,香山匠人因为设计建造紫禁城而名扬天下,苏州城里的富贾乡绅起屋造楼都要请他们来做,在挑选木材的时候,因为陈老板行里的

木头往往干湿不均,所以经常不能成为香山匠人的首选用料,木材行的名声因此大受影响,陈老板一直记恨在心。这次,他是故意要出出香山匠人的洋相:你们有本事,就来做我这活儿;做不了,今后就别到处指手画脚。

消息传到香山,香山匠人张六跳起来了,张六说:"树争一张皮,人争一口气。不会铺楼板,还算啥香山匠人?"他当即打点行装,带着徒弟们直奔陈老板木材行而来。

"陈老板,这活我张六接了!"张六斩钉截铁地对陈老板说。

陈老板听张六说话的口气这么硬,有点出乎意料,他特地加重语气,指指那座杉木堆成的小山,对张六

说："你听明白了，这点木头你们得给我统统铺在一层楼面上，一根也不许浪费，一根也不许剩下。"说完，又揶揄地加了一句："当然了，如果你们还嫌不够的话，可以尽管到我行里来拿，反正这些木头你们平时看不上，铺我自己的屋，我不嫌。"

谁知张六丝毫不在意他的话中话，快人快语地接口说："陈老板刚才说的我都记住了，我这个人也喜欢把话说在前头，我们若是按陈老板的要求把楼面铺成了，陈老板你得按规矩付我们工钱……"

"那当然。"陈老板急着打断张六的话说，"可要是铺不成，我也丑话说在前头，你们得赔我全部木头，而且就连起屋的工钱我也是分文不会给你们的！"

看着陈老板说这番话时的猴急样子，张六心里觉得好笑：哼，这贪心的家伙！别以为天下只有你行，我张六没有金刚钻，今天就不来揽你这瓷器活了。

张六对陈老板说："陈老板，你说的我都能答应。不过，我也有个条件……"

"什么条件？"

"我们干活的时候，不喜欢旁人来打扰，所以在没有铺好楼板之前，任何人不能到工地上来看。"

"这……"看着张六一副胸有成竹的样子，陈老板不禁迟疑起来：莫

非他真有什么妙计？万一真要让他们做成了，我岂不白白用了这么多木头？

"你们……你们真能做？"

"陈老板，既然你敢出招，我们香山匠人就敢接活。怎么，你不会现在对我说你家的楼不造了？"

"哪里，哪里！"陈老板脸上的表情不免有点尴尬，现在"收兵"，显然是给自己下不来台啊，他只得喃喃道："就按你说的做，就按你说的做。"

于是第二天，张六就带着徒弟们干了起来。

楼房造得很快，十天起屋，半月粉刷，剩下的就是铺楼板。陈老板的眼睛每天都盯着这座"木头山"，只是因为张六有言在先，他不好走近了看，只能远远地张望。只见木头一根根拉进去，木头山每天都在少下去，陈老板心里吃不准了，照这个情势下去，损失的可就是我自己了啊！他心里叫苦不迭。

一层楼面一铺铺了七七四十九天，那座木头山已经完全不见了踪影。这天，张六对陈老板说："陈老板，木头不够，还要添。"

"还要添？"陈老板不知张六搞啥名堂，但因为有话在先，心里再舍不得，也只好点头，硬着头皮让他们去拿。原以为拿一根两根也就算了，谁知张六带着徒弟们拿了一根又一根，拿了一根又一根，整整拿了十天，拿

得陈老板的心一阵阵发抖。

陈老板实在忍不住了，这天，把张六叫去说："张师傅，你们铺这楼板到底还要用多少木头啊？"

张六瞥一眼陈老板哭丧着的脸，说："陈老板，你嫌我们木头用多了？那好，我们少用点，明天就完工。"果然，第二天中午，张六带着他的徒弟们背着工具来找陈老板了，张六对陈老板说："楼面铺好了，陈老板，你付我们工钱吧！"

陈老板急匆匆跑去一看，不得

了，一层楼面全部是用一块块杉木节子铺成的。难怪张六他们用掉这么多木头，一根杉木能有几个节子啊！陈老板心痛得差点昏过去。唉，事到如今，要怪也只有怪他自己怎么想出这种馊点子来的啊！

陈老板悻悻地在屋里踱了一圈，眼光落在铺好的楼面上，他心里不得不承认，香山匠人确实身手不凡，因为张六和他徒弟用杉木节子把整个楼面拼成了一幅完整的花鸟图案，百花争开，百鸟竞飞，每一朵花儿，每一只鸟儿，都是那么神态逼真，栩栩如生。陈老板小心翼翼地走到屋中央，他突然惊异地发现，张六在这幅图案的正中心，用杉木节子替他拼了一个"福"字和一个"禄"字，而旁边却非常显眼地拼了一块白木板，少了一个什么字？"寿"字呀！寿没有了。

会不会是自己昨天催他的缘故，他们时间来不及，胡乱拼了一块杉木板上去？陈老板心里不免懊恼起来，他无心再细看，回头就要下楼，想叫张六无论如何替他补一块上去。但走到楼梯口的时候，他却突然又发现，张六在这里用杉木节子替他拼了"吉祥如"三个字，旁边竟也是一块白木板。这不分明是少了一个"意"字嘛！福禄没有寿，吉祥又少意，香山匠人这不是存心要他好看啊！

陈老板气疯了。

（题图、插图：黄全昌）

如果没有自信心的话，你永远也不会有快乐。——拉罗什夫科

雪野惊魂

□未名

明清时候有个思想家，叫吕留良，死了四十多年之后，因秀才曾静一案，被雍正皇帝下旨剖棺戮尸。下面这则故事讲述的，就是关于那时候的一段民间传说。

这天清晨，石门知县陈铎还在熟睡中，嘉兴府尹李卫就奉旨带着二十个张弓佩剑的武弁赶到县衙，要去吕留良墓地剖棺戮尸，提取头骨。陈知县一听书吏来报，吓得浑身发抖，匆匆穿戴起衣帽，飞奔到大堂，当即调集精壮衙役，还特地叫上都头冯小青，和李府尹的人马一起上路，直扑县城以西二十里外的集贤村墓园。

此时天空中阴霾密布，寒风瑟瑟，细雨中夹着片片雪花，一行人在乡间的泥泞小路上足足走了两个多时辰，才赶到墓园。墓园在一片竹林旁，竹林前还有一条小河，河上架着一座木板小桥，李府尹和陈知县带着一行人马拥过小桥，进得墓园一看，这里不但葬着吕留良，他大儿子吕葆中的坟也紧挨着。李府尹心里叫一声："好哇，索性把这父子俩一起端了，去回禀皇上！"于是他眼也不眨，大喝一声："开挖！"

那帮武弁衙役顿时就发起威来，纷纷扬起铁锹齿耙就朝坟头砸了下去，没一会儿，坟冢就被扒开，浮出两具已经腐了的朱漆棺材，只稍稍一碰，棺木就纷纷脱落下来。李府尹和陈知县伸长了脖子正要朝棺里看，猛听得墓园旁边的竹林里"啊——"的传出一声悲嚎，竹林里的鸟都"扑腾腾"惊飞起来。谁？一班人无不惊疑万分。陈知县手下的都头冯小青正要冲过去，突然又听"哎哟"一声惨叫，回头一看，那个被李府尹派守在墓园门口的武弁已经仰面倒地，一支袖箭正插在他的面门上。

墓园里顿时一片大乱。

原先，李府尹和陈知县都以为剖棺戮尸只不过是对死人开刀，根本没防备什么，想不到现在竟会出这等事情，也吃不准来者是谁，为何原因，反正今天看来是凶多吉少，所以吓得浑身直打颤，惊颤颤地叫着："抓，快抓刺客！"吓破了胆的兵丁们吃不准是怎么回事，又不敢违抗命令，只好战战兢兢地操着兵器，壮起胆子往竹林里搜索。

一个衙役眼尖，突然看见有个娇小的身影"倏"一下跃过竹林前的小河，向他们来的方向奔去，就立即喊起来："快，刺客在这儿！"兵丁们嚷嚷着要追，冯小青一个箭步冲过去，急着问："哪里？刺客在哪里？"可待那个喊"有刺客"的衙役再揉揉眼睛细看时，那娇小的身影早已消失得无影无踪了。

惊魂未定的李府尹赶紧命令兵丁们抓紧行动，他们取下吕氏父子的头骨，用绳子提着，然后掀翻棺底，把死者的遗骸抛得遍地都是。

干完这一切，已近黄昏，一干人跌跌撞撞赶回县衙，陈知县吩咐书吏去菜馆订几桌酒席，准备招待李府尹和他的手下，却被李府尹拦住了。李府尹长吁了口气，交代陈知县说："本府督办之差已了，吕贼父子的头骨就交于你了，明日一早你拿到城门口示众，三日之后亲押到省城，面呈督抚验审。今日发生此等事情，你须小心才是。"说完，赶紧滑脚走人。

李府尹滑头了事，陈知县心知肚明，但李府尹是他的顶头上司，他自然无话可说，想了想，便传来冯小青，交待说："看护逆贼头骨一事就交于你了，此事干系你我性命，千万小心看好。事成之后，我自会好生赏你！"冯小青点点头："大人请放心，小的自会安顿此事，断不会有半点闪失。"

冯小青拎着吕氏父子的头骨，叫齐了自己手下的一班弟兄，说："大家一定记得白天墓地林子里闹人影的事儿，想此人断不是无能之辈，所以这三天大家看护都要特别小心。至于这头骨到底放哪儿，我倒有个去处，咱们不如就放在城东头那塔高头，那地方纵有飞天本领也难上去，大家只要在下面轮值看守就行了。老爷刚才说了，事成之后必有重赏，大家就辛苦守这三天罢！"弟兄们都觉得冯小青的办法好，于是当下把头骨送上塔高头安放好。随后，冯小青把弟兄们四人一班轮值的事排定下来，为了犒劳大家，还叫来酒菜，让大家美美地饱撮了一顿。

再说陈知县，把看守头骨之事一应交待给了冯小青之后，虽说安歇下来，可想起白天墓地里的情景，一颗心还是止不住"别别别"地跳。当夜，他不敢深睡，第二天天才蒙蒙亮，就连忙起身。正待漱洗，冯小青不等通报就神色慌张地闯了进来，陈知县情知事情有异，脸"刷"的就白了。

冯小青哆嗦着身子说："老爷，不好了，不见……吕……头骨不见了……"

陈知县顿时就险些栽倒在地，冯小青眼疾手快一把将他扶住了。陈知县翻着白眼，抖抖地说："你……你且给我说……说清楚！"

冯小青哭丧着脸说："那头骨昨天分明是我自己亲手放上去的，后来因为老母病重，心里实在放不下，安排了弟兄们值夜后，我看看平安无事，就抓紧回了一趟家。谁知五更时分赶去，爬上塔高头一看，就发现头骨没了踪影……"

陈知县听得连连跺脚："这可怎么是好？怎么是好？"

陈知县急得六神无主，但他怎么也不会想到，其实拿走吕氏父子头骨的不是别人，正是冯小青自己！

昨晚，就在陈知县交待冯小青看护头骨的时候，县城东郊吕留良被查

封的故居"友芳楼"廊下，一个二十多岁一身练武人装束的姑娘，正呆呆地坐在那里不停地垂泪，这个姑娘便是吕留良的孙女、吕葆中的女儿吕四娘。吕四娘从小聪慧过人，拜在峨眉高师的门下，习得一手飞剑绝技，在得知雍正皇帝下圣旨后，她日夜兼程从异乡赶回，打算抢在朝廷动手之前，先把祖先的遗骸悄悄起了另葬，却不料迟了一步，只得暂且躲进墓园旁边的竹林里，择机再

作打算。可当看到祖先坟茔被挖、棺椁被砸的时候，她再也忍不住心头的悲愤，一声长啸暴露了影迹。看看墓园里官兵甚众，她怕误了大事，于是当机立断射倒把守墓园的武弁，先退了出来，直到这帮兵丁衙役都撤走了，她才泪流满面地返回墓地，把祖先的遗骸仔细收拾起来，打成一个包裹，悄悄赶回县城故居友芳楼。

吕四娘从后院翻墙而入，进屋一看，门窗紧闭，触景生情，她禁不住失声痛哭，想想自己虽然已把祖先的遗骸收拢了来，可他们的头骨还在县衙，若不趁今晚设法盗出，只怕以后再难取回，于是一抹泪水，整整衣衫，提起手里的宝剑，就要翻身跳窗去县衙。就在这时，她瞥见庭院里一条黑影掠过，猛吃了一惊，连忙缩回身子，屏息凝神盯着窗外。

"四姑娘，四姑娘！"不料那条黑影在窗前停住了，压低了嗓门小声唤她。吕四娘一怔，悄悄朝窗外看去，觉得这张脸好生面熟，可到底是谁，一时又想不起来。"四姑娘，我是冯叔，小时候抱过你的！"那人隔着窗纸低声解释着。吕四娘这才恍惚记起，他是父亲生前好友冯小青，在县衙做都头的，可是现在他来这里做什么？又怎么知道自己在这里？吕四娘心存狐疑，不敢贸然应声。

"四姑娘，你看，我把令祖令尊的头骨带来了，你小心收好。此地我不能多留，咱们后会有期！"冯小青说完，把手里的包袱往窗槛上一放，转身就准备离去。

只听身后一声喊："冯叔！"冯小青回头一看，吕四娘就站在他身后。

冯小青动情地说："四姑娘，想不到吕家罹此大祸。白天我在墓园就猜竹林中藏身的一定是你，特地抢在众人之前动作，想设法让你脱逃。我料想你今夜会来这里，所以就灌醉了弟兄们，特地给你送过来了。我只能帮你到这里了，你赶快让令祖尊入土为安吧，办完了事就走，切记，切记！"话罢，"噌"的越过院墙就不见了踪影。

事不宜迟，吕四娘马上去下房寻来铁锹，在后园挖了一个坑，又进屋找出一个大瓮，含泪打开冯小青送来的包裹，捧出头骨，和遗骸一并装进瓮内，随后埋入坑里，盖上黄土，又将四周伪饰了一番。她深望了一眼故居，迅速翻过院墙，消失在茫茫雪野之中……

至于后来陈知县如何向朝廷交代，据说是冯小青李代桃僵从乱葬岗里胡乱寻了两具头骨充数，陈知县还以为是冯小青帮他解了围，感激不尽哩！ （题图、插图：黄全昌）

（本栏目欢迎来稿。来稿可从邮局寄发，也可从网上传递。如为电子邮件，请发以下信箱：baofang@vip.sohu.net）

柜门锁没有任何撬损的痕迹，房间里也没进过外人，但一夜之间，放在保险柜里的巨款竟不翼而飞。秘密在哪里？

别墅探秘

□ 王志明

1. 离奇委托

何树雄是临江市有名的私家侦探。这天清晨，他还在睡梦中，突然被一阵急促的电话铃声吵醒，张开眼睛一看，才只有五点半，"谁呀，这么早就找上门来了？"何树雄不禁皱起了眉头，他一面嘀咕着，一面拿起了电话。

原来打电话来的是临江市后浪集团的董事长，号称"临江首富"，名叫伍云忠。

大约两个月前，何树雄替伍云忠办过一桩事情。因为伍云忠风闻自己夫人红杏出墙，便让何树雄帮他调查，何树雄足足花了一个月的时间，最后确认他夫人没有任何越轨行为，便如实报告给伍云忠，让伍云忠彻底放了心。伍云忠对何树雄的办事能力大加赞赏，何树雄对伍云忠的持重稳健也留下了深刻印象。

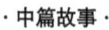

不过今天听起来，伍云忠在电话里的声音有点紧张。难道又出什么事情了？何树雄正在心里猜测着，伍云忠就在电话那一头直截了当地问他："现在就你一个？身边没有其他人吧？"

何树雄嘲了他一句："你说我现在身边有几个人？"

伍云忠也不接他的茬，压低声音约何树雄上午八点在峙山公园见面，"我有重要事情托付，你来的时候注意，别带'尾巴'。"

一向沉稳持重的伍董事长怎么变得如此神经兮兮，何树雄不觉暗中好笑，不过既然是有重要事情托付，也就意味着有更多的钱可以收进来了呀，想到这一点，何树雄不禁兴奋起来，再也无心睡觉。

何树雄平时是个十分守时的人，每天六点准时起床，现在看看时间也差不多了，索性就从床上爬了起来。不一会儿，他就穿戴整齐地下了楼，步行一刻钟来到"如意轩"饭店。这是一家24小时营业的小饭店，店堂里环境幽雅，饭菜也可口，何树雄几乎每天都来这里吃早点。

饭店老板姓杨，年纪不到三十岁，不仅相貌堂堂，而且非常精明能干，他和何树雄已经很熟了，所以看到何树雄进门，立刻满面笑容地迎上来。何树雄和他寒暄了几句，就照例在自己每天坐的老位置上坐定下来，要了一份蒸饺、一碗银耳羹，一边吃，一边猜想着伍云忠会有什么样的事情要自己办，不觉想出了神。

吃完早点，结了账，八点差一分的时候，何树雄准时赶到了峙山公园。

公园里冷冷清清，只有寥寥几个人影，何树雄心里疑惑：伍云忠人呢？忽然眼前一花，似乎有人从路旁的树林里一闪而过。他心中不由一动：这家伙在搞什么名堂？几乎是与此同时，他的手机铃声促地响了起来，一看，有条短信：为了安全和保密，请你立即到烈士陵园湖心亭见面，伍。何树雄心里有点窝火：既然你伍总认为这里见面不妥，为什么不早点说呢？但他又觉得十分好奇，这么神神秘秘的，干啥呢？于是立即急步出了峙山公园，骑上摩托车，风驰电掣般直奔烈士陵园而去。

湖心亭的位置在烈士陵园中心，一座弯曲精致的独木桥把它和湖岸相连。此刻，陵园里比峙山公园还要静，高耸的纪念碑倒映在湖面上，显得分外庄严肃穆。何树雄走在环湖林荫大道上，一眼就看到湖心亭的石桌旁，坐着一个身着黑色西装、戴着大墨镜的中年男子。那人侧对着他，但他立即认出对方正是伍云忠。再看四周，他发现离自己不远处，有两个大汉正在林中活动腿脚，他知道，那是伍云忠的保镖。

何树雄刚走上独木桥，伍云忠就起身迎了上来。何树雄看他一副心事重重的样子，与两个月前几乎判若两人，不由心里一沉：看来 他要托付给自己的这个事情，分量不轻啊！

两人在亭子里坐了下来，伍云忠不放心地四下张望了一下，然后递给何树雄一支烟，强笑着问道："你看我们是不是像两个特务在接头啊？"

何树雄看出他这是在故作轻松，便打趣说："你怕什么！只要我们都不是双重间谍，再像特务也没关系啊！"他本以为自己这么一说，会使见面的气氛轻松些，不料伍云忠听了却顿时变了脸色，盯着他看了半天，脸上的表情怪怪的，把何树雄搞得莫名其妙。

伍云忠告诉何树雄，这几天，他家里发生了一件奇怪的事情。

那是前天下午，伍云忠从银行里取了三万元钱，回家后就锁进了卧室的保险柜里，可是昨天早上当他起床后开柜拿钱的时候，却发现钱不见了。开保险柜的钥匙只有他和夫人才有，开柜门锁的密码也只有他和夫人知道，而且仔细看，柜门锁并没有任何撬损的痕迹。这到底是怎么回事呢？

震惊之余，伍云忠担心夫人受不了如此惊吓，就没敢声张。当天中午，因为急用，他又独自开车去银行提了五万元钱。这次他多了一个心眼，不但换了一家银行提取，而且回到家里把钱锁进保险柜后，还特地找借口把夫人手里的保险柜钥匙也拿了来，而且晚上还把夫人赶到隔壁客房去睡。即使这样，他心里还不踏实，临睡前又仔细检查卧室的每一扇门窗，看看关紧了没有，然后手里一直握着钥匙不放，直到半夜才迷迷糊糊睡去。今天早晨五点左右他就醒来了，睁开眼睛后的第一件事就是立即翻身下床，打开保险柜检查。不看不知道，一看他差点昏倒 五万元钱，一百元的票子整整五百张，一张不留！

何树雄一听，眉心拧成了疙瘩"这么大的事情，你为什么不去公安局报案？"

伍云忠颤抖着声音说："不是我不相信警方，实在是这件事情太奇怪了。你想，现在的形势是'盗暗我明'，如果我一报案，惊动了警方，必将闹得满城风雨。这样做的结果，除了会打草惊蛇之外，我伍某也脸面无光啊！再说了，既然盗贼出入我家如入无人之境，惹恼了他，他想干啥谁还奈何得了？怕是报到公安局也未必顶用啊！"说到这里，伍云忠的脸色更加灰白，忍不住又紧张兮兮地四下张望，好像那个盗贼随时都会跳出来抢他钱包似的。

何树雄连忙拍拍他的肩，宽慰说："事情也许没有你想象的那么严重吧？当然，没有深入调查，我也不能妄下结论，不过既然你把案子交给了我，我一定会尽力去做，这点请你放心。"

伍云忠看何树雄一脸诚恳的样子，这才稍稍镇静下来，点点头说："我就知道找你不会有错，你以前在警局干过，是个能人，现在再以私家侦探的身份来调查这件事，可能要比以前在警局方便。我保证不会亏待你的，如果你帮我把这两笔一共八万元钱全部追回来的话，我就把其中的一半四万元作为报酬送给你；当然，就是追不回来，我也不会让你白干的。你觉得怎么样？"

何树雄本是警局的一员虎将，辞职其实也就一年多一点的时间，因为一场急病突然夺走了他父亲本还不老的生命，已经下岗了的母亲经不起如此沉重的打击，终日瘫在床上以泪洗面，家庭生活的重担完全落在了何树雄的身上，迫于家庭生活的压力，何树雄思来想去，终于在一片"下海"声中离开了警局。这次，如果能通过自己的本事大大赚一笔钱，这当然是高兴的事情，所以他朝伍云忠微微一笑，算是作答。

之后，伍云忠便匆匆离去了。

2. 飞盗无影

下午三点半，何树雄按照事先和伍云忠的约定，骑着摩托车飞去他家。

这是一个极具北欧风格的高档住宅小区，每一座别墅的式样都不相同，伍云忠的别墅在小区里并不十分显眼，但单独看仍显华贵气派，庭院里绿草如茵，四周围着铁栅栏。何树雄很少见过这么高级的住宅区，一面慨叹同一片蓝天下人们的居住条件竟有如此天壤之别，一面也敏锐地注意到，这座别墅周围没有一棵大树可以遮蔽。换句话说，盗贼即使躲过门房保安的眼睛偷偷潜进小区，但要想在别墅周围找地方隐身，伺机进入，也是十分困难的。

何树雄是以伍云忠生意场上的朋友身份第一次到伍家的，上次替伍云忠办事，因为要避开伍夫人，他和伍云忠都是在外面咖啡厅里见的面，因此这次登门，伍夫人并不认识他。但何树雄对伍夫人应该说是非常了解了，既然这对夫妻在感情上没有问题，那么伍夫人拿走丈夫巨款的可能性就不太有，何树雄一面和这个文静的女主人寒暄，一面心里这样分析着。

何树雄在楼下客厅里坐了下来，伍夫人亲自给他端来了茶水，然后就告退上了楼。伍云忠悄悄递给何树雄一张纸条，上面写着他家一串雇佣工的名字，包括他的两个保镖，开车的司机，儿子的两个家庭教师，一个钟点工，一个园艺师和一个保健医生。伍云忠说，两次窃案前后，这些人都曾出入过他家。

何树雄职业性地环顾四周，一瞥眼，透过客厅的后窗，看到有个四十多岁的中年妇女正手脚麻利地在那里洒扫后院。根据伍云忠提供的名单，这个人应该就是伍家的钟点工陆晓勤了，一问，果然是。伍云忠介绍说，她是本地人，伍家所有的雇佣工中，只有她是每天必来的，每次在伍家做三小时的活。

何树雄不由多打量了她几眼。

由于伍夫人在家，何树雄不便急于去楼上卧室察看现场，只能根据伍云忠的描述进行分析。他还注意到客厅墙上挂着的那些名家字画，据伍云忠介绍，这其实都是仿制品。何树雄看到其中有一幅毕加索的《拿烟斗的男孩》，他知道这幅画的原件前不久曾在一个著名拍卖行卖出一亿多美元的天价，眼前这幅虽是仿作，估计应该也有不菲的价值。看来，伍云忠的艺术欣赏眼光不俗啊！

按照事先的约定，伍云忠装模作

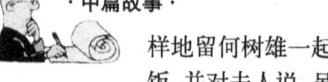样地留何树雄一起吃晚饭，并对夫人说，虽然朋友一场，但平时各忙各的，相见不易，所以一定还要留何树雄在家住一晚。伍夫人自然连连称是，于是何树雄便顺水推舟地在伍家吃了晚饭，并留宿下来。

晚饭后，伍夫人说是要带儿子去一趟娘家，伍云忠就急忙趁此机会引何树雄上楼，去卧室察看现场。

伍云忠和伍夫人的卧室不很大，但装饰极尽奢华，那只保险柜就放在墙角，离床头很近，大约有一米高。伍云忠把保险柜打开，让何树雄里外仔细勘察，果然如他所说，包括柜锁，没有任何撬动破损的痕迹。走出卧室，下了楼，两人又佯作散步，围绕别墅转悠了两圈，园艺师还在后花园里收拾工具，何树雄和他闲聊了一阵，也没发现任何蛛丝马迹。

晚上，何树雄就被伍云忠安排在客房休息。客房在楼上，就相当楼下客厅的位置，何树雄把客房查看一番后，便在床上躺了下来，静静地倾听着客房外的动静。大约在晚上10点左右，伍夫人带着儿子回来了，短暂的嘈杂过后，四周归于宁静。何树雄跳下床，仔细锁好客房的门窗，然后便上床睡觉。

一觉醒来，竟然天已大亮，何树雄一看表，已是早晨七点。他连忙起床，伸手去拿放在床头的外套，突然

心中一动，职业的敏感告诉他，衣服被动过了！一摸衣服口袋，他脑袋里"嗡"的一下：袋里的钱包果然不翼而飞！

何树雄很快让自己镇定下来，他把伍云忠的两次保险柜被盗和自己昨晚的钱包失窃遭遇联系起来，感觉这不像是一般的家庭财物被盗，极有可能是一个有计划的刑事大案。他心里立刻清楚地意识到，自己这个私家侦探，接下来该怎么做……

3. 两笔捐款

临江市公安局刑警大队的庭院，何树雄是再熟悉不过了，但自从辞职离开之后，他就再也没有回来过，所以今天走进庭院，虽然一切还是老样子，房间里传出的依然还是熟悉的笑声，但对何树雄来说，却有点感到陌生了，他迟疑地挪着脚步。

刚从办公室急匆匆走出来的刑警队员小安一头撞上了何树雄，立即扯开嗓门嚷起来："你们看谁来了！"他一把就把何树雄拖了进去。

办公室里顿时就热闹开了，大家把何树雄团团围了起来，打闹取笑说个不停，就像回到从前一样。闹了好一阵，小安才嚷嚷着说："好啦，好啦，你们让何大侦探干正经事吧，他现在是时间贵如油啊！"说着，就把何树雄带到队长办公室。

队长凌锋正在党校学习，现在队

永远不要害怕黑影，它只不过表示附近有光在照耀。 ——E·瑞克

里的工作暂时由副队长黄冲主持。黄冲可谓女中豪杰，敢做敢为，快人快语，胆识过人，武艺高强。何树雄在刑警队时，两人最为要好，以兄妹相称，只是黄冲对何树雄辞职下海很是鄙夷，指责他满脑子铜臭。何树雄自己也感到理亏，只好对她敬而远之，两人因此疏远了关系，所以今天黄冲见了何树雄十分冷淡，只是招呼了一声，再没了话语。

小安为了打破僵局，为何树雄泡了一杯茶，何树雄尴尬地笑笑，深吸了一口气，对黄冲说："我是来报案的。"

恰在这时，现任副局长的老刑警队长蓝天过来了，何树雄便把自己接受伍云忠案子的前后经过详详细细地向两个领导说了一下。蓝局十分重视，当即决定由黄冲负责侦破这个案子，同时，由于何树雄的特殊身份，特聘他配合黄冲侦查。

黄冲接受任务后，立即带领助手小安，在何树雄的陪同下来到伍家。伍云忠见了，先是一愣，然后不满地看了何树雄一眼。

黄冲开门见山地对伍云忠说："这位何先生说，他的钱包在你家里神秘失踪了，希望你能配合我们的调查。另外，如果你家里曾经丢过什么东西，也可以随时报案，我们一定全力侦破，把你的损失降到最低程度。"

伍云忠想了想，一咬牙，低声说

道："看来你们都知道了，我也就正式向警方报案吧。只是……我请求在破案之前，警方要保护我和家人的安全，对手太、太可怕了！"

黄冲点点头："公民的人身安全和财产安全一样，都是我们保护的对象。"

伍云忠听了，十分感动地和黄冲握手。他看了何树雄一眼，吞吞吐吐地说："不过，我和何先生有过口头协议，如果他破了这个案子，我至少付他四万元酬金。要是你们警方破了案，我也……"

黄冲迅速扫了何树雄一眼，打断伍云忠的话说："破案是我们份内的事情，不悬重赏，自有勇夫。至于你和何先生之间的事，与我们无关。"

说着，她果断地朝小安挥了挥手："开始工作！"三个人便在伍云忠的别墅里开始了取证一类的勘察。

忙到中午，正要告一段落，何树雄的手机突然急促地响了起来，原来是他女友叶利利打来的。何树雄这才记起，今天是他们相识一周年的日子，三天前，叶利利就和他约好了，中午一起去花园饭店吃饭。何树雄本想说服叶利利换个时间，可一听对方在电话里那么热情洋溢的声音，心里的话实在不忍心出口。他瞥了一眼黄冲，黄冲故作没看见，冷着脸对小安说："撤！"小安同情地朝何树雄扮了个鬼脸，急忙跟着黄冲回局里去了，何树雄这才跳上摩托车，向花园饭店驰去。

等何树雄赶到时，叶利利早已在包间等候了。叶利利今天的心情特别好，吃饭的时候，滔滔不绝地和何树雄说着自己单位里的事。叶利利是临江市慈善基金会的出纳员，她说，他们慈善基金会今天早上收到一笔个人捐款，是建会以来一次捐款数额最大的，她要何树雄猜猜这笔捐款有多少。

何树雄猜了几次都没有猜中，叶利利忍不住就告诉他说："四万九千五百元！"

何树雄觉得有点奇怪："这人也真是，捐也捐了，干吗不捐个整数，叫人这么难猜？"话音未落，突然他一拍桌子跳了起来，瞪着叶利利说："对了，你们基金会一个星期前一定还收到过一笔捐款，你赶快想想！"

叶利利点点头："是啊，我当出纳，当然对基金会的账目清清楚楚。你说吧，是哪一笔？"

何树雄肯定地说："一个星期前，你们一定收到过一笔两万九千七百元的捐款，对不对？"

叶利利惊讶得眼睛都要瞪出来了："对呀，对呀，是有这笔三万少三百的捐款。怎么，你私家侦探简直成神仙了，莫非在查我们基金会的账？"

何树雄也为自己的猜测惊奇了：这两笔捐款的时间，都是在伍家保险柜巨款失窃之后，而且两笔数额恰恰都是捐款人扣除了巨款百分之一汇费之后的数字。他没理叶利利的话茬，当即拨通了黄冲的手机。

十五分钟后，黄冲赶到了，再次询问了叶利利关于捐款的事情之后，她意识到复杂的案子好像有了点眉目，不免有些激动，她不由自主地向何树雄竖起了大拇指，然后就跟着叶利利一起来到慈善基金会。

黄冲和何树雄调阅了基金会的捐

款记录，那两笔捐款都是先后从本市建行城东分理处汇来的，汇款人为"阿毛"。他们又到该银行调看监视录像，发现汇款者是一对青年男女，两人均戴墨镜。女的身高差不多有一米六，男的身高也几乎接近一米八，遗憾的是两人的面容都模糊不清，相比之下，男的因站的角度正好面对监视镜，还稍稍清晰一点。从他们的动作看，那个男的好像很关照那个女的，进出银行时都挺照顾，一直搀扶着她。

黄冲当即将录像送技术处处理，以作人像备用，同时和何树雄商量说："咱们的侦破工作不能单挂在汇款人身上，还是要从接触伍家的人中寻找新的突破口。"

何树雄建议黄冲先查钟点工陆晓勤，理由有两条：一是陆晓勤每天去伍家，并且要在伍家干三个小时的活，相对对伍家的情况更了解；二是录像中那女的尽管年龄和陆晓勤有差距，但脸庞却很相像。

黄冲觉得何树雄的话有道理，于是又叫来小安，三个人细细安排了接下来的工作进程。一进入实质性的工作状态，黄冲就忘记了和何树雄的隔阂，两人又像以前一样有商有量地干了起来。

4. 盲女失踪

破案工作一直在蓝局的亲自领导下进行，黄冲随时都和蓝局保持联络。

这天早上，黄冲还在路上，手机就响了，二十四小时监视陆晓勤行动的小安向她报告：陆晓勤神色张皇地直奔公安局去了。黄冲连忙回到局里，陆晓勤已经到了，正在向刑警队报案，原来与她住在一起的侄女失踪了。

陆晓勤的侄女名叫陆丽，今年二十三岁，出生时就双目失明。陆丽的父母十年前在一次海难中双双去世，但是因为他们早有准备，所以去世时给女儿留下了一笔遗产，基本上能让陆丽过完一生。但毕竟是一个盲女，生活上有诸多不便，于是自从兄嫂去世后，陆晓勤就主动承担起了照顾侄女的责任，以致自己一直未婚，就靠平时替人家做钟点工来维持生计。

陆晓勤和陆丽就居住在陆丽父母留下的一套三室两厅的房子里，平时陆丽很少外出，而且绝大多数时间都呆在自己的卧室里，昨天晚上，陆晓勤因为身体不适，回家就早早上床睡了，直到今天早上起来后，才发现陆丽不在房里。想到她是一个盲女，不可能一个人外出，陆晓勤顿时手脚冰凉，愣了好半天才想到来报案……

陆晓勤和陆丽的住处就在何树雄经常吃早点的如意轩饭店斜对面，黄冲他们三个人随同陆晓勤前去查看，发现屋里的陈设有些古色古香，客厅

虽不大，但收拾得非常整洁，墙角橱柜上放着一台大彩电，对面靠墙是一套沙发，沙发上有一本盲文版的《罗密欧与朱丽叶》。黄冲拿起来翻了翻，陆晓勤连忙在一边解释说："这还是对面如意轩饭店的杨老板送的哩！"

"哦？"何树雄在旁边挺有兴趣地问了一句，"陆丽和杨老板认识？"

陆晓勤点点头，说这两年她外出做钟点工，陆丽的午饭就让如意轩给送来，有时候饭店生意忙，路远的由伙计送，因为她们家离饭店近，陆丽的午饭就经常是杨老板自己送过来了。

几个人边说边走进陆丽的卧室。卧室里看上去有点凌乱，好像陆丽走时很匆忙。何树雄在陆丽床头的书桌

上看到一张名片，是个名叫"孙会音"的，头衔是"汇英物业管理公司总经理"。

何树雄问陆晓勤："这个人你们认识？"

陆晓勤连连摇头。

黄冲又接着问了有关陆丽的许多情况，例如生活习惯、兴趣爱好、性格特点等，陆晓勤除了摇头还是摇头："唉，我们小丽自小就多愁善感，因为眼睛看不见，总躲在家里不敢见人，更说不上有什么兴趣爱好了。要说她特别喜欢什么，我看亏得杨老板送了她这本书，老见她捧在手里，喜欢得不得了的样子。"

黄冲看看陆丽的照片，陆晓勤挺难为情地拿出几张来，说："这还是她小时候我哥我嫂拍的。不瞒你们说，现在她什么也看不见，我想拍也是白搭，她又看不见，所以这钱也省了。"

临走前，黄冲关照陆晓勤说："你仔细想想，如果想起陆丽还有什么异常情况，不管以前还是现在，都请马上告诉我们。"

"异常情况？"陆晓勤想了想，顿时两眼一亮，"这算不

算异常情况啊？我们小丽最奇怪的就是她有特异功能，如果她一门心思要什么东西，这东西就会到她手里。"

"什么？"黄冲和何树雄迅速交换了一下眼光，"你能不能给我们说详细点？"

陆晓勤见他们这么感兴趣，便认真回忆说："小丽七岁那年，有一回我带她出去，坐船过河的时候，她听到船上有个小男孩在吹口琴，便缠着我说她也想要一个。可船上哪有口琴卖呀？我只好哄她，她就闷闷不乐地靠在我怀里。过一会儿，我听到那男孩嚷着说他的口琴不见了，他父母找来找去找不到，就说一定是他拿着口琴满船跑，把口琴掉河里去了。可是临下船的时候，陆丽从我怀里站起来，我却看见那男孩的口琴在她的手里。我当时吓了一大跳，要是被人看见，还以为我们是贼呢，要知道我们离那男孩至少也有十来步远啊！这样的事情后来又发生过好几次，我才知道其实我们小丽有特异功能。可我们孤儿寡女的，哪敢声张啊，万一人家丢了东西都怪罪到我们头上，那怎么说得清楚？我一直关照小丽，千万不要乱动念头，幸亏她也听话，所以后来就再没有惹出什么乱子来……"

陆晓勤的这番话，让黄冲、何树雄和小安都很激动，虽然案情还不明朗，但三个人心里都觉得，这个情况一定有助于侦破工作的进一步突破。

5. 判断分歧

新情况还有！从陆晓勤家里出来，何树雄告诉黄冲，那张孙会音的名片，原本是他放在钱包里的，怎么居然会在陆丽这儿，他实在想不出个道来，这是一个线索。另外，他还突然猜测：去建行捐款的这对男女，会不会就是如意轩的杨老板和陆丽呢？因为陆丽是个盲女，出入银行时杨老板就会紧紧搀着她的手，所以从银行的监视录像上看，这一对男女好像很关照的样子，这是符合陆丽盲女身份的。如果真是这样的话，那么现在陆丽突然失踪，那个杨老板会不会也同时失踪了呢？

黄冲觉得何树雄的这个猜测不能说完全无来由，便让他马上去如意轩看看，自己先赶回局里向蓝局汇报情况，小安则去邮局调查汇款之事。

于是，三个人在路口分了手。

在去如意轩的路上，何树雄特地买了一份当天的早报，进了饭店之后，他要了一份点心，然后一边浏览报纸，一边慢慢品尝着点心，他注意到，在这个过程中，杨老板始终没有露过面。最后到收银台结账的时候，何树雄随口问道："你们杨老板呢？"

收银小姐说："你找我们老板啊？今天好像出去了，没见他来过。"

何树雄探寻着说："如果一会儿他来了，请他中午送一份便当到我家

里，可以吧？"

小姐撇了撇嘴"别人送不行吗？还非要我们老板自己送？"

何树雄笑了："你们杨老板不是一直说对待顾客要一视同仁吗？他经常给对面人家送饭，为什么就不能给我送一次？"

小姐一时无语，便拿出一张纸说："那请你把地址留下来，我负责转告就是了。"

话分两头。再说黄冲回到局里不久，小安兴冲冲回来汇报说：从银行里得到汇款人"阿毛"的笔迹，经核实鉴定，正出自如意轩杨老板之手。

黄冲正想打电话把这个消息告诉何树雄，何树雄回来了。何树雄带来的消息是：杨老板也失踪了。

案情分析会在蓝局的亲自主持下召开。分析会上，一种观点认为：陆丽由于生活无聊，从其姑母陆晓勤口中知道伍家情况后，便运用意念取物的特异功能来取得巨款；她的本意可能是所谓的"劫富济贫"，可因为怕陆晓勤责怪，便让杨老板陪着到邮局去寄给慈善基金会；后来也许是意识到自己玩过了头，就害怕得躲了起来。另一种观点则认为：杨老板在送饭的时候偶然得知陆丽具有意念取物的特异功能，于是便利用一切机会接近她，送书给她也是为了取得她的好感，目的是想利用她来达到自己窃财

的目的；至于后来将窃得的巨款捐给慈善机构，肯定不是杨老板的本意。而陆丽的失踪，则预示着将有更大的犯罪行为发生。

黄冲是持后一种观点的，而特邀列席分析会的何树雄却一直沉默不语。蓝局要他谈谈自己的看法，他才仿佛从沉思中惊醒过来，字斟句酌地说："我现在脑子里还一团乱麻，说不出有什么观点，但是我感到，对陆丽意念取物这件事情，我们还不能轻易下结论。尽管伍云忠的两起保险柜失窃事件，除了意念取物之外好像无法解释，可我的钱包失窃用陆丽的意念取物是解释不通的，一是我那天在伍家过夜，陆晓勤并不知道，陆丽就更不可能知道了，她哪来要取我钱包的意念呢？二是我钱包里也就一千来元钱，也不值得她搞什么'劫富济贫'。"

何树雄当初在队里就以善动脑筋出名，所以他的这番话很让大家深思。蓝局说："对案情的不同分析意见是很重要的，这可以促使我们更加客观和冷静地思考问题。接下来，我们确实要加强对陆丽意念取物这件事的深入调查，包括向有关专家和科研机构请教。好在我们已经有了一个很重要的开始，相信经过大家的努力，案子很快会水落石出！"蓝局综合了大家的意见，对案情的侦破工作又作了具体指示。会议结束之后，大家便开始分头行动。

事情说巧也真巧。这个案子还没结束，第二天早上刚上班，公安局值班室就接到报案电话：国际博览中心正在举办的"世界名画巡回展"上，五幅名画昨晚被盗，总价值超过一亿美元。消息经媒体披露后，立即成了临江市民人人关注的中心话题。

市领导要求公安局限期侦破。蓝局决定黄冲小组暂停手中的案子，全局上下集中精力，立即转入名画被盗案的侦破工作。

现场勘察没有任何线索，黄冲陷入了深思，不由把它和伍云忠案进行比对，正好这时银行监视录像处理结果也出来了，证实这一男一女就是杨老板和陆丽。专家意见认为意念取物的现象尽管非常罕见，但确实存在。综合以上情况，黄冲认为杨老板利用陆丽偷盗伍家巨款只是他的一次试验，而偷盗世界名画巡回展上的世界名画，才是他的真正目的。

偏偏又传来消息：市郊结合部加油站的工作人员发现，有戴墨镜的一男一女神情鬼祟，正向南郊深山方向逃去。黄冲立即把这些情报和自己的想法向蓝局作了汇报，蓝局当即指示黄冲两案并一案，加快侦破步伐。

黄冲身先士卒，准备马上带刑警队员前去追捕那两个逃窜的男女，刚要出门，何树雄突然大叫一声："等一等！"

黄冲愣了一下，笑着说"我差点忘了，你还要等着拿伍云忠的重赏哩！走吧，你和我们一起去，抓住了杨老板和陆丽，我算你的功劳。"

何树雄压低声音，严肃地问她道"你不觉得这一切来得太'水到渠成'了吗？这种时候，你还开什么玩笑！"

黄冲一愣："你的意思是……咱们先不去追捕？"

何树雄沉思着说："我觉得这里肯定有名堂……"

黄冲"嘿嘿"冷笑一声，神情中掩饰不住轻蔑之色："我的何大侦探，

你放心好了，我黄冲是说话算数的人，你就等着去领赏金吧！"说完，带着小安等人急匆匆出了门。

何树雄站在原地，望着她的背影发呆。有人过来拍了拍他的肩，回头一看，是蓝局。他刚想张嘴，蓝局抢先开了口："别急，到我办公室慢慢说。"

6.云开雾散

傍晚时分，伍云忠前脚刚从公司回到家里，何树雄后脚就赶到了。何树雄不请自到，伍云忠不免有些诧异。

在客厅落座之后，何树雄看了伍云忠一眼，笑着说："伍总一定在猜测我的来意。很简单，我是准备来拿那四万元报酬的。"

伍云忠顿时笑逐颜开："好，好，案子破了？"

何树雄说："我现在来这里，就是来捉拿飞盗的。"

伍云忠一愣，不解地望着他。

何树雄说："我算定飞盗今晚要光临贵府，所以先在这里等候。"

伍云忠一听，神色顿时紧张起来："可是我家里现在既没多少现金，也没什么值钱之物啊？"

何树雄压低声音说："那飞盗除了现金，还喜欢名画呢！"他正要说下去，只见伍云忠突然站了起来，给

他茶杯里斟满水，然后说："我有点小事，失陪几分钟。"说罢，就要走。

何树雄呷了口茶，头也不抬地说："离飞机起飞还有两个小时呢，伍总何必这么着急？"

伍云忠整个身子顿时僵住了，沉下脸来说："想不到我的行踪你何大侦探也这么关心？我可没有托付给你这个任务啊！"

何树雄呵呵一笑，说："我不是关心你的行踪，而是关心我那四万元报酬啊！我总不能为你白白出力吧？哈哈哈哈！"笑罢，他就岔开了话题，"楼上我住过的那间客房，好像比这个客厅要大一点，奇怪……"他一边自言自语地嘀咕着，一边就站起身来，走到墙的一边，伸出拳头擂了几下墙壁，立刻响起一阵"咚咚咚"的声音，他显出一副恍然大悟的样子，说："原来这墙是空心的啊，我说哩，怪不得外面看上去楼上楼下房间一样大，而从里面看，怎么客厅就显小了呢！是吧，伍总？"

他猛回头，见伍云忠僵硬着身子站在那里，于是自顾说了下去：

"有这样一个故事，相信你会很感兴趣。有位民营企业家，经过二十年的苦心经营，终于富甲一方，然而对金钱的贪恋，使他在投资股票时头脑发热，结果很快到了破产的边缘。绝望之中，他决定狠捞一票后出国去，于是就打起了偷盗的主意。一个

偶然的机会，他听说一位双目失明的姑娘具有意念取物的特异功能，便精心策划了一场瞒天过海的大骗局。

"他组织了几个人，制造两起大额现金神秘被盗的假案，又搞了两笔稀奇的捐款，弄得整个事情离离奇奇，神神怪怪。更绝的是，他精心挑选了一位与警方有某种特殊关系而又急需用钱的私家侦探，来扮演这出好戏的主角。为了帮助这位侦探进入角色，他让侦探在他自己家中亲自体验了一回神秘被盗的感觉。可是谁也不会想到，他家二楼客房中有一面墙是可以升降的，而且天衣无缝。可惜，正是这一次被盗，使侦探产生了怀疑，因为这个侦探的生活习惯是每天晚上十一点准时睡觉，早晨六点钟准时起床，雷打不动，而那天早晨他足足睡到七点钟才醒过来，显然是被人熏了迷香。如果盗贼真的是用意念取物，是用不着这么费心的。

"他还指使同党杨老板挟持可怜的盲女，又让戴墨镜的一男一女忽隐忽现，故意来吸引警方的注意力，可是暗中他却用重金收买名画博览会里的内部人员，不费吹灰之力就盗走了五

幅世界名画。只要警方没捉到那一男一女，就不会怀疑到其他人的头上，他就能够从容出国，做自己的黄粱美梦了。

"伍总，我说的这个故事不错吧？"

伍云忠的脸此刻已经成了猪肝色，他盯着何树雄看了半响，咬着牙问道："姓何的，你到底想怎么样？"

何树雄眯起了眼睛："人为财死，鸟为食亡。我相信，我们是能够互相理解的。"

"你说，你想要多少？"

"我抓到了飞盗，能得四万；我放走了飞盗，至少要四十万。"

"你……"伍云忠的两只眼睛简直要喷出血来，他克制着，迅速从口袋里掏出一本支票簿，飞快地撕下一张，签

了就扔给何树雄，然后转身就朝门外走去。

"等一等！"何树雄叫了一声。伍云忠回过头来，只见何树雄朝他微微笑了一下，掏出打火机，将到手的这张支票点着了。

伍云忠先是目瞪口呆，继而额头渗出了冷汗。

这时，何树雄从口袋里掏出了手铐，伍云忠见了，歇斯底里地叫起来："姓何的，你究竟要多少？你也太狠心了！"

就在这一刻，蓝局带着刑警队员冲了进来。一见面，蓝局就握住何树雄的手说："小何啊，好消息，黄冲刚才带人在码头上截住了后浪集团一批出口的货物集装箱，在夹层里找到了被盗的那五幅世界名画。"

伍云忠顿时就两眼一翻，面孔变得灰白。

何树雄兴奋地抓住蓝局的手说："蓝局，不出所料，这客厅有面墙是可以升降的，我相信，里面一定还有不少令人称奇的东西。"

一名刑警队员在墙角的文件柜后面，发现了通往墙壁夹层的暗门，打开后用手电往里一照，不禁"啊"地叫出了声。蓝局和何树雄奔过去一看，里面一男一女已经被压成了肉饼，他们就是陆丽和杨老板，名画到手之后，伍云忠就杀人灭口了。

当晚，在庆祝案件告破的总结会上，黄冲满脸通红地走到何树雄面前，低声说"对不起，我小瞧你了！"

何树雄呵呵一笑，洒脱地说："像以前那样，还是叫我雄哥吧！"他附着她的耳朵轻声说，"我已经向蓝局交了申请归队的报告，孤军奋战的滋味，总不如大伙一起干来得强啊！"

（题图、插图：杨宏富）

·本刊信息传真·

欢迎投稿：为了我们的故事更精彩

您手中有没有得意之作？新的，奇的，巧的，趣的，险的，情感的，悬念的，智慧的……欢迎您投寄本刊。本刊辟有二十多个原创性栏目，如中国新传说、中篇故事、悬念故事、我的故事、幽默世界、16岁故事等，可谓丰富多彩，必有一款适合您。

读到或听到什么有趣事可以和大家一起分享吗？3分钟典藏故事、情节聚焦、外国文学故事鉴赏、快乐辞典等，是本刊的推荐性栏目，一旦采用，您将获得相应的"推荐费"。如果您有何心得体会或建议，也不妨写下来寄给本刊，我们将择优选登。

来稿可从邮局寄发，也可从网上传递，但必须注明您的真实姓名、固定地址及一般联系方式（如电话、手机等）。若没有采用，恕不奉还。

邮寄地址：上海绍兴路74号《故事会》杂志社，邮编：200020；请在信封上注明"××"栏目收。本期责任编辑电子信箱为：baofang@vip.sohu.net。

漂来的狗儿（青春系列小说）

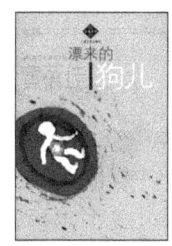

七十年代是一个奇特的年代，灰暗沉闷的生活禁锢了成年人的灵魂，却无法遏制孩子们自由奔放的性情。在"梧桐院"的小小天地里，一群中学教师的孩子和一个邻家女孩狗儿结成玩伴，玩得上天入地，花样百出，趣味无穷。聪明的小爱、博学的方明亮、高贵的小兔子、调皮的小山和小水、精灵般的小妹、心比天高命比纸薄的狗儿……这些可爱又可敬的孩子，是凡俗土地上开出来的摇曳的花朵，每一片花瓣都涂抹着温情和理想，闪耀出那个奇特年代的人性之光。因为他们"教师子女"的独特身份，每个人都在书香的氤氲中出生长大，相比于同时代的同龄孩子，他们的知识面更广，见识更多，胆子更大，脑子更灵，更能够创造乐趣，让童年的每一天都过得精彩纷呈。

这是一部讲述成长的小说，趣味盎然的小说，快乐而忧伤的小说。书中的背景和人物仿佛一段封存已久的电影，作者架起放映机，银幕亮起，胶带走片发出"沙沙"的响声，人物就动起来了，笑起来了，招手把你带进银幕中去了。你跟着他们一起捞小鱼，粘知了，去中学图书馆偷书，看连环画《红楼梦》，给伟大领袖写信，在漂亮的芭蕾舞演员面前自惭形秽，惶惑于身体的发育长大，被侮辱被伤害而后抗争，品尝少男少女的朦胧恋情……最后影像定格，灯光熄灭，银幕隐入黑暗，你会有一声轻轻的叹息，心里想：物质最贫困的童年其实是精神最自由的童年。

0—6岁 **影响一生**——幼儿教养锦囊
（超级爸妈养育秘笈）

这是一本以学龄前儿童家长为主要读者对象的自助性儿童教养读物，全书分为"快乐"、"勇气"、"爱心"、"自信"和"宽容"等五个部分，具有很强的知识性、可读性、操作性和指导性。

本书由长期从事儿童心理教育的儿科医院医生主编，作者针对幼儿家教中普遍存在的问题，通过对大量中外儿童教育成功或失误事例的系统分析和阐述，向年轻的家长们传授行之有效的家教方法，读来颇有启发。

0—6岁 **决定一生**——幼儿身体宝典

这是一本以学龄前儿童家长为主要读者对象的自助性儿童教养读物，全书分为"健康从娃娃抓起"、"四季健康宝宝"、"孩子的护身符"、"容易忽视的现象"、"家有马大哈妈妈"和"爸妈的小招术"等六个部分，具有很强的知识性、可读性、操作性和指导性。

本书由长期从事儿童心理教育的儿科医院医生主编，作者针对幼儿家教中普遍存在的问题，通过对大量中外儿童教育成功或失误事例的系统分析和阐述，向年轻的家长们传授行之有效的家教方法，读来颇有启发。

奇特的征婚

□枭子

小镇上有一座美丽的庄园，庄园主叫尼娜，是一个年轻的寡妇，她丈夫彼得在三年前的一次战争中不幸阵亡，后来追求尼娜的人不计其数，但她始终不为所动。

但不知为什么，这天尼娜突然在报纸上为自己登了一则征婚启事，而且条件非常奇特，就是应征者的相貌必须和彼得一样，所以彼得生前的照片也随启事一起登在了报纸上。

刚开始大家不理解，守寡三年的尼娜怎么会突然改变了态度，看了启事以后才恍然大悟，她的这一举动仍然饱含着对彼得深深的怀念呀！但遗憾的是，征婚启事刊出以后，来应征的人不少，但没有一个能让尼娜满意。

这天，有个流浪汉拿着报纸也找上门来，说是来应征的。尼娜闻声出来一看，眼睛立刻发亮了：他那栗色的卷发，带鹰钩的鼻子，甚至额头上三道细蚯蚓似的皱纹，实在与彼得太像了。"哦，我的彼得，我不是在做梦吧？"尼娜情不自禁地迎了上去。

那流浪汉却很有礼貌地回答道："请别激动，夫人，我的名字叫汉斯，我只是一个流浪汉，我想……我想来应征，可以吗？"

尼娜这才回过神来，激动得连连点头，即刻吩咐仆人带汉斯去梳洗更衣。等汉斯重新再出来的时候，尼娜越发觉得这个汉斯就是彼得的翻版，于是毫不犹豫地就把他留了下来。

尼娜要把自己嫁给流浪汉汉斯的消息，轰动了整个小镇。婚礼举行得非常隆重，新郎汉斯的出现令所有宾客目瞪口呆，他们熟悉彼得，可眼前

的这个汉斯简直与彼得相差无几。那些当初追求过尼娜的人，更是在心里嫉妒得要命，眼睁睁地看着这个流浪汉仅凭着一副酷似彼得的模样，就如此轻而易举地得到了尼娜和她那美丽的庄园。

婚后，尼娜和汉斯如胶似漆，形影相随，人们都说，新婚的尼娜夫妇甚至比过去尼娜和彼得做夫妻时还要恩爱。

日子一晃就过去了差不多有一年。这天，汉斯和尼娜正要出门去参加一个朋友的化妆舞会，突然有个陌生女人不知从哪里冲出来，气咻咻地朝汉斯嚷道："你还认识我吗？你这个没良心的家伙，你在这里过得很快乐是吧？你怎么可以把我忘了？"

"您说什么？太太，"汉斯惊讶地看着眼前这个陌生女人，"可我并不认识您呀！"

"哼！"陌生女人喊了起来，"你别在我面前装蒜，既然你忘了我们彼此的约定，那就对不起了，你等着，我会让你后悔的！"

汉斯一脸茫然，还没来得及问清楚是怎么回事，那陌生女人就愤然离去了。汉斯觉得很奇怪，问尼娜："她是谁，总不会平白无故来找我啊？"

尼娜一撇嘴："谁知道，咱别理她就是了。"

但汉斯却显得心事重重，舞会开到一半，他就拉着尼娜提前回来了。

果然，事情没这么简单！两天后，汉斯收到了法院传票，那个陌生女人到法院起诉他，说他犯有重婚罪。陌生女人在法庭上陈述说，她叫艾丽丝，她才是汉斯真正的妻子；他们夫妻俩原来住在百里之外的另一个小镇上，因为日子过得十分拮据，有一次，汉斯偶然在报纸上看到尼娜的征婚启事，惊喜地发现自己跟彼得长得十分相像，和艾丽丝商量后，就决定假扮成单身流浪汉去应征，先和尼娜结婚，然后伺机将她除掉，再重新和艾丽丝结婚，这样他们就能完全把尼娜的庄园占为己有。可没想到汉斯如愿娶上尼娜后，却渐渐把艾丽丝丢到了脑后，而且现在艾丽丝找上门来，他居然还故意装作不认识，这叫艾丽丝怎肯善罢甘休？她实在气不过，索性将汉斯告上法庭。哼，我过不上好日子，你也别想过！

面对艾丽丝的起诉，汉斯显得非常镇静。"哈哈，故事倒是编得挺精彩，"汉斯不无嘲讽地扫了她一眼，"可惜的是，我可不具备你丈夫那样的高智商啊！"汉斯向法官申辩道，自己从小是个孤儿，四处流浪，在娶尼娜之前从未婚娶，根本不认识这个叫"艾丽丝"的女人，更无从谈什么"重婚"了。

但汉斯话音刚落，艾丽丝就冷笑着反击他道："你还要继续装下去吗？好，那我就奉陪到底！"艾丽丝向法庭出示了她当初与汉斯缔结婚约的证书，同时还有一份经当地警方确认的关于汉斯的身份证明，里面详细记载着包括汉斯的血型、指纹等在内的各项指标。艾丽丝强烈要求法庭马上进行验证核对，她相信汉斯很快就会在这些铁的证据面前认输。

可出乎艾丽丝意料的是，最终的验证结果表明，测试的每个证据都与汉斯不符，艾丽丝彻底败诉，反而因诬陷罪被判入狱。

汉斯胜诉回家，喜气洋洋地与尼娜举杯庆贺，两个人安闲地坐在庄园的葡萄架下喝着香槟，直到夜深了，还觉得没有尽兴。

就在这时候，一声清脆的枪响把他们吓了一大跳，只见一个蒙面凶犯"呼"地突然从他们眼前窜过，直往庄园深处跑去，一面跑一面还扬着手里的枪，威胁他们说："听着，不许向警方透露我的半点行踪，否则，我手里这家伙可不长眼睛！"

汉斯和尼娜惊得目瞪口呆：这是怎么啦？为什么老有事情来缠着我们？

凶犯前脚刚走，警察后脚就赶到了，他们向汉斯夫妇出示了身份证件，声称正在追捕一名逃犯，请他俩配合缉拿。还没等汉斯夫妇俩反映过来，警察就带着警犬在庄园里展开了严密的地毯式搜捕。

很快，警犬将最终目标锁定在庄园深处的一个香蕉园里，警官当即下令就地挖掘。汉斯一听就着急地跑上去阻止说："对不起，先生，眼看这些香蕉就可以收摘了，怎么经得起你们这么挖掘？再说了，只一会儿的工夫，那家伙怎么可能会钻到我庄园的地底下去，这不是太荒唐了吗？"

警官严肃地对汉斯说"先生，我们的警犬是受过严格训练的，难道你要我们对它提供的线索置之不理吗？"

汉斯只得退让在一边，警察们便飞快地动起手来。

随着土坑越挖越深，汉斯突然神

色大变，冷汗不停地从他的脸上往下掉，只一转眼的工夫，警察就发现他在悄悄地移动着脚步。

"汉斯先生，难道你不想知道最后的结果吗？无论如何，请协助我们追查到底吧！"警察一句话，就阻断了汉斯的退路。

这时，土坑里露出了一只长长的木箱，警察掀开箱盖，一股腐臭难闻的气味立刻扑鼻而来——里面是一具已经开始腐烂的男性尸体。

"汉斯先生，你不会不知道这是谁吧？"警察问。

"不知道，我不知道，"汉斯哆嗦着，大声喊道，"这不是我干的！"

"彼得先生，该是你说真话的时候了！"随着一声话音落地，刚才还是逃犯的蒙面男子，不知从哪里突然钻了出来，炯炯的目光直逼向彼得和尼娜，"要不把这个案子揭开，木箱里真正的汉斯是永远也不会闭眼的！"

这个蒙面逃犯正是警局里大名鼎鼎的探长杰克；而现在与尼娜结婚的"汉斯"，其实正是尼娜的前夫彼得。彼得当年根本没有在战争中阵亡，而是在参战不久就偷偷逃回了家乡。因为害怕当局追查，多年来他一直隐藏在庄园的地下密室中，过着不见阳光的生活，只有在晚上才敢出来透透气。为了摆脱这种困境，彼得为尼娜精心策划了这次奇特的征婚，目的就是想不露声色地为自己寻找替死鬼。当所谓

的流浪汉汉斯掉进这个圈套之后，就在举行婚礼的当天晚上，彼得和尼娜就一起干掉了他，然后用早已准备好的木箱把他装进去，埋在了香蕉园里。从此，彼得堂而皇之地成了尼娜的新丈夫汉斯。他们本以为一切都干得天衣无缝，可是没想到汉斯也不是什么真正的流浪汉，他也是心怀鬼胎来应征的，所以后来当汉斯的妻子艾丽丝找上门来，并对彼得提起上诉时，他们曾一度陷入恐慌，所幸当时一切都有惊无险，他们轻易就胜诉了。

杰克探长对此事的怀疑是从尼娜的征婚开始的，总觉得尼娜提出这样的征婚条件有点蹊跷。后来通过对彼得当年服兵役的情况调查，他得知在战场上并没有发现过彼得的遗体，怀疑就更深了。他特地去参加尼娜与斯的婚礼，目的就是为了对汉斯的身份进行考察，因为当时没有足够的证据，杰克探长曾一度放弃了自己的假设。但这次艾丽丝的意外出现，他又重新把这个案子的侦破提上了议事日程，虽然艾丽丝败诉了，但无形中却给他增强了破案的信心。一个大胆的推断在杰克探长的脑海中逐渐形成，于是他亲自策划了这场追捕逃犯的戏，以迅雷不及掩耳之势闯入庄园，挖掘出惊天秘密，一举揭穿了彼得的真面目。

（本篇月月评短信代码：G247）

（题图、插图：安玉民）

后悔不迭

□ 翟德军

这天，程刚从南方打工回来，进了家门就兴奋地对爹说："爹，我打工的镇子上，家家有钱，一个叫小芳的女孩相中了我，你看这事中不中？"程刚爹正为儿子的婚事发愁，一听程刚这话，脸上立刻笑开了花，乐呵呵地说："这还用问？中，当然中啊！"

程刚见爹同意了，说："爹，小芳和她爹已经来了，就在咱家门外等着呢！"程刚爹一听，连忙跑出去，欢天喜地把小芳父女俩让进屋子，随后赶紧下厨房做饭做菜，招待客人。

两个未来的亲家正吃到兴头上，突然，小芳爹神色有些迟疑，吞吞吐吐地说"老哥，不瞒你说，我这次来，一是和你认个亲，二是有件事要和你商量……"

"喔，"程刚爹乐呵呵地问道，"什么事，你尽管说！"

小芳爹指指两个年轻人，说"他们若是结了婚，将来孩子能不能随我们家姓？"

程刚爹一听，眉头立刻紧皱起来：孩子随你们家姓，那我还要儿子结婚干什么？他瞥一眼程刚，程刚挤眉弄眼地示意他点头，老头子心里就来了气：我怎么养了你这么个不争气的东西？他狠狠地朝程刚瞪了一眼，然后拉过小芳爹，朝他悄悄耳语了一阵。只见小芳爹没等他把话说完就神色大变，拉起小芳甩头就走。

程刚急得"嚓"地从椅子上跳起来："爹，你说什么瞎话？怎么他们就走了？"

李老汉办证

□ 翁 飚

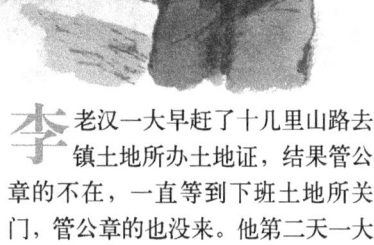

李老汉一大早赶了十几里山路去镇土地所办土地证，结果管公章的不在，一直等到下班土地所关门，管公章的也没来。他第二天一大早再去，十几里山路走出一身的汗，可还是没办成，所里人说，领导不在，只有等领导签了字，管公章的才敢把公章盖下去。李老汉真是有火发不出，想想自己来一趟不容易，纵然平时脑子再活络，现在也只好耐心等着，可一直等到太阳落山，也没等到领导的影子。

爹唬着脸说："我告诉他们，你在老家已经有对象了。"

"爹——"程刚急得声音都变了调，"爹，你这是干什么呀，好好的事都被你给搅了！"

可爹的声音比他还响："你小子才出去几个月，就敢把祖宗忘了？咱家的孙子，凭什么要姓他家的姓？看我不揍死你！"

"哎呀，爹，"程刚急得直跺脚，"小芳跟咱一个姓，都姓'边'，你怕什么！"

"你少骗我，"爹拍着桌子吼道，"真要都姓边，他爹还提这档子事干吗？"

"爹，"程刚哭笑不得地说，"你也不想想，你姓'边'妈姓'程'，你们就给我起名'边程刚'，可从小到大除了填表，谁还连名带姓这么叫我？不就都叫我程刚嘛！小芳也这么叫我，他爹自然就以为我姓'程'了！"

爹一听，后悔不迭。

李老汉是要等着这土地证去办事情的，没办法，只好第三天再去，这回管公章的和当领导的都在了，李老汉总算松了口气。可谁知当领导的却拍拍李老汉的肩说："告诉你一个好消息，为了改变机关作风，密切干群关系，镇长决定后天亲自率领各部门当领导的到你们村现场办公，你就回村里去等着吧！"

李老汉一听这话差点跪地求饶，带着哭腔说："求你们今天给我办了吧，我一个平民百姓，哪敢惊动'各部门'啊！"可领导却不答应，领导说："这是我们应该做的，你上来三回了，难道我们下去一回都不应该吗？这事就这样定了，你回去等着吧。"

领导的话向来是"一锤定音"，李老汉只好怏怏而回。

隔了一天，镇长果然率领各部门当领导的到李老汉的村里去现场办公，后面还跟了一大帮镇电视台和报社的记者，还拉出一条大红横幅：为民办事现场办公会。

村长一边带着一帮人鞍前马后地伺候着镇上来的大员，一边差人去叫李老汉。可一个时辰过去了，就是不见李老汉的人影。村长奇怪了，派人去催，李老汉依然在屋里磨蹭。

村长不知道李老汉葫芦里卖的什么药，其实李老汉此刻正派孙子来现场"火力侦察"哩！孙子回去对李老汉说："爷爷，你快去吧，他们等得急死了。"

"急什么？"李老汉撇撇嘴说，"今天得让他们也尝尝等的滋味。"

孙子一听着急地嚷起来："不行啊，爷爷，要是他们等不及走了呢？"

"哪能啊！"李老汉十分有把握地说，"你不懂，这帮人等着上电视上报纸，我这把年纪了，宣传起来形象最好了，这么好的机会，他们哪能会轻易放了呢！"

正说着，村长又派人来催了，还交待说，这次无论如何要把李老汉带去，李老汉这才一步三摇地出了家门。

村长一见李老汉，气呼呼地说："你派头好大啊，请你三回都请不动，难道还要轿子去抬你不成？人家领导在百忙之中抽出时间上门服务，你对得起领导的关怀吗？"

"不好意思，不好意思！"李老汉搓着两只大手说，"唉，实不相瞒，我们家管印章的儿子不在，儿子来了，管大权的老婆又出去了，她不点头，我咋敢来？只好在家干着急。"

镇长不知内里，一听这话，诙谐地说："我说你这位同志啊，你们家分工这么细，办事效率太低了，不改革不行啊！"

全场一阵哄堂大笑，土地所那个当领导的真恨不得钻了地洞才好。

（本篇月月评短信代码：G248）

自作自受

□ 徐 洋

大老张家里经济不宽裕，每次去超市买东西，都只挑一些便宜货，而且数量也少得可怜，人家推着小车，车里选的东西装得满满的，可他放在购物篮里的东西连底都盖不住。超市就在小区隔壁，大老张每次去总会碰到小区里的熟面孔，人家看他只买这么点东西，就问他："来一趟多麻烦，就买那么一点点？"大老张觉得好没面子。

不过，大老张人很聪明，超市去多了，摸出一条经验：在超市里，不管你从货架上拿多少东西，只要不出门，是不用付钱的。为了给自己争回面子，他想出了一条妙计，以后一进超市就先推一辆购物车，专拣贵的东西往车里拿，然后推着小车大摇大摆地在超市里转上几圈，让熟脸的人都看到自己出手有多么大方。等脸露得差不多了，再把车悄悄推到僻静货架那里，然后赶快拿出自己真要买的那点东西去付钱结账。

这一招果然灵验！不久，大老张就觉得小区里的人看自己的眼光就是与过去不一样了，充满了惊奇和羡慕，再没有人敢笑话他买东西寒酸了，都说："哟，又买这么多呀？你可真会享受生活了啊！"每逢这个时候，大老张心里那个美呀：嘿嘿，羡慕去吧，大爷我吓死你们！

这一日，大老张正在家里睡觉，派出所民警突然找上门来，说是让他谈谈自己的问题。大老张眼一瞪，说"我堂堂正正做人一辈子，谁有问题也轮不到我有问题！你们走错门儿了吧？"民警说："没错，就是问你呢！最近小区发生多起入室盗窃案，我们对小区的暴发户进行摸底排查，群众反映你应该排在第一位。说说你是怎么快速发财的吧！""这……"大老张张口结舌说不出话来。

（本篇月月评短信代码：G249）

大毛和小毛

□ 得骏

小毛开"大货"去顺江，听说那里所有的路口都装了"电子眼"，这东西厉害，就像交警时时刻刻盯着你一样，只要违反交通规则，它都会给你记着算总账，于是平时开惯了"英雄车"的小毛，在顺江开车就特别小心。

可不知怎么回事，电子眼就偏偏盯牢了小毛，他在顺江总共开了不到半天的路程，出差回去后没多少时候，竟收到五张罚单。小毛想不明白自己到底错在哪里，又不好不交罚款，心里真是憋气。

三个月以后，小毛又要去顺江运货了。那晚车到顺江，天色已晚，小毛便在路边挑了一家可以停车的旅店住下来。和他合住一个房间的旅客是个中年光头，没想对方也姓"毛"，也是开大货的，小毛顿时就觉得和他有了缘分，于是安顿好之后，两人就在

旅店餐厅里点了几个菜，要了一瓶"二锅头"，边喝边聊起来。

聊着聊着，就聊到电子眼上。小毛不提也罢，一提心里就来气，就把自己吃冤枉罚单的事说给光头大毛听。

光头大毛眯着眼睛看看他，笑呵呵地说："小老弟，你不用愁，看在我俩今天这缘分上，我等会儿教你一招，包你这回在顺江开车特自在，红灯也敢闯，违章也照开。"

小毛不信，大毛拍拍小毛的肩，说："小老弟，我哪能骗你呢？这样吧，"他用手指在自己的酒杯里蘸了点酒，在桌上划了"0775"四个数字，"这是我车牌号的前面四位数，你现在猜最末一位是多少，你可以猜三次，猜对了，我就把绝招告诉你，猜不着，那得罚你喝三杯酒。"

小毛嘀咕着说："你无聊不无聊，凭空猜什么车牌号？"可大毛硬要他

谁把法律看成枷锁，谁就在开始毁灭自己。 ——爱默生

错失良机（文：周海钢；图：包丰一）

1. 小明指着报上的通缉令问爸爸："这是什么？"爸爸说："这是抓坏人的通告。"

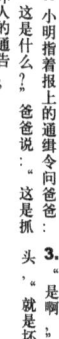

2. 小明指指旁边的照片又问："这个人就是坏人吗？"

3. "是啊，"爸爸非常肯定地点点头，"就是坏人啊！"

4. 小明喊起来："那警察叔叔为什么不在拍照片时就抓住他呢？"

猜，于是小毛随口就猜："1？"大毛摇头；"那就是2？"大毛还是摇头："你动动脑筋嘛！""那……"小毛被大毛这么一说，有点不好意思，想了想，说，"那一定是6了，不是大家都喜欢6嘛！""你小子真是死脑筋！"大毛跳了起来，"这有什么难猜的，是8！'7758'，不就是'亲亲我吧'！"

小毛生气了："你这是在拿我寻开心！"大毛手一指窗外，说："谁寻你开心了？我的车就停在那里，不信你去看。"

小毛真的就去看了，回来对大毛说："行了，算你会玩花样！"

这下大毛可得意了，拉过小毛，附着他耳朵说："猜车牌是我逗你玩的，哄你开心嘛！要说真的，其实你刚才猜的几个车牌号我都有。"

"你一辆车怎么能有几个车牌？"

"多做几个备着嘛！嘿嘿……"

大毛正说到这里，突然从餐厅门外进来两个警察。警察问："是谁打的110？"小毛"呼"地站起来说："是我，克隆车牌号的司机就是他。"小毛指指大毛。

大毛傻呆了。大毛哪里料到，他让小毛猜的"7758"，正巧就是小毛的车牌号，所以小毛趁刚才出去看车的当儿，打110报了警。

（本栏题图、插图：李 加 史 琦）
（本栏目欢迎来稿。来稿可从邮局寄发，也可从网上传递。如为电子邮件，请发以下信箱：baofang@vip.sohu.net）

《话说中国》走进千家万户

《话说中国》 七大看点

● 享誉海内外的史学界顶尖学者李学勤教授担任本书总顾问，并由他精心组织了一批著名断代史专家出任本书各卷的顾问。

● 中国韬奋出版奖获得者、《故事会》主编何承伟任本书总策划，全书集中了其从事编辑出版工作30年的能量与智慧。

● 著名学者、断代史专家孟世凯、许倬云、葛剑雄、陈高华、熊月之等任顾问，全力参与本书的策划、编撰与审定。

● 杨善群、刘精诚、程念祺等30余位来自全国各地的第一线历史学者撰写全书文字，将个人长年学术精华融于书中，倾力奉献经典而又精彩的篇章。

● 全书10幅4开地图，由著名史学家、复旦大学历史地理研究中心主任葛剑雄教授精心阐释、审定，系统展现从秦王汉武直到近代各历史时期疆域变迁、民族融合、对外交往、名人胜迹等生动内容。

● 《清明上河图》《兰亭序》《韩熙载夜宴图》等名作巨幅拉页，原图引进，仿真印制，展现原作的惊世风采，配以名家精心点评，让你轻松拥有国宝，读懂国宝。

● 优秀装帧设计家、莱比锡装帧设计大奖获得者袁银昌领衔设计本书的整体包装。装帧版式设计独具匠心，完美体现出本书的现代性创意与百科全书的特征，体现出为读者着想的良苦用心；美妙的图与文组合，提供一程赏心悦目的中国文化之旅。

家庭收藏　　　馈赠亲友　　　学生阅读　　　手选大作